Melissa Foster

The Gritty Truth – Kein Blick zurück

Die Whiskeys: Dark Knights aus Peaceful Harbor

DIE AUTORIN

Melissa Foster ist eine preisgekrönte *New-York-Times-* und *USA-Today*-Bestsellerautorin. Ihre Bücher werden vom *USA-Today-Bücherblog*, vom *Hagerstown Magazin*, von *The Patriot* und vielen anderen Printmedien empfohlen. Melissa hat mehrere Wandgemälde für das *Hospital for Sick Children*, eine Kinderklinik in Washington, D. C., gemalt.

Besuchen Sie Melissa auf ihrer Website oder chatten Sie mit ihr in den sozialen Netzwerken. Sie diskutiert gern mit Lesezirkeln und Bücherclubs über ihre Romane und freut sich über Einladungen. Melissas Bücher sind bei den meisten Online-Buchhändlern als Taschenbuch und E-Book erhältlich.

www.MelissaFoster.com

MELISSA FOSTER
The Gritty Truth – Kein Blick zurück

Die Whiskeys: Dark Knights aus Peaceful Harbor

LOVE IN BLOOM – HERZEN IM AUFBRUCH

Aus dem Amerikanischen von Katharina Burghardt

Vorwort

Wenn dies Ihre erste Begegnung mit den Whiskeys ist: Jeder Band kann für sich allein gelesen werden, also stürzen Sie sich einfach ins Vergnügen und verlieben Sie sich mit Quincy und Roni.

Seitdem ich *Tru Blue – Im Herzen stark* geschrieben habe, war ich gespannt, wann der richtige Zeitpunkt kommen würde, Quincys Liebesgeschichte aufzuschreiben. Ich warte damit immer, bis meine Heldinnen und Helden mir zu verstehen geben, dass sie für ihr Happy End bereit sind. Quincy hat nicht leise in mein Ohr geflüstert, als Roni Wescott auftauchte, sondern so laut gerufen, dass er nicht zu überhören war. Die Liebe der beiden ist zu stark, um zerstört zu werden. Taschentücher sind dennoch angebracht, denn diese Geschichte ist herzzerreißend, und in dem Moment, in dem man denkt, dass mehr nicht zu ertragen ist, schlägt das Schicksal noch einmal zu. Aber ich verspreche, dass ich alles wiedergutmache – mit echter Romantik, einer großen Liebe und einem Happy End zum Schwärmen.

Aus dieser epischen Liebesgeschichte sind ganz unerwartet noch zwei weitere Geschichten entstanden: *In for a Penny – Süßes Glück*, ein Kurzroman über Penny Wilson und Scott Beckley (und die Hochzeit von Bones und Sarah!), und *Resisting Jon Butterscotch*, eine Liebesgeschichte über eine zweite Chance mit »Fifty Shades of Sweetness« Jon B. und Tatum Helms, die Sie in Quincys Buch kennenlernen werden. Weitere Informationen

über Pennys Kurzroman finden Sie am Ende dieses Buches. Halten Sie die Augen offen nach Neuigkeiten zu Jons Geschichte, zum Beispiel hier:
www.MelissaFoster.com/series-die-whiskeys-dark-knights-aus-peaceful-harbor

Den Familienstammbaum der Whiskeys können Sie hier herunterladen:
www.MelissaFoster.com/Wicked-Whiskey-Family-Tree

Und um immer auf dem Laufenden zu bleiben, abonnieren Sie meinen Newsletter:
www.MelissaFoster.com/Newsletter_German

Mehr zu meinen humorvollen, prickelnden Liebesromanen mit Tiefgang, die alle ebenso als Einzelroman wie auch als Teil der Reihe gelesen werden können, erfahren Sie auf meiner Website:
www.MelissaFoster.com/Herzen-im-Aufbruch

Viel Freude beim Lesen!
~ Melissa

Eins

Durchs Tanzstudio »On Your Toes« schallte Beyoncés »Halo«, zu dessen Rhythmus sich Veronica Wescott mit gekonnten Sprüngen und Drehungen durch den Raum bewegte. Eine Textnachricht von Quincy Gritt hatte hektische Nervosität in ihr aufsprudeln lassen, die nun dringend abgebaut werden musste, bevor gleich acht niedliche kleine Mädchen zur Tanzstunde kamen. Veronica – Roni – fand ihre Bewegungen zu ruckartig und sehnte sich nach der alten Perfektion, die sie nie wieder zurückerlangen würde. Das war ihr ebenso bewusst wie die Tatsache, dass es auf der Welt nicht genug Musik gab, um die Gedanken an diesen Mann zu vertreiben, der mit seinen blauen Augen wie Charlie Hunnam aussah. Aber sie musste es versuchen. Wie damals, als sie noch jünger und in den zwielichtigen Gassen ihrer Gegend unterwegs gewesen war, versuchte sie auch jetzt, sich nur auf ihr Ziel zu konzentrieren und die Stimmen in ihrem Kopf auszublenden. Sie gab sich voll und ganz der Musik und dem Contemporary Dance hin, den sie so liebte. Dabei versuchte sie, sowohl die Gedanken an den verlorenen Lebenstraum wie auch die an jenen Mann, dessen Flirtnachrichten sie nachts wachhielten, zu verdrängen. Während das letzte Crescendo verhallte, ließ Roni sich auf den

Boden sinken, bis sie schließlich mit geschlossenen Augen, die Wange auf dem kalten Holz, liegenblieb.

»Bravo!«

Blinzelnd öffnete Roni die Augen, als sie die Stimme ihrer besten Freundin und Kollegin Angela Keiser hörte. Sie kannten sich seit der dritten Klasse und den gemeinsamen Stunden im Tanzstudio, in dem sie sich auch jetzt befanden.

»Süße, du bist der Hammer«, sagte Angela, die im weißen Tanzrock und bauchfreien Top vor ihr stand. Ihre langen blonden Haare hatte sie geflochten und zu einem hohen Dutt hochgesteckt, mit dem sie aussah wie die bezaubernde Jeannie aus der berühmten Fernsehserie der Sechzigerjahre. Dazu trug sie wie immer die Kette mit ihrer Hälfte des Freundschaftsanhängers.

»Danke. Ist dein Kurs schon vorbei?« Roni stand auf und schnappte sich ein Handtuch, um sich den Schweiß aus dem Gesicht zu wischen.

»Ja. Ich fahre gleich heim, aber vorher werde ich es dir noch ein letztes Mal sagen, auch wenn ich weiß, dass du es nicht hören willst. Du *musst* einfach in der Wintershow auftreten, und nein, Elisa hat mich nicht geschickt, um dich zu überreden.«

Damit meinte sie Elisa Abbot, die Eigentümerin des Tanzstudios und die Lehrerin, die Roni schon im zarten Alter von fünf Jahren und noch bis vor Kurzem unterrichtet hatte. Dreimal im Jahr organisierte Elisa eine Aufführung, bei der alle, die zur Tanzschule gehörten, tanzten. Elisa versuchte ständig, Roni zu überreden, ebenfalls bei der Show mitzumachen, die für Ende Januar geplant war. Früher hatte Roni alles für diese Aufführungen gegeben und fast immer einen Solopart gehabt. Aber seit einem furchtbaren Autounfall gehörten Soloauftritte der Vergangenheit an.

»Ja, ja, und nein danke«, entgegnete Roni. Da piepste ihr verräterisches Handy und kündigte eine weitere Nachricht von Quincy an, die dringend gelesen werden wollte.

»Du tanzt viel zu gut, um dein Talent zu verstecken.« Angela schielte auf Ronis Handy, das auf dem Tisch lag. »Und du bist viel zu sexy, um dich weiter vor Quincy zu verstecken.«

»Ich verstecke mich vor überhaupt nichts und niemandem.« Roni drückte sich an ihrer Freundin vorbei und schnappte sich das Telefon.

»Ach nein?« Angela verschränkte mit herausfordernder Miene die Arme. »Dann ist diese Nachricht also nicht von deinem Loverboy?«

»Ich habe dir doch gesagt, dass du ihn nicht so nennen sollst.« Zum Glück tat Angela das nicht, wenn er manchmal seine Nichte Kennedy abholte, die seit September zu Ronis Tanzstunde kam.

Dummerweise kannte Angela sie allzu gut. Sie war auch diejenige gewesen, die Roni vor fünf Monaten zur Junggesellen-Auktion ins Whiskey Bro's geschleift hatte, der Veranstaltung, bei der man für einen guten Zweck ein Date mit einem Single ersteigern konnte. Angela hatte dafür gesorgt, dass Roni das Date mit Quincy gewann, obwohl Roni sie angefleht hatte, nicht mitzubieten. Wobei Roni es ihr jetzt nicht mehr übelnahm, dass ihre beste Freundin nicht auf sie gehört hatte.

»Und ich habe dir gesagt, dass du dich nicht so anstellen und endlich mit dem Kerl ausgehen sollst«, erwiderte Angela stur. »Ihr schreibt euch doch ständig Nachrichten.«

»Nicht ständig, nur manchmal. Und da geht es auch um nichts Ernstes. Er flirtet nur ein bisschen mit mir und fragt, wie mein Tag war. Und es geht ums Tanzen und um seinen Job im

Buchladen und darum, was unser Lieblingsessen ist oder unsere Lieblingsserie, und manchmal schicken wir uns lustige Fotos. Ich weiß nicht wirklich etwas über ihn.«

Das war ihr in letzter Zeit immer deutlicher aufgefallen, denn sie hätte so gerne mehr von ihm gewusst. Zum Beispiel, warum es für ihn okay war, dass ihre Unterhaltung so unverfänglich blieb, während andere Kerle entweder zu mehr gedrängt oder schon längst aufgegeben hätten. Anfangs hatte Quincy versucht, sie zu dem Date zu überreden, das Angela ja schließlich ersteigert hatte. Aber nachdem Roni ihm gesagt hatte, dass sie für Dates zu beschäftigt sei, hatte er das akzeptiert. Und als dann im Sommer ihre Großmutter gestorben war und sie ihm geschrieben hatte, dass sie ihre Trauer allein verarbeiten musste, hatte er das respektiert. Er hatte ihr lediglich hin und wieder eine Nachricht geschrieben, um zu fragen, ob es ihr gut gehe. Sonst aber hatte er sich nicht in ihr Leben eingemischt, wofür sie ihm dankbar war. Letzten Freitag allerdings hatte er schließlich doch gefragt, ob sie das Date mit ihm vielleicht an Halloween einlösen würde. *Ich glaube, es wird Zeit, dass wir unsere Masken abnehmen und uns gegenseitig besser kennenlernen*, hatte er geschrieben. Der Gedanke daran machte sie zu gleichen Teilen nervös und aufgeregt.

»Das stimmt doch gar nicht«, widersprach Angela. »Du weißt, dass er klug und unglaublich sexy ist, und wir wissen beide, wie süß er sich um seine Nichte kümmert. Außerdem scheint er die Blicke der anderen Mütter gar nicht zu bemerken, weil er nur Augen für die Kinder und für dich hat. Er ist ein anständiger Kerl, Roni, und im Bett kann er sicher auch einen auf Bad Boy machen.«

»Oh Mann, meinst du, Joey gefällt es, dass du dir andere Männer so genau anguckst?« Angela war mit Joe Carbo verlobt, dem Inhaber von Jazzy Joe's Café, wo Angela und Roni oft zu Mittag aßen. Die beiden hatten sich monatelang interessierte Blicke zugeworfen, bevor er sie vor etwas mehr als einem Jahr endlich gefragt hatte, ob sie mit ihm ausgehen würde.

»Ach, Quatsch, Joey ist nicht eifersüchtig. Er weiß ja auch, wie verrückt ich nach ihm bin. Aber nenn mir doch mal einen Grund, warum du nicht mit Quincy ausgehst. Wir haben tausend Dollar bezahlt, um dieses Date mit ihm für dich zu ersteigern.«

»Wenn ich gewusst hätte, dass deine ganzen Freundinnen zur Auktion kommen, um bei diesem Date mitzubieten, wäre ich niemals hingegangen«, sagte Roni. »Ich habe dir ja gesagt, dass du das Geld nicht für ihn ausgeben sollst.«

»Es war für einen guten Zweck«, erklärte Angela.

Roni warf ihr einen finsteren Blick zu. »Jetzt bin ich also ein guter Zweck?«

»Nein, die Veranstaltung war für einen guten Zweck, du Dummchen. Ach, Roni, du bist wie eine Schwester für mich, und ich will ja nur, dass du glücklich bist.«

»Ich bin glücklich«, erwiderte Roni mit wenig Nachdruck.

»Halbwegs vielleicht. Aber seit deine Großmutter gestorben ist und auch seit ich mich oft mit Joey treffe und wir beide nicht mehr so viel zusammen unternehmen, scheinst du einsam zu sein.«

Roni war tatsächlich einsamer, seit ihre Granny nicht mehr lebte. Ihre Mutter hatte sie nie gekannt, und ihr Vater war abgehauen, als sie vier war. Er hatte Roni bei ihrer Großmutter zurückgelassen, die sie großgezogen hatte. Mit der Unterstützung ihrer Granny hatte sie eine Karriere als Profitänzerin angestrebt und war sogar an der renommierten Juilliard School in New York aufgenommen worden. Sie war auf dem Weg gewesen, ihren Lebenstraum wahr werden zu lassen, als der furchtbare Unfall ihn von einer Sekunde auf die nächste zerstört hatte. Noch dazu hatte sie dadurch das einzige soziale Umfeld verloren, dem sie sich je wirklich zugehörig gefühlt hatte. Aber wenigstens hatte sie damals noch ihre Großmutter und einen festen Platz im Leben gehabt. Seit dem Tod ihrer Granny fühlte sich Roni ohne Halt auf einer Welt, von der sie – abgesehen vom Tanzen – nur wenig wusste.

»Klar, du hast auch noch Elisa, aber mit einem festen Freund wäre alles anders«, fuhr Angela nun in sanfterem Ton fort. »Das Leben ist einfach schöner, wenn man jemanden hat, mit dem man es teilen kann. Allein die Tatsache, dass Quincy dich in deiner Trauer in Ruhe gelassen und trotzdem einen Weg gefunden hat, dir zu vermitteln, dass er für dich da ist – das sagt doch sehr viel darüber aus, was für ein Mann er ist. Obwohl ich finde, dass du dich ruhig von ihm hättest trösten lassen können, statt dich in deiner Wohnung zu verkriechen.«

»Ich war am Boden zerstört«, erinnerte Roni ihre Freundin. »Ich habe Zeit gebraucht, um meine Trauer zu verarbeiten, und hätte nicht auf Knopfdruck sexy oder fröhlich sein können.« Stattdessen hatte sie ihre Trauer spätnachts, wenn niemand mehr da war, weggetanzt. Quincys Textnachrichten waren wie ein helles Licht in ihrer dunkelsten Zeit gewesen. Er hatte auch vorher schon einfühlsam gewirkt, aber in dieser Zeit hatte es besonders gutgetan, wenn er fragte, wie es ihr ging und ob sie etwas brauchte.

»Das verstehe ich ja, Roni, aber ich mache mir Sorgen um dich. Genau aus diesem Grund hatte ich das Date mit Quincy für dich ersteigert. Du hast in den letzten Jahren so viel durchgemacht und jetzt verschwendest du dein Leben hier in der Tanzschule. Du kommst von deiner Wohnung nach unten und stehst direkt im Studio. Nach der Arbeit gehst du gleich wieder rauf.«

»Manchmal verlasse ich mit dir das Gebäude, um was zu Mittag zu essen«, wandte Roni ein, was allerdings selbst in ihren eigenen Ohren jämmerlich klang und Angelas Augenrollen durchaus verdient hatte.

»Komm schon. Du bist die hübscheste, klügste und begabteste Person, die ich kenne, und wir wissen beide, dass du nie allein ausgehen und einen Mann kennenlernen würdest. Du solltest mir dankbar sein, dass ich ihn so gut für dich ausgesucht habe.«

»Ich habe dich aber nicht darum gebeten. Ich brauche keinen Mann, um glücklich zu sein.«

»Das weiß ich ja. Aber ich kenne dich schon ewig und habe noch nie gesehen, dass dir irgendein anderer so den Kopf verdreht hätte wie Quincy. Jeder hat die Blicke gesehen, die ihr euch zugeworfen habt, als er vor der Auktion den Raum durchquert hat. Als er dann zu unserem Tisch gekommen ist und dich mit diesen sexy Augen angeschaut hat, hast du dich am Stuhl festgekrallt, als würdest du gleich umfallen.«

Allein bei der Erinnerung beschleunigte sich Ronis Puls. Ihr war ganz heiß geworden und sie hatte eine vibrierende Energie gespürt, die sie sonst nur vom Tanzen kannte.

»Jedenfalls mache ich mir manchmal Sorgen, dass du bei diesem Unfall abgesehen von den Knochenbrüchen noch anderweitig Schaden erlitten hast, Roni. Vielleicht wurde dadurch auch dein Hormonhaushalt auf den Kopf gestellt? An deiner Stelle könnte ich gar nicht die Finger von ihm lassen.«

Roni musste lachen. »Meinen Hormonen geht es gut, danke der Nachfrage. Das merke ich schon am Herzklopfen, das ich von seinen Nachrichten kriege. Ein Blick von ihm reicht, um

Schmetterlinge in meinem Bauch tanzen zu lassen. Woher kommt so was?«

»Man nennt es *Chemie*.«

Roni schnaubte. »Aber diese Art von Chemie habe ich noch nie erlebt. Dieser Mann sprüht mit seinen tätowierten Armen und den Bartstoppeln nur so vor Testosteron. Und dann sind da noch diese Haare, dunkelblond und kinnlang, die man einfach packen will und …« Ihre Hände ballten sich unwillkürlich zu Fäusten, so sehr reizte sie dieser Gedanke. Sie liebte seine Haare. »Und manchmal verdunkeln sich seine Augen, das hast du doch auch schon gesehen. Keine Ahnung, was das ist. Er sieht gelegentlich aus, als wäre er vorsichtig und auf der Hut, aber gleichzeitig ist er so verwegen, was mich total verwirrt. Ganz zu schweigen davon, dass er mir so süße und charmante Nachrichten schreibt, so respektvoll, als wollte er mir nicht zu sehr auf die Pelle rücken. Und gleichzeitig sprengt es bald den Rahmen einer Freundschaft.«

»Ich kenne viele Mädels, denen sein Charme schon längst den Slip ausgezogen hätte«, meinte Angela kichernd.

»Ohne Witz, Angela: Genau das ist das Problem. Als er vorhin geschrieben hat, war ich schon kurz davor, einzuknicken und mich auf das Date einzulassen. Aber dann habe ich meine Aufregung lieber weggetanzt. Mir ist nämlich wieder eingefallen, dass im selben Augenblick, in dem er mich ansieht, mein Körper zu glühen anfängt und ich mich in eine Sexsüchtige verwandle. Ich habe Angst, mit ihm zu reden, weil dann lauter unanständige Gedanken in meinem Kopf herumkreisen.« Sie streckte ihrer Freundin den Arm hin und zeigte ihr die Gänsehaut. »Schau, das passiert, wenn ich nur von ihm *rede*. Verstehst du jetzt, warum ich nicht mit ihm ausgehen kann?«

Angela lachte. »Dir ist aber schon klar, dass du hier von

etwas sprichst, wonach sich die meisten Frauen sehnen?«

»Ja, und falls du es vergessen hast, die meisten Vierundzwanzigjährigen haben sehr viel mehr Erfahrung als ich, wenn es darum geht, solche schmutzigen Gedanken auszuleben.«

Angelas Gesichtsausdruck wurde sanfter. »Roni, ich weiß, dass du dich für deine Narben schämst, aber irgendwo musst du mal anfangen. Was, wenn er der richtige Mann ist, um dir zu helfen, deine – wie du es nennst – ›schmutzigen‹ Gedanken in die Tat umzusetzen?«

»Es geht nicht um meine Narben. Natürlich finde ich die Vorstellung, dass ein Mann sie sieht, auch nicht gerade toll …« Sie senkte die Stimme. »Aber er ist ein ganzer Kerl und ich hatte bisher nur was mit einem einzigen Mann. Noch dazu war das von so kurzer Dauer, dass wir gar nicht diese ganzen Sachen gemacht haben, von denen du immer sprichst.« Als sie noch auf die Juilliard ging, hatte sie sich ein paarmal mit einem Mann getroffen und auch mit ihm geschlafen, aus Neugier und vor allem, weil sie nicht länger Jungfrau hatte bleiben wollen. Das erste Mal war grauenhaft gewesen, und die nächsten paar Male liefen zwar okay, aber auch nicht gerade spektakulär. Roni seufzte. »Du weißt ja, dass ich nur fürs Tanzen gelebt habe, Angie. Während du Dates hattest, habe ich hier geübt. Auch als du zum Abschlussball gegangen bist, war ich hier und habe mich auf die Sommeraufführung vorbereitet.«

»Ich weiß, und es hat sich rentiert«, sagte Angela. »Aber ich glaube, du traust dir zu wenig zu. Du bist doch auch eine ganze Frau und kannst mit allem umgehen. Ich sage ja nicht, dass du gleich mit ihm schlafen sollst oder dass es etwas Ernstes werden muss. Aber er hat dir zu Halloween zu verstehen gegeben, dass er das, was zwischen euch ist, gerne aufs nächste Level bringen will. Lass dich wenigstens auf ein einziges Date mit ihm ein und gib ihm – und dir – die Chance, einander besser kennenzulernen. Dass ihr den Kontakt die ganze Zeit über aufrechterhalten habt, zeigt ja, wie gut ihr zusammenpasst.«

»Ich war ja wie gesagt schon kurz davor, dem Date zuzustimmen.«

Angela zeigte auf Ronis Handy. »Und trotzdem hast du noch nicht einmal seine Nachricht gelesen. Findest du nicht, dass du das endlich machen solltest?«

»Na gut, jetzt steh ich sowieso schon unter Strom.« Sie öffnete seine Nachricht, die sie beide gemeinsam lasen. *Hallo, meine Hübsche. Schade, dass es letztes Wochenende nicht geklappt hat. Ich halte mir diese Woche ein paar Abende für dich frei. Melde dich und lass uns was ausmachen.* Immer, wenn er sie »meine Hübsche« nannte, zerschmolz sie innerlich.

Angela seufzte. »Was war deine Ausrede, als er dich letztes Wochenende sehen wollte? Dass die Badezimmerfugen mit der Zahnbürste geschrubbt werden mussten?«

»Er hat gefragt, ob ich am Wochenende mit ihm Motorradfahren will, aber allein die Vorstellung, dass ich mich dabei an ihm festhalten muss, ist zu viel für mich. Darum habe ich ihm geschrieben, dass ich meine Teppiche reinigen muss.«

Angela bedachte sie mit einem schockierten Blick. »Ernsthaft? Du hast ja noch nicht mal einen Teppich.« Sie packte Roni an den Schultern. »Wo ist nur das mutige Mädel, das alles gegeben hat, um auf die Juilliard zu kommen, und das nichts aus dem Tritt bringen konnte?«

»Das ist von einem Auto überfahren worden.« Eine Welle der Traurigkeit überflutete Roni.

Da ertönten Kinderlachen und Kreischen im Gang und vertrieben die Trübsal.

Wieder traf eine Nachricht von Quincy ein. *Die Zeit für*

deine Antwort läuft ab.

Angela sah Roni an. »Du lässt das mit ihm aber nicht im Sand verlaufen, oder?«

Ronis Brust zog sich zusammen beim Gedanken daran, dass sie diese Verbindung verlieren könnte. »Ich will nicht, dass er mich aufgibt, aber ich trau mich einfach nicht, mit ihm auszugehen. Können wir uns nicht einfach weiterschreiben und Handy-Freunde bleiben?«

Angela verzog das Gesicht. »Nur, damit ich es richtig verstehe: Du willst, dass ihr Freunde *ohne* besondere Vorzüge bleibt, und du willst ihn auch nicht richtig kennenlernen? Du willst eine Bekanntschaft, mit der man sich alberne Bilder schickt und fragt, wie der Tag des anderen verläuft?«

»Ganz genau. Aber jetzt fängt der Unterricht an.« Roni eilte hinaus und versuchte, dem bitteren Nachgeschmack ihrer Lüge keine Beachtung zu schenken.

Quincy stand gegen die Theke gelehnt im Luscious Licks, der Eisdiele, die seiner Freundin Penny gehörte, und starrte aufs Handy.

»Wenn man den Topf bewacht, fängt das Wasser nicht an zu kochen«, sagte Penny, während sie die Theke abwischte und neugierig zu ihm schielte. Ihre Haare waren wie immer zu einem lässigen Dutt gebunden, für den sie zur Befestigung einen Strohhalm und lediglich eine winzige Klammer verwendet hatte.

»Glaub mir, in diesem Topf brodelt es wie in einem Vulkan.« Er steckte das Handy in die Tasche und bemerkte, dass

Penny ihn mit ihren großen blauen Augen belustigt ansah. Manche Leute fanden, dass Penny wie Zooey Deschanel mit helleren Haaren aussah. Quincy sah in ihr vor allem eine geschätzte Freundin, für die er durchs Feuer gehen würde und die ihm so viel über Freundschaft beigebracht hatte. »Ich kapier einfach nicht, warum sie mir zu jeder Tages- und Nachtzeit schreibt, aber nicht mit mir ausgehen will.«

»Ach so, es geht um Roni, die einzige Frau in Peaceful Harbor abgesehen von mir, die nicht mir dir ausgehen will?«

Quincy wusste durchaus, dass die alleinerziehenden Mütter und jungen Frauen im Buchladen »Between the Pages«, in dem er arbeitete, ihm schmachtende Blicke zuwarfen – wie überhaupt die Hälfte der Einwohnerinnen des kleinen Küstenstädtchens. Doch andere Frauen waren ihm herzlich egal. Er war eins neunzig groß, muskulös und attraktiv, und Männern wie ihm würden die Frauen immer hinterherlaufen, ob es ihm gefiel oder nicht. Aber seit er clean war und die Treffen der Narcotics Anonymous leitete, wusste Quincy, wie wichtig es war, Selbstfürsorge zu betreiben und sich mit Menschen zu umgeben, die ihn in seinem drogenfreien Leben unterstützten. Mit irgendwelchen Frauen ins Bett zu hüpfen, würde ihn nicht zu dem Mann machen, der er sein wollte, sondern ihn nur an das Leben erinnern, das er hinter sich gelassen hatte. Mit Roni war es jedoch anders. Sie war die einzige Frau, zu der er eine Verbindung spürte, die tiefer ging als reine Freundschaft. Er konnte es sich nicht genau erklären, aber er wusste, dass sie füreinander geschaffen waren.

»Sie *will* schon«, sagte er im vertraulichen Ton. »Aber sie macht es nicht.«

Penny legte den Kopf schief. »Das hast du über mich auch immer gesagt.«

»Schon, nur wussten wir beide, dass es bei uns anders war. Wir hätten natürlich auch im Bett landen und bestimmt eine ganze Menge Spaß haben können, aber dann hätten wir wahrscheinlich das hier verloren.« Er zeigte zwischen ihnen hin und her. Sie waren miteinander befreundet, seit er vor fast zwei Jahren aus der Entzugsklinik entlassen worden war. Und ja, er hatte ziemlich mit ihr geflirtet, denn Penny war äußerst attraktiv. So waren sie schnell Freunde geworden, die miteinander schäkerten. Aber obwohl alle anderen gedacht hatten, dass sie einmal zusammenkommen würden, hatte Quincy es besser gewusst. Bevor er clean wurde, hatte er nie Freunde gehabt, und nun war Freundschaft sein größtes Gut. Er wollte nicht riskieren, seine Freundschaft mit Penny zu verlieren, und musste sich auch offen eingestehen, dass die anfängliche Attraktion nicht so überwältigend gewesen war wie die Anziehungskraft, die Roni auf ihn ausübte.

»Ich ziehe dich doch nur auf«, gestand Penny. »Ich bin ja froh, dass wir nie was miteinander hatten. Du bist mein bester Freund, und ich weiß nicht, was ich ohne dich tun würde.«

»Wahrscheinlich viele schlechte Entscheidungen treffen«, scherzte er.

»Das mache ich doch sowieso. Schließlich gewähre ich dir hier Zutritt, nicht wahr?« Sie grinste. »Deine heiße Brünette lässt dich jetzt schon seit Monaten zappeln. Ich dachte schon, sie würde dir gar nichts bedeuten.«

»Ich warte auf den richtigen Zeitpunkt. Du weißt, wie wichtig es für mich war, die Zweijahresmarke zu kriegen, bevor ich mich mit einer Frau einlasse.« Am Tag nach Halloween waren zwei Jahre verstrichen, seit er das letzte Mal Drogen genommen und mit dem Entzug begonnen hatte.

»Ja, aber ihr schreibt euch jetzt schon ewig. Wieso denkst

du, dass sie überhaupt an mehr interessiert ist? Sie hat dir einen Korb gegeben, als du das erste Mal versucht hast, mit ihr auszugehen. Sie war ja auch nicht diejenige, die das Date mit dir auf der Auktion ersteigert hat, sondern ihre Freundin, falls du dich noch erinnerst.«

»Ich erinnere mich sehr wohl. Den Abend werde ich nie vergessen.« Der Abend, an dem er zum ersten Mal die hübsche Brünette mit der Brille gesehen hatte, mit den einladenden vollen Lippen, dem anbetungswürdigen Körper. Als sich ihre Blicke trafen, während er zur Bühne lief, glaubte er, der Raum würde in Flammen aufgehen. Nachdem ihre Freundin dann das Date mit ihm ersteigert hatte, war er zu ihr gegangen, um sich vorzustellen. Da hatte er herausgefunden, dass Roni, die Frau mit den schönsten Augen und den sündigsten Lippen in Peaceful Harbor, beim Gehen leicht hinkte und dass sie entweder furchtbar schüchtern oder auf sehr kluge Weise vorsichtig war. Er war so verzaubert gewesen, dass er seit jenem Moment nicht mehr aufhören konnte, an sie zu denken.

»Ich fühle es«, antwortete er. »Da ist eine unglaubliche Energie zwischen uns.«

Penny zeigte mit dem Finger auf ihn. »Nächstes Mal, wenn jemand fragt, warum wir beide nicht zusammen sind, sagst du, dass genau das bei uns fehlt. Es ist das großartigste Gefühl auf der ganzen Welt.«

»Woher willst du das wissen? Du hast noch nie von so einer Energie zwischen einem Mann und dir erzählt.«

»Als Frau hat man eben so seine Geheimnisse.« Schmunzelnd wischte sie einen der Tische ab. »Apropos Geheimnis, kennt Roni schon deines?«

»Meine Vergangenheit ist kein Geheimnis, Penny. Das weißt du doch am besten. Aber es ist auch nicht gerade etwas, das man mal so nebenbei in eine Textnachricht schreibt.«

»Ja, da hast du wohl recht.« Sie wandte sich dem nächsten Tisch zu. »Was machst du heute Abend?«

»Lernen. Und du?« Quincy nahm an einem Online-Kurs des Colleges teil, mit dem er sich zum Buchhalter weiterbildete.

»Ich habe keine Pläne, aber ich werde schon eine Beschäftigung finden.«

Die Glöckchen über der Tür läuteten, als ihr gemeinsamer Freund Scott Beckley die Eisdiele betrat. Penny blickte auf. »Hey, Scotty. Ähm, ich meine Scott. Ich verbringe wohl zu viel Zeit mit den Kindern.«

»Hi.« Scott kam auf sie zu. »Ich hatte Lust auf was Süßes.«

»Hey, Scott«, grüßte Quincy, woraufhin Scott den Kopf drehte und dreinblickte, als hätte er Quincys Anwesenheit jetzt erst bemerkt.

»Ach, hi, Quincy.« Scott ging zu ihm und klopfte ihm auf den Rücken. »Wie läuft's, Kumpel?« Er war ein stattlicher Kerl mit sandfarbenem Haar und einer ruhigen Stärke, die erkennen ließ, dass er sich all die Jahre allein durchgeschlagen hatte, nachdem er mit siebzehn aus seinem gewaltvollen Elternhaus ausgezogen war.

»Gut. Und bei dir?«

»Könnte nicht besser gehen.« Scott blickte zu Penny hinüber. »Ich brauche nur noch meine Ration Süßes, bevor ich zu Sarah gehe. Ich passe heute Abend auf die Kids auf.«

Scott hatte erst seit Kurzem wieder Kontakt zu seinen Schwestern Sarah und Josie. Sarah war mittlerweile mit Wayne »Bones« Whiskey verlobt, einem Arzt und Mitglied des Dark Knights Motorradclubs. Bones hatte Sarahs drei Kinder adoptiert und sie wollten nächstes Frühjahr heiraten. Quincys ehemaliger Mitbewohner Jed Moon hatte sich Hals über Kopf in Josie und ihren Sohn Hail verliebt und Quincy gebeten, bei der Hochzeit am ersten Weihnachtstag sein Trauzeuge zu sein. Jed war auch Mitglied der Dark Knights und arbeitete als Barkeeper im Whiskey Bro's sowie als Mechaniker bei Whiskey Automotive, beides Unternehmen von Bones' Familie.

»Cool. Gib den Kindern ein Küsschen von mir. Ich muss jetzt los.« Damit ging Quincy zur Tür, wo er sich noch einmal umdrehte: »Macht ihr am Wochenende eigentlich auch bei der Rallye mit?«

Die Dark Knights veranstalteten eine Stadtrallye, um Geld für das Frauenhaus in Parkvale zu sammeln, das eine halbe Stunde außerhalb von Peaceful Harbor lag und von der Frau und Tochter eines anderen Dark Knight geleitet wurde. Josie und Hail hatten nach ihrer Ankunft in Peaceful Harbor eine Weile dort gewohnt. Bones arbeitete ehrenamtlich dort und kümmerte sich um die medizinische Versorgung der Frauen und Kinder, die dort untergebracht waren. Sarah begleitete ihn oft, um mit den Frauen zu sprechen und ihnen von ihren Erfahrungen und ihrem Weg aus der Obdachlosigkeit zu erzählen.

»Natürlich.« Penny legte den Lappen zur Seite und zeigte auf Scott. »Und dieser junge Mann hier wird mein Rallye-Partner sein, nachdem du dich sicher für deine Handy-Freundin freihältst.«

»Jetzt sei nicht so, Penny«, meinte Scott. »Manche brauchen halt ein bisschen länger, um ihre Herzensdame für sich zu gewinnen.«

Quincys Freunde waren eine eng zusammengeschweißte Truppe. Sie wussten alle, dass er und Roni sich schon seit Längerem Nachrichten schrieben und dass er nur Augen für sie hatte. »Wenigstens einer, der versteht, dass es auf das richtige

Timing ankommt.« Quincy gefiel es, die Sache mit Roni langsam anzugehen und sie auf einer unverbindlichen Ebene kennenzulernen, auf der er noch nichts von seiner Vergangenheit und den schlimmen Dingen, die er getan hatte, erzählen musste. Aber seit einiger Zeit wurden diese Nachrichten ihm immer wichtiger und er wollte der Frau, die dahintersteckte, näherkommen. Jetzt war wohl die Zeit gekommen, die Schleusentore zu seiner Vergangenheit zu öffnen und zu sehen, ob Roni mit ihm hindurchgehen würde oder ob sie auf dem Absatz kehrtmachte und davonrannte. Während er die Türklinke hinabdrückte, sagte er noch: »Ich habe einen Plan.«

»Hey!«, rief Penny und hielt ihn vom Gehen ab. »Warum weiß ich noch nichts von diesem Plan?«

»Als Mann hat man eben so seine Geheimnisse.« Damit verließ Quincy vor sich hin glucksend die Eisdiele.

Er schwang sich aufs Motorrad und fuhr zu seiner Wohnung, die sich am Ortsrand über Whiskey Automotive befand. Als er in die langgezogene Einfahrt bog und die Autowerkstatt sah, überkamen ihn wie so oft gemischte Gefühle. Einerseits zog sich sein Magen zusammen, andererseits ging ihm das Herz auf. Quincy hatte sich bewusst dafür entschieden, diesen täglichen Realitätscheck auszuhalten, statt sich eine andere Bleibe zu suchen.

Es hatte Zeiten mit so vielen Tiefpunkten gegeben, dass er gedacht hatte, er sei der einzige Mensch auf der Welt, bei dem es immer noch schlimmer kam. Aber am Halloweenabend vor zwei Jahren war er schließlich doch am tiefsten Punkt angelangt. Er war von einem Drogendealer brutal zusammengeschlagen worden und auf der Wiese vor der Werkstatt ohnmächtig zusammengebrochen. Dort hatte damals sein neun Jahre älterer Bruder Truman gearbeitet und im selben Apartment gelebt, in dem Quincy heute wohnte. Truman hatte für einen Mord, den Quincy als Teenager begangen hatte, sechs Jahre im Gefängnis gesessen, war erst ein paar Monate vor jenem Abend entlassen worden und Quincy zum millionsten – und hoffentlich letzten – Mal zu Hilfe geeilt. Er hatte den Notarzt gerufen und Quincy schließlich zur Entzugsklinik überredet.

Quincy stieg vom Motorrad und bemerkte Truman, der vor einem der Garagentore stand und sich die Hände an einem Lappen abwischte. Er unterhielt sich gerade mit Bear Whiskey und dessen Schwester Dixie. Die Whiskeys – Biggs und Red und ihre erwachsenen Kinder Bones, Bullet, Bear und Dixie – waren für Quincy wie eine Familie. Bear arbeitete in Teilzeit als Mechaniker in der Werkstatt und war außerdem als talentierter Motorraddesigner für Silver-Stone Cycles tätig, die Firma von Dixies Mann Jace. Dixie war die Geschäftsführerin der Werkstatt wie auch der Bar und seit Kurzem zudem das Gesicht des neuen Modelabels *Leder und Spitze* von Silver-Stone.

Truman nickte Quincy zu.

Dixie strich sich die langen roten Haare über die Schulter. »Hi, Quincy.«

»Hallo, Miss Januar«, begrüßte Quincy sie schmunzelnd.

Dixie bedachte ihn dafür mit einem gespielt finsteren Blick. Sie war groß, schön und tätowiert und zierte den Silver-Stone-Kalender fürs nächste Jahr. Eigentlich ließ sie sich sonst nichts gefallen, weshalb es umso mehr Spaß machte, sie aufzuziehen.

»Ich werde bei dir einbrechen und deinen Kalender verbrennen«, zischte sie ihm zu.

»Mach nur. Ich habe noch drei weitere Exemplare«, log Quincy, dabei besaß er nicht mal einen einzigen Kalender. Er hatte zwar ein paar gekauft, um seine Freunde zu unterstützen, sie aber dann an seine Kollegen im Buchladen verschenkt.

»Hey, das ist meine Schwester, die du dir da an die Wand hängst«, mischte sich Bear ein.

»Bist wohl eifersüchtig?«, scherzte Quincy. »Lass das nächste Mal deine Visage auf den Kalender drucken, dann hänge ich dich an die Wand.«

»Schön, dass du da bist, Bruderherz.« Trumans Bizeps zeichnete sich deutlich unter den Ärmeln seines Shirts ab. Er war von den Händen bis zum Hals tätowiert. Seit Quincy clean war, hatten Trumans tiefliegende Augen nicht mehr den sorgenvollen Ausdruck von früher, doch waren Spuren aus der Zeit im Gefängnis geblieben, sodass ein einziger Blick von ihm selbst den stärksten Mann einschüchtern konnte. Sein dichtes dunkles Haar und sein Bart trugen zu dieser Wirkung bei, dabei war Truman der liebste Mensch auf Erden.

»Was geht?«, fragte Quincy.

»Gemma muss heute länger arbeiten und Red legt gerade Lincoln für seinen Mittagsschlaf hin.« Trumans Frau Gemma besaß die Boutique »Princess for a Day«. »Hättest du später vielleicht Zeit, Kennedy von ihrer Tanzstunde abzuholen?«

Truman und Gemma zogen die wesentlich jüngeren Geschwister von Truman und Quincy auf, als wären es ihre eigenen Kinder. Die fünfjährige Kennedy und der dreijährige Lincoln wuchsen wie in einer richtigen Familie mit viel Liebe auf – etwas, das Truman und Quincy selbst nie erlebt hatten. Für die Kleinen waren Red und Biggs wie Großeltern, genauso wie sie für Truman und Quincy wie Ersatzeltern waren.

»Als würde er die Gelegenheit, einen Blick auf Roni zu werfen, verpassen wollen.« Dixie stützte die Hände in die Hüften. »Er versucht schon seit Monaten, sie für sich zu gewinnen.«

»Glaub mir, Dix. Wenn ich es eilig hätte, sie in mein Bett

zu kriegen, läge sie da längst.« Allerdings hatte Dixie recht. Quincy war immer bereit, seine süße, begehrenswerte Roni zu sehen, und sei es auch nur für ein paar Minuten. Er wandte sich wieder Truman zu. »Kein Problem. Ich tu dir jeden Gefallen.«

»Du könntest gerne auch mal mein Baby über Nacht hüten, damit ich endlich in Ruhe Sex mit meiner Frau haben kann, ohne beim kleinsten Geräusch gleich aufspringen zu müssen.« Bears Frau Crystal hatte vor zweieinhalb Monaten einen Sohn bekommen und ihn nach Bears verstorbenem Onkel Axel benannt, von dem Bear zu seiner Zeit alle Kniffe der Automechanik gelernt hatte.

Dixie grinste. »So, wie du ständig um deine Frau herumscharwänzelst, braucht sie eher mal 'ne Pause.«

»Sie liebt es.« Bear spannte den tätowierten Bizeps an. »Von mir kriegt sie reinstes Peaceful-Harbor-Gold, Baby.«

Truman warf Bear den Lappen zu. »Wir haben noch zu arbeiten, du Angeber.«

»Okay, bis später.« Quincy ging zu seinem alten Pick-up-Truck, den Truman für ihn hergerichtet hatte. Er hatte schon vor einer Weile zwei Kindersitze gekauft, weil er so viel Zeit mit den Kids verbringen wollte, wie es nur ging.

Das Tanzstudio lag nicht weit von der Werkstatt entfernt und so traf er schon ein paar Minuten vor Unterrichtsende dort ein. Er ging an den wartenden Müttern vorbei, die in der Lobby saßen, und weiter zu Ronis Unterrichtsraum, aus dem Musik drang.

Roni stand im hautengen weißen Body mit schwarzem Rock und Leggings vor der Mädchengruppe und sah bezaubernd aus. Wenn sie unterrichtete, trug sie keine Brille, weshalb er nun ihre hohen Wangenknochen, die kleine Nase und die einladenden Lippen bewundern konnte. In der ersten Reihe entdeckte er Kennedy, ganz in Rosa angezogen, das Haar zu zwei Zöpfen gebunden, und sie konzentrierte sich voll und ganz auf Roni. Quincy ging das Herz auf, als er seine kleine Nichte so sah, die eigentlich seine Schwester war und um deren Leben er damals im Drogenhaus und auf der Straße gekämpft hatte, bevor ihre Mutter an einer Überdosis gestorben war.

»Rechte Hand zur Seite strecken und jetzt auch die linke Hand ausstrecken«, rief Roni und führte die Bewegungen aus, die die Mädchen ihr nachmachten. »Jetzt die Arme über der Brust verschränken, Hände auf Schulterhöhe und den Oberkörper kreisen, mit den Schultern voran.«

Roni bewegte sich mit solcher Anmut, dass Quincy von ihrem Anblick wie hypnotisiert war.

»Jetzt noch mal alle zusammen.« Roni wiederholte die Bewegungen langsam und geduldig, während sie dabei die Kinder beobachtete. Dabei fiel ihr Blick auf ein niedliches rothaariges Mädchen, das gegen die Wand gelehnt dastand und die Hände hinter dem Rücken versteckt hatte. »Sehr schön, meine Damen, und jetzt macht ihr das noch dreimal allein.«

Während die anderen weiterübten, ging Roni zu dem rothaarigen Mädchen und kniete sich vor ihm nieder. Die Kleine schüttelte mit zusammengezogenen Augenbrauen den Kopf. Da nahm Roni ihre Hand und redete weiter leise auf sie ein, bis sie nickte. Roni stand wieder auf und wandte sich an die Klasse. »Sehr gut gemacht, ihr Süßen. Und nun ...« Jetzt erst hatte sie Quincy entdeckt und verhaspelte sich sogleich.

Seine Lippen verzogen sich zu einem Lächeln, denn er liebte ihre Reaktion, die immer gleich ausfiel, wenn er kam, um Kennedy abzuholen. Er zwinkerte ihr zu, während sie sich bemühte, sich wieder unter Kontrolle zu bekommen. Sie war so süß, wenn sie ihn nervös anlächelte und dann mit offensichtlichem Kraftaufwand den Blick von ihm abwandte. Warum sträubte sie sich so, wenn es doch viel leichter wäre, einfach der Anziehungskraft nachzugeben?

Roni führte das rothaarige Mädchen an der Hand zum Rest der Gruppe, dann stellte sie sich wieder vorne hin. »Super gemacht, Ladys. Ihr habt euch einen dicken Applaus verdient.« Die Mädchen jubelten und klatschten, nur die kleine Rothaarige machte nicht mit. Roni warf Quincy einen verstohlenen Blick zu.

Hallo, meine Hübsche.

»Vergesst nicht, eure Sachen aus der Umkleide mitzunehmen«, rief Roni, was ein lautes Durcheinander auslöste.

»Onkel Quincy!« Kennedy kam mit wippenden Zöpfen angerannt.

Quincy breitete die Arme aus und die Kleine stürzte zu ihm und gab ihm einen Kuss. Nach allem, was er und die Kinder durchgemacht hatten, war ihre Liebe das Beste, was ihm widerfahren konnte. Er hatte das große Glück, so viel Gutes im Leben zu haben, und das war für ihn keine Selbstverständlichkeit.

»Hallo, mein Goldspatz«, sagte er und drückte sie. »Deine Mommy muss länger arbeiten, und deshalb hole ich dich ab.«

»Juhu«, jubelte Kennedy.

Während die anderen Eltern ihre Kinder einsammelten, behielt Roni die Mädchen im Auge wie eine Glucke ihre Küken. Dabei schielte sie immer wieder zu Quincy hinüber.

»Hast du gesehen, wie ich tanze? Ich kann das gut, oder?«, fragte Kennedy.

»Du bist die Beste. Dann hol mal schnell deine Sachen, während ich noch kurz mit Miss Roni spreche.«

Sie klammerte sich wie ein Äffchen an ihn. »Ich will aber

mitkommen.«

So würde er aber nicht wie erhofft mit Roni flirten können. Jetzt musste etwas Kreativität her. Er ging mit Kennedy auf dem Arm zu Roni, die sich gerade von einem anderen Kind verabschiedete. Sobald sie fertig war, sagte Kennedy: »Miss Roni, mein Onkel will mit dir reden.«

Ein nervöses Lächeln umspielte Ronis so wunderschöne, küssbare Lippen, während sie ihn mit ihren grünbraunen Augen ansah, was ein Kribbeln in seiner Brust auslöste. »Was kann ich für dich tun, *Onkel* Quincy?«

»Morgen Abend mit mir ausgehen.« *Komm, Baby, sag einfach Ja.*

Ihre Augen wanderten zu Kennedy. »Tut mir leid, aber ich muss arbeiten.«

»Dann am Mittwoch?«

Sie senkte eine Sekunde lang den Blick, dann sah sie wieder hoch, als wäre es schwer, woanders hinzusehen. »Da muss ich unterrichten.«

Zeit für schwerere Geschütze. Er schaute zu Kennedy. »Hilf mir mal, mein Häschen. Ich möchte mich mit Miss Roni verabreden, aber sie mag nicht mit mir spielen.«

Ronis Wangen färbten sich rot, doch da ihr Lächeln noch breiter wurde, würde er nun alle Register ziehen.

»Mit Onkel Quincy spielen macht aber am meisten Spaß!«, rief Kennedy. »Mit ihm kannst du stundenlang spielen, mit Puppen oder Verkleiden. Und Fußball. Aber dann muss er auf die Knie runter, weil er sonst so groß ist. Und wir spielen immer Vater-Mutter-Kind und wir tanzen und ich darf ihm Bänder ins Haar machen.«

Roni lachte auf. Ein Geräusch, für das es sich lohnte, sich weiter mächtig ins Zeug zu legen.

»Bänder?«, fragte sie nach.

Oje, vielleicht ist Kennedy doch keine Hilfe.

Kennedy nickte eifrig. »Ja. Und wenn du brav bist, fährt er vielleicht mit dir zu Pennys Eisdiele, weil er so gerne Eis isst. Er sagt immer, dass er den ganzen Abend und sogar die ganze Nacht lang nur Eis essen könnte. Stimmt's, Onkel Quincy?«

Er grinste. Kennedy war also doch die beste Komplizin für seine Mission. »Ganz genau, Süße. Die *ganze Nacht* lang.«

Ronis Augen wurden größer und nun klappte sie den Mund zu.

»Du musst unbedingt mal mit ihm spielen, Miss Roni!« Kennedy wurde ganz aufgeregt und löste sich aus Quincys Armen. »Jetzt hole ich meine Sachen.«

»Du bist echt schlimm«, flüsterte Roni, während sie sich lachend umsah.

»Das hat früher vielleicht mal gestimmt. Jetzt verwende ich meine schlimme Seite nur noch, um ganz artig zu sein.« Er trat einen Schritt näher, was die Temperatur zwischen ihnen steigen ließ. Roni war etwa eins siebzig und hatte damit die perfekte Größe, um ihr die Hände an die Wangen zu legen und sie zu küssen. Sie roch so verlockend, aber er behielt brav die Hände bei sich. »Was muss ein Mann machen, damit du einem Date zustimmst?«

»Ich gehe auf keine Dates, Quincy.« Sie hauchte seinen Namen, als hätte er ihr schon länger auf der Zunge gelegen.

»Ich ja sonst auch nicht«, sagte er wahrheitsgetreu und blickte zur Umkleide, wo Kennedy gerade ihre Schuhe anzog. Alle anderen Kinder waren schon gegangen. »Vielleicht ist jetzt die Zeit gekommen, damit anzufangen? Ab wann hast du morgen frei?«

»Ich habe abends noch eine Besprechung wegen einer Aufführung.«

»Was ist mit Mittwoch?«

»Tut mir leid, da bin ich bis um acht Uhr hier. Ich mag dich sehr, aber …«

»Kein Aber, Roni. Du kannst dich nicht für alle Ewigkeit hinter deinem Handy verstecken.«

»Doch, kann ich«, erwiderte sie mit einem Anflug von gespieltem Trotz. »Wenn wir uns Nachrichten schreiben, werde ich nicht rot. Es ist leichter, wenn …«, sie zeigte auf seinen Körper, »… das alles nicht direkt vor mir steht.«

»Dann muss ich vielleicht meine Textnachrichten ändern.«

»Nein!«, protestierte sie sofort lachend.

»Dass du lachst, ist immerhin schon mal ein guter Anfang.« Er trat noch einen Schritt näher, sodass sie sich nun an der Brust berührten, was sein Verlangen nur weiter steigerte. Ihr Atem beschleunigte sich, aber sie hielt seinem Blick stand. Ein weiteres gutes Zeichen. Er strich ihren Arm entlang und spürte, dass sie eine Gänsehaut bekam. Als sie leise stöhnte, erwachten seine südlichen Regionen zum Leben. »Nur ein Date, Veronica. Ich schwöre, dass ich die Hände bei mir behalten werde.« Dann neigte er sich zu ihr und fuhr fort: »Außer du willst es anders.«

Sie öffnete den Mund, aber er ließ ihr gar keine Zeit zu antworten. »Willst du wirklich wieder eine Ausrede vorbringen? Denn deine Augen sagen mir, dass du diese unglaubliche, unausweichliche Energie zwischen uns genauso spürst wie ich.«

»Mhm.« Sie presste die Lippen aufeinander und sah ihm weiter in die Augen, bevor sie flüsternd zugab: »Ja, ich fühle es auch.«

»Das ist alles, was ich wissen muss.«

Da kam Kennedy wieder angerannt und nahm Quincys Hand. »Können wir jetzt fahren?«

»Natürlich, meine Süße.« Quincy zwinkerte Roni zu. »Die Zeit läuft. Bis bald, meine Hübsche.«

Zwei

Manchmal hatte Quincy das Gefühl, zwei unterschiedliche Leben zu führen. Im einen Leben war er der arbeitsame und umgängliche Typ, der mit Roni flirtete, im anderen der ehemalige Drogenabhängige, der mittwochs das Treffen der Narcotics Anonymous im Keller der Lutherischen Kirche von Peaceful Harbor leitete. Aber natürlich konnte er sich nichts vormachen, denn er war ein und derselbe Mann und die eine Seite von ihm existierte nicht ohne die andere.

Das Surren der Lampen im Raum empfanden manche vielleicht als störend, für ihn aber barg es Stabilität und Konsistenz, was er beides jahrelang hatte entbehren müssen und was er nun so dringend brauchte wie früher die Drogen. Seine Sehnsucht danach war fast so stark wie die nach Roni.

Das Geräusch brach die Stille im Raum, während Simone Davidson eine kurze, nachdenkliche Pause machte. Sie erzählte gerade den anderen Teilnehmern des Meetings ihre Geschichte. Simone war furchtbar dünn, obwohl sie seit ihrer Entlassung aus der Drogenentzugsklinik ein paar Pfund zugenommen hatte. Sie hatte eine lange Narbe, die sich von einem Ohr bis zur Unterlippe zog und von einer der vielen Auseinandersetzungen mit ihrem gewalttätigen Exfreund stammte. Ihre Jeans und ihr Sweatshirt waren frisch gewaschen und ihre braunen Augen waren klar, zeigten aber immer noch die Schatten der Vergangenheit. Sie kaute nervös an den sauberen Fingernägeln. Quincy hatte erst, seit er keine Drogen mehr nahm, ein Auge für Sauberkeit und Ordnung. Jetzt war es das Erste, was ihm auffiel, wenn er zu erkennen versuchte, ob es bei irgendwem Anzeichen für Probleme gab. Oft bemerkte er nicht einmal, wie sehr er darauf achtete.

Er hatte Simone schon während seiner dunkelsten Zeit gekannt, als alles nur dem nächsten Drogenrausch gegolten hatte. Da war Simone noch nicht die Freundin von Patrick »Puck« Fulton gewesen, dem Drogendealer, dessen Trupp Quincy damals brutal zusammengeschlagen hatte. Als Simone zu Quincy kam und Hilfe suchte, war ihm durchaus bewusst gewesen, dass er Gefahr lief, von Puck belästigt zu werden. Nachdem er schon oft dem Tod ins Auge gesehen hatte, fürchtete sich Quincy nicht länger davor – und erst recht nicht vor Puck. Quincys Kopf war klarer als der eines jeden Dealers, und jetzt besaß er auch die physische Stärke und den Willen, gegen alles zu kämpfen, was ihm Schaden zufügen könnte. Außerdem hatte er Truman, die Whiskeys und den Rest der furchtlosen Biker an seiner Seite, weshalb er die ideale Person war, um die gefährliche Rolle als Simones Sponsor zu übernehmen.

Simone hob den Kopf und ließ den Blick über die anderen Leute im Stuhlkreis wandern. »Neulich bin ich auf dem Weg zur Bushaltestelle über den Parkplatz der Tankstelle gelaufen und da stand so ein Typ neben einem schicken Auto. Er hat mich angeschaut, als würde er mich kennen. Er kam mir auch bekannt vor, aber ich konnte ihn nicht einordnen. Er trug einen Anzug und tankte gerade. Er hat mich beobachtet, was mich ganz nervös gemacht hat. Nachdem ich aber schon so lange in Angst lebe, weigere ich mich, mich noch länger vor etwas zu fürchten. Ich habe mir geschworen, mich meinen Ängsten zu stellen, also bin ich auf ihn zugegangen und habe ihn gefragt, warum er mich so anstarrt.«

Sie blickte auf ihre Hände, zupfte wieder an den Nägeln herum. »Er war überrascht, dass ich ihn nicht mehr erkannt habe.« Sie hob den Kopf. »Er war einer der Typen, an die mich mein Freund vermittelt hat. Er sagte, wir hätten zig Mal miteinander geschlafen. Ich weiß zwar, dass ich unter Drogen Zeit und Erinnerungen verloren habe, aber das hat es mir erneut bewusst gemacht, und ich frage mich, mit wie vielen anderen Männern ich Sex hatte und wie viele Stunden, Wochen und Monate mir abhandengekommen sind. Ich habe fünf Jahre lang Drogen genommen, fast jeden Tag, so unglaublich das auch ist. Das sind dreiundvierzigtausendachthundert Stunden, und ja, ich habe es ausgerechnet. Ich weiß genau, dass ich mich an die meisten davon nicht erinnern kann.«

Keiner im Kreis rührte sich oder kommentierte diese Aussage. Hier wurde nicht geurteilt. Die Drogenabhängigkeit war gnadenlos und jeder im Raum hatte einen ähnlichen Kampf auszufechten. Quincy fragte sich, wie Roni darauf reagiert hätte, wenn sie hier gewesen wäre. Schnell verdrängte er diese Überlegung wieder, denn er wollte sie nicht einmal in Gedanken in die Nähe der hässlichen Drogen kommen lassen.

»Diese Stunden sind das, wonach ich mich sehne«, sagte Simone. »Ich will zu dem Punkt kommen, wo ich länger clean bin, als ich drogenabhängig war, und ich will mich an jede Minute davon erinnern.«

Während Simone mit ihrer Geschichte fortfuhr, erinnerte sich Quincy an seine ersten Wochen nach dem Entzug, die mit vielen NA-Treffen wie in einem Nebel verstrichen waren, während Hass und Zweifel immer wieder an seinem Selbstvertrauen und seiner Entschlossenheit nagten und hundert Fragen offenließen. Während dieser Wochen war es am schwierigsten gewesen, den eigenen Anblick im Spiegel zu ertragen und die Verantwortung für den Schmerz zu übernehmen, den er verursacht hatte, und die tiefsitzenden Ängste, aber auch die Hoffnung, die er in den Augen seines Bruders und seiner Freunde gesehen hatte. Beides, Schmerz und Hoffnung, hatte sich auch in seinen Augen widergespiegelt. *Gott sei Dank hat mich Roni nie so erlebt.* Quincy hatte Glück gehabt. Er hatte die volle Unterstützung von Truman, den Whiskeys und ihren anderen Freunden, was ihm genug Grund gab, für ein besseres Leben zu kämpfen. Oft fragte er sich, wie Menschen ohne derartigen Beistand diese dunkle Macht besiegen konnten.

»Eine Stunde nach der anderen«, sagte jetzt Simone, als würde sie seine Frage beantworten. »Das sage ich mir immer. Wenn ich daran denke, wie viele Jahre ich verschwendet habe, während ich zu high war, um irgendwas fühlen oder sagen zu können. Es ist …« Tränen rannen ihr über die Wangen, während sie zu Quincy blickte.

Er nickte ihr aufmunternd zu. Am liebsten hätte er sie umarmt, ihr gesagt, dass sie das Zeug dazu hatte, ihre Sucht zu überwinden. Quincy wusste, wie wichtig Zuwendung und guter Zuspruch waren, was er beides nicht mehr bekommen hatte, nachdem Truman damals ins Gefängnis gekommen war. Die letzten zwei Jahre seit Beginn seines neuen Lebens hatte Quincy Zuwendung und Zuspruch von allen entgegengenommen und genauso gern weitergegeben. Aber das hier war kein Treffen unter Freunden und auch keine Therapiesitzung. Es war Simones Gelegenheit, ihre schmerzlichen Erfahrungen zu teilen und zu versuchen, einen neuen Weg zu finden und dabei auch anderen zu helfen. Während Umarmungen natürlich erwünscht waren, sollten sich die Teilnehmer damit wie auch mit weiteren Kommentaren oder Unterhaltungen bis zum Ende des Treffens zurückhalten, woran sich Quincy auch halten würde.

»Ich will nicht mehr diejenige sein, die ich mal war, aber ich weiß gar nicht, wer ich bin. Doch ich werde es herausfinden«, erklärte Simone jetzt mit mehr Selbstvertrauen. »Danke.«

Jacob, der Mann neben ihr, umarmte sie und klopfte ihr aufmunternd auf den Rücken.

Quincy warf einen Blick auf die Uhr. »Unsere Zeit ist abgelaufen. Ich danke allen, die heute Abend ihre Erfahrungen mit uns geteilt haben. Wenn ihr jetzt zur Tür hinausgeht, dann denkt immer an die Beweggründe, die euch hergeführt haben. Der einzige Mensch, der euer Leben ändern kann, ist der, den ihr im Spiegel seht. Aber ihr seid nicht allein. Wenn ihr das Gefühl habt, dass ihr kurz davor seid, wieder abzurutschen, holt euch Hilfe bei eurem Sponsor. Dafür sind wir hier. Auf dem Tisch liegt eine Liste, auf der weitere tägliche Meetings stehen, die andernorts stattfinden. Ihr könnt es schaffen, aber ihr müsst es auch wollen.« Quincy stand auf, und die anderen taten es ihm nach. Dann nahmen sich alle an den Händen, verbeugten sich und sagten das Gelassenheitsgebet auf.

Anschließend verließen manche den Raum, ohne ein einziges Wort gesagt zu haben, während andere zu Quincy kamen, der jetzt die Stühle wegstellte, und sich bei ihm bedankten. Draußen würden sie noch stehenbleiben, um zu plaudern. Für Menschen, die dabei waren, ihre Drogensucht zu überwinden, war zu viel Ruhe und Alleinsein gefährlich, weil sich dann Türen öffnen konnten, hinter denen die Monster lauerten.

»Das war großartig, Sims. Ich bin stolz auf dich«, sagte

Quincy, während sie ihre Jacke anzog. »Wie hat es sich angefühlt?«

»Als würde ich nackt dort sitzen.«

Er erinnerte sich selbst nur allzu gut an dieses Gefühl. Doch verletzlich zu sein war so viel besser, als unter Drogeneinfluss zu stehen. »Das ist ein guter Vergleich.«

»Ja, aber es hat sich auch gut angefühlt. Alles rauszulassen. Ich kann immer noch nicht glauben, was ich alles gemacht und wie ich andere Leute behandelt habe. Und mich selbst.«

»Sich der Sucht zu stellen, ist nichts für Schwächlinge. Man braucht Klarheit, um seine Taten akzeptieren und sich selbst verzeihen zu können. Erst dann kann man nach vorn blicken. Wir waren alle an dem Punkt. Denk immer dran: Niemand ist perfekt. Der Typ im Anzug, von dem du erzählt hast – der ist auch nicht besser als du. Eher sehr viel schlechter, denn er hat deinen berauschten Zustand ausgenutzt. Du hast mit den Drogen aufgehört und arbeitest an dir, während er wahrscheinlich immer noch für Sex bezahlt.«

Sie lächelte dankbar. »Mit dem, was du sagst, gibst du mir immer das Gefühl, dass ich gar kein so schlechter Mensch bin.«

»Meine Schwägerin hat mir einmal gesagt, dass selbst gute Menschen manchmal schlimme Dinge tun. Ich habe es damals nicht geglaubt, aber jetzt sage ich das auch. Es ist nämlich wahr, und es hilft, wenn man sich das in schwierigen Zeiten auch immer wieder in Erinnerung ruft.«

»Das werde ich fortan auch tun, danke. Ich werde es schaffen, Quincy«, sagte sie entschlossen. »Ich habe nie jemanden gehabt, der mir den Rücken stärkt, und ich danke dir, dass du mir geholfen hast, den Entzug zu machen und eine Unterkunft im Frauenhaus zu finden. Ich habe jetzt einen Job in einem Mini-Markt, der direkt an der Buslinie zum Frauenhaus liegt.

Morgen ist mein erster Tag.«

»Das ist ja fantastisch.« Obwohl es ihm lieber gewesen wäre, wenn sie in Peaceful Harbor gearbeitet hätte, wo die Dark Knights schon seit Generationen patrouillierten und aufpassten. Puck würde es nicht wagen, die Brücke nach Peaceful Harbor zu überqueren. Quincy hatte Simone schon vor ein paar Wochen vorgeschlagen, sich hier etwas zu suchen, aber die Busse fuhren nicht regelmäßig genug, daher kam diese Option nicht infrage. Zum Glück patrouillierten die Dark Knights auch in der Gegend um das Parkvale Frauenhaus und behielten die Drogendealer im Auge sowie alle anderen, die eine Bedrohung für die Bewohnerinnen der Unterkunft darstellten. Die Patrouillen waren nicht so weitreichend wie hier, aber zumindest passte dort jemand auf.

»Hast du noch mal was von Puck oder seinen Leuten gehört?«, fragte Quincy.

»Nein. Nach dem, was Diesel mit ihm gemacht hat, als er mich im Frauenhaus heimsuchen wollte, glaube ich auch nicht, dass er noch mal zurückkommt.«

Desmond »Diesel« Black war ein *Nomad*, ein reisendes Mitglied der Dark Knights ohne eigenes Revier. Er war ein stattlicher Mann mit kaltem Blick und ohne einen Funken Sozialkompetenz. Wenn er in der Gegend war, arbeitete er als Barkeeper im Whiskey Bro's, was dafür sorgte, dass in der Bar kein Ärger aufkam. Außerdem war es seine Aufgabe, zu patrouillieren und die anderen Dark Knights zu koordinieren, die das Frauenhaus im Auge behielten. Um sich mit ihm einzulassen, musste man schon lebensmüde sein.

»Ohne dich wäre ich niemals so weit gekommen, Quincy. Ich weiß gar nicht, wie ich das jemals wiedergutmachen kann.«

»Doch, das weißt du«, entgegnete er ernst. »Du hältst dich

an das Programm, jede Minute, jede Stunde, jeden Tag, und du rufst mich an, wenn du mich brauchst. Ich stehe hinter dir, Sims, egal, was los ist, Tag und Nacht.« Er umarmte sie. »Du schaffst das. Ich glaube fest an dich.«

Roni verabschiedete die Teenager-Mädchen, deren Hip-Hop-Stunde gerade zu Ende gegangen war, und schloss die Studiotüren hinter ihnen. Dann ging sie in den Unterrichtsraum zurück, um ihr Handy zu holen, weil sie nachsehen wollte, ob Quincy eine Nachricht geschickt hatte. Obwohl er sonst auch nicht täglich schrieb, hoffte sie nach allem, was er am Montag gesagt und wie er sich verhalten hatte, von ihm zu hören. Doch er hatte sich weder am Vortag noch heute gemeldet, und sie versuchte nun, die Hoffnung, die sich in der letzten Stunde aufgebaut hatte, im Zaum zu halten, während sie das Handy vom Tisch nahm. Als ihr wieder nur der leere Bildschirm entgegenstarrte, ließ sie die Schultern hängen.

Seufzend löschte sie das Licht, ging hinaus und schaltete auch in den anderen Räumen die Lampen aus. Sie fühlte sich dumm, weil sie sich Hoffnungen gemacht hatte. Doch die Art, wie er sie angesehen hatte, so, als wollte er keine Sekunde ihres Anblicks verpassen, hatte sich besonders, ja, fast intim ange-fühlt.

Aber was wusste sie schon von *besonders* und *intim*?

Ein Mann wie Quincy hatte wahrscheinlich ein Dutzend Freundinnen mit gewissen Vorzügen.

Zum millionsten Mal fragte sie sich, warum er sich über-haupt um sie bemühte. Sie konnte weder gut flirten noch einem

Mann schöne Augen machen, wie Angela es so mühelos bei Joey tat. Es konnte darauf nur eine Antwort geben. Wie Angela meinte, handelte es sich hier um einen Fall von *Chemie*.

Doch wie konnte sie nur denken, sie sei für ihn etwas Besonderes? Bei seinen Freundinnen mit gewissen Vorzügen war sicher noch mehr Chemie vorhanden. Wahrscheinlich fühlte sich diese Elektrizität, die Schmetterlinge in ihrem Bauch tanzen ließ, für sie nur deshalb so besonders an, weil sie nicht genug Erfahrung im Flirten hatte, und war eigentlich etwas ganz Normales.

Aber es fühlt sich alles andere als normal an.

Roni schaltete das letzte Licht in der Lobby aus und blickte durch die Glastür zum Parkplatz. Sie vermisste ihre Großmutter. Wenn Granny noch gelebt hätte, würde sie Roni jetzt dasselbe sagen wie immer, wenn es um Herzensangelegenheiten ging. *Ein Funke entfacht ein Feuer und ein Feuer ist gut, wenn es klein ist, dann kann man sich daran wärmen, aber irgendwann wird es entweder ausgehen oder alles niederbrennen. Vergiss diese Funken, Veronica. Blicke lieber ins Herz der Menschen. Ist es dort grau, lauf weg. Ist es rot, nimm den Mann mit ins Bett. Aber wenn du einen klaren blauen Himmel siehst, hast du ein Einhorn erwischt, und vielleicht ist es dein guter, netter, ehrlicher, arbeitsamer Mann. Der Richtige für dich, derjenige, mit dem du für immer zusammenbleiben wirst.*

Roni starrte in die Dunkelheit und sah ihre Großmutter vor sich, deren ernste Augen hinter der Drahtgestellbrille auf Roni gerichtet waren. Sie hatte ihr von Falten und Sorgen gezeichnetes Gesicht vor Augen, die kurzen grauen Haare, die sich an den Ohren lockten. Und wieder einmal spürte Roni die Einsamkeit schwer auf ihrer Brust lasten.

Plötzlich klopfte es. Sie fasste sich erschrocken an die Brust, als Quincy vor ihr stand und sie anblickte. Keiner von ihnen bewegte sich, doch seine Mundwinkel zogen sich nun nach oben, was Roni ebenfalls ein Lächeln entlockte. Er wollte die Tür aufdrücken, dann zog er fragend die Augenbrauen hoch.

»Oh.« Schnell sperrte sie die Tür auf. *Wow.* Er war so attraktiv, stattlich und breitschultrig in seiner alten schwarzen Lederjacke, dem grauen Sweatshirt und der ausgeblichenen Jeans. Seine Haare waren aus dem Gesicht gekämmt, was seine Gesichtszüge noch stärker betonte.

Er stellte den Fuß, der in einem schwarzen Stiefel steckte, in die Tür, um sie aufzuhalten. »Hallo, meine Hübsche.«

Seine Stimme war rau und gleichzeitig sanft und brachte jede Faser in ihr zum Vibrieren. »Hi. Was machst du denn hier?«

»Ich will dich zu unserem Date ausführen.«

Sie lachte nervös und war nun ganz aufgeregt. »Unserem Date?«

»Du hast deine Chance verwirkt, also ergreife ich jetzt meine. Hier, die sind für dich.« Er streckte ihr einen Strauß Wildblumen entgegen, den er wohl selbst gepflückt hatte, denn die Stiele waren unterschiedlich lang und voll Erde.

Ihr entwich ein entzückter Laut. »Quincy, die sind wunderschön. Vielen Dank!«

»Du hast mal erwähnt, dass du am liebsten Wildblumen magst, vor allem die vom Feld bei der Brücke. Genau dort habe ich sie gepflückt.«

Sie konnte kaum glauben, dass er sich das aus den ersten Nachrichten damals im Mai gemerkt hatte. Eine Welle an Emotionen überkam sie, die ihr die Stimme verschlug. Als er einen Schritt näherkam, nahm sie seinen maskulinen Geruch nach Leder, Erde und *Mann* wahr und die besondere Note, die einzig und allein von Quincy stammte und ihren Puls beschleunigte.

»Dann hol mal deine Sachen«, forderte er ganz selbstbewusst.

»Meine Sachen?«

»Schlüssel, Handtasche …« Sein Blick wanderte langsam und genüsslich von ihrem Gesicht hinab zu den Zehen und über die schwarzen Leggings wieder hinauf zum weißen Wickeltop, unter dem sich ihm ihre Brustwarzen auf verräterische Weise entgegenreckten. Mit einem frechen Grinsen schaute er ihr in die Augen. »Und so ungern ich dich bitte, dir etwas überzuziehen: Du brauchst auch eine Jacke.«

Obwohl ihre Nerven vibrierten, war sie selbst überrascht, dass sie gar keine Ausrede vorbringen wollte. »Also gut. Willst du reinkommen und hier warten? Ich muss nur schnell nach oben in die Wohnung, um meine Jacke zu holen.«

Er zog eine Augenbraue hoch. »Du kannst auch meine anziehen.« Er streifte seine Jacke ab und hielt sie ihr hin. »Ich gehe doch nicht das Risiko ein, dass du nicht mehr runterkommst.«

Sie lachte leise, denn sie liebte seinen Humor. »Aber frierst du dann nicht?«

»Nicht, wenn du an meiner Seite bist.«

Obwohl sie mit ihm an ihrer Seite auch nicht frieren würde, machten sie seine offenen Worte ein bisschen nervös.

Was ihm wohl auffiel, denn er beeilte sich zu sagen: »Ich habe dir ja schon versprochen, dass ich meine Hände bei mir behalte. Wenn du dir Sorgen machst, dann schreib deiner blonden Freundin, mit der du immer tuschelst, wenn ich in der Nähe bin. Gib ihr Bescheid, dass ich was mit dir unternehme.«

»Sie heißt Angela.« Sie fühlte sich etwas albern, weil sie so ängstlich war. »Das ist nicht nötig, denn ich vertraue dir,

Quincy. Ein Psychokiller würde wahrscheinlich nicht vorher monatelang Textnachrichten schreiben. Lass mich noch schnell die Ballettschuhe ausziehen.«

Wieder zog er die Augenbrauen hoch. »Ich habe hier unten hinter dem Schreibtisch noch ein Paar Schuhe«, erklärte sie und zeigte zur Rezeption.

Er wandte den Blick nicht von ihr ab, während sie sich andere Schuhe anzog. Sie nahm ihren Schlüsselbund und trat wieder hinter dem Tresen hervor. Er half ihr in seine Jacke, die ungefähr fünf Nummern zu groß, aber herrlich warm und mit seinem verführerischen Duft getränkt war.

Während er ihr weiter in die Augen sah, rollte er für sie die Ärmel hoch. »Du siehst heiß aus in meiner Jacke.«

Sie merkte, dass ihre Wangen rot wurden. »Das tust du auch.« Überrascht über ihren Mut, so etwas zu sagen, drehte sie sich schnell um, damit sie seinen glühenden Blick vermied, und sperrte die Tür ab.

»Musst du durchs Tanzstudio gehen, um zu deiner Wohnung zu gelangen?«

»Nein.« Sie zeigte auf eine Tür, die ein paar Meter entfernt war. »Da geht es zu meinem Apartment. Aber wo wollen wir eigentlich hin?«

»Das wirst du gleich sehen.« Er legte ihr eine Hand in den Rücken und führte sie um das Gebäude herum.

»Hinter dem Haus ist doch nur der Parkplatz und die alte Laderampe. Muss ich mir jetzt Sorgen machen?«

»Nicht, wenn ich bei dir bin.«

Mit seiner großen Hand drückte er sie sanft weiter, und als sie um die Ecke bogen, hielt sie den Atem an. Dort stand sein Wagen, der mit kleinen weißen Lichtern geschmückt war. Die Heckklappe stand offen, auf der Ladefläche des Pick-ups waren für das kleinste Lagerfeuer, das sie je gesehen hatte, ein paar Holzscheite aufgeschichtet. Dahinter lagen Decken und bunte Kissen um mehrere Behälter mit Gerichten aus ihrem Lieblingsrestaurant und zwei Pappbecher.

»Quincy, das ist ja unglaublich«, rief sie, als sie sich dem Wagen näherten. »Wie auf diesen romantischen Bildern auf Instagram, bei denen man denkt, dass es so etwas im echten Leben gar nicht gibt. Ich kann nicht glauben, dass du das alles extra für mich gemacht hast.«

»Ich auch nicht.« Er lachte tief aus dem Bauch heraus.

Ihr Magen zog sich zusammen. »Was soll das denn heißen?«

»Oh Mist, so habe ich das nicht gemeint. Ich will damit nur sagen, dass ich so was noch nie gemacht habe. Ich habe so lange auf dieses Date gewartet und da wollte ich mit dir nicht einfach irgendwohin gehen, bloß Pizzaessen oder ins Kino.«

»Ich mag Pizza und Kino.« Sie stellte überrascht fest, dass er jetzt ebenfalls nervös wirkte.

»Cool, ich auch.«

»Allerdings ist das hier eine Million Mal besser«, gab sie zu, und das Lächeln, das er ihr schenkte, verriet ihr, wie glücklich ihn das machte.

»Dann bin ich ja froh. Ich wollte, dass unser erstes Date etwas Besonderes wird, und um ehrlich zu sein, habe ich das alles improvisiert. Das ist nämlich das erste richtige Date meines Lebens.«

»Ist nicht dein Ernst«, rutschte es ihr heraus.

Er nickte. »Doch.«

»Ich weiß gar nicht, was ich sagen soll. Ich hätte eher gedacht, dass die Frauen vor deiner Tür Schlange stehen, um mit dir auszugehen.«

»Tun sie ja auch. Was aber nicht heißt, dass ich mich darauf einlasse.«

So, wie er es sagte, klang es weder arrogant noch angeberisch. Es war einfach nur ehrlich, und aufgrund seiner Nervosität und des romantischen Dates, das er organisiert hatte, verflogen auch Ronis Bedenken. Er legte die Blumen auf die Ladefläche und half ihr hinauf, bevor er selbst hochkletterte.

Während sie die Blumen betrachtete, kniete er sich neben die Holzscheite. »Ich wusste nicht, ob um diese Jahreszeit überhaupt noch Wildblumen blühen, aber ich hatte Glück.«

»In Maryland blühen bis Mitte November Blumen, vor allem, wenn es noch so warm ist wie jetzt. Ich habe noch nie Blumen geschenkt bekommen. Es fühlt sich sehr gut an!«

Er legte den Kopf schief und schenkte ihr seine ganze Aufmerksamkeit. »Ich habe noch nie welche verschenkt und es fühlt sich für mich auch großartig an.«

Oh, das gefiel ihr.

Er machte sich daran, das Holz zu entzünden, während Roni versuchte, nicht zu viel in sein Geständnis hineinzuinterpretieren. »Es freut mich besonders, dass du sie von genau der Stelle hast, die ich mal erwähnt habe. Ich finde es bemerkenswert, dass du dich daran erinnerst.«

Jetzt knisterte das Feuer, und die ersten Flammen spiegelten sich in seinen Augen wider. Er steckte das Feuerzeug in die Hosentasche. »Für wichtige Sachen habe ich ein gutes Gedächtnis.«

Er nannte sie *wichtig*. Vielleicht war sie tatsächlich etwas Besonderes für ihn?

Mit einem Blick auf die Pappbecher fragte sie: »Ist einer davon für mich?«

»Mhm. Im Linken ist Wasser mit Zitrone.«

Ihr Lieblingsgetränk. »Wow, du hast dich wirklich an alles

erinnert.«

»Hoffentlich. Ich habe für dich einen Clubsalat mit extra Avocado und einem Honig-Senf-Dressing und dazu gerösteten Rosenkohl besorgt. Aber ich muss dir gestehen, dass ich in den alten Nachrichten nachschauen musste, welches Dressing du am liebsten magst.«

Innerlich veranstaltete sie ein Freudentänzchen und fühlte sich jetzt mutig genug, ihn zu necken. »Ach, tatsächlich? Vielleicht muss ich es mir jetzt doch noch anders überlegen.«

Er lachte auf.

Sie streckte ihm die Blumen hin. »Wärst du beleidigt, wenn ich mein Wasser den Blumen spende?«

»Warte kurz.« Er sprang vom Truck und ging nach vorn zur Fahrerkabine, wo er etwas holte, dann kehrte er mit einem Plastikbecher, auf dem WHISKEY AUTOMOTIVE stand, und einer Wasserflasche zurück. Er goss Wasser in den Becher und reichte ihn ihr. »Ist nicht sehr schick, aber erfüllt seinen Zweck.«

»Perfekt.« Sie stellte die Blumen in den Becher, dann machten sie es sich auf den Decken bequem.

Quincy beugte sich näher zu ihr und berührte den Freundschaftsanhänger ihrer Kette. Allein der Kontakt seiner Fingerspitzen mit ihrer Haut löste ein warmes Prickeln aus. »Wer hat die andere Hälfte?«

»Die, mit der ich immer so ›herumtuschle‹. Angela.«

»Die Glückliche.« Er sah Roni so lange in die Augen, dass die Luft zwischen ihnen zu knistern schien. Als sie schließlich den Blick abwandte, nahm er die Deckel von den Behältern. »Hast du Hunger? Das hier isst sich nämlich nicht von allein.«

Sie konnte kaum fassen, was er alles für sie gemacht hatte. Selbst seine Art, sie zu überraschen, war besonders. »Das sieht unglaublich lecker aus, Quincy. Vielen Dank, dass du dir extra für mich so große Mühe gegeben hast.«

»Ich danke dir, dass du mir Gesellschaft leistest.« Sie widmeten sich dem Essen. »Wie lange unterrichtest du eigentlich schon?«

»Offiziell erst ein gutes Jahr.«

»Was meinst du mit ›offiziell‹?«

»Ich habe schon früher ein bisschen unterrichtet. Ich tanze in diesem Studio schon, seit ich fünf bin. Anfangs kam ich wie Kennedy zwei Mal pro Woche. Aber es hat mir so gut gefallen, dass ich nur noch tanzen wollte. Ich habe mir Lieder ausgedacht über alles, was wir in der Schule gelernt haben, und dann habe ich in den Gängen getanzt und daheim, während ich bei der Hausarbeit geholfen habe.«

»Das war sicher sehr niedlich«, sagte er und die Wärme in seinen Augen verriet ihr, dass er es auch so meinte.

»Da bin ich mir nicht so sicher. Aber nett, dass du das sagst.«

»Also hast du anfangs zwei Mal pro Woche getanzt?«

»Ja, eine Zeit lang. Irgendwann wollte ich dann dreimal pro Woche Stunden nehmen. Aber meine Großmutter, die mich großgezogen hat, verdiente als Kellnerin und Näherin nicht viel Geld. Sie hat es gut eingeteilt und jedes Trinkgeld und jeden Extrapenny gespart. Aber selbst als Kind wusste ich schon, dass Tanzstunden ein Luxus sind. Um ein bisschen Geld zu verdienen, habe ich begonnen, unseren Nachbarn im Apartmentgebäude zu helfen. Ich habe Hunde Gassi geführt und Kinder gehütet. Ich habe alles Mögliche gemacht, um das Geld für die zusätzliche Tanzstunde zu verdienen.«

Sie aßen und redeten. Quincy schenkte ihr seine ganze Aufmerksamkeit und hörte gespannt jedem Wort zu, genauso wie es früher ihre Großmutter gemacht hatte. Als hätte er echtes

Interesse an dem, was sie sagte.

»Ich habe die Stunden bei Elisa, der Besitzerin des Studios, geliebt. Sie hat zwanzig Jahre lang auf der ganzen Welt professionell getanzt, bevor sie aufhörte und hierher zurückkehrte, um ihre kranke Mutter zu pflegen. Nachdem ihre Mutter gestorben war, hat Elisa dann das Tanzstudio eröffnet. Sie ist ein wunderbarer Mensch und eine Wahnsinnstänzerin. Ich werde diesen einen Tag, an dem sie mich nach der Stunde zur Seite nahm und sagte, dass ich Privatstunden nehmen soll, nie vergessen. Ich war damals zehn. Sie meinte, ich erinnere sie an ihr jüngeres Ich. Das war das größte Kompliment, das ich mir vorstellen konnte, und ich musste weinen.« Roni trank einen Schluck Wasser. »Voll peinlich.«

»Überhaupt nicht. Du bist leidenschaftlich und das ist toll.« Er steckte sich eine Pommes in den Mund, dann hielt er ihr auch eine hin.

»Danke. Ich liebe Pommes.« Und dass er seine mit ihr teilte, freute sie noch mehr. »Magst du was von meinem Salat oder dem Rosenkohl?«

Da entstand ein freches Funkeln in seinen Augen. »Ich mag *alles* von dir.« Er spießte eine Cocktailtomate mit der Gabel auf und steckte sie sich in den Mund, während er ihrem Blick standhielt. »Mmh, süß und saftig.«

»Oh Gott.« Sie wandte sich mit glühenden Wangen von ihm ab.

»Du bist sexy, wenn du rot wirst.«

Sie bemerkte sein Grinsen und konnte einfach nicht ernst bleiben. Er war so nett und offen, dass sie etwas mutiger wurde. »Und du wechselst innerhalb von einer Sekunde von süß zu frech.«

»Wofür ich mich nicht entschuldige. Aber bevor du schüchtern wirst, reiße ich mich lieber zusammen. Hast du dann Privatstunden genommen?«

»Im Schüchternsein? Nein, schüchtern war ich schon immer.«

Er lachte. »Du bist mir vielleicht eine Marke, meine Hübsche.«

»Wenn du herausgefunden hast, was für eine, gib mir Bescheid.« *Wow.* Das machte Spaß. Er brachte ihre selbstbewusste Seite zum Vorschein, die seit dem Unfall verschüttgegangen war. »Um deine Frage zu beantworten: Ich habe Privatstunden genommen und bald sogar fünfmal pro Woche getanzt. Aber es hat einiges an Kreativität gekostet, das hinzukriegen. Meine Großmutter hat alle Kostüme für die kleinen und auch für die großen Aufführungen genäht. Elisa hat den Stoff besorgt und Granny genäht.«

Er streckte ein Bein von sich, beugte das andere, stützte den Arm darauf ab und drehte den Oberkörper zu ihr. »Granny muss eine tolle Frau gewesen sein.«

Es gefiel ihr, dass er Granny sagte, als hätte er sie gekannt. »War sie auch. Meine Leidenschaft fürs Tanzen war ihr genauso wichtig wie mir.«

»Ich kann mir gar nicht vorstellen, wie es ist, wenn man schon als Kind so eine Leidenschaft hat. Und einen solchen Rückhalt. Was für ein Mensch war deine Großmutter?«

»Sie war zäh und hart im Nehmen. Sie hat mich nicht verhätschelt, aber sie war auch nicht gefühlskalt. Sie hat mich ins Bett gebracht und mir einen Gutenachtkuss gegeben, und sie ist zu jeder einzelnen Tanzaufführung gekommen. Aber ihre Liebe hat sie vor allem dadurch gezeigt, dass sie mir das Tanzen ermöglicht und mich großgezogen hat, obwohl das gar nicht ihre Aufgabe gewesen wäre. Sie konnte auch streng sein und hat stets gute Noten von mir gefordert. Sie hat dafür gesorgt, dass ich auf dem rechten Weg blieb, wofür ich ihr natürlich sehr dankbar bin. Aber wenn ich mal gesagt habe, dass ich irgendwas nicht weiß, dann hat sie mich mit diesem Blick bedacht, der ›so ein Quatsch‹ bedeutete.« Roni versuchte, den Gesichtsausdruck ihrer Großmutter nachzuahmen, indem sie den Kopf zur Seite neigte, die Augen schmal werden ließ und die Lippen schürzte.

Quincy musterte sie amüsiert. Das gefiel ihr genauso gut wie sein schmachtender Blick von zuvor. »Das ist ja mal ein Gesicht.«

»Nicht wahr? Granny war recht klein, an guten Tagen höchstens eins zweiundfünfzig, aber sie war voller Entschlossenheit. Wenn sie dieses Gesicht zog, wusste ich, dass ich es allein schaffen musste. Was auch okay war. Ich bin gern zur Schule gegangen und hatte gute Noten, und so habe ich mich nur noch mehr angestrengt und gelernt, Probleme selbst zu lösen. Aber ich erinnere mich auch noch, wie ich mir, als ich noch kleiner war, wünschte, sie wäre eher wie die Großmütter meiner Freunde, die aufwendige Gerichte gekocht und ihre Enkel verwöhnt haben. Für Granny war Kochen mehr Pflicht als Freude. Sie hat dafür gesorgt, dass ich alle nötigen Vitamine und Mineralstoffe bekomme. Das Essen war zwar ausgewogen, aber immer zerkocht, egal was es war. Wenn sie in der richtigen Stimmung war, konnte sie einen Wahnsinnsapfelkuchen backen, was leider viel zu selten vorkam. Aber dafür war er was ganz Besonderes. Apple Pie gefüllt mit Liebe, hat sie immer gesagt. Kein Wunder, dass ich auch heute noch gern Apfelkuchen esse. Allein der Duft versetzt mich in gute Stimmung. Grannys Art, mir ihre Liebe zu zeigen, war, streng mit mir zu sein, damit ich später mal ein besseres Leben hätte.« Roni steckte sich eine Gabel voll Salat in den Mund, während glückliche Erinnerungen an ihre Großmutter sie erwärmten.

Quincy nahm ihre Hand und drückte sie sanft. »Wahrscheinlich vermisst du sie sehr.«

Roni nickte, während es ihr die Kehle zuschnürte. »Ja, ziemlich. Als du vorhin gegen die Scheibe geklopft hast, habe ich gerade an sie denken müssen.« Sie spürte seine raue Handfläche, die Wärme seines Daumens, mit dem er ihre Hand streichelte. »Ich habe dir nie richtig dafür gedankt, dass du dich in den Wochen nach ihrem Tod so um mich gekümmert hast. Das war wirklich nett von dir.« Sie blickte in seine vor Mitgefühl schimmernden Augen. »Ich habe mich immer auf deine Nachrichten gefreut. Sie haben mir geholfen.«

»Und ich habe mich auf deine Antworten gefreut. Ich wollte zu dir kommen, damit du in deiner Trauer nicht allein bist, aber du hast so vehement darauf gepocht, dass du allein sein willst.«

Angela gegenüber hätte sie es nie zugegeben, aber ein Teil von ihr hatte sich insgeheim gewünscht, nicht so schüchtern zu sein und seinen Besuch zuzulassen. »Tut mir leid. Abgesehen von Granny, Angela und zu einem gewissen Maß auch Elisa hatte ich nie irgendwen, auf den ich mich hätte verlassen können. Ich weiß einfach nicht, wie das geht.«

»Ich glaube, da haben wir etwas gemeinsam. Aber ich habe gelernt, dass man anderen vertrauen, dass man sie in sein Leben lassen, sich auf sie verlassen darf. Wenn ich es gelernt habe, dann kannst du es vielleicht auch.«

Sie sahen sich einen langen Moment tief in die Augen und der Abstand zwischen ihnen füllte sich mit Wärme und etwas ganz anderem. Sein Gesicht war so nah vor ihrem, dass sie dünne weiße Narben über seiner linken Augenbraue und auf seiner Wange sehen konnte. Sie fragte sich, woher sie stammten, war aber zu abgelenkt von dem Verlangen, das in ihrem Inneren aufflammte, um sich länger auf diesen Gedanken zu konzentrieren. Sie spürte, wie seine Finger auf ihrer Hand zuckten. Er leckte sich die Lippen, seine Blicke bohrten sich in sie. Würde er sie jetzt küssen? Gleichzeitig war sie überrascht darüber, wie sehr sie sich wünschte, dass er genau das tun würde. Als sich seine Finger fester um ihre Hand schlossen, beschleunigte sich ihr Puls.

Küss mich …

Quincy musste sich beherrschen, damit er ihr nicht ins Haar griff und ihre Schönheit und Leidenschaft *fühlte*, damit er nicht ihren Mund küsste, so wie er es sich all die Monate erträumt hatte. Wie sehr er ihre vollen Lippen liebte! Angelina Jolie konnte gegen sie einpacken. Aber er hatte sich geschworen, dass er es langsam angehen würde, um Roni keine Angst zu machen. Das Problem war nur, dass Quincy nicht wusste, wie er das aushalten sollte. Mit unverbindlichem Sex kannte er sich aus und er wusste, wie man ein guter Freund war, aber er hatte keinerlei Erfahrung mit solch starken Gefühlen, wie sie ihn jedes Mal wieder überwältigten, wenn er Roni sah oder sie sich Nachrichten schickten. Er verspürte den Drang, sie zu beschützen, gleichzeitig wollte er sie spüren, alles von ihr erkunden, alles über sie lernen, sie berühren, ihren nackten Körper in seinen Armen halten.

Himmel!

Er hatte noch nie etwas so genau analysiert, und ganz bestimmt keine körperliche Anziehungskraft. Aber er hatte das

Gefühl, dass der Sex mit Roni nicht einfach nur Sex wäre, wie er ihn kannte. So wie auch dieses Date ganz anders war als alles, was er je erlebt oder sich vorgestellt hatte. Er hatte auch mit Penny schon viele Abende verbracht, an denen sie sich unterhalten hatten, aber kein einziges Mal hatte er dabei so etwas gespürt wie mit Roni. Wenn er jetzt nicht die Bremse zog, würde er sich den ersehnten Kuss holen, und dann würde das, was auch immer da zwischen ihnen war, vorbei sein, ehe es angefangen hatte.

Nur widerwillig zog er die Hand fort, und sofort vermisste er die Verbindung zu ihr. Er räusperte sich und trank einen Schluck Wasser, weil das vielleicht half, sein Verlangen zu unterdrücken.

Mist, es klappt nicht.

Vom ersten Moment an hatte er gespürt, dass er bei ihr leicht die Beherrschung verlieren würde. Aber jetzt musste er es verdammt noch mal versuchen! Er entschloss sich zu einem Themawechsel, um sein Gehirn wieder auf sichereres Terrain zu leiten. »Wo bist du eigentlich aufgewachsen?«

»Leider nicht in diesem idyllischen Ort hier, sondern auf der anderen Seite der Brücke. In einer furchtbaren, drogenverseuchten Gegend. Meine Großmutter hat ihr ganzes Leben lang dort gewohnt und sich geweigert, woanders hinzuziehen. Aber sie wollte, dass ich nach der Highschool von dort wegkomme, weshalb sie mich auch so angetrieben hat.«

»Warum ist sie denn nicht schon weggezogen, als du jünger warst?«

»In ihrer Kindheit war die Gegend noch nicht so schlimm. Sie hat immer gesagt, dass sie sich von nichts und niemandem aus ihrem Zuhause vertreiben lässt.«

»Sehr mutig. Bist du sauber geblieben?«

»Natürlich. Ich habe nicht mal geraucht. Dabei hat meine Großmutter bis einen Monat vor ihrem Tod eine ganze Schachtel am Tag gequalmt. Aber mich hätte sie umgebracht, wenn ich auch nur mal an einer Zigarette gezogen hätte.«

»Sehr gut. Das ist wahre Liebe.« Truman hatte sich auch so um ihn gesorgt, bis er ins Gefängnis musste. »Was ist mit deinen Eltern, leben sie noch?«

Sie blickte auf die Reste ihres Salats und stocherte mit der Gabel darin herum. »Meine Mutter kenne ich gar nicht. Mein Vater ist mit achtzehn von zu Hause ausgezogen. Sechs Jahre später kam er mit mir im Arm zurück, um wieder bei meiner Großmutter zu wohnen. Da war ich gerade eine Woche alt. Er war Alkoholiker und spielsüchtig, und in den ersten Jahren meines Lebens war er manchmal da und oft nicht. Er hat meine Großmutter beklaut und war gewalttätig. Eines Tages ist er mal wieder betrunken nach Hause gekommen und wollte Geld. Er hat die ganze Wohnung auseinandergenommen, bis Granny schließlich eine Pistole auf ihn gerichtet und gesagt hat, dass er abhauen und nie mehr zurückkommen soll, sonst würde sie die Polizei rufen.«

In Quincy stiegen schlechte Erinnerungen daran auf, wie er damals zu Truman gegangen war und ihn um Geld angepumpt hatte, um seine Schulden bei Puck zu bezahlen. Nie würde er Trumans angeekelten und dermaßen enttäuschten Gesichtsausdruck vergessen. *Du hast dich selbst in diese beschissene Lage gebracht. Wenn du nicht bereit bist, diesen Schlamassel hinter dir zu lassen, dann will ich dein Gesicht hier nie wieder sehen!*

Roni hob den Kopf und blickte ihn aus traurigen Augen an. »Ich habe ihn mit fünf das letzte Mal gesehen.«

Er betrachtete Roni. Sie hatte so ein sanftes Wesen und führte ein reines Leben. Wie furchtbar, dass sie so etwas

Hässliches erleben musste. War es egoistisch von ihm, wenn er sie trotzdem noch besser kennenlernen wollte? Wenigstens war er nun nicht mehr drogenabhängig. Das hatte er in den letzten zwei Jahren jeden Tag unter Beweis gestellt, und er würde sein Leben so weiterführen, bis er den Löffel abgab. Er schob seine Zweifel zur Seite. »Es tut mir leid, dass du das durchmachen musstest. Wie gut, dass du deine bewaffnete Großmutter hattest.«

»Sie war wie gesagt unerschütterlich.«

Ihr Lächeln ließ ihr ganzes Gesicht aufleuchten. Eigentlich hatte er vorgehabt, Roni an diesem Abend seine ganze hässliche Geschichte zu beichten. Von seiner Vergangenheit hatte er schon vielen Leuten erzählt, stets ohne zu zögern, aber er war noch nie in der Situation gewesen, einer Frau, von der er etwas wollte, von dieser Finsternis zu berichten. Sein Geständnis könnte alles ändern. Auch die Art und Weise, wie sie ihn jetzt ansah, während sie einen Schluck Wasser trank. Noch war er nicht bereit, dieses Risiko einzugehen.

Während sie zu Ende aßen, unterhielten sie sich weiter über alles Mögliche. »Wenn ich mich nicht irre, gibt es eine Sache, die Granny dir nicht beigebracht hat.«

»Die da wäre?«

»Wie man Marshmallows am Feuer röstet.« Er griff hinter ein Kissen und zog eine Tüte mit Marshmallows und zwei angespitzte Stöcke hervor.

»Ist nicht dein Ernst!« Es war so süß, wie sie vor Freude aufquietschte. Sie kniete sich hin und sah in seiner großen Jacke ganz winzig aus. Dann spreizte sie die Arme und umarmte ihn fest.

Jetzt war er froh, mit seiner Beichte noch gewartet zu haben, denn es gab einfach nichts Besseres als dieses Leuchten in ihrem

Gesicht und ihre Arme um sich zu spüren.

»Du steckst voller Überraschungen!«, rief sie, bevor sie ihn wieder losließ.

Wenn du wüsstest.

»Komm, Hübsche. Jetzt wird es heiß und klebrig.« Sie wurde rot, aber ihr Blick war feurig. *Dieser* Blick war einfach das Beste.

Sie rösteten Marshmallows, bis das Feuer heruntergebrannt war. Es war die reinste Folter, Roni zuzusehen, wie sie sich nach jedem Bissen der klebrigen Süßigkeit die Finger ableckte und genussvoll stöhnte, und dabei doch seine Hände und seinen Mund im Zaum halten zu müssen. Sie plauderten, lachten, scherzten, und er konnte kaum genug von ihrem Lachen kriegen. Sie unterhielten sich über seinen Job im Buchladen. Er erzählte ihr, wie sehr er ihn mochte und dass es ihm am besten gefiel, wenn er während der Märchenstunde den Kindern vorlas. Als er nach ihren Tanzstunden fragte, leuchtete ihr Gesicht wieder auf, während sie vom Unterricht schwärmte und ihm die verschiedenen Tanzarten erklärte. Sie unterrichtete Modern Dance, den sie am liebsten mochte, Hip-Hop und Ballett. Mit warmer Stimme erzählte sie, dass sie und Angela sich seit ihrer frühen Kindheit kannten. Als sie erwähnte, dass Angela verlobt sei und sie beide nicht mehr so viel Zeit außerhalb des Tanzstudios miteinander verbrachten, merkte er ihre zwiegespaltenen Gefühle.

»Wahrscheinlich habt ihr beide den Jungs früher ziemlich den Kopf verdreht«, meinte er und legte den Stock zur Seite. Roni röstete noch ein Marshmallow. Eigentlich hatte er sein Leben in den letzten beiden Jahren schon sehr gut gefunden. Doch angesichts Ronis sonnigen Gemüts, ihrer so attraktiven Unschuld und ihres schlagfertigen Humors bekam er nun das

Gefühl, nur halb gelebt zu haben.

»Angela schon, aber ich war eigentlich nur im Studio und habe getanzt oder beim Unterricht geholfen. Ich hatte kaum Zeit für Jungs. Um ehrlich zu sein, habe ich immer noch nicht viel Zeit.«

»Das ist mir auch schon aufgefallen.« Er berührte ihren Arm mit seinem. »Danke, dass du mir heute Abend ein paar Stunden schenkst.«

»Ich kann immer noch nicht glauben, dass du all das für mich gemacht hast.« Sie nahm das Marshmallow aus dem Feuer und zog es vom Stock, während sie den Blick über den mit der Lichterkette geschmückten Pick-up-Truck schweifen ließ, über die Überreste ihrer Mahlzeit und die Wildblumen. Als sie anschließend ihre schönen Augen wieder auf ihn richtete, entfachte sie das Feuer erneut, das schon seit Monaten in ihm schlummerte. »Ich bin wirklich froh, dass Angela das Date ersteigert hat. Das ist der beste Abend meines Lebens.« Sie fuhr sich mit der Zunge über die Lippen und flüsterte mit glühenden Wangen: »Ich mag dich, Quincy.«

»Und das, obwohl ich dich nervös mache?«

»Nervös auf gute Art. Schmetterlinge-im-Bauch-nervös.« Sie hielt ihm das Marshmallow hin. »Das ist für dich.«

Er umfasste sanft ihr Handgelenk, während er sich über das Marshmallow beugte, es verschlang und an ihren Fingern saugte. Ihre Augen schimmerten, ihre Brust hob und senkte sich schneller als zuvor. Er beugte sich zu ihr und dann berührte er endlich ihre Lippen mit seinen. »Und wie wäre es damit?«

»Quincy«, hauchte sie zurück.

Er umfasste ihre Taille und zog Roni an sich heran. »Ich verspreche, meine Hände bei mir zu behalten, aber mein Mund will deinen.«

»Küss mich.«

Er fuhr mit der Zunge sanft über ihre Unterlippe und küsste ihren Mundwinkel. »So süß«, flüsterte er. »Ich liebe deine Lippen.« Sie gab einen Laut von sich, der ihr Verlangen verriet, während er ihren Mund eroberte. Sie war so weich und er genoss es, ihre Zunge zu fühlen, die zögerlich und begierig zugleich seine berührte. Er nahm alles von Roni wahr – wie sie immer wieder die Luft anhielt und mit hungrigem Stöhnen ausstieß, wie sich ihre Arme anfühlten, während sie ihn noch näher an sich heranzog und sich seinem Kuss hingab. Ihr Mund war so köstlich. Ihre Finger bohrten sich in seine Schulter, während sie sich für ihn öffnete und ihm ein Stöhnen entlockte, das tief aus seinem Innersten kam. Seine Hand glitt ihre Hüfte entlang. Roni fühlte sich so verdammt gut an. Doch dann erinnerte er sich wieder an sein Versprechen und zwang sich, die Hände nicht weiter zu bewegen. Dabei verspürte er ein unbändiges Verlangen, ihr näher zu sein, wenngleich vollständig bekleidet. Er drückte sie nach hinten, bis sie schließlich auf dem Rücken lag. Da unterbrach sie den Kuss und riss weit die Augen auf.

»Quincy, ich kann das nicht.«

Ihre Stimme klang so gepresst, dass er sofort von ihr abließ. Er suchte ihren Blick. »Ich will gar nichts anderes machen, als dich zu küssen. Ich wollte dich nur dabei festhalten, aber wir können auch sofort aufhören.«

Er war dabei, sich wieder aufzusetzen, aber da nahm sie seinen Arm und sah ihn überrascht an. »Warte. Ist es für dich wirklich okay, wenn wir uns nur küssen?«

Sie war so süß und unschuldig, dass er sich ebenso sehr danach sehnte, sie einfach nur in den Arm zu nehmen, um sie zu beschützen, wie er sie küssen wollte. »Ja, denn ich habe so lange darauf gewartet, dich endlich zu küssen, dass ich es jetzt nicht eilig habe, weiterzugehen. Ich weiß, dass du nervös bist. Ich bin es auch, aber noch nie wollte ich eine Frau beim Küssen in den Armen halten, wie ich es jetzt bei dir tun möchte. Das zwischen uns ...« *Ist größer, als es die Versuchung der Drogen je war.*

»Ist elektrisierend«, sagte sie.

»Ja.«

»Und angsteinflößend.«

»Ein bisschen.«

Sie leckte sich die Lippen und nun waren ihre Augen wieder voller Vertrauen. »Die meisten Kerle würden so etwas niemals zugeben.«

»Die meisten Kerle haben nicht so ein Leben geführt wie ich. Ich schätze Ehrlichkeit und ich halte mein Wort, Roni. Ich will dich wiedersehen. Ich will mit dir am Freitag auf die Rallye gehen, wenn du Zeit hast, und ich will dich nächste Woche sehen und übernächste. Ich habe kein Interesse an einer kurzen Affäre.«

»Ich glaube dir. Und es gefällt mir, dich zu küssen. Ich wollte nur keinen falschen Eindruck erwecken.«

Gott, diese Frau ... »Mir gefällt es auch, wenn wir uns nur küssen, und ich freue mich, dass du so ehrlich zu mir bist. Ich könnte dich die ganze Nacht lang küssen.«

Ein scheues Lächeln umspielte ihre Lippen. »Ich muss morgen früh raus. Das ist einer meiner langen Arbeitstage. Aber vielleicht können wir uns trotzdem noch ein Weilchen weiterküssen?«

»Himmel, Roni, du machst mich ganz verrückt.«

Sie kräuselte die Nase. »Ist das was Gutes?«

»Oh ja, Baby, du verleihst dem Wort einen neuen Sinn.« Als er den Mund wieder auf ihren presste, war alles andere vergessen.

Drei

»Kannst du nicht langsamer gehen?«, fragte Angela, als sie und Roni am Freitagnachmittag unterwegs waren.

Sie wollten sich im Jazzy Joe's etwas zu essen holen und vorher noch einen kurzen Abstecher zum Buchladen machen, um Quincy Hallo zu sagen. Sie hatten sich in den letzten beiden Tagen noch öfter geschrieben als sonst, doch sie hatten beide so viel zu tun gehabt und den gestrigen Abend hatte er mit Kennedy und ihrem kleinen Bruder Lincoln verbracht, was recht oft vorkam. Sie fand es toll, dass ihm seine Nichte und sein Neffe so wichtig waren. Aber nach dem Mittwochabend, als sie auf der Ladefläche seines Wagens gelegen und bis Mitternacht geplaudert beziehungsweise sich geküsst hatten, konnte sie es kaum erwarten, ihn wiederzusehen. Nicht nur wegen der heißen Küsse, obwohl sie immerzu daran denken musste. Sie hatte nicht viel Erfahrung, was das Küssen betraf, und trotzdem war sie sich ziemlich sicher, dass Quincys Küsse, die Schmetterlinge in ihrem Bauch hervorriefen, eine Goldmedaille verdient hätten. Als sie sich schließlich verabschiedet hatten, war ihr vor Verlangen richtig heiß geworden. Und jetzt vermisste sie ihn. Sie vermisste sein Gesicht, sein Lachen, seinen Blick.

»Ich weiß, dass du es kaum abwarten kannst, Quincy wiederzusehen«, sagte Angela, als sie um die Ecke bogen und der Buchladen in Sicht kam. »Aber er läuft ja nicht weg. Du hast gesagt, dass er bis um vier arbeitet und dann holt er dich eh schon bald danach zur Rallye ab.«

»Schon, aber ich bin …«

»Eine Stalkerin?«, scherzte Angela.

»Nein! Du musst gerade reden. Als das mit Joey angefangen hat, habt ihr euch jeden Tag gesehen. Und ich begnüge mich ja schon mit einem kurzen Blick.« Sie blieb stehen. »Aber sag mal, komme ich wirklich wie eine Stalkerin rüber? Findest du es komisch, dass mir nach all den Monaten Textnachrichten nicht mehr genug sind?«

Angela lachte auf. »Quatsch, ich habe nur einen Witz gemacht. Du bist eine Frau, die endlich den Typen, von dem sie den ganzen Sommer lang geschwärmt hat, in ihr Leben lässt. Die kleine Kostprobe war einfach nicht genug. Das ist etwas Gutes, Roni. Vielleicht kannst du sogar deine Mumu entstauben, damit wieder ein bisschen Leben in die Bude kommt. Aber jetzt komm, gehen wir zu deinem Kerl und danach zu meinem.«

»Angie, jetzt habe ich auch einen Kerl!«, quietschte Roni so aufgeregt, dass sie beide lachen mussten. Als sie zum Eingang des Buchladens kamen, vibrierten Ronis Nerven so sehr, dass sie Angela am Arm packte und zurückhielt. »Jetzt habe ich Angst, dass er mich aufdringlich findet.«

»Aufdringlich wäre es, wenn du ihn angefleht hättest, zu dir zu kommen, nachdem er gestern Abend bei den Kindern war. Aber jetzt willst du ja bloß Hallo sagen. Außerdem hast du mir doch erzählt, dass er dir so eine schnulzige Nachricht geschrieben hat, von wegen, dass er schon die Stunden bis zur Rallye zählt. Er steht voll auf dich.« Sie zog die Tür auf und schob

Roni hinein.

Die Nachricht war gar nicht schnulzig gewesen. Allein beim Gedanken daran beschleunigte sich ihr Puls. *Hier im Buchladen ist so ein komischer Typ, der die ganze Zeit damit angibt, dass er heute Abend das heißeste Mädchen in ganz Peaceful Harbor trifft. Warte, ich zeig ihn dir.* Und dann hatte er ein Selfie von sich geschickt. *Ich kann es kaum erwarten, dich zu sehen, meine Hübsche.* Sein Humor machte ihn noch unwiderstehlicher. Wobei sie ihm sowieso nicht länger widerstehen wollte.

Als sie Quincy sah, lebten die Schmetterlinge in ihrem Bauch auf. Ihm fielen die Haare vor die Augen und er strich sie mit der Hand zurück und klemmte sich eine Strähne hinters Ohr, sodass sie freien Blick auf sein wunderschönes Gesicht hatte. Wie sie seine ehrlichen Augen liebte. Aber was war es, das sein Gesicht so besonders für sie machte? Eine Frage, die sie sich in den letzten beiden Tagen immer wieder gestellt hatte. Klar, er war mit dem markanten Kinn, und seiner unwiderstehlichen Männlichkeit sehr attraktiv, aber es lag nicht allein an seinem Aussehen. Roni wusste, wie schnell sich das Äußere verändern konnte, sei es durch einen Unfall oder durchs Alter. Von ihrer Großmutter hatte sie gelernt, dass es auf die inneren Werte ankam, denn auch äußerlich attraktive Menschen konnten im Inneren schlecht sein. Dann wusste sie plötzlich, was es war. Es war der Mensch, der Quincy in seinem Inneren war, was einfach alles an ihm nur noch attraktiver machte. Und möglicherweise war sie die Einzige, die seine zärtliche, romantische Seite kennengelernt hatte.

Sie beobachtete ihn, während er einem Dutzend Kindern vorlas, die vor seinem Stuhl auf dem Boden saßen und ihn aufmerksam anstarrten. Sie hingen förmlich an seinen Lippen. Zwei Kinder standen neben ihm und guckten in das Buch, aus dem er vorlas. Eines hatte eine Hand auf seine Schulter gelegt, das andere lehnte sich auf der anderen Seite gegen ihn. Immer wieder musterte Quincy die Kinder, während er die Geschichte mit lustigen Stimmen vorlas und Fragen stellte. Ihren Antworten hörte er genauso aufmerksam zu, wie er es bei ihr getan hatte. Ein kleines blondes Mädchen, das einen Stoffigel im Arm hatte, wollte jetzt auf seinen Schoß klettern. Er hob sie hoch und legte den Arm um sie, ohne beim Vorlesen innezuhalten. Das Mädchen legte den Kopf auf seine Schulter.

Ein Anblick zum Dahinschmelzen.

Angela zog Roni vom Eingang weg, und sie stellten sich neben eine sehr dünne junge Frau, die Quincy ebenfalls genau beobachtete. Angela deutete zu ein paar Frauen, die am Rande des Teppichs, auf dem die Kinder saßen, tuschelnd nebeneinanderstanden und Quincy anstarrten. »Was meinst du, wie viele dieser Frauen haben sich einfach ihre Nichten oder Neffen ausgeliehen als Vorwand, um Quincy zu sehen?«

Es saßen auch ein paar Frauen mit einem Baby oder Kleinkind auf dem Schoß auf Stühlen in der Nähe und sie wirkten ganz anders als die tuschelnden Ladys. »Kann man ihnen nicht vorwerfen, oder?«, fragte Roni so gelassen wie möglich, während sie gegen die aufkeimende Eifersucht ankämpfte.

Plötzlich sagte die dünne Frau neben ihr: »Die Frauen machen ihm immer schöne Augen, aber seine Aufmerksamkeit gilt voll und ganz den Kids.«

»Sitzt Ihr Kind auch hier?«, erkundigte sich Roni.

»Nein. Der Vorleser ist ein Freund von mir«, antwortete die junge Frau.

Angela zog die Augenbrauen hoch. »*Ein* Freund oder *Ihr* Freund?«

Roni bedachte Angela mit einem warnenden Blick.

»Nein«, erklärte die Frau. »Er hilft mir gerade durch eine schwere Zeit. Er ist ein guter Mensch, und er ist noch Single, falls Sie das interessiert.«

»Nein, das interessiert uns überhaupt nicht«, mischte sich Roni ein, der es sehr peinlich war, dass Angela diese Frage gestellt hatte. Jetzt musste sie schleunigst hier raus. »Wir müssen jetzt los. Schönen Tag noch.« Damit eilte sie zum Ausgang und Angela heftete sich an ihre Fersen. Als sie draußen waren, drehte sich Roni zu Angela um. »Warum hast du das gefragt? So ein Kerl ist Quincy nicht.«

»Das glaube ich ja auch gar nicht, aber man kann sich ja noch mal vergewissern, oder?«

»Nein, denn es klingt, als würdest du ihm nicht vertrauen. Aber *ich* tu das durchaus. Außerdem weißt du gar nicht, wer sie ist oder was sie jetzt Quincy erzählt. Was ist, wenn er mich gesehen hat und sie sagt ihm, dass ich ihn ausspionieren wollte? Dabei war ich gar nicht diejenige, die das gefragt hat, und ich will ihn auch nicht ausspionieren. Ich wollte ihn lediglich *sehen*.«

»Tut mir leid«, entschuldigte sich Angela. »Du hast ja recht. Ich hab mir einfach nicht viel dabei gedacht.«

Während sie zum Jazzy Joe's gingen, sagte Roni: »Du bist doch diejenige, die sich die ganze Zeit auf seine Seite gestellt hat, weißt du noch?«

»Ja, und du hast recht. Es tut mir wirklich leid. Wie gesagt, es hat sich aus dem Moment heraus ergeben, und ich dachte, es schadet nicht, mal nachzufragen. Wenigstens wissen wir es jetzt.« Sie legte den Arm um Roni. »Du bist meine beste Freundin und ich muss dich doch beschützen.«

»Das ist nett von dir, aber ich glaube nicht, dass er ein Schürzenjäger ist, und ich muss nicht vor ihm beschützt werden. Wenn, dann muss ich eher vor mir selbst beschützt werden. Er hat mich angesehen, als wollte er mich bei lebendigem Leib verspeisen …« Während sie die Tür des Jazzy Joe's öffnete, fügte sie hinzu: »Und ich hätte nichts dagegen.«

Den Rest des Tages musste sich Roni Angelas aufgeregtes Gerede und ihre Lektionen über Safer Sex anhören. Roni konnte selbst kaum fassen, dass sie ihrer besten Freundin gestanden hatte, von Quincy vernascht werden zu wollen. Was nicht hieß, dass sie gleich mit ihm ins Bett springen würde, wenn sie sich heute Abend zur Rallye trafen. Trotzdem musste sie ständig daran denken, wie sie sich in seinen Armen gefühlt hatte, wie sehr sie seine Berührung an den Hüften und dem Rücken genossen hatte und wie sehr es ihr gefallen hatte, als er ihr Gesicht liebkoste und ihr dabei so tief in die Augen sah, dass es sich noch intimer als der Kuss angefühlt hatte. Sie fragte sich, wie es wohl wäre, wenn sie sich noch näherkämen, wie gut sich sein nackter Körper auf ihrem anfühlen würde. Ein Klopfen an der Wohnungstür riss sie aus diesen Gedanken und sorgte für ein aufgeregtes Kribbeln in der Brust.

Quincy war da, um sie zur Rallye abzuholen. Sie warf einen letzten Blick in den Spiegel und betrachtete ihr Outfit, das aus enganliegenden schwarzen Jeans und Stiefeletten bestand sowie ihrem kurzen lavendelfarbenen Lieblingssweatshirt. Sie fand, dass sie verdammt gut aussah.

Wenn sie nur nicht so nervös wäre.

Sie eilte durchs Wohnzimmer und versuchte, sich zu beruhigen, dann öffnete sie die Tür. Als sie Quincys Lächeln und seine durchdringenden blauen Augen sah, begann ihr ganzer Körper zu vibrieren.

»Hallo, meine Hübsche.« Er trat ein, umfasste ihre Taille und zog sie zu einem Kuss an sich, bei dem sie weiche Knie bekam. »Auf genau das habe ich schon den ganzen Tag gewartet.«

»Ich auch«, entwich es ihr mit schockierender Ehrlichkeit.

»Dann brauchen wir vielleicht noch einen.« Schon senkte er die Lippen erneut auf ihre. »Und noch einen.« Jetzt küsste er sie lange und zärtlich und hielt sie dabei eng umschlungen. »Von deinen Küssen werde ich nie genug bekommen.«

Sie versuchte gar nicht erst zu denken, während sie sich auf Zehenspitzen stellte und ihre Lippen abermals auf seine drückte, denn auch sie konnte einfach nicht genug von ihm kriegen. Er drückte seinen Körper an sie, sodass sie jeden harten Zentimeter von ihm spürte. Als sie sich voneinander lösten, loderte das Verlangen in ihr.

»Wenn wir so weitermachen«, sagte er mit rauer Stimme, »werde ich mein Versprechen, die Hände stillzuhalten, noch brechen.« Er lockerte den Griff, was wahrscheinlich gut war, denn innerlich focht sie einen Kampf aus, ob sie ihn sogar bitten sollte, genau das zu tun. »Wie kann es sein, dass du mit Brille noch heißer aussiehst?«

Unwillkürlich berührte sie das schwarze Brillengestell. »Ich trage nur beim Unterrichten Kontaktlinsen.«

»Umso besser für mich. An jenem Abend, als wir uns kennengelernt haben, hattest du auch die Brille auf. Ich sehe es jetzt noch vor mir, wie du am Tisch saßt und diese Funken zwischen uns gar nicht fassen konntest. Genau wie ich.« Er gab ihr einen zarten Kuss, zog die Tür zu und ließ den Blick schweifen, zum cremefarbenen Sofa mit den rosa- und fliederfarbenen Kissen, zum kleinen Glastisch, zur alten petrolfarbenen Chaiselongue mit den Eichenfüßen. »Deine Einrichtung gefällt mir«, erklärte er, während er zum Bücherregal ging und sich die Romane und ihre Tanzbücher ansah, dann die Fotos von ihrer Großmutter, von Angela und ihren Tanzaufführungen.

»Danke. Ist nichts Besonderes.« Da sie noch nie einen Mann zu Besuch in der Wohnung gehabt hatte, war sie ihr auch nie zu mädchenhaft vorgekommen. Aber jetzt, da Quincy so groß und männlich in Lederjacke und Stiefeln durch den Raum schritt, wirkte die Wohnung im Kontrast zu ihm sehr weiblich.

»Ich finde schon«, entgegnete er. »Deine Wohnung sagt sehr viel über dich aus. Sie ist feminin und aufgeräumt und diese Fotos verraten mir, wer und was für dich wichtig ist. Vielleicht landet eines Tages ja auch mal ein Foto von mir hier.«

Das hoffte sie sehr.

Er nahm ein Bild von Roni und ihrer Großmutter in die Hand. »Ich nehme an, das ist Granny, die berühmte, Apfelkuchen backende Dame, der man nichts vormachen konnte?«

»Du erinnerst dich wirklich an alles.«

»Wenn es mit dir zu tun hat, schon. Wie alt warst du da? Vierzehn, fünfzehn?«

»Fünfzehn. Das war nach der Sommeraufführung. Contemporary Dance ist meine Lieblingstanzart und ich habe da ein Solo zu ›My Immortal‹ von Evanescence aufgeführt. Granny musste bei der Show sogar weinen.« Ihr Hals schnürte sich zusammen, als sie das stolze Lächeln ihrer Großmutter auf dem Bild sah.

»Ich wünschte, ich könnte die Zeit zurückdrehen und mir alle Auftritte von dir ansehen.« Er stellte den Bilderrahmen wieder zurück. »Kommt Angela eigentlich auch zur Rallye?«

Sie hielt sich noch bei dem Gedanken auf, dass er gerne ihre

Aufführungen gesehen hätte, und brauchte einen Moment, um dieses süße Gefühl zu verarbeiten, bevor sie antwortete. »Nein, sie hat heute andere Pläne.«

»Schade. Ich hätte sie gerne offiziell kennengelernt.« Er betrachtete die restlichen Bilder.

»Wir waren heute im Buchladen, um dir auf dem Weg zum Essen kurz Hallo zu sagen. Aber du hast gerade vorgelesen. Du warst wirklich gut.«

»Ich liebe die Kinder. Sie freuen sich über alles.« Er nahm erneut ein Foto in die Hand, so als wollte er sich alle genau ansehen. »Warum bist du nicht geblieben? Ich hätte mich gefreut, dich zu sehen.«

»Wir mussten uns was zu essen holen und dann schnell wieder ins Studio zum Unterricht.«

Er zeigte ihr mit schelmischem Grinsen das Bild, das er in der Hand hielt. »Du siehst in dem Gymnastikanzug heiß aus. Den musst du mal für mich anziehen.«

Wärme durchflutete ihren Körper und verteilte sich über Nacken und Wangen.

»Du bist so verdammt süß, Roni.« Er gluckste leise. »Deine Großmutter sieht auf jedem Bild richtig stolz aus. Wann war das hier?«

»Das war mein erster Auftritt an der Juilliard. Vor ungefähr sechs Jahren. Es war das einzige Mal, dass sie zu Besuch kam, und wir hatten ein wunderschönes Wochenende zusammen, obwohl sie New York hasste, weil die Stadt ihr angeblich zu hektisch und zu laut war. Aber in Wirklichkeit lag es daran, dass es eben nicht ihr Zuhause war. Daheim hat sie sich am wohlsten gefühlt.«

»Kann ich verstehen. Die meisten Leute wollen immerzu reisen, aber ich bin derselben Meinung wie Granny. Ich bevorzuge ein ruhiges Leben. Ich bin sehr glücklich in Peaceful Harbor bei meiner Familie und meinen Freunden.« Er stellte das Bild ins Regal zurück. »Aber jetzt sollten wir losfahren, damit wir nicht zu spät kommen.«

Sie nahm ihre kurze Wildlederjacke vom Haken an der Wand. Angela hatte sie ihr letztes Jahr zu Weihnachten geschenkt und sie sagte immer, dass Roni darin sexy aussah. Quincy nahm ihr die Jacke ab und hielt sie ihr hin.

»So ein Gentleman«, sagte Roni und schlüpfte in die Ärmel.

»In deiner Gegenwart jedenfalls.« Er musterte sie und zog anerkennend die Augenbrauen hoch. »Tolle Jacke. Du siehst umwerfend darin aus.«

»Danke.« Sie steckte die Schlüssel in die Tasche, und während sie zu seinem Wagen gingen, dachte sie darüber nach, dass Dates auch für ihn neu waren. Es gefiel ihr, dass es für sie beide eine neue Erfahrung war.

Er half ihr erst beim Einsteigen, dann nahm er hinter dem Steuer Platz. »Bist du bereit, meine Welt kennenzulernen?«

»Ich dachte, wir fahren zur Rallye?«

Er startete den Motor, legte den Arm auf die Rückenlehne und drehte sich zu Roni um. »Ja. Sie wird von den Whiskeys und von Silver-Stone Cycles organisiert.«

»Das habe ich im Internet gelesen.«

»Die Whiskeys sind für mich wie meine Familie und ich will dich ihnen vorstellen, und auch meinem Kumpel Jed und den anderen allen, wenn das für dich okay ist. Jed und ich haben mal zusammengewohnt, und ich werde sein Trauzeuge sein, wenn er Weihnachten heiratet.«

»Ja, klar«, sagte sie, obwohl ihr bei dem Gedanken daran etwas mulmig wurde. »Ich freue mich darauf, deine Freunde kennenzulernen.«

»Schön. Da die Whiskeys die Veranstaltung organisieren und Biggs Whiskey der Vorsitzende der Dark Knights ist, werden auch viele Biker kommen. Weißt du überhaupt, wer die Dark Knights sind?«

»Das weiß doch jeder in Peaceful Harbor. Sie machen ja auch viel für die Gemeinschaft. Außerdem haben sie bei der Auktion durchaus einen bleibenden Eindruck bei mir hinterlassen.«

»Stimmt, das hatte ich ganz vergessen«, meinte er. »Ich wollte dich nämlich schon vorwarnen, dass manche von ihnen recht einschüchternd aussehen. Aber es sind alles liebe Kerle.«

»Kommen auch die beiden Männer, die sich am Auktionsabend fast wegen dieser Rothaarigen geprügelt hätten? Die haben mir wirklich Angst eingejagt.« Die Rothaarige hatte nicht auf der Auktionsliste gestanden, als sie auf die Bühne ging. Der ruhigere der beiden stattlichen Männer hatte einen fünfstelligen Betrag für sie geboten. Der wilder aussehende mit dichtem Bart und Tattoos auf jedem Quadratzentimeter seiner Haut hatte Roni an einen tollwütigen Hund erinnert, als der Streit losging. Obwohl der andere ruhig geblieben war, hatte kein Zweifel daran bestanden, dass auch er alles getan hätte, um das Date mit der Rothaarigen zu gewinnen.

Quincy legte ihr die Hand auf die Schulter. »Die beiden kommen auch, aber keine Sorge, sie werden sich nicht wieder streiten. Das war eine einmalige Auseinandersetzung zwischen Bullet Whiskey – das war der Wütende mit dem dicken Bart – und Jace Stone, dem Miteigentümer von Silver-Stone Cycles. Bullet dachte, Jace würde sich mit seiner kleinen Schwester Dixie, der Rothaarigen, nur die Zeit vertreiben wollen.«

»Sie sah so aus, als könnte sie sich durchaus selbst verteidigen. Wahrscheinlich würde kein Mann so viel Geld bieten, wenn es ihm mit der Frau nicht ernst wäre.«

»Ich weiß das, aber Bullet hat einen starken Beschützerinstinkt, wenn es um die Menschen geht, die er liebt. Den haben wir alle. Aber jetzt sind die beiden wieder Freunde und Jace und Dixie haben im Sommer sogar geheiratet.«

»Echt? Das ging ja schnell.«

»Na ja, wenn es passt, dann weiß man das schon am ersten Tag.« Er kniff sie sachte in die Schulter, dann fuhr er los Richtung Whiskey Bro's.

Vier

Der Parkplatz des Whiskey Bro's stand voller Motorräder, Pick-up-Trucks und anderer Fahrzeuge. Eigentlich war es kein Wunder, dass Roni sich am Abend der Auktion unwohl gefühlt hatte. Selbst mit dem bunten Banner am alten Holzgebäude, auf dem die Rallye angekündigt wurde, sah das alte Holzgebäude genauso furchteinflößend aus wie viele der Biker, die sich hier tummelten. Eine regelrechte Menschenmenge saß an den Tischen, die auf der Wiese aufgestellt worden waren, darunter junge Familien, Geschäftsleute und diese hart aussehenden Biker-Typen in Lederjacken mit dem Emblem der Dark Knights. Quincy parkte neben dem Gebäude und half Roni beim Aussteigen.

»Was ist das da für ein Haus?« Sie zeigte auf ein altes Gebäude hinter dem Bargelände.

»Das Clubhaus der Dark Knights. Hier treffen sie sich jeden Montag.«

»Warum bist du eigentlich kein Clubmitglied, wenn die Whiskeys wie eine Familie für dich sind?«

»Es wäre tatsächlich eine Ehre, irgendwann mal aufgenommen zu werden, aber gleichzeitig eine große Verantwortung. Mit meiner Fortbildung, der Arbeit, Kennedy und Lincoln und anderen Verpflichtungen – darunter eine gewisse Frau, die in mein Leben getreten ist – habe ich schon genug zu tun. Truman ist auch kein Mitglied, und Jace und mein Kumpel Scott, die du heute kennenlernen wirst, ebenfalls nicht.« Er legte den Arm um sie, während sie zum Eingang liefen.

»Kommen auch Truman, Gemma und die Kinder?«

»Auf jeden Fall.« Er schaute sich nach seinem Bruder um. Dixie stand zusammen mit Crystal und Finlay, Bullets hochschwangerer Frau, am Anmeldetisch. Da entdeckte er Truman, der sich mit Jed und Bear unterhielt. »Da ist Tru.« Während sie hinübergingen, fragte er: »Nervös?«

»Ein bisschen.«

Er zog Roni an sich und gab ihr einen Kuss auf die Wange. »Ich bin ja bei dir, Babe. Wir werden viel Spaß haben.«

»Da ist er ja, der Große«, rief Bear und nickte Quincy zu.

»Du meinst wohl, der *große Trauzeuge*«, korrigierte Jed ihn. Mit den dunkelblonden Haaren, dem kurzen Bart und den blauen Augen sah er Quincy ähnlicher als Truman. »Wie geht's, Kumpel?«

»Man sieht doch, wie es ihm geht.« Truman zwinkerte Roni zu. »Hi, Roni. Schön, dass du hier bist.«

»Hallo«, sagte sie.

»Roni, das hier sind meine beiden Kumpel Bear Whiskey und Jed Moon. Sie arbeiten zusammen mit Truman bei Whiskey Automotive. Bear ist mit Jeds jüngerer Schwester Crystal verheiratet.«

»Freut mich, dich endlich kennenzulernen«, sagte Jed.

»Ja, gleichfalls«, erwiderte Roni.

»Wir haben uns monatelang anschauen müssen, wie dieser Kerl hier Herzchen um deinen Namen gekritzelt hat«, scherzte Bear.

»Du Depp.« Quincy musste lachen.

»Ehrlich gesagt höre ich das gern, Bear«, sagte Roni und suchte Quincys Blick. »Ich habe nämlich auch Herzchen um seinen Namen gekritzelt.«

Jed und Truman grinsten.

Mann, das fühlte sich gut an. »Ganz genau, Babe. Sag allen, dass dieser Mann hier dir gehört.« Quincy zeigte dabei auf sich. Dann gab er ihr einen Kuss auf die Wange, was Roni auf entzückende Weise erröten ließ.

»Du musst ja erst mal ein richtiger Mann werden«, zog Bear ihn auf.

Quincy stürzte sich im Spaß auf ihn und Bear wich zurück, wobei er fast seine Mutter umwarf, die gerade mit Baby Axel auf dem Arm zu ihnen gekommen war. Wren »Red« Whiskey sah mit ihren kurzen roten Haaren und den klugen Augen aus wie Sharon Osbourne in jung. Wie immer war Red ganz in Schwarz gekleidet: schwarze Lederjacke, schwarze Jeans, schwarze Stiefel. Red war so taff, wie man als Bikerfrau eben sein musste, aber gleichzeitig auch warmherzig und liebevoll und für Quincy mehr Mutter, als es seine eigene jemals gewesen war.

»Vorsichtig«, sagte Red, als sie sich zu ihnen gesellte. »Ich habe hier was ganz Wertvolles auf dem Arm.«

»Tschuldigung, Mom.« Bear streckte die Arme nach Axel aus.

»Oh … ist das dein Baby?«, erkundigte sich Roni und trat einen Schritt näher.

»Ja. Das hier ist mein kleiner Axel«, antwortete Bear.

»Er ist so niedlich. Ich liebe Babys.« Roni berührte den kleinen Babyfuß, der in einem winzigen Schühchen steckte. »Hallo, Axel. Wie hübsch du bist.«

»Du aber auch«, sagte Red zu ihr, während sie sich neben

Quincy stellte und ihm auf den Rücken klopfte. »Stellst du mir endlich diese bezaubernde Lady vor?«

»Entschuldige, Red. Also, das ist Roni, mein Mädchen.« *Mein Mädchen* zu sagen, fühlte sich verdammt gut an. »Roni, das ist Red Whiskey – die Mutter von Bullet, Bones, Bear und Dixie.«

Red schenkte ihm einen belustigten Blick. »Wenn du schon meine Kinder aufzählst, musst du dich, Truman und Jed und eigentlich die Hälfte der ganzen anderen Jungs hier ebenfalls hinzufügen.« Dann wandte sie sich mit einem herzlichen Lächeln an Roni. »Freut mich sehr, dich kennenzulernen, meine Liebe. Du bist also die Glückliche, deren Freundin auf der Auktion ein Date mit diesem wundervollen jungen Mann hier ersteigert hat? Und dann hast du ihn monatelang warten lassen.«

»Schuldig im Sinne der Anklage«, erwiderte Roni. »Ich gehe nicht oft aus.«

»Süße, du hast mit ihm den Hauptgewinn gezogen«, versicherte Red ihr. »Unser Quincy hat ein Herz aus Gold. Er hat mir erzählt, dass deine Großmutter gestorben ist. Mein herzliches Beileid. Wenn du jemanden zum Reden brauchst, kannst du dich vertrauensvoll an mich wenden. Ich bin eine gute Zuhörerin.«

»Danke.« Roni warf Quincy einen fragenden Blick zu.

»Ich habe auch gehört, dass du unserer Kennedy in Elisas Tanzstudio ein paar nette Moves beigebracht hast«, fuhr Red fort.

»Ja, das stimmt. Kennedy ist so süß und tanzt so gern«, erzählte Roni. »Woher kennst du Elisa?«

»Kennen trifft es nicht ganz, ich habe nur schon viel von ihr gehört. Es ist wichtig, zu wissen, wer im Gebiet der Dark Knights ein Unternehmen führt, damit wir ihn oder sie beschützen können. Siehst du den wilden, aber unglaublich gut aussehenden alten Mann da mit dem Stock und dem kratzigen Bart?« Red zeigte auf Biggs, der sich gerade mit Jace und Bullet unterhielt. Biggs war über eins neunzig groß, sein Gesicht vom jahrelangen Motorradfahren sonnengegerbt. Er trug ein langärmeliges schwarzes Hemd unter einer schwarzen Lederweste, auf deren Rücken das Abzeichen der Dark Knights prangte. Biggs hatte vor ein paar Jahren einen Schlaganfall erlitten, weshalb seine linke Gesichtshälfte ein wenig herabhing, die allerdings größtenteils von seinem dichten weißen Bart verdeckt wurde. Außerdem hinkte er leicht, weshalb er einen Gehstock brauchte. »Das ist mein Mann Biggs. Sein Großvater hat die Dark Knights gegründet. Wir beschützen Peaceful Harbor schon seit Jahrzehnten.«

»So, jetzt hört mal alle her!«, rief Dixie ins Megafon, dann wartete sie, bis die Menge ruhig wurde. »Herzlich willkommen und vielen Dank, dass ihr alle das Parkvale Frauenhaus unterstützt, indem ihr heute bei unserer Rallye mitmacht. Wir fangen in zehn Minuten an. Wenn ihr noch nicht angemeldet seid oder noch eure Rallye-Liste abholen müsst, könnt ihr das hier an diesem Tisch tun. Ihr habt dann zwei Stunden Zeit, so viele Aufgaben wie möglich von dieser Liste zu erledigen. Für jede Aufgabe wird eine bestimmte Punktzahl vergeben, die auf der Liste vermerkt ist. Als Beweis müsst ihr ein Foto machen. Das Team, das die meisten Punkte sammelt, gewinnt einen Einkaufsgutschein für den Onlineshop von Silver-Stone Cycles in Höhe von zweihundertfünfzig Dollar.«

Es folgten Applaus und Jubelrufe. »Sie ist sogar noch hübscher als in meiner Erinnerung«, raunte Roni Quincy zu.

»Dixie ist das Gesicht der neuen *Leder und Spitze*-Kollektion von Jaces Firma und auch das Model des neuen Kalenders«, erklärte Quincy. »Sie muss dafür nächstes Jahr ein paarmal zu öffentlichen Auftritten, und wenn sie weg ist, werde ich die Vertretung für sie übernehmen und mich um die Buchhaltung des Familienunternehmens kümmern.«

»Wow, sie stehen dir ja wirklich sehr nahe«, sagte Roni.

»Für den zweiten Platz gibt es einen Gutschein in Höhe von hundert Dollar von Whiskey Bro's und Whiskey Automotive«, verkündete Dixie jetzt, woraufhin noch mehr Jubelrufe ertönten. »Passt auf euch auf, wenn ihr unterwegs seid. Wir sehen uns um acht Uhr wieder hier, dann werden die Gewinner bekanntgegeben und das Buffet wird eröffnet, das meine sehr begabte – und sehr schwangere – Schwägerin Finlay für euch vorbereitet hat!«

Da rief Bullet: »Mein Lollipop!«, woraufhin sich lautes Gelächter erhob.

»Hat er gerade wirklich Lollipop gesagt?«, fragte Roni.

»Ja, hat er. So nennt Bullet seine Frau Finlay. Das ist die schwangere Blondine, die neben Dixie steht. Finlay hat eine Cateringfirma und kocht auch in der Bar.« Quincy nahm Ronis Hand. »An deiner Stelle würde ich lieber nicht nachfragen, woher dieser Kosename kommt.« Er gab ihr einen Kuss und bemerkte, dass sie wieder rot wurde. Aber sie in aller Öffentlichkeit zu küssen, war für ihn schon fast Normalität geworden. »Dann holen wir uns mal unsere Liste. Wir sehen euch wieder hier, wenn wir unseren Preis abholen.«

»Träum weiter«, entgegnete Truman. »Ich werde gewinnen. Kennedy will eine Lederjacke aus Jaces Laden.«

Quincy gluckste, während sie zum Anmeldetisch gingen. Falls sie gewannen, wollte er Kennedy die Jacke kaufen, wenn Roni nichts dagegen hätte.

»Du bist ein Glückspilz, dass du so viele Freunde hast«,

sagte Roni.

»Stimmt. Wahrscheinlich ist es für dich ein bisschen überwältigend und am Ende weißt du nicht mehr, wer wer ist, aber ich freue mich, dass du hier bist.«

»Ich auch. Ich mag deine Freunde und Red auch. Man merkt, wie gern sie dich hat«, meinte sie, als sie sich in der Schlange vor der Anmeldung anstellten. »Ich wusste gar nicht, dass du irgendwem von Granny erzählt hast.«

Er zog sie in die Arme und wieder wurde sie rot. »Du solltest dich wahrscheinlich daran gewöhnen, dass ich dich küsse und in aller Öffentlichkeit in die Arme nehme, denn ich kann einfach nicht anders.« Er drückte die Lippen auf ihre. »Entschuldige, dass ich es Red erzählt habe, aber ich war gerade zum Abendessen in ihrem Haus, als du geschrieben hast, dass deine Großmutter gestorben ist und dass ich nicht kommen soll. Eigentlich wollte ich trotzdem zu dir fahren, aber Red hat es mir ausgeredet. Sie meinte, dass starke Frauen wissen, was sie brauchen, und dass ich jegliche Chance bei dir vergeigen würde, wenn ich dir nicht den nötigen Raum gebe.«

»Sie ist wirklich wie eine Mutter für dich.«

»Ja, und diese Kerle, ihre Frauen und Dixie sind wie Geschwister. Wir passen aufeinander auf, und wie du gesehen hast, ärgern wir einander auch ein bisschen.«

»Das ist schön. Ich habe nur Angela und Elisa«, erklärte sie, während die Schlange langsam kürzer wurde.

»Und mich, Babe. Und dadurch hast du jetzt auch alle meine Freunde, egal, ob du mich fortjagst oder nicht. Wir sind eine sehr loyale Truppe.«

»Und du kannst ganz schön schnulzig sein«, warf Dixie ein, die sich zu ihnen gesellt hatte.

»Hallo, Dix.« Quincy hatte nur Augen für Roni, weshalb er

Dixie erst gar nicht bemerkt hatte. »Das ist Roni. Roni, das ist Dixie Whiskey, wie sie leibt und lebt.«

»Du wolltest wohl Dixie Whiskey-*Stone* sagen. Hi, Roni.« Dixie umarmte sie, wobei ihr die langen roten Haare ins Gesicht fielen. »Wie schön, dass du mitgekommen bist. Das ist übrigens eine tolle Jacke.«

»Danke. Die hat mir meine Freundin geschenkt«, gab Roni zur Antwort.

»Dann hat deine Freundin einen guten Geschmack.« Dixie gab ihr einen Zettel. »Das ist eure Rallye-Liste. Vergesst die Beweisbilder nicht, sonst zählt es nicht.«

»Okay, danke«, erwiderte Roni.

»Dix! Hast du mal 'ne Sekunde?«, rief Jace winkend von der anderen Seite der Wiese. »Hey, Quincy!«

»Jace.« Quincy hob das Kinn.

»Ich geh besser mal. Alle wollen heute was von mir. Viel Glück!« Damit ging Dixie zu Jace hinüber.

»Sie ist sehr sympathisch.« Roni blickte Dixie hinterher. »Sie läuft in diesen hochhackigen Stiefeln, als wäre sie schon darin auf die Welt gekommen.«

»Ja, mit der hat man viel Spaß«, erwiderte Quincy.

»Alle mal herhören, in fünf Minuten geht es los!«, rief Crystal nun durchs Megafon. In der Menschenmenge fiel sie mit ihren kohlrabenschwarzen Haaren, etlichen Piercings am Ohr und ihrem punkigen Kleidungsstil sehr auf.

»Das ist Crystal, Bears Frau.«

»Wow, sie sieht überhaupt nicht so aus, als hätte sie gerade erst ein Baby bekommen«, staunte Roni.

»Sag ihr das mal. Sie meint, sie hätte zugenommen, aber wir finden, dass sie super aussieht, und Bear kann die Finger nicht von ihr lassen.« Er deutete auf Bear, der hinter Crystal mit Axel auf dem Arm ankam, den anderen Arm um seine Frau legte und sie küsste. »Siehst du?«

»Sie sind echt süß«, sagte Roni, während die anderen Leute bereits zum Parkplatz strömten.

»Komm, lass uns losfahren.« Quincy entdeckte Penny und Scott neben Scotts Auto am Parkplatz und zeigte in ihre Richtung. »Da ist meine Freundin Penny, Finlays Schwester. Und der Typ neben ihr ist unser Kumpel Scott.«

Penny bemerkte ihn, winkte und sagte etwas zu Scott, dann rannte sie zu ihnen herüber. »Hi, Pen«, begrüßte Quincy sie.

Penny stützte die Hand in die Hüfte und strahlte ihn an. »Hi.« Ihr Blick wanderte zu Roni. »Ich bin Penny.«

»Ich bin Roni. Du arbeitest doch in der Eisdiele, stimmt's?«

»Ja, das ist mein Laden.« Sie zeigte auf Quincy. »Manchmal hilft mir auch dieser große Kerl hier aus.«

»Echt? Wie toll. Ich *liebe* deine Eisbecher«, sagte Roni, als die ersten Autos den Parkplatz verließen. »Ich glaube, meine Lieblingssorte ist der Gute-Laune-Becher.«

»Ich kreiere gerade einen neuen. Den nenne ich dann Bücherjunge-erobert-seine-Liebste.« Penny warf Quincy einen frechen Blick zu. »Das wird der süßeste Eisbecher überhaupt.«

»Dann wird das mein neuer Lieblingsbecher«, meinte Roni.

»Meiner auch«, lautete Quincys Kommentar, während er Roni an sich zog.

»Ich muss mich sputen, sonst wird Scott ungeduldig. Bleibt ihr später noch ein bisschen?« An Roni gewandt fügte Penny hinzu: »Würde mich freuen, wenn wir noch plaudern und uns kennenlernen können.«

»Ich denke schon, oder, Quincy?«

»Klar, wir werden hier sein. Aber alles, was Penny dir über mich erzählt, ist gelogen.«

»Ha! Das werden wir noch sehen. Also, bis später.« Penny joggte zu Scott zurück.

Als sie zu Quincys Wagen zurückgingen, sagte Roni: »Sie ist witzig.«

»Ja, sehr.« Er öffnete die Beifahrertür und half Roni beim Einsteigen, dann ging er zur Fahrerseite und startete den Motor. »Du solltest wissen, dass anfangs alle dachten, Penny und ich würden was miteinander anfangen. Dem war aber nicht so. Wir sind einfach nur gute Freunde. Ich habe schon ein paarmal auf ihrer Couch geschlafen und sie auf meiner. Aber wir haben uns nicht einmal geküsst.«

»Okay.« Sie betrachtete die Rallye-Liste.

Im Dunklen konnte er ihren Gesichtsausdruck nicht erkennen. »Ist das ein *okay*, du glaubst mir, oder so ein *okay*, das Frauen sagen, wenn sie behaupten, alles sei gut, doch in Wirklichkeit sind sie sauer?« Er lenkte den Wagen hinter den anderen Fahrzeugen her.

Sie sah von der Liste auf. »Ich vertraue dir, Quincy. Ich habe erwartet, dass du Freunde hast, männliche wie weibliche. Außerdem würde ich auch bei einer Exfreundin nicht eifersüchtig sein.«

»Na ja, ich hatte nie eine feste Freundin, also gibt es keine Exfreundinnen. Ich weiß, dass das mit uns noch sehr frisch ist, aber trotzdem sollst du wissen, dass ich mich nicht gleichzeitig mit anderen treffen würde.«

»Okay. Ich nämlich auch nicht.« Sie hielt seinem Blick einen Herzschlag länger stand, dann sah sie wieder auf das Papier. »Das ist aber eine lange Liste. Hör mal, was wir alles machen sollen. Einem Fremden was vorsingen, eine Rutsche runterrutschen, uns auf den Stufen der Bibliothek küssen ...« Sie stutzte und blickte zu ihm hinüber. »Das ist aber eine eigenartige Aufgabe.«

Er freute sich noch über ihre Aussage, dass es für sie auch nur ihn gab und dass ihr seine Freundschaft mit Penny nichts ausmachte. »Auf jeden Fall werden wir als Allererstes zur Bibliothek fahren.«

»Warte!« Sie verdrehte den Kopf, weil sie Biggs und Red entdeckt hatte, die zu ihrem Auto gingen. »Wir müssen auch ein Foto von Biggs machen, dann haben wir schon die Aufgabe *Macht ein Foto von einem coolen Typen mit Bart* erledigt. Für die gibt es fünfzehn Punkte. Ich beeil mich.« Sie drückte die Tür auf, zog das Handy aus der Gesäßtasche und rannte über den Parkplatz zu den beiden hinüber.

Beim Rennen fiel ihr Hinken stärker auf. Quincy überlegte, ob es von einer alten Tanzverletzung stammte, aber sie direkt danach zu fragen, wäre unhöflich gewesen. Irgendwann würde sie es ihm sicher erzählen, wenn es sich ergab. Er sah ihr zu, wie sie Biggs die Liste zeigte, der ihr sogleich bedeutete, dass sie sich neben ihn stellen solle. Er legte den Arm um sie, dann machte sie ein Selfie von ihnen beiden. Es war schön zu sehen, wie sie aus sich herauskam. Kurz darauf kehrte sie zum Wagen zurück und Biggs zeigte Quincy einen in die Luft gereckten Daumen.

Etwas aus der Puste stieg sie wieder ein. »Geschafft.«

Ohne zu überlegen, zog er sie zu sich. »Du bist so unglaublich süß!«, sagte er und küsste sie.

Als sie die Lippen voneinander lösten, seufzte sie. »Wenn ich rausspringe und noch ein Bild mache, krieg ich dann wieder so einen Kuss?«

»Baby, dafür musst du keinen Muskel bewegen.« Er zog sie für einen weiteren Kuss an sich. Hinter ihnen hupte es. Quincy entfernte sich nur widerwillig von ihr, und als er sich umdrehte, bemerkte er Trumans und Gemmas amüsierte Blicke.

Nachdem sie sich auf den Stufen der Bücherei innig geküsst, aber vergessen hatten, ein Foto zu machen, worüber sie sehr lachten, mussten sie noch einmal zurückfahren, um dies nachzuholen. Anschließend versuchten sie, die anderen Aufgaben von der Liste zu erfüllen, unter anderem ein Bild von einem Mann zu schießen, der gerade mit seinem Hund Gassi ging, ein Foto von einem Graffiti an einer Ziegelmauer zu machen und ein Dutzend anderer Dinge zu erledigen. Immer wieder schossen sie Selfies, während sie sich küssten oder Grimassen schnitten. Quincy hatte in seinem ganzen Leben noch nie so viel Spaß gehabt.

Am Spielplatz, wo sie eine Rutsche hinabrutschen sollten, stieg er hinter Roni die Leiter hinauf und gab ihr dabei einen Klaps auf den Hintern. Sie quietschte auf und wollte schneller sein als er, doch er packte sie an der Hüfte und fing ihr Lachen mit seinem Mund ein.

»Von wegen, *die Hände stillhalten*«, zog sie ihn auf, aber ihre Augen verrieten ihm, dass sie jede Sekunde ihres Spiels so sehr genoss wie er.

»Vielleicht können wir noch mal neu verhandeln. Nur für das hier.« Er drückte die Lippen auf ihre und umfing ihren Hintern mit beiden Händen. »Es ist eine Qual, deinen bezaubernden Körper vor mir zu haben und dich nicht berühren zu dürfen. Ich versuche, dich sonst nicht weiter zu begrapschen.«

Lachend lehnte sie die Stirn gegen seine Brust.

Er ließ die Hände auf ihre Taille wandern. »Entschuldige. Zu früh?«

Roni schüttelte den Kopf, und da ließ er die Hände wieder

auf ihren Hintern gleiten. »Aber fair ist fair.« Damit packte sie ebenfalls seinen Hintern, was einen elektrischen Impuls durch seinen Körper schickte. Ein Stöhnen entwich ihm und schon senkte er den Mund wieder auf ihren für einen langen, leidenschaftlichen Kuss. Sie drückte ihn noch fester an sich und innerhalb weniger Sekunden wurde der Kuss feurig und sie drückten ihre Hüften aneinander. War dies dieselbe Frau, die schon bei einem kleinen Kuss in der Öffentlichkeit rot wurde? Als sie schließlich auseinandergingen, vibrierte sein Körper vom Kopf bis zu den Zehen, und mehr als alles andere war es das schwindelerregende Gefühl der Vollständigkeit, das Quincy fast umwarf.

»Oh Gott, Roni, was hast du bloß mit mir gemacht? Ich habe mich noch nie so gefühlt.«

»Ich auch nicht.« Sie stellte sich auf die Zehenspitzen und er kam ihr entgegen, um sie abermals innig zu küssen. »Wow«, flüsterte sie. »Wir sollten lieber …«

»Stimmt.« Er setzte sich oben auf die Rutsche und zog sie auf seinen Schoß. *Heiliger Bimbam.* Er war hart und sie so weich und perfekt, dass es ihn fast umbrachte.

Er konnte nicht widerstehen, ihr Kinn zu umfassen und sich noch einen heißen Kuss von ihr zu stehlen.

Einige Zeit später, vielleicht waren es zehn, vielleicht auch dreißig Minuten – er hatte jegliches Zeitgefühl verloren –, waren Ronis Wangen gerötet und ihre wunderschönen Augen voller Verlangen. Sie machten ein Selfie von sich und ein zweites, auf dem sie sich küssten, und endlich rutschten sie hinab, während sie weitere Fotos schossen. Dann gingen sie schließlich zum Wagen zurück, um die nächsten Aufgaben in Angriff zu nehmen.

Nach einem weiteren Kuss.

Die Sonne ging schon unter, als Roni Quincy anwies, an einem Drogeriemarkt zu halten.

»Was wollen wir hier?«, fragte er.

»Wirst du gleich sehen. Aber wir müssen uns beeilen. Wir haben nur noch zwanzig Minuten, bis wir wieder zur Bar zurückmüssen.«

Sie eilten hinein, und er folgte ihr durch die Gänge, bis sie ein Enthaarungsset gefunden hatte.

»Ich habe zwar nichts gegen eine gewachste Bikinizone«, sagte Quincy, »aber das muss doch nicht jetzt sein.«

Sie gab einen Zischlaut von sich und klopfte ihm scherzhaft auf den Bauch, dann ging sie zur Kasse. »Das ist nicht für mich. Es steht auf der Liste.«

»Gibt es noch eine Liste, von der ich nichts weiß?«, wollte er wissen, während er die Wachsstreifen bezahlte. »Steht da auch was von Seidenfesseln? Dafür wäre ich auch noch zu haben.«

Sie rollte mit den Augen, dann gingen sie wieder nach draußen.

»Und was ist mit Sprühsahne? Steht die auch auf dieser neuen Liste?«, erkundigte er sich. »Das wäre auch cool.«

»Vielleicht kann Dixie sich das fürs nächste Jahr vormerken.« Neben dem Wagen blieb sie stehen. »Zieh bitte mal dein Shirt aus.«

»Machen wir uns jetzt auf dem Parkplatz nackig?«

»Man muss ein Körperteil mit Wachs enthaaren. Dafür gibt es hundert Punkte und damit gewinnen wir sicher.« Sie zeigte auf sein Shirt. »Zieh das aus.«

»Auf gar keinen Fall. Ich habe den Film *Jungfrau (40),*

männlich, sucht … gesehen und weiß, was Wachs auf einer Männerbrust anrichten kann.«

»Na gut.« Sie hob den Saum seines T-Shirts und warf einen Blick darunter.

»Auf dem Bauch hast du nicht genügend Haare.« Dann ging sie auf die Knie.

»Oh, Babe. Ich darf dich nicht anfassen, aber du darfst so was hier auf einem öffentlichen Parkplatz machen? Na, meinetwegen.« Er griff nach den Knöpfen seiner Jeans.

»Nein, das habe ich nicht vor!« Lachend und mit roten Wangen krempelte sie sein Jeansbein hoch. »Ich suche eine behaarte Körperstelle.«

Als er gluckste, bedachte sie ihn mit einem strengen Blick.

Sie strich mit der Hand sein Schienbein entlang. »Das ist perfekt.«

»Stimmt. Und jetzt ein bisschen höher.«

Sie stand wieder auf und grinste von Ohr zu Ohr. »Hast du eine Schere oder ein Messer dabei?«

Da legte er schützend die Hand auf sein edelstes Körperteil. »Ich mag dich, Babe, aber an diese Stelle hier darfst du nicht mit was Scharfem ran, außer mit deinen Zähnen.«

»Also wirklich, Quincy!« Sie wandte sich ab, musste jedoch lachen. »Du bist unmöglich.«

»Für dich bin ich mehr als möglich. Auf mich kannst du dich verlassen.« Er nahm sie in die Arme und küsste sie. »Die Zeit ist bald um. Warum brauchst du eine Schere?«

»Um die Wachsstreifen zu zerschneiden.«

Er sperrte den Wagen auf und holte sein Taschenmesser aus dem Handschuhfach. Sie öffnete die Packung und wollte ihm das Messer abnehmen.

»Ich mach das, Babe.« Er konnte selbst kaum glauben, dass

er dies mit sich machen lassen würde.

Beziehungsweise doch, weil es sich ja um Roni handelte und er ihr einfach nichts ausschlagen konnte.

»Ich kann mit einem Taschenmesser umgehen.« Sie nahm es ihm aus der Hand. Dann kniete sie sich hin und schnitt den Streifen zurecht. Als sie mit ihrer sexy Brille wieder zu ihm aufblickte, spiegelte sich in ihren grünbraunen Augen eine eindeutige Mischung aus Erheiterung und Lust wider – sein neuer Lieblingsanblick. »Es könnte wehtun.«

Er hatte schon viel Schlimmeres als ein bisschen Wachs durchgestanden. »Leg los, Babe.«

Sie zog den Streifen ab, drückte ihn auf sein Schienbein und strich ein paarmal darüber. »Bereit?«

»Babe, mach einfach …« Da zog sie den Wachsstreifen ab, woraufhin sein Bein höllisch zu brennen begann. »Heilige Scheiße. Und Frauen machen das auch an ihrer …«

Roni kicherte und machte ein Foto von ihrem Werk. »Der Schmerz lässt gleich wieder nach.« Sie stand auf. »Danke, dass du das für unser Team durchgestanden hast. Jetzt sollten wir uns aber besser beeilen.«

Sie gab ihm den Streifen. Er war mit Haaren bedeckt und in Form eines *R* geschnitten. Er zog die Augenbraue hoch. »Roni …?«

»Du hast gesagt, ich soll dich offen als meinen Freund ausgeben«, erklärte sie schelmisch. Dann stieg sie in den Wagen, als wenn nichts gewesen wäre. Dabei hatte sie gerade sein Herz mit dem Lasso eingefangen.

Fünf

Als Roni das Whiskey Bro's Arm in Arm mit Quincy betrat, fühlte sie sich völlig anders als damals während der Auktion. Sie erlebte den absolut besten Tag ihres Lebens und jetzt kamen auch ein paar breitschultrige Männer in Lederjacken an und umarmten Quincy oder klopften ihm auf die Schulter und begrüßten Roni freundlich. Es war kaum zu glauben, wie viele Freunde er hatte und wie viele von ihnen sich mit ihren Bikernamen vorstellten – Court, Viper, Crow und viele andere. Auch die Männer der Whiskey-Familie hatten Bikernamen. Sie lernte Bones Whiskey und seine sympathische Verlobte Sarah sowie Jeds Verlobte Josie kennen. Während sie sich ihren Weg durch die überfüllte Bar zu dem Tisch bahnten, an dem sie ihre Bilder für die Rallye einreichen sollten, stellte Quincy sie fast jedem der Anwesenden vor. Die Bar war brechend voll. Es wurde Darts und Billard gespielt, die Leute luden sich am Buffet die Teller voll oder saßen bereits an den Tischen und aßen. Kinder liefen herum, es war laut und eng, aber die Stimmung war ausgelassen und fröhlich. Roni konnte sich unmöglich alle Namen merken, aber die der Whiskeys und von Jed, Scott und deren Lebensgefährtinnen schrieb sie sich ins Gedächtnis, weil sie wusste, wie wichtig diese Menschen für

Quincy waren.

Eine blonde Frau namens Isla half ihnen, die Bilder hochzuladen, und als sie sich umdrehten, rannte ein kleiner Junge mit hellbraunen Haaren vorbei, verfolgt von einem jüngeren mit sandfarbenem Schopf.

»He, ihr zwei Racker, nicht so schnell«, rief Quincy ihnen nach.

Da kam Bones zu ihnen. »Ich kümmere mich um sie. Danke, Quincy.«

»Sind das seine Jungs?«, wollte Roni wissen.

»Der ältere ist der Sohn von Jed und Josie, und der jüngere ist Bradley, eines der drei Kinder von Bones und Sarah.«

Er zeigte zu den Töchtern der beiden. Maggie Rose, das Baby in Sarahs Armen, und Lila, das kleine Mädchen, das im Buchladen auf Quincys Schoß gesessen hatte. Sie war ungefähr zwei Jahre alt und klammerte sich gerade fröhlich an Biggs, der sich mit einem Mann unterhielt, an dessen Namen sich Roni nicht erinnern konnte.

»Ich habe vorher noch nie gehört, dass Kinder in einer Bar herumtoben dürfen«, sagte Roni. »Nicht, dass ich oft in Bars gehe oder davon höre, aber ich dachte immer, dass man hier nur trinkt und feiert.«

»Wenn die Whiskeys eine Veranstaltung organisieren, ist immer die ganze Familie eingeladen. Viele von uns trinken gar keinen Alkohol. Das gehört zu den vielen Dingen, die ich an dieser Gruppe mag.«

»Dann haben wir eine weitere Gemeinsamkeit. Ich trinke auch nicht.«

»Miss Roni ist da!«, rief Kennedy laut und drängte sich zwischen Truman und Gemma durch, die sich ein paar Meter entfernt mit Bullet unterhielten.

Roni hatte Truman und Gemma auf Anhieb sympathisch gefunden, als sie zum ersten Mal ins Studio gekommen waren und sich nach dem Tanzunterricht für Kennedy erkundigt hatten. Gemma hatte goldene Strähnchen im braunen Haar und Truman war so groß wie Quincy, aber ein dunklerer Typ. Er hatte einen Bart und seine Arme und Hände waren übersät mit blauen Tattoos. Auch unter dem Hemdkragen spitzten welche hervor. Doch obwohl er so hart aussah, war er zu den Kindern und zu Gemma sanft und freundlich.

Kennedy hüpfte in ihrem lila Kleid auf und ab. »Mommy! Daddy! Miss Roni ist da! Bist du hier, um mit Onkel Quincy zu spielen?«

»So könnte man es ausdrücken«, antwortete Roni, was manche, die es hörten, zum Lachen brachte.

»Eine Verabredung zum Spielen?«, fragte Truman.

»Genau«, rief Kennedy. »Onkel Quincy wollte unbedingt mit Miss Roni spielen.«

»Kann ich mir denken«, sagte Bullet glucksend.

Bullet wirkte von allen Männern am einschüchterndsten – mal abgesehen von Diesel, dem bulligen Barkeeper mit der Baseballmütze, den Quincy ihr vorher vorgestellt hatte.

»Ich spiele auch gerne mit meiner Frau«, rief Bear von der Bar zu ihnen hinüber, was dazu führte, dass sich noch mehr Leute amüsierten.

Quincy zog Roni in seine Arme und sagte mit schelmischem Grinsen: »Ein kleiner Zwerg hat uns verraten.«

Roni lachte. »Macht nichts. Ich spiele ja wirklich gerne mit dir.«

Er küsste sie, und da jubelten und pfiffen alle. Er schien diese Stimmung zu lieben und rief Kennedy zu: »Hey, Mäuschen, Miss Roni und ich werden uns in Zukunft noch ganz oft zum Spielen verabreden.«

»Juhu!«, jubelte Kennedy. »Dann kannst du Miss Roni zeigen, wie du den ganzen Abend lang Eis schleckst! Tschüs!« Damit rannte sie davon und ließ die Männer vor Lachen prustend zurück. Roni verbarg ihr rotes Gesicht an Quincys Brust.

Quincy gab ihr einen Kuss auf den Scheitel. »Tut mir leid, Babe.«

»Es tut dir leid, dass du die ganze Nacht Eis schlecken kannst?«, zog Bullet ihn auf. »Für mich hört sich das super an.«

»Ja, ja, schon gut, Bullet. Lass gut sein.« Quincy strich mit einer Hand über Ronis Rücken.

Sein Beschützerinstinkt machte Quincy noch viel attraktiver, als er es ohnehin schon war. Roni bemerkte, wie er Bullet warnend ansah, und war ein bisschen verunsichert. Sie wollte ihm sagen, dass alles in Ordnung sei und dass er Bullet nicht weiter herausfordern müsse, aber als sie den Mund öffnete, um genau das zu tun, kam Bullet ihr zuvor.

»Entschuldige, Roni. Ich wollte dich nicht in Verlegenheit bringen.« Bullet strich sich über den Bart, während sich Finlay mit ihrem gewölbten Babybauch zu ihnen gesellte. »Aber du musst trotzdem zugeben, dass es sich gut anhört. Was meinst du, woher meine Frau ihren Spitznamen hat?«

Finlay schnappte nach Luft. »Bullet Whiskey, das stimmt überhaupt nicht!«

»Aber es ist lustig«, entgegnete Bullet.

Roni fand es selbst auch recht lustig. Sie lachte zusammen mit allen anderen und freute sich darüber, dass Quincy so gute Freunde hatte.

»Okay, hört auf«, meinte Dixie, während sie sich an Bullet vorbeischob, dicht gefolgt von Penny und Crystal. Ohne ihre

Jacke sah man nun Dixies bunte Tattoos auf den Armen, die genauso schön waren wie sie. »Jetzt ist Mädelszeit, Quincy. Wir müssen uns Roni mal kurz ausleihen, während du mit den Neandertalern hier rumhängst.«

Roni war überrascht, dass man sie mit einbeziehen wollte, und sie freute sich darauf, die anderen Frauen kennenzulernen.

»Aber die Kerle sind nicht annähernd so unterhaltsam wie meine Süße.« Quincy legte den Arm fester um Roni, was sie sehr genoss.

»Letzte Chance, Gritt. Du kannst ihr jetzt noch einen Abschiedskuss geben«, erklärte Crystal.

»Willst du mitgehen, Babe?«, fragte er fürsorglich.

»Aber sicher.«

Er drückte die Lippen auf ihre, dann sah er die drei jungen Frauen streng an. »Ich weiß nicht, welche Aufnahmerituale ihr für neue Mitglieder eurer Clique habt, aber macht nichts Wildes, okay? Nicht, dass ihr sie mir noch vergrault.«

Doch Roni musterte ihn lachend. »Es gehört schon viel dazu, mich zu vergraulen.«

»Siehste«, meinte Dixie. »Deine Maid ist nicht so schüchtern, wie du denkst.«

»Hier kann man gar nicht schüchtern sein«, entgegnete Roni, die sich zwischen Dixie und Crystal wiederfand.

Jetzt kam auch Gemma dazu. »Ich kann kaum glauben, dass ihr es geschafft habt, sie von Quincy loszueisen. Er klebt ja regelrecht an ihr.«

»Worüber sich Roni nicht beschwert«, sagte Quincy.

Wow, ihr gefiel diese Seite von ihm. Er sagte zwar jedem, dass sie zu ihm gehörte, engte sie dabei aber auch nicht ein. Er war einfach nur ... beschützend? Oder aufmerksam? Oder genauso sehr in sie verliebt, wie sie in ihn? Wohl alles drei. *Er steht zu mir und das fühlt sich richtig gut an.*

»Ich komme gleich zu euch, meine Lieben«, rief Penny. »Ich muss erst noch ein Wörtchen mit Quincy reden.«

Als sie weggeführt wurde, spürte Roni Quincys Blick auf sich und drehte sich noch einmal zu ihm um. Obwohl er sich mit Penny unterhielt, behielt er die Augen weiter auf Roni gerichtet. Jetzt warf er ihr einen Kuss zu, den sie im Geiste auffing und auf die Liste zu all den anderen romantischen Dingen schrieb, die er für sie getan hatte.

»Da ist sie ja endlich!«, rief Josie, strohblond und zierlich, die mit ihrer Schwester Sarah, die ein Baby in den Armen hielt, am Tisch saß, aber sogleich aufsprang.

»Beobachtet uns Quincy immer noch mit Argusaugen?«, wollte Dixie wissen, während sich alle hinsetzten.

Gemma reckte den Hals. »Er unterhält sich mit Penny. Ups, da guckt er wieder.«

Roni musste auch hinschauen. Ihr Herz setzte einen Schlag aus, als sie Quincys heißen Blick bemerkte.

»Na, dieser Blick sagt alles«, meinte Dixie. »Roni, du hast schon alle kennengelernt, oder?«

»Ich glaube schon. Alle außer dem kleinen Dornröschen hier«, antwortete Roni und deutete auf Sarahs Baby. »Das ist wahrscheinlich Maggie Rose? Wie süß!«

Sarah strich sich das aschblonde Haar hinters Ohr. »Ja, und total erledigt.«

»Kaum zu glauben, dass sie bei dem Lärm hier schlafen kann«, meinte Roni.

»Das ist sie gewohnt. Bei uns zu Hause ist es auch nie still.« Sarah gab Maggie Rose einen Kuss auf den Kopf. »Hast du Bradley und Lila, meine anderen beiden, schon kennengelernt? Biggs hat sich vor einer Weile mit Lila aus dem Staub gemacht.

Wahrscheinlich ist sie jetzt mit Keksen vollgestopft. Bones hat auf Bradley und Hail aufgepasst.«

»Die Jungs sind an uns vorbeigerauscht, kurz bevor Kennedy meine Spielverabredung mit Quincy rausposaunt hat.«

»Tut mir leid«, entschuldigte sich Gemma, während Penny sich nun auch zu ihnen an den Tisch setzte.

»Ach, Quatsch, Kennedy ist sehr witzig«, sagte Roni. »Für mich als Einzelkind ist zwar alles etwas überwältigend, aber ich liebe Kinder, und ich freue mich sehr, Quincys Freunde kennenzulernen.«

»Dass es überwältigend ist, kann ich nachvollziehen, aber du bist immer noch hier, was für dich spricht«, scherzte Josie.

»Für sie spricht eine ganze Menge«, fiel Penny ein. »Quincy ist total verrückt nach dir, Roni. Während wir uns gerade unterhalten haben, hat er dich keine Sekunde lang aus den Augen gelassen. Und als Jed, Truman und Scott kamen, hab ich im Gehen noch gehört, wie er von dir geschwärmt hat.«

Roni wurde ganz warm dabei und ihr Selbstvertrauen schwoll an. »Ich bin auch ganz verrückt nach ihm.«

»Wie fandest du die Rallye?«, erkundigte sich nun Sarah.

»Wir hatten einen Mordsspaß. Obwohl ich die Aufgaben auf der Liste durchaus ein bisschen seltsam fand. Ich habe noch nie an einer Rallye teilgenommen, bei der man seinen Teampartner küssen muss. Also, nicht, dass es mich gestört hätte …«, stellte Roni klar. »Ich küsse Quincy liebend gern. Als ich später dann Penny und Scott im Park beim Knutschen gesehen habe, die auch gerade ein Selfie schossen, ist mir klargeworden, dass das bei einer Rallye hier wohl dazugehört.«

»Auf eurer Liste stand, dass ihr euch küssen sollt?«, hakte Gemma nach.

»Also, mich interessiert ja vor allem die Tatsache, dass sich

Penny und Scott geküsst haben!« Dixie beäugte Penny mit schiefgelegtem Kopf. »Jetzt mal raus mit der Sprache, Süße.«

»Warum stand Küssen nicht auch auf meiner Liste?«, wollte Crystal wissen.

»Penny, du hast Scott *geküsst?*« Josie riss die Augen auf.

»Oder hat Scott *dich* geküsst?«, hakte Sarah nach.

Jetzt sahen alle Penny erwartungsvoll an. Da ließ sich Finlay, die sich gerade den Weg zu ihnen gebahnt hatte, mit lautem Stöhnen auf einen Stuhl plumpsen. »Meine Füße bringen mich um.« Dann schaute sie fragend in die Runde. »Oha, habe ich was verpasst?«

»Penny hat Scott geküsst«, platzte Josie hervor. »Oder vielleicht hat unser Bruder auch *sie* geküsst.«

»Was?« Finlay starrte Penny an. »Ich als deine Schwester erfahre das als Letzte?«

»Jetzt bin ich verwirrt«, gestand Roni. »Stand Küssen etwa nicht auf eurer Liste? Und was ist damit, dass man einen Körperteil mit einem Wachsstreifen enthaaren musste? Das war nämlich auch noch so eine komische Aufgabe.«

Alle Augen richteten sich nun auf sie, bevor Crystal laut losprustete.

»Oh mein Gott.« Finlay hielt sich lachend die Hand vor den Mund.

Josie berührte Ronis Arm. »Wir lachen nicht über dich. Das ist eindeutig Dixies Werk.«

»Habt ihr wirklich etwas enthaart?«, fragte Crystal, die sich vor Lachen krümmte.

»Ja, Quincy«, erklärte Roni, was zu neuen Lachsalven führte. Roni schloss sich ihrem Gelächter an. »Dafür gab's hundert Punkte und wir wollten schließlich gewinnen!« Erneutes Gelächter.

»Du passt gut zu uns, Roni«, bemerkte Dixie. »Achtung, Izzys Klatschradar ist angesprungen. Sie ist schon im Anmarsch.«

Dixie deutete auf die umwerfend gut aussehende Barkeeperin mit glatten dunklen Haaren und großen mandelförmigen Augen. Mit dynamischen Schritten kam sie in einem figurbetonten Minikleid zu ihnen herüber. Roni, die den Namen der Frau vergessen hatte, war froh, dass Dixie ihn erwähnte.

Izzy zog auf ihrem Weg die zierliche Kellnerin Tracey, die Quincy ihr vorhin vorgestellt hatte, mit sich. Ihren Namen hatte sich Roni gemerkt, weil dieser unheimlich aussehende Barkeeper mit der Baseballkappe Tracey im Auge behielt.

»Was ist hier los?«, wollte Izzy wissen, als sie den schlanken Körper auf einen Stuhl sinken ließ.

Tracey nahm den letzten freien Platz ein und lächelte Roni zu. Sie wirkte etwas zurückhaltend und schien sich nicht ganz so wohl in ihrer Haut zu fühlen wie die anderen.

»Penny hat Scott geküsst«, verriet Dixie.

»Wow, Penny«, staunte Izzy.

»Und Roni hat irgendeinen Körperteil von Quincy enthaart«, fügte Gemma hinzu. »Wir wissen aber noch nicht genau, welchen.«

»Oh Gott«, rief Tracey.

»Sein *Bein*«, erläuterte Roni. Dann fügte sie hinzu: »Ich habe ein *R* hineingewachst.«

Die anderen bekamen sich vor Lachen gar nicht mehr ein.

»Damit werde ich ihn ein Leben lang aufziehen«, sagte Penny lachend.

Mit einem Fingerzeig zu Penny meinte Finlay: »Nur zu. Aber erst, nachdem du das mit Scott gebeichtet hast. Was läuft da zwischen euch beiden?«

»Es gibt nichts zu beichten.« Penny verschränkte die Arme und wirkte, als hätte man sie auf frischer Tat ertappt. »Küssen stand eben auch auf unserer Liste.«

Dixie quietschte vor Lachen auf. »Unsinn. Aber gut, du kriegst ein paar Extrapunkte fürs kreative Erfinden von Ausreden. Ich habe die Listen selbst geschrieben, und nur bei Quincy und Roni stand Küssen drauf.«

»Ach«, murmelte Penny. »Ups.«

»Warum nur bei uns?«, wollte Roni jetzt wissen.

»Weil wir Quincy so gernhaben und weil er schon seit Monaten unbedingt mit dir ausgehen will. Als er mir gesagt hat, dass er dich heute Abend mitbringt, wollte ich eben ein bisschen nachhelfen«, meinte Dixie. »Wie schön, dass es geklappt hat.«

»Lieb, dass du dich so um ihn kümmerst. Aber glaub mir, fürs Küssen hätte ich gar keine Nachhilfe gebraucht. Ich kriege schon weiche Knie, wenn er nur ›Hallo, Hübsche‹ sagt«, erzählte Roni und war über dieses Geständnis selbst ganz überrascht. Im Kreis dieser Frauen konnte sie so ungezwungen reden und es war ihr auch nicht peinlich, ihnen die Wahrheit zu sagen.

»Unser Quincy«, sagte Gemma. »Mit Truman geht's mir ähnlich – ein Blick reicht schon aus. Wahrscheinlich liegt es ihnen in den Genen.«

»Als ich dich und Truman kennenlernte, habe ich gleich gemerkt, dass du und die Kinder ihm die Welt bedeuten«, meinte Roni. »Übrigens, Penny, tut mir wirklich leid, dass ich versehentlich was ausgeplaudert habe.«

»Halb so wild. Wir haben uns nur geküsst. Keine große Sache«, gab Penny zurück.

»Warst du deshalb neulich bei uns, als er auf die Kinder aufgepasst hat?«, wollte Sarah wissen. »Scott hat behauptet, er habe Hilfe gebraucht, weil Maggie Rose angeblich Bauchschmerzen hatte. Dabei schien es ihr später wieder ganz gut zu gehen.«

»Sie war schon ein bisschen quengelig«, erwiderte Penny leise. »Aber Scotty geht super mit ihr um. Er hat sie sofort beruhigt. Und ja, wir haben uns an dem Abend geküsst, aber etwas anderes lief in deinem Haus nicht. Ihr müsst eure Couch nicht desinfizieren.«

»Scotty«, seufzten Josie, Gemma und Crystal unisono.

Penny verdrehte die Augen. Sie lehnte sich vor und tat geheimnisvoll, woraufhin sich alle zu ihr hinüberbeugten. »Könntet ihr das bitte noch ein bisschen für euch behalten? Als eine Sache, die unter uns bleibt? Ich weiß noch nicht, was das zwischen uns ist. Scott sagt zwar, dass er schon länger etwas von mir will, und ich stehe auch seit einer ganzen Weile auf ihn. Aber vorher war er so distanziert, da bin ich davon ausgegangen, dass er kein Interesse hat. Dabei war das nur, weil er gedacht hat, zwischen Quincy und mir würde sich was anbahnen. Mein bester Freund war im Weg und darum ist so lange nichts passiert.«

»Wir haben auch alle gedacht, du würdest mit Quincy zusammenkommen, weil ihr so eng befreundet seid«, erklärte Sarah.

»Ich weiß.« Penny blickte zu Roni. »Aber es war nie was zwischen uns. Also … Frauenkodex?«, fragte Penny.

»Selbstverständlich.« Dixie blickte in die Runde. »Wir alle, die wir hier am Tisch sitzen, werden schweigen wie ein Grab. Das gilt natürlich auch für dich, Roni. Du bist jetzt eine von uns, daher darfst du Quincy auch nichts sagen.«

Es fühlte sich gut an, dazuzugehören. Roni hatte abgesehen von der Tanzgruppe, die zwar ein gemeinsames Ziel hatte, aber bei der es nicht um Freundschaften ging, noch nie ein solches

Zugehörigkeitsgefühl empfunden. Doch so sehr sie auch Teil dieser Clique sein wollte, Quincy anzulügen würde nicht in Frage kommen. »Ich werde nichts sagen. Aber was ist, wenn Quincy sie auch gesehen hat? Was ist, wenn er fragt? Ich will ihn nicht belügen.«

»Eigentlich weiß Quincy es sowieso schon«, antwortete Penny. »Deshalb wollte ich vorher noch kurz mit ihm reden. Ich dachte, vielleicht ist er gekränkt, wenn er es nicht zuerst von mir erfährt. Und ich habe ihm erlaubt, es dir auch zu erzählen, Roni, solange du dich zur Verschwiegenheit verpflichtest. Aber er hat sowieso schon alles gewusst. Anscheinend hat Scott letzte Woche mit ihm geredet und ihm gestanden, dass er auf mich steht. Männerkodex und so. Aber du hast recht, Roni, Quincy wäre verletzt, wenn du ihn anlügst. Ehrlichkeit ist sehr wichtig für ihn.«

»Sich an den Frauenkodex zu halten, zählt nicht als Lüge«, sagte Dixie streng. »Quincy weiß das.«

»Sie hat recht«, mischte sich Finlay ein. »So wie unsere Männer nicht mit uns darüber reden können, was im Clubhaus passiert. Es ist genau dasselbe, nur dass wir jetzt die Kontrolle haben.«

Während sie darüber sprachen, was Lügen waren und was nicht, meinte Tracey: »Jedenfalls freue ich mich für dich und Quincy, und Penny, ich freue mich für dich und Scott. Aber Mädels, irgendwie muss eine schwarze Wolke über meinem Kopf schweben. Nicht, dass ich unbedingt einen Mann in meinem Leben brauche. Aber erst bin ich vor einem gewalttätigen Idioten geflohen, und jetzt, da ich endlich Halt gefunden habe, kriege ich noch nicht einmal anständiges Trinkgeld, weil Diesel alle Männer verscheucht, während von euch eine nach der anderen ihren Traumprinzen findet.«

»Diesel vergrault alle, weil er dich bei lebendigem Leib verschlingen will«, erwiderte Izzy daraufhin.

Tracey schüttelte den Kopf und blickte zu Diesel hinüber, der auf der anderen Seite des Raums an der Bar stand und sich mit Quincy und ein paar anderen unterhielt. Wie ein Rottweiler starrte er Tracey aus dunklen Augen an.

Roni bekam eine Gänsehaut. »Quincy hat ihn mir als einen seiner Freunde vorgestellt, die für ihn wie eine Familie sind. Er kam mir eigentlich ganz nett vor, obwohl er nicht viel gesagt hat. Ist er gefährlich?«

»Nur für Traceys Höschen«, spottete Izzy grinsend.

»Hör auf!« Tracey stöhnte auf.

»Ich muss mir merken, dass ich dich Thanksgiving neben ihn setze«, stichelte Dixie.

»Wehe!«, warnte Tracey sie.

»Ihr feiert Thanksgiving zusammen?«, fragte Roni nach. Ihr graute vor den Feiertagen ohne ihre Großmutter.

»Klar.« Dixie sah Tracey mit ihren grünen Augen an. »Und jetzt, da Diesel wieder in der Stadt ist, wird er auch dabei sein und seinen Nachtisch direkt neben sich haben.«

»Oh Gott, hör auf!«, zischte Tracey. »Der Kerl hat eine Drehtür im Schlafzimmer. Jede Woche verlässt er die Bar mit einer anderen Frau. Und mir gegenüber macht er einen auf Bärenmama. Total nervig.«

»Bärenmama? Dieser Kerl?«, fragte Josie. »Eher ein grunzendes Mammut mit vielen Muskeln. Mehr als zwei Worte sagt er ja nie.«

»Muss er auch nicht, sein Blick reicht schon aus.« Tracey senkte die Stimme. »*Wenn du Tracey zu nahekommst, reiß ich dir die Arme aus.*« Sie lehnte sich zurück und seufzte. »Als er letzten Monat mal zwei Wochen lang weg war, habe ich mehr

Trinkgeld eingenommen als je zuvor. Das war toll. Aber jetzt bediene ich wieder hauptsächlich Frauen. Wenn er nicht aufhört, muss ich mir bald einen anderen Job suchen.«

»Nein, das wirst du nicht tun. Du gehörst doch zur Familie. Ich rede mit Diesel, und ich erhöhe deinen Lohn als Ausgleich fürs fehlende Trinkgeld, falls er nicht langsam lernt, sich zurückzunehmen«, meinte Dixie.

»Das geht doch nicht, Dix. Sprich bloß nicht mit ihm über mich!«, warnte Tracey sie.

»Sie kann und sie sollte das tun. Dixie hat hier das Sagen«, erinnerte Finlay sie. »Du darfst nicht kündigen, Tracey. Wir brauchen dich hier. Wenn du nicht willst, dass Dixie mit ihm redet, dann sag ich Bullet, dass er ihn mal in die Schranken weisen soll.«

Roni war beeindruckt, wie sehr sich die anderen um Tracey kümmerten. Sie hatte bis jetzt gar nicht gewusst, wie viel ihr in Sachen Freundschaft entgangen war, und merkte nun, wie sehr sie sich nach Freundinnen wie diesen gesehnt hatte.

»Nein«, entgegnete Tracey. »Wenn jemand mit ihm redet, dann ich.«

»Aber ich kann dich nicht in der Bar arbeiten lassen, wenn du dich nicht wohlfühlst«, beharrte Dixie. »Das geht nicht.«

»Nein, ich fühle mich nicht mehr unwohl, ich bin nur wegen des Trinkgelds sauer. Ich rede mit ihm. Nicht sofort, aber irgendwann, wenn ich mal den nötigen Mut aufbringe.« Tracey ließ den Blick um den Tisch schweifen, und ein leises Lächeln umspielte ihre Lippen, als sie hinzufügte: »Also nächstes Jahr, oder so. Und jetzt gehe ich besser wieder an die Arbeit.«

»Ich auch«, meinte Izzy. »Ach übrigens, Dix, ich kann Thanksgiving nicht kommen. Jared nimmt mich mit nach New York, damit ich meine Familie besuchen kann.«

»Echt? Wirst du auch *Dick und die Jungs* sehen?«, fragte Dixie grinsend.

»Nur, wenn er Glück hat«, gab Izzy zurück.

»Sind das deine Brüder?«, erkundigte sich Roni.

Da brachen Dixie und Izzy in großes Gelächter aus.

»Das ist ein Code für Sex. Ich habe auch eine Weile gebraucht, um ihre Geheimsprache zu verstehen. Jared ist der jüngere Bruder von Jace, und in der Bar wird gemunkelt, dass Izzy und Jared was miteinander haben«, erklärte Finlay, als Izzy aufgestanden und gegangen war. »Ich schau mir jetzt mal das Buffet an.« Sie erhob sich und zeigte auf Penny. »Wir telefonieren dann später.«

»Okeydokey, Schwesterherz«, sagte Penny.

Roni beugte sich vor. »Es tut mir wirklich leid, dass ich das von euch ausgeplaudert habe, Penny.«

»Ach, kein Ding. Bei der Meute hier bleiben Geheimnisse nie lange geheim«, meinte Penny. »Und deshalb bist du jetzt an der Reihe, uns was zu erzählen. Wie hat Quincy dich endlich dazu gebracht, mit ihm auszugehen?«

Roni blickte im selben Moment zu Quincy hinüber, als er zu ihr schaute. Ihr Puls beschleunigte sich bei dem Gedanken an den Moment, als sie ihn am Mittwochabend vor der Glastür gesehen hatte. Quincy zwinkerte ihr zu, und dann sagte Bones, der Lila auf dem Arm hielt, etwas zu ihm. Als Quincy ihm daraufhin das kleine Mädchen abnahm, bekam Roni ganz weiche Knie.

»Und schon ist sie mit den Gedanken wieder ganz weit weg«, stellte Dixie fest.

Roni wandte sich wieder den anderen Frauen zu und merkte, dass sie rot wurde. Aber das war ihr egal. Quincy war all das wert. Sie brauchte eine Sekunde, um sich wieder auf Pennys

Frage zu besinnen. »Also, er ist zu mir ins Tanzstudio gekommen und hatte meine Lieblingsblumen auf dem Feld für mich gepflückt. Auf der Ladefläche seines Wagens war ein Picknick vorbereitet, mit Lichterketten und sogar einem kleinen Lagerfeuer. Es war der magischste Abend meines Lebens.«

Die anderen seufzten, als Roni ihnen den Rest der Geschichte erzählte. Sie löcherten sie mit Fragen, die Roni nur allzu gerne beantwortete. Es war so ein gutes Gefühl, von Quincy schwärmen zu dürfen. Sie erzählte von den langen Monaten, während derer sie sich nur Textnachrichten geschrieben hatten. Und sie berichtete davon, wie er sich nach dem Tod ihrer Großmutter häufiger bei ihr gemeldet hatte. Aber während sie über ihn sprach, vermisste sie ihn an ihrer Seite.

Bald wachte Maggie Rose auf, und als Sarah das Baby wickeln ging, kamen sie wieder auf die Rallye zu sprechen. Roni zeigte ihnen das Foto von Quincys gewachstem Bein, und alle lachten, als sie ihnen erzählte, wie er aufgejault hatte, als sie den Wachsstreifen abzog. Dann redeten sie darüber, wie sehr diese Art der Haarentfernung wehtat und wer wachste und wer nicht und was die jeweiligen Partner darüber dachten. Roni war erstaunt über die Offenheit der anderen. Es war so neu für sie, mit anderen Frauen private Dinge aus ihrem Leben zu teilen. Mit Angela redete sie durchaus auch über Persönliches, aber nicht auf diese Weise. Roni gefiel es, wie ehrlich und nett diese neuen Freundinnen zueinander waren. Sie fragte, wie sie ihre Partner kennengelernt hatten, und fand es toll, ihre Geschichten zu hören, die alle sehr unterschiedlich waren. Sie musste lachen, als Crystal beschrieb, wie Bear ihr Avancen gemacht hatte. Und als Tracey von ihrer schlimmen Vergangenheit erzählte und Josie berichtete, dass auch Scott und Sarah von ihren Eltern geschlagen worden waren, wurde Roni das Herz schwer. Sie erfuhr über jede ein paar Einzelheiten und schloss die Frauen immer mehr ins Herz.

»Quincy hat dir sicher erzählt, dass er Jeds Trauzeuge sein wird. Du musst unbedingt auch zu meiner Junggesellinnenparty kommen«, sagte Josie, woraufhin alle gleichzeitig losplapperten und Roni aufforderten, sich ihnen anzuschließen.

»Sehr gerne. Was genau plant ihr?«

»Keinen Wellnesstag vor der Hochzeit, sondern eher eine Junggesellinnenparty«, antwortete Dixie. »Josie möchte eigentlich weder einen richtigen Junggesellinnenabschied noch eine Brautparty veranstalten, weil sie ihre letzten Tage als Single nicht feiern will und es ihr unangenehm ist, Geschenke zu bekommen. Aber das kann sie vergessen, daher kombinieren wir den Junggesellinnenabschied und die Brautparty und machen daraus eine Junggesellinnenparty.«

»Nur einen Mädelstag«, warf Josie ein.

»Nenn es, wie du willst, solange wir deine und Jeds Hochzeit feiern können.« Penny sah Roni an. »Das Ganze findet am Sonntag vor Weihnachten statt.«

»Wir feiern in Josies Laden ›Ginger All the Days‹. Er liegt direkt neben der Bar. Jed und Josie haben ihre Garage zum Laden umgebaut«, erklärte Gemma.

»Das ist dein Laden?«, fragte Roni. »Meine Freundin Angela und ich lieben deine Lebkuchenplätzchen. Ihr Freund kauft sie kiloweise. Um diese Jahreszeit hast du wahrscheinlich ganz schön viel zu tun.«

Josie nickte. »Stimmt, und das gefällt mir auch. Aber am Nachmittag der Party schließe ich den Laden.«

»Schließlich sollen die Kunden nicht die Lebkuchenpenisse sehen, die wir backen«, rief Crystal lachend.

Roni riss die Augen auf. »Im Ernst?«

»Nein, wir machen sie nicht«, sagte Josie. »Izzy und Crystal wahrscheinlich schon, aber ich nicht, und du musst das auch nicht machen. Wir wollen Lebkuchenhäuschen basteln. Das macht einen Mordsspaß und dabei kannst du uns alle besser kennenlernen.«

»Klingt super. Danke für die Einladung«, sagte Roni.

Josie zückte ihr Handy. »Gib mir deine Nummer, dann schicke ich dir alle Infos. Ich wollte dich sowieso danach fragen, denn dein Freund und meiner sind beste Kumpels. Wir werden uns sicher noch öfter sehen.«

Während sie Nummern austauschten, schlenderten Quincy, Jed und Scott herüber, jeder mit zwei Tellern voller Essen. Quincys und Ronis Blicke trafen sich, und sofort schlug ihr Herz schneller.

»Hallo, meine Hübsche«, sagte Quincy. »Habt ihr noch Platz für zwei Neandertaler?«

Scott sah Penny an, und obwohl sie rasch wegschaute, ließ sich das Knistern zwischen ihnen nicht leugnen.

»Wo ist Hail?«, wandte sich Josie an Jed.

»Er wollte mit Bradley essen und sitzt bei Bones«, antwortete er, während er neben ihr Platz nahm.

»Wie geht's dir, *Scotty*?«, fragte Dixie mit einem Schmunzeln.

Scott stellte Penny einen Teller hin. »Prima. Und dir?«

»Gut, aber noch besser, wenn ich meinen Mann gefunden habe.« Dixie stand auf, den Blick auf Penny gerichtet, während Scott sich neben sie setzte. »Meine Lippen sind so einsam.«

Crystal erhob sich von ihrem Platz neben Roni. »Hier, Quincy, nimm meinen Stuhl. Ich muss Bear suchen, damit ich Axel stillen kann, bevor meine Brüste explodieren.«

»Und ich sollte besser mal nachsehen, ob Truman Hilfe mit

den Kindern braucht.« Damit stand auch Gemma auf.

»Kennedy hatte gerade in jeder Hand einen Keks«, sagte Quincy.

»Na klar«, meinte Gemma. »Sie weiß, wie man diesen Mann um den kleinen Finger wickelt.«

»Sie hat uns alle um den kleinen Finger gewickelt.« Quincy setzte sich neben Roni und stellte die beiden Teller auf den Tisch. »Ich wusste nicht, worauf du Appetit hast, also habe ich einfach von allem was genommen, vor allem viel Obst und Gemüse.«

»Perfekt, danke«, sagte Roni.

Er gab ihr einen Kuss und rieb mit der stoppeligen Wange über ihre, bevor er ihr leise zuflüsterte: »Ist es verrückt, dass ich dich vermisst habe?«

»Falls ja, können sie mich auch in die Klapsmühle einliefern.«

Er küsste sie erneut, woraufhin Jed sagte: »Dixie hätte sicher nichts dagegen, wenn ihr euch für ein paar Minuten in ihr Büro zurückzieht – sofern du anschließend den Schreibtisch desinfizierst.«

Auf Quincys warnenden Blick grinste Jed nur.

Sie unterhielten sich und scherzten beim Essen. Scott war sehr charmant, und jedes Mal, wenn er Penny etwas zuflüsterte, lächelte sie auf ganz besondere Weise. Roni war sich sicher, dass sie unter dem Tisch Händchen hielten, aber die anderen bekamen das wohl genauso wenig mit wie die verstohlenen Blicke der beiden. Jed machte Witze und kuschelte andauernd mit Josie, die er stolz als seine Zukünftige bezeichnete. Quincy war so aufmerksam und liebevoll und legte den Arm um Roni. Immer wieder küsste er sie und fragte, ob sie noch etwas brauche. Es kam ihr fast so vor, als wären sie schon seit

Monaten zusammen. Was war nur im Wasser des Whiskey Bro's, dass all diese harten Kerle so liebevoll mit ihren Frauen umgingen?

»Achtung«, ertönte Hails Stimmchen, verstärkt durch das Mikrofon. Biggs stand auf der Bühne und hatte den Jungen auf dem Arm.

Hail sah einfach niedlich aus mit seinen wuscheligen hellbraunen Haaren, die sich an den Spitzen lockten. Biggs war ein so großer Mann, dass Hail in seinen Armen noch kleiner wirkte, als er eigentlich war. Neben ihm stand Red, die Kennedy und Bradley an der Hand hielt. Ohne die edlen Vorhänge wirkte die Bühne familiärer und einladender als am Abend der Auktion.

»Er ist so süß«, sagte Josie.

»Ja, wirklich niedlich«, bestätigte Roni.

»Vielen Dank, dass ihr das … äh.« Hail sah Biggs fragend an. »Wie heißt das noch mal, Papa Biggs?«

»Das Frauenhaus von Parkvale.«

»Ach so, ja. Also, danke, dass ihr das Frauenhaus von Parkvale unterstützt«, verkündete Hail stolz. Dann rief er quer durch den Raum: »Mama, Moon, ich habe es angesagt!«

Gelächter erhob sich in der Menge.

»Gut gemacht, Kumpel!«, rief Jed ihm zu.

»Er nennt dich *Moon*? Das ist das Niedlichste, was ich je gehört habe«, sagte Roni. »Ich finde es super, dass heute auch die Kinder dabei sein dürfen.«

Quincy zog sie näher zu sich. »Hier dreht sich eben alles um die Familie, Babe.«

Selbst wenn sie Angela dazuzählte und in gewisser Weise auch Elisa, war Ronis »Familie« sehr klein. Sie hätte sich nie vorstellen können, dass sich *Familie* so anfühlen würde.

Biggs setzte Hail ab, woraufhin Red den kleinen Bradley zu

Biggs schickte und dafür Hail an die Hand nahm. Biggs flüsterte Bradley etwas zu, der nickte und sich zum Mikrofon beugte. »Der zweite Platz geht an …« Biggs flüsterte ihm wieder etwas zu, und da verkündete Bradley stolz: »Jon Butterscotch und …« Er kicherte, was ihm noch mehr Gelächter einbrachte. »Das ist ein lustiger Name, Papa Biggs.«

»Stimmt«, erwiderte Biggs. »Jetzt sag auch den anderen Namen.«

»Den weiß ich jetzt nicht mehr«, entgegnete Bradley, woraufhin Biggs ihm wieder etwas ins Ohr raunte, und dann schrie Bradley: »Jillian Braden!«

Beifall ertönte, als ein dunkelblonder Mann jubelnd aufsprang und eine wunderschöne rothaarige Frau ein Freudentänzchen machte. Die Menge applaudierte, als die beiden auf die Bühne traten. Roni erkannte den Mann von der Auktion wieder.

Biggs setzte Bradley ab, der laut »Daddy!« rief, an Jon und Jillian vorbeisauste und direkt zu Bones lief, der ihn hochhob und ihm einen Kuss auf die Wange gab.

Als Jon und Jillian ihren Preis entgegennahmen, sagte Biggs ein paar Worte, doch Roni schenkte der Rede kaum Beachtung, denn jetzt war sie zu sehr von Quincy abgelenkt, der ihre Schulter streichelte. Nachdem die Zweitplatzierten die Bühne wieder verlassen hatten, war Kennedy an der Reihe. Sie rannte zu Biggs, der sie hochhob und ihr etwas ins Ohr flüsterte.

Da hielt Kennedy die Luft an, bevor sie schreiend verkündete: »Onkel Quincy und Miss Roni! Ihr habt gewonnen!«

Ein Kribbeln durchfuhr Roni, als sie sich zu Quincy umdrehte und er sie freudig küsste, was den Jubel um sie herum noch verstärkte. Quincy nahm ihre Hand und zog Roni mit auf die Bühne.

»Du hast gewonnen, Miss Roni! Du hast gewonnen!«, jubelte Kennedy.

»Und was ist mit mir, mein Häschen?«, scherzte Quincy, der Ronis Hand fest umklammerte.

»Du hast auch gewonnen!« Kennedy befreite sich aus Biggs' Armen und rief: »Daddy, wir haben leider nicht gewonnen, aber das ist okay. Dafür hat Miss Roni gewonnen!«, während sie von der Bühne zu Truman rannte.

Biggs lachte. »Das ist schon das zweite Mal, dass Miss Roni im Whiskey Bro's mit diesem großen Kerl hier Glück hat.«

Gelächter ertönte aus der Menge.

»Wetten, dass Quincy heute Abend noch mehr Glück haben wird?«, rief irgendwer, was Roni rot werden ließ und allgemeine Heiterkeit auslöste.

»Ich habe doch schon die ganze Zeit Glück«, rief Quincy und gab Roni erneut vor aller Augen einen leidenschaftlichen Kuss.

Als sich ihre Lippen trennten, war Roni außer Atem. Die Menge jubelte und klatschte, und als Roni in Quincys blaue Augen blickte, machte ihr das alles überhaupt nichts aus. Sie fühlte sich jünger, als hätte sie eine Schutzschicht abgestreift, die sie viel zu lange getragen hatte. Sie mochte seine laute, andersartige Welt mit Freunden, die aussahen, als könnten sie einen in Stücke reißen, und die Dinge sagten, die ihr dort, wo Kinder herumliefen, niemals über die Lippen gekommen wären. Und Quincy, ihr großer, schöner Mann, gab ihr das Gefühl, dass sie vielleicht – nur vielleicht – einen Ort gefunden hatte, an den sie gehörte. Nämlich genau dort an seiner Seite.

Nach einem unglaublichen Abend ließen sie den Tumult hinter sich. Roni kuschelte sich auf dem Weg zum Wagen eng an Quincy, aber nicht einmal die kalte Nachtluft konnte seine Körperwärme abkühlen, die sich in den letzten Stunden voller gestohlener Küsse und heimlicher Liebkosungen noch erhöht hatte. Quincy konnte sich nicht daran erinnern, jemals glücklicher gewesen zu sein. Es war die reinste Freude gewesen, Roni mit seinen Freunden zusammen lachen und mit den anderen Frauen kichern und tuscheln zu sehen. Ihre Mauern waren gefallen und die Frau, die hinter den Textnachrichten gesteckt hatte, war vor seinen Augen zum Leben erwacht. Irgendwann würde er ihr von sich erzählen müssen, aber der Abend war so wundervoll gewesen, dass er noch nicht bereit war, über die Schatten seiner Vergangenheit zu sprechen. Und die Nacht war längst noch nicht vorbei.

Als sie zum Wagen gingen, drehte sie sich um, lief rückwärts und wedelte mit dem Gutschein, den sie gewonnen hatten. »Kennedy kriegt auf jeden Fall die Jacke, die sie sich wünscht. Vielleicht können wir auch Lincoln eine kaufen, falls noch Geld übrigbleibt. Oder wir geben den Rest dazu.«

Seine Gefühle quollen über. »Als hättest du meine Gedanken gelesen.« Er zog sie in seine Arme. »Ich stehe auf dich, Roni Wescott …« Er presste seine Lippen auf ihre und küsste sie so leidenschaftlich, dass sie mit dem Rücken gegen den Wagen gedrückt wurde und leise aufstöhnte. Erst da ließ er von ihr ab. »Tut mir leid.«

Da packte sie nur abermals seinen Kopf, und verdammt, sie war so voller Verlangen. Begierig fuhr sie mit den Händen durch sein Haar. Eng aneinandergepresst vertieften sie den Kuss und verloren sich ineinander wie schon am Abend zuvor.

Das Geräusch eines Motorrads holte Quincy in die Gegenwart zurück, und er zwang sich, sie loszulassen. Keuchend sahen sie sich in die Augen, und keiner sagte ein Wort, als er die Beifahrertür öffnete und ihr beim Einsteigen half, bevor er zur Fahrerseite ging. Er war verdammt froh, dass sie gleich zur Mitte rutschte und der nächste Kuss nicht lange auf sich warten ließ. Roni stöhnte begierig und es klang so sexy, dass auch sein Verlangen dadurch nur noch mehr wuchs. Wenn er nicht bald von diesem Parkplatz wegkam, würde er sie auf der Stelle flachlegen. Fluchend löste er die Lippen von ihren, zog am Sicherheitsgurt und versuchte, sich unter weiteren Küssen anzuschnallen.

Er fuhr direkt zu ihr, und sie küssten sich auf dem Weg über den Parkplatz bis hinauf zu ihrer Wohnung. Als sie sich umdrehte, um die Tür aufzuschließen, stand er hinter ihr und bedeckte ihren Hals mit Küssen. Sie lehnte sich gegen ihn und neigte den Kopf zur Seite, um ihm einen besseren Zugang zu ermöglichen. Aber er bemerkte, dass ihre Hände zitterten, als die Tür endlich aufging, und sofort bekam er ein schlechtes Gewissen.

»Babe.« Er drehte sie zu sich um und versuchte, in ihren Augen abzulesen, was sie dachte. Aber alles, was er darin sah, war dasselbe Verlangen, das auch er verspürte. Doch er wollte sie zu nichts drängen. »Ich kann mich auch gleich hier verabschieden. Ich muss nicht mit reinkommen.«

Da zog sie die Augenbrauen zusammen. »Willst du nicht reinkommen?«

»Und wie ich will, aber ich möchte dich nicht unter Druck setzen.« Er streichelte ihr über die Wange und strich ihr eine

Haarsträhne aus dem Gesicht. »Roni, ich erwarte nicht, dass der heutige Abend in deinem Bett endet. Das würde ich gar nicht zulassen. Aber wenn du lieber möchtest, dass ich jetzt gehe, dann tu ich das.«

Ihr entwich ein kleiner Seufzer. Dann stieß sie die Tür auf und ging rückwärts in die Wohnung, dabei zog sie die Jacke aus und hängte sie an einen Haken neben der Tür. Mit verführerischem Blick lockte sie ihn mit dem Finger, damit er ihr folgte.

Daraufhin streifte auch er seine Jacke ab und hängte sie neben ihre, dann nahm er Roni in die Arme und küsste sie sanft, während sie auf die Couch zusteuerten. »Falls ich mich zu sehr hinreißen lasse, hältst du mich auf, Baby, okay?«

Sie nickte und nahm mit einem sexy Lächeln die Brille ab. »Das wird nicht passieren.«

»Nicht absichtlich, aber du hast ja keine Ahnung, was du in mir auslöst.« Er küsste erneut ihren Hals. »Ich habe noch nie etwas so sehr gewollt, wie ich dich will.« Nicht einmal damals, als er drogensüchtig gewesen war.

»Ich auch nicht. Ich sehe dich, Quincy. Ich fühle, auf welche Weise du mich küsst, wie du mich berührst. Ich mag vielleicht nicht viel Erfahrung mit Männern haben, aber ich weiß trotzdem, dass du mir nicht wehtun wirst.«

»Niemals, Baby.«

Sie sanken auf die Couch und küssten sich, als würden sie nie wieder die Gelegenheit dazu bekommen. Roni schmeckte nach allem, was auf der Welt gut und süß war, und so innig sie sich auch küssten, es war, als könne es niemals genug sein. All die Monate, während derer sie sich nur Handynachrichten geschrieben und sich so lange zurückgehalten hatten, kamen ihm wieder in den Sinn. Er wollte Roni nah sein wie nie, in sie hineinkriechen, fühlen, was sie fühlte, ihr Lust bereiten, bis sich alles drehte. Gleichzeitig wollte er ihr Anker sein, ihr Fels in der Brandung, der Mann, der sie an sonnigen Tagen und in kalten Winternächten liebte. Noch nie hatte er so schnell so viel empfunden oder etwas so klar begriffen. All diese Gedanken und Gefühle waren wie ein Schock, doch er kämpfte nicht dagegen an. Er genoss sie sogar, und während er alle Leidenschaft in seine Küsse einfließen ließ, drückte er Roni langsam nach hinten. Er strich über ihre Seite, und sie wölbte sich unter ihm, als er sie küsste, in ihr versank und auf eine Weise mit ihr verschmolz, wie er es sich niemals hätte vorstellen können. Ihre Hände wanderten an seinen Armen entlang, seinen Rücken hinauf, sie spreizte die Finger in seinem Haar.

Baby, das fühlt sich so gut an.

Als er ein Knie zwischen ihre Beine schob, stöhnte sie auf, ritt sein Bein und klammerte sich an seine Schultern. Er wurde hart wie Stein und rieb sich an ihrem Schenkel. Da packte sie seinen Kopf noch fester und entfachte ein Feuer in seinen Lenden. Er ließ die Hand ihre Hüfte hinabwandern, über die Seite ihres Oberschenkels und wieder hinauf, bis kurz vor ihre Brust, immer wieder. Sie bäumte sich auf, stöhnte und wimmerte. Er wusste, dass sie genauso dringend *mehr* brauchte wie er, aber er wollte nichts kaputtmachen. Daher löste er die Lippen von ihren und raunte ihr ins Ohr: »Oh Gott, Baby, ich brenne so darauf, dich zu berühren.«

»Quincy …?«, flüsterte sie.

Er schloss die Augen. »Ich dränge dich nicht. Ich will nur, dass du es weißt.«

»Sieh mich an«, bat sie leise, und da hob er den Kopf. Das Begehren in ihren Augen brannte sich bis unter seine Haut. »Berühre mich.«

Das Verlangen in ihrer Stimme feuerte seine Begierde an

und da eroberte er ihren Mund zurück, dieses Mal noch fordernder. Sie erwiderte seine Leidenschaft, indem sie die Hüften gegen sein Bein drückte. Er schob die Hand unter ihren Pullover und umfasste ihre Brust, die von edler Spitze bedeckt war. Eine Mischung aus Stöhnen und Knurren entwich ihm. Noch nie hatte er so etwas Wunderbares gefühlt. Sie streichelten und erkundeten sich, ihre Hüften tanzten miteinander, ihre Münder verschlangen sich. Roni stöhnte so süß und sündig, dass es ihn fast um den Verstand brachte. Er wollte mehr von diesen Lauten hören, die Kraft ihrer Leidenschaft spüren, während er tief in ihr versunken war. Aber er wollte sie für immer und da durfte er nichts überstürzen. Quincy hätte nicht gedacht, dass er sie an diesem Abend so berühren würde, und fühlte sich geehrt. Er küsste sie langsamer, woraufhin ihr Stöhnen sinnlicher wurde. Er hatte noch nie viel über Gefühle nachgedacht, aber er konnte nicht die Augen vor dem verschlie-ßen, was sie in ihm auslöste. Sie schmiegte sich an ihn und ihre Laute wurden zu einem Wimmern. Er genoss jedes intime Geräusch, jede Berührung ihrer zarten Hände. Und trotzdem war es noch nicht genug. Er wollte ihr mehr geben, ihren Körper so verehren, wie sie es verdiente. Er fuhr mit der Zunge über ihre Lippen und knabberte an ihrem Hals entlang, dann saugte er an ihrer Haut, was sie erneut aufstöhnen ließ.

»Das fühlt sich so gut an«, keuchte sie.

Er blieb dort, liebkoste ihren Hals und saugte an ihr, bis sie heftig atmete. Dann hob er ihren Pulli hoch und wanderte küssend ihren Körper hinab bis zu ihrem Bauch. »Du bist so weich, Baby.« Ihre Hände waren immer noch in seinem Haar, als er nach dem Vorderverschluss ihres BHs griff. Er sah ihr dabei ins Gesicht. Sie hatte die Augen geschlossen.

Als wüsste sie, dass er erst ihre Zustimmung brauchte,

schlug sie flatternd die Lider auf. Ihre Hand glitt von seinem Kopf, und schon öffnete sie selbst ihren BH und schob die Körbchen zur Seite. Heiliger Strohsack, war das heiß. Ihre Brüste waren noch schöner, als er sie sich vorgestellt hatte. Er leckte über eine Brustwarze, die sogleich zu einer harten Knospe wurde. Roni bäumte sich auf, ritt auf seinem Bein, krallte die Hände abermals in sein Haar, während er den Mund auf die andere Brust senkte und an der Spitze saugte.

»Oh Gott. Hör nicht auf«, flehte sie.

Er saugte noch stärker, küsste, leckte und reizte sie, bis jeder ihrer Atemzüge ein Flehen oder ein Stöhnen war, dann wurde er schneller, rauer, verlor sich in ihrem Stöhnen. Sein Körper sehnte sich nach ihr, und sie bettelte um mehr. Er drehte sich, sodass er ihre Mitte erreichen konnte, während er ihren Mund mit einem gierigen Kuss eroberte. Er streichelte sie durch ihre Jeans hindurch zwischen den Beinen. Ohne den Kuss zu unterbrechen, griff Roni nach unten und öffnete den Knopf. Er öffnete den Reißverschluss, dann schob er die Hand in ihr Höschen. Roni war glattrasiert, und er knurrte, als er sie spürte. »So verdammt sexy.« Seine Finger glitten durch ihre feuchte Spalte und neckten sie, während sie sich küssten und sie das Becken durchbog. Als er mit den Fingern in sie eindrang, stieß sie einen langen Seufzer aus. Sie war eng und heiß und so verdammt perfekt, dass er sie einfach schmecken musste.

Er streifte ihre Lippen mit seinen. »Oh Baby, lass mich dich lecken.« Ihre Augen flogen auf, und sein Herz nahm den nervösen Blick darin wahr. Er küsste Roni sanft und streichelte sie weiter. »Irgendwann, Babe. Wenn du so weit bist. Ich verspreche dir, es wird so gut sein, dass du dich nach meinem Mund sehnen wirst.«

Ihre Wangen glühten, und sie zog seinen Mund auf ihren

zurück, bewegte schneller die Hüften und ritt seine Hand. Er küsste sie noch inniger, strich über die Stelle, die sie noch mehr erregte, und schließlich zog sich ihr Inneres um seine Finger herum zusammen und Roni kam heftig. Ihr Kopf fiel nach hinten, doch er ließ nicht von ihr ab, verschluckte ihre Laute, und da wusste er, dass er sie hören und schmecken wollte bis ans Ende der Zeit.

Er blieb bei ihr, neckte und küsste sie, während die letzten Wellen ihres Orgasmus sie durchfluteten. Dann konnte er nicht widerstehen und musste ihr weiterhin Lust bereiten. Sie klammerte sich an seinen Kopf, und er küsste sie noch leidenschaftlicher, wollte den Nervenkitzel spüren, den sie empfand, bis sie ein zweites Mal aufs Sofakissen zurücksank. Er behielt die Finger in ihr, küsste sie sanft und flüsterte ihr seine Gefühle ins Ohr. »Du bist so schön, Baby. Ich liebe es, dich zu berühren und dich zu küssen.« Er zog die Finger heraus und fuhr mit ihnen an ihrer Unterlippe entlang. Ihre Augen flatterten auf, intensiv und verführerisch, und wieder küsste er sie, langsam, dann tiefer, leidenschaftlicher, verschmolz mit ihr. Er küsste sie lange, und als er sich neben sie setzte und sie in die Arme nahm, vergrub sie das Gesicht in seiner Halsbeuge.

Er küsste ihre Stirn, weil er wusste, dass sie sich schämte. »Hier sind nur wir beide, du und ich, Baby, und ich bewundere dich.« Er hielt sie fest, bis sich ihr rasendes Herz beruhigt hatte, und genoss ihre Nähe. Als sie schließlich lächelnd zu ihm aufschaute, mit halboffenen Augen, ihr Atem warm auf seiner Haut, flüsterte er: »Meine Hübsche, ich hoffe, du weißt, wie einzigartig du für mich bist.«

Sechs

In der Buchhandlung *Between the Pages* fanden Bücherclubs, Vorträge, Autorenlesungen und wöchentliche Vorlesestunden für Kinder statt. Normalerweise war Quincy vom Trubel und der guten Stimmung voll eingenommen, aber trotz der vielen Kunden konnte er heute den ganzen Tag an nichts anderes als an Roni denken. Selbst in der Mittagspause, in der er sich seinem Studium widmete, kehrten seine Gedanken immer wieder zu ihr zurück. Er machte sich Vorwürfe, dass er ihr nichts von seiner Vergangenheit erzählt hatte, bevor die Dinge ihren Lauf genommen hatten. Aber Roni hatte ihn völlig in ihren Bann geschlagen und er hatte ihr einfach zeigen müssen, wie verrückt er nach ihr war. Sich letzte Nacht von ihr zu verabschieden, war die reinste Tortur gewesen. Nicht einmal eine kalte Dusche hatte ihm Abkühlung verschafft. Er hatte sich befriedigt, um Erleichterung zu finden, aber kurz danach war eine Nachricht von ihr gekommen, mit der sie sich für die beste Nacht ihres Lebens bedankt hatte. Und als er erneut an ihre leidenschaftliche Zusammenkunft dachte, hatte er gleich ein zweites Mal die Dinge in die Hand nehmen müssen.

Er biss die Zähne zusammen, weil er genau wusste, dass er den restlichen Tag mit einem Ständer herumlaufen würde, wenn er zu viel an sie dachte.

»Alter, was geht nur in deinem Kopf vor?«

Jeds Stimme riss Quincy aus seinen Gedanken. »Hey, Jed. Wie läuft's bei dir?«

»Sag du's mir. Ich habe gerade dreimal deinen Namen gerufen, bevor du mich bemerkt hast. Ist bei dir alles in Ordnung?«

»Ja, schon. War nur in Gedanken versunken.« Quincy nahm ein weiteres Buch vom Wagen und räumte es ins Regal.

»Kann ich dir irgendwie helfen?«, erkundigte sich Jed.

Er und Jed hatten damals, als sie sich kennenlernten, schnell festgestellt, dass sie beide aus schwierigen Verhältnissen kamen. Jeds Vater war gestorben, als Jed gerade mal elf Jahre alt war, und Jed war jahrelang immer wieder in Schwierigkeiten geraten und hatte sogar ein paar Monate im Gefängnis verbracht, bevor er endlich mit seiner Vergangenheit abschließen konnte.

»Vielleicht. Hat sich zwischen dir und Josie was geändert, nachdem du ihr von deiner Vergangenheit erzählt hast?«

Jed zuckte mit den Schultern und ging neben Quincy her, der weiter Bücher einsortierte. »Es hört vermutlich niemand gern, dass der Mann, in den man verliebt ist, ein Dieb war oder hinter Gittern gesessen hat. Aber wir haben uns damit auseinandergesetzt. Warum? Was ist los?«

»Roni und ich sind uns letzte Nacht nähergekommen.«

»Wundert mich nicht, so wie ich euch beide zusammen erlebt habe. Freut mich für euch.«

»Ja. Sie ist umwerfend. Du hast dich mit ihr unterhalten und weißt, wie klug sie ist. Und sie ist so verdammt süß, dass es mich fast umbringt.« Quincy lachte, als er daran dachte, wie überrascht sie an ihrem ersten gemeinsamen Abend gewesen war, als er gesagt hatte, dass er sie nur küssen wolle, und wie süß sie sich gestern Abend bei dem Kuss auf der Bühne verhalten hatte.

»Josie und ich finden sie sehr sympathisch, und Bear und Tru haben heute Morgen in der Werkstatt dasselbe gesagt«, erzählte Jed. »Es war ganz offensichtlich, wie sehr sie auf dich steht.«

»Ja, ich bin ein Glückspilz.«

»Und sie ist auch ein Glückspilz, Quincy. Du bist ein guter Fang. Da kannst du die Millionen Frauen fragen, die sich um deine Aufmerksamkeit bemühen, und alle Leute, die dich kennen.«

Quincy gab Jed ein Zeichen, ihm in den nächsten Gang zu folgen. »Danke, Kumpel. Ich kann einfach nicht aufhören, an sie zu denken. Ihr Vater ist ein Idiot – ein spielsüchtiger Säufer. Sie hat ihn nicht mehr gesehen, seit sie ein Kind war, und sie weiß nicht einmal, wer ihre Mutter ist. Sie hat keine Familie, und außer ihrer besten Freundin und vielleicht ihrer Chefin hat sie sonst niemanden, der ihr eine Stütze sein könnte.«

»Sie hat dich.«

»Stimmt, und jetzt noch mehr als zuvor. Aber in meinem Kopf gehen seltsame Dinge vor. Sie hat diese stille Stärke und ich weiß, dass sie auf sich aufpassen kann. Aber sie ist in einer schäbigen Gegend aufgewachsen, und es kotzt mich an, dass ihre Großmutter sie nie von dort weggeholt hat. Sie ist so ein guter Mensch und hätte nicht solchen Mist erleben dürfen.«

»Quincy, du weißt doch von allen Leuten am besten, dass man seine Vergangenheit nicht ändern kann. Sich den Kopf darüber zu zerbrechen, ist reine Energieverschwendung. Jetzt wohnt sie ja nicht mehr dort, sondern in einer sicheren Umgebung.«

»Schon, aber ich habe einen Fehler gemacht, und das belastet mich schon den ganzen Tag. Ich habe ihr nichts von meiner

Vergangenheit erzählt, bevor wir uns nähergekommen sind. Und jetzt habe ich das Gefühl, dass ich es doch besser hätte tun sollen.«

»Hast du mit ihr geschlafen?«

Quincy stellte die letzten Bücher ins Regal. »Nein.«

»Ihr habt also nur rumgemacht, geküsst und ein bisschen gefummelt? Wenn es ihr gefallen hat, ist das doch in Ordnung.«

»Aber genau das ist es ja, mehr haben wir nicht gemacht und trotzdem ist so viel mehr zwischen uns passiert. Ich meine, nicht körperlich, aber gefühlsmäßig.« Quincy sah sich um, weil er sichergehen wollte, dass keine Kunden in Hörweite waren. »Ich habe noch nie … Sie raubt mir förmlich den Verstand.«

»Das ist doch gut, oder nicht?«

»Allerdings, Mann. Sie zu küssen hätte mich fast umgehauen – wenn ich nicht sowieso schon gelegen hätte.«

Jed stieß ihn mit dem Ellbogen an. »Na, sicher hast du diese Position gut zu nutzen gewusst.«

»Aber hallo. Doch darum geht es gar nicht. Wir haben uns monatelang Nachrichten geschickt, nur oberflächliches Geplänkel, und plötzlich sind da diese Gefühle schon nach zwei gemeinsamen Abenden? Hast du jemals so was mit einer Frau erlebt?«

»Ja, und genau diese Frau werde ich nächsten Monat heiraten.«

»Stimmt. Deshalb weißt du auch, wovon ich spreche.« Quincy ging im Gang auf und ab. »Du weißt, dass ich zu dem Mist stehe, den ich verzapft habe, aber der Gedanke, Roni von meiner Vergangenheit zu erzählen, macht mich nervös. Ich mag sie, und ich will weiter mit ihr zusammen sein.«

»Und jetzt hast du Angst, dass du keine Chance dazu bekommst, wenn du es ihr sagst?«

»Genau. Und gleichzeitig hat sie es verdient, die ganze Wahrheit zu erfahren, bevor das zwischen uns noch ernster wird. Ich habe mich nie darum gekümmert, was die Leute über meine Vergangenheit denken. Bis Roni in mein Leben getreten ist. In den letzten Monaten hat mich das sehr belastet.«

»Ich weiß. Ich war dabei, als du auf die Zweijahresmarke gewartet hast, um zu beweisen, dass du es schaffen kannst.« Jed legte Quincy eine Hand auf die Schulter. »Du magst es vielleicht nicht hören, aber du hast es selbst schon gesagt. Wenn sie dich nicht als denjenigen akzeptiert, der du heute bist, dann ist sie nicht die Richtige für dich. Ende vom Lied.«

Quincy fuhr sich durch die Haare, während er diese bittere Wahrheit verdaute. »Du hast ja recht. Trotzdem hätte ich es ihr schon vor der letzten Nacht sagen müssen. Ich bin ihr zu sehr verfallen, Jed.«

»Das habe ich schon gestern Abend gemerkt. Aber egal was passiert, wir werden es überstehen. Du hast meine Unterstützung, Quincy.«

»Ich weiß. Und jetzt genug von meinem Scheiß. Was machst du hier? Brauchst du ein Buch für Hail?«

»Nein. Ich suche ein Buch darüber, wie man Teenager für das Young-Knights-Programm erreicht.« Anfang des Jahres hatte Jed die Young Knights ins Leben gerufen, eine Art Mentorenprogramm, das von den Dark Knights geleitet wurde. Inzwischen nahm etwa ein Dutzend Jugendlicher am Programm teil. »Wir haben da einen neuen Teenager, der ein bisschen störrisch ist. Ich will nur sichergehen, dass ich alles richtig mache.«

»Auf Krawall gebürstete Jugendliche sind doch genau dein Ding. Komm mit.«

Als Quincy nach der Arbeit aufs Motorrad stieg, war er sehr angespannt. Er und Roni hatten beide bis neunzehn Uhr gearbeitet, und sie waren eigentlich erst um halb neun verabredet, aber er hatte Schuldgefühle, weil er ihr nichts von seiner Vergangenheit erzählt hatte. Er hatte ihr eine Nachricht geschrieben, aber sie hatte nicht geantwortet, weshalb er jetzt direkt zum Studio fuhr in der Hoffnung, sie abzufangen.

Angela saß hinter dem Empfangstresen, als er mit seinem Helm unterm Arm hereinkam. Ihr blondes Haar war zu einem hohen Pferdeschwanz gebunden. Sie lächelte und blickte ihn neugierig an. »Hallo, Quincy. Du bist das weltbeste erste und zweite Date, stimmt's?«

Er freute sich, dass Roni ihr offenbar davon erzählt hatte. »Ganz genau. Und du bist wohl die berühmte Angela?«

»Die bin ich. Freut mich, dich endlich kennenzulernen.«

»Gleichfalls. Übrigens, danke, dass du mich als Date für Roni ersteigert hast. Ist sie noch da?«

»Ja, sie ist noch da. Raum drei, den Gang entlang und dann rechts. Aber warte mal kurz … Du weißt, dass sie viel durchgemacht hat, oder? Ihr seid schon eine Weile befreundet und du scheinst auch kein Idiot zu sein … Aber sei bitte nett zu ihr, okay? Sie verdient nur das Beste.«

»Ich bin so, wie ich hier vor dir stehe, Angela. Bei mir kriegt man, was man sieht.« Allerdings entsprach das nicht ganz der Wahrheit, denn seine Dämonen waren nicht auf Anhieb sichtbar. Doch genau das wollte er in Ordnung bringen.

»Also gut. Könntest du Roni bitte gleich ausrichten, dass ich jetzt gehe? Ich schließe die Tür hinter mir ab.«

»Mach ich.«

Er folgte den Klängen der Musik. Im dritten Raum fand er Roni, wo sie wie neulich in schwarzen Leggings und einem rosafarbenen Wickeltop elegant über den Boden glitt. Sie bewegte die Arme anmutig auf und ab, und als sich das Tempo der Musik änderte, beugte sie Kopf und Schultern, rollte nach vorn und endete im Spagat. Im Takt ließ sie die Hände zu den gestreckten Füßen wandern, dann zog sie das hintere Bein im Kreis um sich herum nach vorn und hob es dann in die Höhe, sodass die Zehen zur Decke gerichtet waren. Gleich darauf war sie wieder auf den Beinen, bewegte sich auf und ab, wiegte sich in einer Reihe von anmutigen und dann wieder abrupten Bewegungen. Quincy war wie verzaubert. Roni war so konzentriert und schien mit der Musik verschmolzen zu sein. Das Lied begann ohne Pause wieder von vorn, und jetzt hob sie die Arme über den Kopf zu einem neuen Tanz. Dann ließ sie sich auf den Boden fallen, wobei sie sich mit Händen und Unterarmen über den Boden zog. Sie drehte sich auf den Rücken und richtete sich langsam auf, als wäre an ihrem Körper ein Seil befestigt, das sie hochzog, sodass sich ihre Brust wölbte.

Während er ihr beim Tanzen zusah, achtete er auf den Text des Liedes. Er handelte davon, dass man jemanden verlieren musste, um sich selbst zu lieben. Das hätte auch gut der Titelsong seines eigenen Lebens sein können. Wobei es in seinem Fall nicht um eine Beziehung zu einem anderen Menschen ging, sondern zu Drogen. Er hatte sich von ihnen verabschieden müssen, um sich selbst lieben zu lernen. Das Gefühl und die Intensität, mit der Roni tanzte, überwältigten ihn. Es fühlte sich für ihn wie ein Zeichen an. Er hatte die richtige Entscheidung getroffen, nicht länger damit zu warten, ihr die Wahrheit über seine Vergangenheit zu erzählen.

Als das Lied zu Ende war, stand Roni mit gesenktem Kopf da und atmete schwer. Sie rieb sich die Hüfte, als hätte sie dort Schmerzen. Gerne hätte er das Massieren für sie übernommen.

»Wow, Babe. Das war große Klasse«, sagte er von der Tür aus.

Mit einem Ruck hob sie den Kopf und sah ihn erschrocken an. »Quincy. Was machst du denn hier?«

»Ich bin ein bisschen früher gekommen, um mit dir zu reden. Ich habe dir eine Nachricht geschrieben, aber du hast sie wohl nicht gelesen.« Er betrat den Raum und hoffte sehr, dass sie nicht bereits bereute, was am vergangenen Abend passiert war. »Ich kann aber auch erst um halb neun wiederkommen, wie es geplant war, falls das jetzt ein schlechter Zeitpunkt ist.«

»Tut mir leid, nein, ist schon gut. Ich freu mich, dass du hier bist. Ich habe nur so vor mich hingetanzt und du hast mich dabei ertappt. Ich bin es nicht gewohnt, Zuschauer zu haben.« Sie schnappte sich einen Pullover vom Tisch und zog ihn an. In dem weichen grauen Stoff, der knapp über ihrer Taille endete und eine Schulter entblößte, sah sie sehr sexy aus.

Quincy trat näher, griff nach ihrer Hand und erntete endlich ein süßes Lächeln, bei dem sich seine Brust zusammenschnürte. »Hallo, meine Hübsche«, sagte er leise und beugte sich vor, um sie zu küssen, während er ihren verlockenden weiblichen Duft einsog, der Lust auf mehr machte. »Wenn das nur vor sich hintanzen war, muss ich dich mal richtig tanzen sehen. Du hast mich echt umgehauen.«

»Danke, aber ich trete nicht mehr auf.«

»Warum nicht? Dein Tanz war so voller Kraft.«

»Es war okay, aber insgesamt zu steif. Meine Drehungen sind mies und ich habe die linke Seite zu sehr bevorzugt.« Sie lehnte sich mit dem Po an den Tisch und ein Anflug von

Traurigkeit huschte über ihr Gesicht. »Ich werde nie wieder so tanzen können wie früher.«

Er legte den Helm auf den Tisch, streifte seine Lederjacke ab und trat einen Schritt auf Roni zu. Als sie ihn ansah, stellte er wieder einmal fest, dass zwischen ihnen wirklich eine Art Elektrizität pulsierte. In Ronis Nähe fühlte sich sein Körper an, als bestünde er aus einem Wirrwarr von Drähten, durch die Strom floss.

»Sag, Babe, was meinst du mit *so wie früher*?«

Sie senkte den Blick. »Es ist keine schöne Geschichte.«

Er hob mit einem Finger ihr Kinn an. »Ich habe meine eigenen hässlichen Geschichten. Wenn du mir deine erzählst, erzähle ich dir meine.«

Ihre Lippen verzogen sich zu einem Lächeln. »Woran liegt es nur, dass ich keine Scheu habe, mich dir zu öffnen?«

»Keine Ahnung, aber mir geht es bei dir genauso.«

Sie setzte sich auf den Tisch und klopfte auf den Platz neben sich. »Setz dich.«

Er trat zwischen ihre Beine und legte die Hände knapp unter ihre Hüften. »Hier gefällt es mir besser. Ich möchte dir lieber ins Gesicht sehen.« Er drückte die Außenseite ihrer Oberschenkel. »Und das hier ist ein netter Nebeneffekt.«

»Ich nehme an, nach letzter Nacht sind wir offiziell über den Punkt hinaus, an dem du deine Hände bei dir behältst.«

»Sie berühren nur die Außenseite deiner Beine und befinden sich nicht dazwischen ...«

Schon verfärbten sich ihre Wangen. Kopfschüttelnd wandte sie den Blick ab. »Ich bin es nicht gewohnt, solche Sachen zu hören.«

»Ich sage nur, wie es ist.« Er strich an ihrem Bein entlang und spürte, wie sie die Muskeln anspannte. Sie machte nicht den Eindruck, als würde sie die letzte Nacht bereuen, aber dieses Zucken beunruhigte ihn etwas. Er nahm die Hände fort und sah ihr in die Augen. »Ich habe nicht vor, irgendetwas zu tun, Roni. Ich wollte nur zärtlich sein.«

»Das ist es nicht«, sagte sie entschuldigend. »Es gefällt mir, wenn du mich berührst.«

Da atmete er erleichtert auf und setzte sich neben sie. »Besser so?«

»Ja und nein«, antwortete sie leise.

Er verflocht seine Finger mit ihren und gab ihr einen Kuss auf den Handrücken. »Und so?«

»So ist es gut. Mir gefällt es auch, wenn du vor mir stehst. Es ist nicht wegen dir, Quincy. Vielleicht hast du es letzte Nacht nicht gleich gemerkt, aber ich war noch nicht mit vielen Männern zusammen. Wenn ich manchmal vielleicht komisch bin, dann nur, weil ich nicht weiß, wie ich reagieren soll.«

»Das Einzige, was ich sehe, sind zwei Menschen, die sich mögen, Roni. Alles andere ist egal.«

»Das klingt gut. Ich habe keine Erfahrung mit diesen Beziehungsgeschichten. Mein ganzes Leben hat sich nur ums Tanzen gedreht, wie ich es dir schon erzählt habe. Und dabei ging es um mehr als nur den Tanzunterricht. Weißt du noch, wie ich dir gesagt habe, dass meine Großmutter mich von dem Ort, wo wir wohnten, wegbringen wollte?«

»Ja, und es wundert mich ehrlich gesagt, dass ihr dortgeblieben seid. Ich verstehe zwar, dass sie nicht aus ihrem Haus vertrieben werden wollte, aber trotzdem. Es klingt nicht nach dem besten Ort für ein junges Mädchen.«

»Ich weiß. Kurz vor ihrem Tod erfuhr ich, dass es noch mehr Gründe gab, warum wir nicht weggezogen sind. Meine Großmutter hat mir erzählt, dass ich schon zu tanzen begonnen hatte, sobald ich laufen konnte. Das soll jetzt nicht angeberisch klingen, aber sie hat gesagt, dass ich schon in jungen Jahren eine begabte Tänzerin gewesen sei. Als Elisa ihr mein Talent bestätigte, hat sich alles geändert. Dadurch änderte sich auch mein Selbstbild, und ich sah einen Ausweg, um von dem schrecklichen Ort wegzukommen, an dem wir lebten. Es stimmt, dass meine Großmutter nicht wegziehen wollte, weil sie dort aufgewachsen war, aber ich habe herausgefunden, dass wir uns meine Tanzstunden nur leisten konnten, weil wir eine Sozialwohnung hatten.«

»Sie hat es in Kauf genommen, um dir dein Ziel zu ermöglichen.«

»Ja, und mit zwölf wollte ich dieses Ziel mit jeder Faser meines Daseins«, sagte sie so leidenschaftlich, dass sich ihr Gesicht aufhellte. »Ich tanzte mir sieben Tage pro Woche die Füße wund. Deshalb habe ich auch nie Marshmallows am Lagerfeuer geröstet, war auf keinen Partys, denn ich hatte eben keine normale Kindheit. Granny und ich sind nie ins Kino gegangen, ich habe keinen einzigen Disney-Film gesehen, bis ich letztes Jahr mit Angela einen auf Video angeschaut habe. Während andere Jugendliche auf Partys Flaschendrehen und Wahrheit-oder-Pflicht gespielt haben, den ersten Kuss erlebten und zum Abschlussball gingen, feilte ich an meinem Können und strebte nach Perfektion. Talent allein reicht nicht, um auf die Juilliard zu kommen, und das war mein größter Traum. Ich will mich nicht beschweren. Es war meine eigene Entscheidung, so hart zu arbeiten. Ich hätte auch weniger hochtrabende Ziele und damit mehr vom Leben haben können, aber ich war nie glücklicher, als wenn ich tanzte. Wenn ich mich in der Musik und der Bewegung verlor, war ich nicht mehr das Mädchen, das schnell von der Bushaltestelle zur Wohnung rennen musste oder mit dem Kopf unter dem Kissen schlief, weil die Gangs vor meinem Fenster mitten in der Nacht die Motoren aufheulen ließen und laut herumgrölten.«

Sie hätte genauso gut Quincys Kindheit beschreiben können. Ihm wurde übel, wenn er daran dachte, wo sie aufgewachsen war.

»Ich wollte auf der Bühne tanzen, Geschichten durch die Bewegung erzählen. Ich wollte die beste Solotänzerin für zeitgenössischen Tanz werden, die Menschen in die Geschichte hineinziehen und sie Dinge denken und fühlen lassen, die sie noch nie erlebt hatten. Ich habe nur fürs Tanzen gelebt. Das war alles, was ich wollte. Und ich wollte meine Großmutter und Elisa stolz auf mich machen. Ich hätte alles dafür gegeben, und ich habe es auch geschafft, Quincy«, fuhr sie mit Stolz und Tränen in den Augen fort. »Ich habe tatsächlich einen Platz an der Juilliard ergattert. Ich habe alles gegeben und das Unmögliche erreicht. *Ich.* Dabei war ich nur ein Mädchen aus einer armen Gegend, das von ihrer Großmutter aufgezogen wurde. Ich hatte es geschafft und war mächtig stolz auf mich. Nach dem Abschluss habe ich einen Job bei einem großen Tanzensemble bekommen. Ich war im siebten Himmel und bin heimgefahren, um mit Granny zu feiern. Sie war überglücklich und so stolz auf mich, dass sie gar nicht mehr aufhören konnte, darüber zu reden. Wir wollten Apfelkuchen backen. Sie ist daheim geblieben, um die Äpfel zu schneiden, und ich bin schnell ein paar Straßen weiter zum nächsten Laden gelaufen, um die restlichen Zutaten zu besorgen. Die Gegend südlich von unserem Haus war wirklich gefährlich, aber Richtung Norden, wo der Laden lag, war es nicht ganz so schlimm. Wir sind immer zu Fuß gegangen.« Sie drückte seine Hand und starrte abwesend auf den Boden. »Ich war gerade auf dem Rückweg, als

Schüsse fielen, *peng, peng, peng,* ganz schnell hintereinander. Sekunden später wurde ich von einem Auto gerammt. Dann wurde alles schwarz.« Tränen liefen ihr über die Wangen.

Quincys Herz drohte zu zerbrechen. »Oh Gott, Baby.« Schockiert zog er Roni in die Arme und hielt sie fest.

»Ich wurde von dem Wagen mitgeschleift. Der Asphalt hat nicht nur meine Kleidung aufgerissen, es war sogar so schlimm, dass ich Hauttransplantationen an der linken Hüfte und am Oberschenkel brauchte. Meine Hüfte war gebrochen, mein Bein, mein Fuß, ein paar Rippen. Und mein Traum war in einem einzigen Augenblick zunichte gemacht worden.«

»Oh nein«, stammelte er und wollte es nicht wahrhaben.

Sie wischte sich die Tränen aus dem Gesicht. »Lange Zeit war ich ein Wrack. Ich bin zu Granny zurückgezogen, und als alles verheilt war und nach vielen Stunden Physiotherapie und Reha ging es mir irgendwann wieder so gut, dass mir Elisa einen Job am Empfang gab. Sie hat mir erlaubt, vor und nach den Stunden im Studio an meiner Beweglichkeit und Kraft zu arbeiten. Irgendwann war alles so weit verheilt, dass ich wieder unterrichten konnte. Elisa hat mir die Wohnung im Oberge-schoss angeboten. Eigentlich wollte ich Granny nicht verlassen, aber sie hat mich mehr oder weniger rausgeworfen. Ich vermute, sie hat sich schuldig gefühlt. Ich habe versucht, sie zu überre-den, dass sie zu mir zieht, aber sie hat sich geweigert.«

»Grundgütiger, Roni, du hast so viel durchgemacht. Natür-lich hat sie sich schuldig gefühlt, dabei war es gar nicht ihre Schuld. Sie hat getan, was sie konnte, damit du eine Chance auf eine bessere Zukunft hast.«

»Ich weiß.« Ihre Stimme wurde brüchig.

»Schon gut, Babe, ich bin bei dir.« Er küsste ihre Schläfe und strich ihr beruhigend über den Rücken. »Ich wünschte, ich könnte dir den ganzen Schmerz nehmen und deine Erinnerung löschen, damit du nie wieder daran denken musst. Was ist mit dem Kerl passiert, der dich angefahren hat? Ist er ins Gefängnis gekommen? War er auf Drogen oder betrunken?«

»Nein. Es war ein vierundsiebzig Jahre alter Opa. Ich kenne keine Einzelheiten, weil niemand verhaftet wurde, aber man hat mir erzählt, dass es sich um einen schief gelaufenen Drogendeal gehandelt hat. Irgendwer hat die Schüsse abgefeuert, die eigentlich für einen anderen bestimmt waren, aber eine der Kugeln hat den Fahrer des Wagens in den Hinterkopf getroffen. Er war auf der Stelle tot.«

Quincy knirschte mit den Zähnen, und ihm kam die Galle hoch.

»Und das ist der Grund, warum ich nicht mehr auftrete«, sagte sie und rieb sich die Augen. »Ich bin zwar gut, aber nicht mehr gut genug.«

Er legte ihr die Hände an die Wangen und wischte ihr mit den Daumen die Tränen fort. »Was sagst du da? Ich habe dich tanzen sehen wie der Wind. Könntest du dann nicht für eine andere Tanzgruppe arbeiten, wenn die Kompanie, die dich engagiert hatte, dich nicht zurückwill?«

»Schön wär's, aber beim Tanzen geht es um Perfektion. Meine Bewegungen sind zu ruckartig, und wenn ich zu lange tanze, bekomme ich Schmerzen. Ich werde nie wieder professionell tanzen können.« Sie hob den Zeigefinger und sagte mit einem echten Lächeln, das nun auch ihre Augen erreichte: »Aber es gibt einen Silberstreif am Horizont. Ich habe eine neue Leidenschaft gefunden. Beziehungsweise zwei, um genau zu sein. Das wäre mir vielleicht nicht gelungen, wenn ich meinen Traum weiterverfolgt hätte. Als ich früher als Aushilfslehrerin gearbeitet habe, war das für mich nur ein Mittel zum Zweck, eine Gegenleistung für meinen Unterricht. Aber jetzt, wo ich mit Leib und Seele dabei bin, liebe ich es, zu unterrichten und Mädchen jeden Alters zu helfen, ihr Selbstbewusstsein zu steigern. Ihnen zu zeigen, dass sie glänzen können, egal was um sie herum passiert. Und ich habe festgestellt, dass ich Kinder liebe. Vor dem Unfall hatte ich nie die Gelegenheit, innezuhalten und über Kinder nachzudenken oder darüber, ob ich eines Tages eine eigene Familie haben möchte. Kinder waren nie Teil meines Lebens, abgesehen vom Unterricht im Studio, und ich hätte wie gesagt nie darüber nachgedacht, ob ich sie mag. Es war mehr eine Verpflichtung. Aber erinnerst du dich an die kleine Rothaarige aus Kennedys Stunde neulich, die nicht mitmachen wollte?«

»Ja. Sie war niedlich.«

»Finde ich auch. Ein ganz süßer Fratz. Sie heißt Dottie, und ob du es glaubst oder nicht, an der Wand zu stehen, war für sie schon ein Riesenfortschritt. Ihre Mutter hat sie in meinen Unterricht gesteckt, damit sie aus ihrem Schneckenhaus herauskommt. Die Kleine ist furchtbar schüchtern. In den ersten Stunden saß sie eng zusammengekauert auf dem Boden und hat nur ab und zu aufgeschaut, um zu sehen, was die anderen machen. Sie konnte mir nicht einmal in die Augen sehen. Aber jetzt haben wir einen Zugang zueinander gefunden. Es wird langsam, und auch wenn es noch eine Weile braucht, ist es doch ein gutes Gefühl zu wissen, dass sie durch das Tanzen und die Musik Fortschritte macht. Ich hätte nie diese Art von Erfüllung gefunden, wenn ich Profitänzerin geworden wäre.«

»Das ist toll, Babe. Aber du hast so hart gearbeitet. Du hast deine Kindheit aufgegeben, um die Beste zu sein, um als Solotänzerin auf der Bühne aufzutreten und Geschichten zu erzählen. Ich verstehe nicht, wie du dich von diesem Traum trennen kannst. Geht es in dieser Branche denn nur um alles oder nichts? Muss man denn mit den Besten tanzen? Kannst du nicht mit einer kleineren Gruppe auftreten? Oder vielleicht allein etwas auf die Beine stellen?«

»Meine eigene Gruppe? Nein. Und der Rest ist kompliziert«, sagte sie leise. »Um in einem Ensemble zu tanzen, egal ob groß oder klein, muss man viel trainieren. Man ist Teil eines Teams. Die Bewegungen eines jeden Tänzers sind ein Spiegelbild der Gruppe. Ich weiß, wozu ich fähig bin, und ich kann nicht mehr mithalten, Quincy. Manchmal habe ich Schmerzen im Fuß, in der Hüfte und im unteren Rücken. Meine Bewegungen sind nicht mehr fließend genug, um mich an erfahrene Tänzer anzupassen. Ich würde aus der Gruppe hervorstechen wie ein bunter Hund. Es gibt Tage, da schaffe ich nicht einmal ein dreieinhalbminütiges Lied. Ich möchte die anderen auf gar keinen Fall durch meine minderwertige Leistung runterziehen. Aber ich habe mich damit abgefunden, dass ich nicht mehr auftreten werde, und das ist okay so.«

Sie straffte den Rücken und sah ihm in die Augen. Die Traurigkeit und die Tränen waren verschwunden und nun hatte ihr Gesicht wieder einen fröhlicheren Ausdruck angenommen. »Ich kann von Glück reden, dass ich überhaupt noch am Leben bin, Quincy. Ich habe eine zweite Chance bekommen, und dafür bin ich mehr als dankbar, denn ich glaube nicht, dass meine Großmutter es überlebt hätte, mich zu verlieren. Nach dem Unfall hatte ich noch eineinhalb Jahre mit ihr. Nichts auf der Welt kann ändern, was passiert ist, aber wenigstens kann ich das, was mir geblieben ist, annehmen. Und genau das tue ich. Und weißt du, was noch? Hätte mich dieses Auto nicht angefahren, hätten wir uns wahrscheinlich nie kennengelernt. Noch mehr Lichtstrahlen für meinen Streif am Horizont.«

»Du bist echt unglaublich, weißt du das?«

Sie zog die Brauen hoch. »Weil ich von einem Auto angefahren wurde?«

»Nein, Babe. Weil man dir deine Träume gestohlen hat und du nicht vergrämt oder verbittert bist. Du konzentrierst dich auf das, was du hast, und nicht auf das, was du verloren hast. Die meisten Menschen würde so ein Vorfall stark verändern.«

»Ich bin durchaus anders als früher. Ich war unaufhaltsam. Aber jetzt weiß ich, dass ich aufgehalten werden kann.«

Wieder legte er ihr die Hände an die Wangen, weil er ihr näher sein wollte. »Du bist immer noch unaufhaltsam, Roni. Der Unfall hat dich nicht aufgehalten. Er war ein Hindernis, aber das hast du überwunden. Und sieh dich nur an.« Er strich ihr mit dem Daumen über die Wange. »Du bist stark und wunderschön und für mich als Laie die Verkörperung der Perfektion, wenn du tanzt. Ich hoffe, du gibst deine Träume nicht endgültig auf, denn die Mädchen, die du unterrichtest, sind nicht die Einzigen, die es verdient haben zu glänzen.«

Er drückte die Lippen auf ihre, und als sie seinen Kuss erwiderte, vertiefte er ihn und wollte ihren Schmerz vertreiben und all die entstandenen Lücken ausfüllen. Er streichelte ihr übers Haar, legte die andere Hand um ihre Taille und zog Roni fest an sich. Seine Gedanken verflogen und er war kurz davor, sich in ihr zu verlieren. Jedes Mal, wenn sie sich küssten, passierte das so schnell, als wäre die Vereinigung ihrer Lippen ihre Bestimmung. Ronis Hände wanderten seinen Rücken hinauf bis zu seinem Nacken. Er liebte dieses Gefühl, wenn sie ihn hielt, ihn wollte. Sie gab eines ihrer sexy Geräusche von sich, das einen Schauer der Lust durch ihn hindurchschickte und ihn in die Realität zurückholte. Jetzt fiel ihm wieder ein, warum er früher als vereinbart zu ihr gefahren war.

Das Letzte, was er jetzt wollte, war, den Kuss zu unterbrechen. Doch es blieb ihm keine andere Wahl. Statt sich abrupt zu lösen, gab er ihr eine Reihe leichterer Küsse, dann hielt er Roni eng an sich gedrückt und sog ihren Duft ein. Er wusste, dass sich die Dinge ändern würden, sobald er ihr von seiner Vergangenheit erzählte, und er wollte diesen letzten Moment genießen, sich an das Gefühl von ihrem Körper in seinen Armen erinnern, an ihre Finger, die über seinen Nacken strichen, an ihren Duft.

»Küss mich weiter«, flüsterte sie.

Sie war so süß, dass er nicht anders konnte, als erneut seine Lippen auf ihre zu pressen. Er küsste sie langsam und zärtlich und wünschte, er könnte seine Vergangenheit ausradieren und einfach nur ein Mann sein, der in einem Buchladen arbeitete und sich in eine Frau verliebt hatte, die Tanzunterricht gab.

Sieben

Roni war im siebten Himmel. Quincy küsste sie nicht nur innig, er umfing sie mit mehr als nur seinen starken Armen. Sein köstlicher Mund brachte sie dazu, Laute von sich zu geben, die sie noch nie zuvor von sich gehört hatte. Seine Gefühle strömten ihr entgegen, und sie wollte sich in ihnen baden, ihn stundenlang küssen, seine Hände und seinen Mund auf sich spüren wie letzte Nacht.

Als sich ihre Lippen trennten, sehnte sie sich nach mehr. Aber er hörte nicht auf, er umarmte sie und hielt sie wieder so wie am vergangenen Abend. In seinen Armen fühlte sie sich so sicher, als könnte ihr nie wieder etwas passieren.

Seine Barthaare kitzelten ihr Gesicht, als er ihr einen Kuss aufs Ohr drückte. »Was du durchgemacht hast, tut mir sehr leid. Und noch mehr bedaure ich, was ich dir jetzt sagen muss.«

Ein Schauder fuhr ihr über den Rücken, als er die Arme von ihr löste. Sie hatte ganz vergessen, dass er eigentlich hergekommen war, um mit ihr über etwas zu reden. »Ist es so schlimm?«

Er setzte sich aufrecht hin, rang die Hände und sah Roni an. Das Verlangen, das sie gerade noch in seinen Augen gesehen hatte, wurde nun von einem reumütigen Ausdruck überschattet. Jetzt hielt er sich an der Tischkante fest. »Wie man's nimmt.

Jedenfalls ist es so, wie du gesagt hast: Nichts auf der Welt kann die Vergangenheit eines Menschen ändern, und ich kann verstehen, falls meine Vorgeschichte zu viel für dich ist.«

»Das klingt nicht gut.« Sie wusste nicht, ob etwas so schlimm sein könnte, dass es ihre Gefühle für ihn änderte, und hoffte, dass er übertrieb.

»Das ist nicht meine Absicht, aber es ist, wie es ist. Bevor ich dir gleich alles erzähle, muss ich mich entschuldigen, dass ich es dir nicht schon gesagt habe, bevor wir gestern Abend einen Schritt weiter gegangen sind. Ich hätte dir alles schon vorher erzählen sollen. Du hast es verdient, die Wahrheit zu erfahren. Aber ich hatte nicht damit gerechnet, dass das zwischen uns so schnell passiert. Nachdem ich so lange darauf gewartet habe, endlich mit dir auszugehen, wollte ich noch einen letzten gemeinsamen Abend mit dir verbringen, bevor ich das Risiko eingehe, dich zu verlieren, weil du mich dann mit anderen Augen siehst.«

»War der Kuss gerade eben ein Abschiedskuss?«, fragte sie nervös.

»Wir werden sehen. Wir beide haben mehr gemeinsam, als du vielleicht denkst. Wir sind in schäbigen Gegenden aufgewachsen und hatten beschissene Eltern. Du weißt nicht, wer deine Mutter ist, und ich kenne meinen Vater nicht. Wir haben die Vergangenheit hinter uns gelassen und uns ein neues Leben aufgebaut, und ...« Er biss die Zähne so fest aufeinander, dass sich die Muskeln in seinem Kiefer anspannten. »Wir haben beide eine Rehabilitationsmaßnahme hinter uns.«

Der Blick in seinen Augen verriet ihr, dass er damit keine Physiotherapie meinte. Ihr Magen zog sich zusammen.

»Meine Mutter war drogensüchtig, Roni. Sie hat Tru bekommen, als sie vierzehn war. Er ist neun Jahre älter als ich. Sie haben bei unserer Großmutter gewohnt, die ihr Leben auch nicht sehr gut im Griff hatte. Tru erzählt, dass nach dem Tod unserer Großmutter alles erst recht den Bach runterging. Das war etwa ein Jahr, bevor ich auf die Welt kam. Ab da hat meine Mutter keinen Hehl mehr aus ihrer Sucht gemacht und mehr und häufiger Drogen genommen. Er sagt zwar, während der Schwangerschaft wäre sie abstinent gewesen, aber nach meiner Geburt wurde alles noch viel schlimmer. Sie war kaum noch zu Hause, und wenn, dann war sie meistens nicht ansprechbar, weil sie high war oder Sex mit irgendwelchen anderen Junkies oder Dealern hatte.«

Roni wurde übel bei dem Gedanken, dass er so aufgewachsen war. Sie legte ihre Hand auf seine, ihr Herz war schwer. »Das klingt furchtbar.«

»Ich habe es nicht anders gekannt. Mir war nicht klar, wie abnormal es war, weil ich Tru hatte, der schon vernünftig auf die Welt gekommen sein muss. Das war mein Glück, denn wenn ich ganz auf unsere Mutter angewiesen gewesen wäre, hätte ich vielleicht gar nicht überlebt. Tru hat mich gefüttert, gebadet, meine Klamotten gewaschen, mich zur Schule gebracht. Er hat mit mir Hausaufgaben gemacht, mir beigebracht, zu anderen respektvoll zu sein, einfach alles. Er hat mich, so gut es ging, von all den schlimmen Dingen abgeschirmt, aber unser Leben war so verkorkst. Ich habe gelernt, den Mund zu halten, und gewusst, dass es mir gut geht, solange ich mich an Trus Vorgaben halte. Als Teenager hat er Bear kennengelernt, der ihn unter seine Fittiche genommen und ihm bei Whiskey Automotive beigebracht hat, wie man Autos repariert. Tru hat mich immer in die Werkstatt mitgenommen, wo ich Hausaufgaben gemacht habe, während er mit Bear gearbeitet hat. Mein Bruder war *immer* für mich da. Er hat dafür gesorgt, dass ich, abgesehen von der Zeit, die ich in der Schule verbracht habe, nie allein war. Er war meine Stütze, mein Vorbild, aber aus irgendeinem Grund schien das meine Mutter zu verärgern. Sie war furchtbar zu ihm.« Quincy erhob sich und ging auf und ab. »Dafür werde ich immer Schuldgefühle mit mir herumtragen.«

»Aber du konntest doch nichts dafür.«

»Ich weiß. Kinder können nicht für das Versagen ihrer Eltern verantwortlich gemacht werden. Aber es ändert trotzdem nichts an der Tatsache, dass ich mir jahrelang gewünscht habe, nie geboren worden zu sein.«

Das warf sie schier um. »Ich bin froh, dass du geboren wurdest, Quincy, wie auch alle anderen, mit denen wir gestern Abend zusammen waren.«

»Danke, Babe. Ich weiß wirklich, wie glücklich ich mich schätzen kann, so viele gute Freunde zu haben und diese Zeit mit dir zu verbringen. Mach dir keine Sorgen. Jetzt wünsche ich mir das nicht mehr. Vieles hat sich geändert.« Er räusperte sich und ging weiter auf und ab. »Jedenfalls ist Tru mit achtzehn ausgezogen. Er wollte mich mitnehmen, aber meine Mutter hat ihm einen ihrer Crack-Junkies hinterhergeschickt. Die Bilder laufen in meinem Kopf wie ein Film ab, denn der Typ hatte eine Waffe. Ich war neun und hab mir vor Angst fast in die Hose gemacht, während ich mich an Tru geklammert habe. Er war damals schon recht groß, fast so groß wie ich jetzt bin, und er hatte vor nichts Angst. Beziehungsweise vor einer einzigen Sache schon, aber darauf komme ich später noch zu sprechen. Jedenfalls fuchtelte der Typ mit einer Waffe herum. Tru schob mich hinter sich und rannte auf ihn zu, um ihn zu überwältigen. Sie kämpften miteinander, und der Mann schaffte es, sich auf Tru zu setzen.« Quincys Augen wurden schmal, er ballte die

Hände zu Fäusten. »Er hat Tru die Knarre an den Kopf gehalten. Ich habe ihn um das Leben meines Bruders angefleht. Ich werde nie vergessen, wie viel Angst ich hatte. Da habe ich gesagt, ich würde wieder nach Hause gehen.«

Tränen rannen Roni über die Wangen. »Oh mein Gott, Quincy. Das ist so furchtbar.«

Er nickte, sein Kiefer war angespannt.

»Du und dein Bruder, ihr seid so tapfer, und deine Mutter …« Sie sagte das Wort »Mutter« voller Abscheu und ballte ebenfalls die Fäuste. »Ich würde ihr am liebsten eins über den Schädel ziehen.«

»Sie hat schließlich ihre gerechte Strafe bekommen.«

»Was ist passiert? Du bist ohne Truman in dieses schreckliche Haus zurück?«

»Ja, und der Typ mit der Waffe hat Tru gedroht, er hätte sich von mir fernzuhalten, aber Tru hat nicht auf ihn gehört. Er hat einen Plan ausgeheckt, der vorsah, dass ich direkt von der Schule in die öffentliche Bibliothek fuhr. Dort habe ich meine Hausaufgaben gemacht oder gelesen, bis sie schloss. Dann bin ich heimgefahren, habe was gegessen und mich in meinem Zimmer eingeschlossen. In den folgenden Jahren ist er alle zwei oder drei Tage vorbeigekommen und hat mir was zu essen gebracht und Geld oder Klamotten, was immer ich gebraucht habe. Er hat sich um mich gekümmert und darauf geachtet, dass ich zur Schule ging und sauber blieb.« Ein trauriger Schimmer trübte seine Augen. »Es war eine schwere Zeit. Ich wusste, dass er bei jedem Besuch sein Leben riskierte. Handys konnten wir uns damals nicht leisten. Ich habe ihm gesagt, er soll lieber nicht kommen, weil ich Angst um ihn hatte. Aber er hat mir eingeimpft, dass man seine Familie um jeden Preis beschützen muss. Viele Male hat er irgendwelche Typen unserer Mutter rausgeworfen, sich ihnen furchtlos entgegengestellt. Mit Familie meinte er trotz allem auch sie. Tru behauptet, er hätte alles über Loyalität von Bear gelernt, aber ich weiß es besser, denn Truman hat mich schon beschützt, bevor er Bear kannte.«

»Dann stimmt es wohl, dass Tru schon vernünftig auf die Welt gekommen ist.«

»Ja«, sagte er leise. »Aber ich war so daran gewöhnt, dass er die Führung übernahm, dass ich an den Tagen, an denen ich ihn nicht gesehen habe, immer Angst hatte und nur auf den großen Knall gewartet habe. Man hatte uns schreckliche Dinge über das erzählt, was geschehen würde, wenn das Jugendamt eingreift. Aus diesem Grund haben wir unsere Lehrer oder andere Kinder nie wissen lassen, was bei uns zu Hause vor sich ging. Und es gab auch keine äußeren Anzeichen, die jemand hätte sehen können, denn Tru hat stets dafür gesorgt, dass ich nicht unterernährt war oder schmutzig herumlief. Wie du war ich gut in der Schule. Das Lernen hat mir Spaß gemacht, und so wie du deine Zuflucht im Tanz gefunden hast, habe ich mich in meine Schularbeiten und Bücher vertieft. Doch ich hatte ständig Angst, dass irgendwer herausfinden könnte, wie wir lebten, und mich mitnimmt und dass ich Tru dann nie wiedersehen würde.«

»Ich kann mir gar nicht vorstellen, wie man so ein Leben aushält. Es tut mir so unendlich leid. Jetzt komme ich mir dumm vor, weil ich geglaubt habe, ich hätte es schwer gehabt, bloß weil ich von der Bushaltestelle nach Hause rennen oder nachts den Lärm ausblenden musste, während du mittendrin gelebt hast.«

»Das ist nicht dumm, Babe. Du hast es ja wirklich schwer gehabt. Wir beide hatten es schwer, nur auf unterschiedliche Weise. Aber wir haben überlebt und darauf müssen wir uns konzentrieren.«

Er kam näher, wenn auch nicht so nah wie zuvor und definitiv nicht nah genug. Doch sie spürte, dass er diesen Abstand brauchte.

»Was ich dir jetzt sage, ist wirklich schlimm, Roni. Ich schäme mich dafür, und ich bringe diese Hässlichkeit nicht gern in deine Welt, aber Ehrlichkeit ist mir wichtig, und ich übernehme die Verantwortung für alle meine Taten. Ich bitte dich nur, mir bis zum Ende zuzuhören und mich nicht wegzuschicken, bevor ich fertig bin. Denn nach all dem Schlechten gibt es auch etwas Gutes.« Er streckte die Arme zur Seite aus, und sie hätte am liebsten geweint, weil er sie so verletzlich und flehend ansah. »Der Mann, der dir auf der Auktion ins Auge gefallen ist und der seit jener Nacht nicht mehr aufhören kann, an dich zu denken, das ist der Mensch, der ich bis zu dem Punkt war, von dem ich dir gerade erzählt habe. Ich war ein guter Junge, der in der Hölle aufgewachsen ist, mit einem liebevollen Bruder und einer Mutter, die keine Ahnung hatte, was Liebe ist. Und dieses Kind, das alles versucht hat, um das Richtige zu tun, hat sich schließlich zu dem loyalen Mann entwickelt, der ich jetzt bin.«

Sie atmete zittrig ein. »Okay.«

Er nickte, ging abermals auf und ab, verschränkte die Arme, löste sie wieder. Seine Kiefermuskeln waren angespannt, und er wirkte wie ein eingesperrtes Tier, das bereit war, jederzeit auszubrechen. Mit jeder stillen Sekunde wuchs auch ihre eigene Anspannung, während sie beobachtete, wie er zur Tür starrte, als würde er lieber fliehen wollen, als ihr zu offenbaren, was ihn quälte.

Aber er ging nicht.

Er trat vor sie, stellte die Beine schulterbreit auseinander und ließ die Arme hängen, jedoch nicht locker, sondern straff. Seine Hände waren zu Fäusten geballt, die Ärmel seines T-Shirts dehnten sich über den angespannten Muskeln. Während er ihr offen in die Augen blickte, ohne die Möglichkeit, sich vor ihr zu verstecken, fuhr er fort. »Zwischen dem dreizehnjährigen Kind und dem Mann, der ich jetzt bin, war ich verloren. Folgendes ist passiert: Ich habe wie immer Trus Plan befolgt, bin sauber geblieben, habe meine Hausaufgaben gemacht und kam direkt von der Schule nach Hause. Jeder Tag verlief gleich. Außer an den Wochenenden und in den Sommerferien, wenn ich statt zur Schule über die Brücke zur Autowerkstatt gegangen bin.« Er schluckte schwer. »Bis ich eines Nachmittags in der Küche einen Apfel aufschnitt und meine Mutter zur Haustür hereinkam und sich mit einem Mann stritt. Es war ein großer, glatzköpfiger Typ mit Tattoos an den Armen und am Hals. Er war schon mal da gewesen, und ich wusste, dass er ein Dealer war, ein echter Dreckskerl. Ich habe dir schon erzählt, dass meine Mutter mit allen möglichen Typen geschlafen und Sex gegen Drogen getauscht hatte, was typisch für eine Abhängige ist.« Er hielt einen Moment inne und zog die Augenbrauen zusammen. »Es ist mir wichtig, dass du verstehst, wie es war, in so einem Umfeld aufzuwachsen.«

»Ich kann mir vorstellen, wie beängstigend das gewesen sein muss.«

»Ich glaube, man kann sich das gar nicht vorstellen. Nicht, weil du dazu nicht in der Lage wärst, aber wenn man es nicht selbst erlebt hat, kann man unmöglich diese tiefsitzende Angst und den Ekel verstehen oder wissen, welche Täuschungsmanöver nötig waren, in der Schule und überall, wo ich hinkam, und welche Schuldgefühle das auslöste. Seine eigene Mutter zu hassen, ist nicht normal. Als ich das irgendwann begriffen hatte, habe ich noch mehr als ein Jahr gebraucht, um diese Gefühle zu verarbeiten. Wie auch immer, du hast dich unter deinem Kissen versteckt, um den Lärm zu verdrängen, und für mich war es so, als ob die Gangs, die du auszublenden versucht hast, fast täglich in meinem Zuhause auftauchten. Es wurde Crack geraucht, mit Pistolen und Messern hantiert, und sie haben meine Mutter gefickt. Tut mir leid, wenn ich das so derb ausdrücke, aber es ist die Wahrheit. Normalerweise passierte das im Schlafzimmer, aber es gab Zeiten …«

Roni sah zu Boden und hatte das Gefühl, keine Luft mehr zu bekommen. »Ich möchte mir dich dort nicht vorstellen.«

»Ich weiß, es ist schwer. Aber es zu hören, ist der einzige Weg, wie du mein Leben verstehen und nachvollziehen kannst, was schiefgelaufen ist. Dafür musst du jedes Detail kennen.« Er trat näher, hob ihr Kinn an wie zuvor, und als sie seinem Blick begegnete, sagte er: »Ich kann gehen, aber ich kann dich nicht anlügen. Es ist deine Entscheidung.«

Er war so ehrlich und so gut zu ihr. Sie fühlte sich unwohl, aber nicht so, dass sie ihn wegschicken wollte. »Ich will nicht, dass du gehst.«

Als er ihr Kinn losließ, nahm sie seine Hand und verflocht seine Finger mit ihren. Er sah Roni an und seine Augen spiegelten dabei die Qualen wider, die er durchstand. Sie fühlte sich besser, wenn sie seine Hand hielt, und drückte fester zu, um ihm, aber auch sich selbst Halt zu geben. Sein zaghaftes Lächeln setzte ihr zu.

Er nickte, als würde er verstehen, dass sie diese Verbindung brauchte. »Wir wohnten noch in dem Haus, das meine Großmutter meiner Mutter hinterlassen hatte. Es war klein. Man kam von der Haustür direkt ins Wohnzimmer und die Küche schloss sich gleich daran an. Auf der rechten Seite waren zwei Zimmer, dazwischen lag das Bad. Ich musste nur von der Küche in mein Zimmer gelangen. Ich dachte, sie würden ins Schlafzimmer gehen und ich könnte in meinem Zimmer verschwinden. Ich habe gewartet, aber dann ist der Streit eskaliert und der Mann hat sie herumgeschubst. Sie war total high und hat ihn immer wieder herausgefordert. Ich weiß noch, dass ich dachte: *Halt die Klappe. Bitte hör einfach auf!* Ich hatte Angst, dass sie uns beide damit umbringen würde. Dann ging alles ganz schnell. Ich habe gehört, wie sie auf der Couch landeten, und dann wurde es still. Ich habe mich hinter der Küchenwand versteckt, weil ich dachte, dass sie Sex haben würden, und das wollte ich nicht sehen. Aber dann fiel mir auf, dass es zu leise war.«

Roni fürchtete sich vor dem, was er noch erzählen würde. Er sah ihr immer noch in die Augen und biss die Zähne aufeinander.

»Es folgten ein Schlag und ein Schrei. Ich bin ins Wohnzimmer gerannt. Er lag auf ihr und hielt sie fest. Er war … Seine Hose hing ihm auf Kniehöhe, und er drängte sich ihr auf. Dabei drückte er ihr den Unterarm gegen die Kehle. Ihre Augen haben ausgesehen, als würden sie ihr aus dem Kopf springen, und ihr Gesicht lief in seltsamen Farben an. Ich erinnere mich nicht mehr so genau; es ist alles verschwommen. Ich habe ihn angeschrien, dass er aufhören soll. Aber er hat sie weiter vergewaltigt und gewürgt. Ich hatte immer noch das Messer in der Hand und dachte: *Was würde Truman tun?* Die Antwort kam sofort. *Die Familie beschützen«,* stieß Quincy zwischen zusammengebissenen Zähnen hervor. »*Man muss die Familie beschützen, koste es, was es wolle.* Ich habe versucht, ihn von ihr wegzuziehen, und da hat er ausgeholt und mich weggestoßen.« Quincy schwang bei der Beschreibung den Arm nach hinten.

»Ich schlug mit dem Gesicht gegen die Wand und blutete, aber ich hörte meine Mutter nach Luft ringen. Das brachte ihn noch mehr in Rage. Er schlug auf sie ein, drückte ihr die Kehle zu und fickte sie, als wäre sie eine Gummipuppe. Ohne nachzudenken bin ich aufgestanden und auf ihn zu. Ich wollte ihn nicht umbringen, ich wollte ihn nur aufhalten. Aber ich schaffte es nicht, und selbst als ich dann zugestochen habe, hat er weitergemacht. Also stach ich weiter auf ihn ein, bis er endlich zusammengesackt ist. Ich konnte nicht mehr atmen. Ich habe gezittert, bin rückwärts gestolpert und zusammengebrochen. Ich dachte, er hätte sie bereits umgebracht. Sie lag reglos da. Ich weiß noch, dass ich dachte, *ich habe das nicht getan. Das ist nicht wirklich passiert.*«

Roni schlug sich die Hand vor den Mund, und ein erstickter Laut entwich ihr. Sie ging zu ihm, schlang die Arme um ihn und drückte die Wange an seine Brust. »Quincy«, sagte sie schluchzend. »Ich kann nicht ...« Sein ganzer Körper war starr, jeder Muskel angespannt. Sie merkte, dass er ihre Umarmung nicht erwiderte, und als sie zu ihm aufblickte, standen ihm Tränen in den Augen. »Quincy ...?«

Er schüttelte den Kopf, sagte jedoch nichts, weil es ihm anscheinend die Sprache verschlagen hatte. Sie berührte seine Wange, flüsterte seinen Namen und sorgte dafür, dass er sie mit schmerzverzerrten Augen ansah. »Quincy, ich laufe nicht weg. Und ich jage dich auch nicht fort. Du hast deine Mutter beschützt. Wenn das jemand mit meiner Großmutter gemacht hätte, hätte ich wahrscheinlich dasselbe getan.«

Sein Blick war kalt und traurig, als er sagte: »Das ist noch nicht alles.«

Quincy hatte seine Geschichte schon Dutzende Male erzählt, wenn auch nicht so detailliert. Es war niemals einfach gewesen, doch nie so schwer wie jetzt. Jedes Wort durchbohrte ihn wie eine Glasscherbe, und doch hielt Roni ihn immer noch fest und weinte um ihn, trotz des Blutes, das an seinen Händen klebte. Er hätte ihr lieber verschwiegen, dass es noch mehr zu erzählen gab, und stattdessen so lange in ihre schönen, vertrauensvollen Augen geschaut, bis seine Vergangenheit von allein verschwunden wäre. Aber er war schließlich kein Magier, daher hatte er keine andere Wahl.

Als sie einen Schritt zurücktrat, erkannte er, dass sie sich für das Schlimmste wappnete. Sie straffte die Schultern und hob das Kinn an. Sie war so verdammt stark, obwohl diese grausame Unterwelt sie beinahe umgebracht hätte.

»Könnte ich vielleicht ein Glas Wasser haben, bevor ich dir den Rest erzähle?«, bat er.

»Lass uns in meine Wohnung gehen.«

Er griff nach Helm und Jacke, aber dann zögerte er. »Bist du sicher, dass es dir nichts ausmacht, mich dort zu haben?«

Sie berührte seinen Bauch mit den Fingerspitzen und sah ihm fest in die Augen. »Ja, ich bin mir sicher. Ich weiß, dass da noch mehr kommt, und ich nehme an, dass es mit Alkohol oder Drogen zu tun hat, da du vorhin etwas von einer Rehabilitationsmaßnahme gesagt hast. Ich weiß nicht, wie es sein wird, wenn ich alle Einzelheiten darüber gehört habe, aber wenn du wissen willst, ob ich mich bei dir noch sicher fühle, lautet die Antwort Ja.«

Erleichtert sank sein Kopf nach vorn. Ihre Worte waren wie

ein Balsam für seine erneut aufgerissenen Wunden. Er war so unglaublich dankbar, dass er sie in die Arme schloss und sie nun endlich so festhielt, wie es ihm kurz zuvor nicht möglich gewesen war. Vielleicht würde sie ihn fortjagen, wenn sie auch noch den Rest gehört hatte, aber wenigstens blieb ihm das hier. Er küsste sie auf den Kopf und sagte mit gepresster Stimme, die mit allerlei widersprüchlichen Gefühlen beladen war: »Danke.«

Sie gingen die Treppe hinauf, und als sie ihre Wohnung betraten, fühlte es sich ganz anders an als am Abend zuvor. Als wüsste sogar ihr Apartment, dass er ihr gestern schon alles hätte sagen sollen.

»Magst du einen Eistee? Oder lieber Wasser?«

»Eistee wäre super, danke.« Er legte seinen Helm auf dem Tisch neben der Tür ab und hängte seine Jacke auf. Während Roni die Getränke holte, ging er zur Couch, auf der sie am Abend zuvor gelegen hatten. Weitere Schuldgefühle überkamen ihn. Als Roni mit den Getränken zurückkam, stand er immer noch da.

Sie stellte die Gläser auf den Couchtisch. »Geht es dir so weit gut?«

»Nein«, lautete seine ehrliche Antwort. »Ich hätte dir das alles sagen sollen, bevor wir gestern Abend einen Schritt weiter gegangen sind.«

»Verstehe.« Sie setzte sich, nahm seine Hand und zog ihn neben sich auf die Couch. »Ich hätte dir vielleicht noch nichts von meinem Unfall erzählt, wenn du mich nicht tanzen gesehen hättest. Manche Dinge eignen sich eben nicht fürs erste oder zweite Date. Aber ich hätte es dir gesagt, bevor wir … ähm … bevor du mich ohne Kleidung gesehen hättest, denn meine Narben sind hässlich.«

»Nichts an dir könnte jemals hässlich sein. Narben sind

Erinnerungen an das, was wir durchgemacht haben, an die Dinge, die uns an diesen Punkt gebracht und zu dem gemacht haben, was wir heute sind. Vielleicht mögen wir diese Erinnerungen nicht, aber sie machen uns nicht hässlich. Für mich können nur Taten hässlich sein. Es war hässlich, diesen Mann zu töten. Ich habe eine Menge hässlicher Dinge getan, und jahrelang war ich abstoßend, sogar für mich selbst. Aber wenn ich jetzt in den Spiegel schaue, sehe ich diesen Mann nicht mehr. Ich weiß, dass er in mir steckt, und er wird mir jede Minute des Tages über die Schulter schauen und jede Entscheidung, die ich treffe, beeinflussen. Aber ich habe aus meinen Fehlern gelernt und werde alles tun, was in meiner Macht steht, um nie wieder hässlich zu sein.«

Sie zupfte am Ärmelbündchen ihres Pullovers herum. »Ich weiß, dass du einen Mann getötet hast, aber das hast du getan, um deine Mutter zu retten. Ich habe nicht das Gefühl, dass dich das hässlich macht. Du bist so gut zu mir und deinen Freunden und zu Kennedy und den anderen Kindern, die ich gestern Abend kennengelernt habe. Ich kann mir einfach nicht vorstellen, dass du so schlimm bist, wie du es beschreibst.«

»Ich werde dir helfen, es dir vorzustellen. Und wenn du mich lässt, helfe ich dir auch, den Weg über diese wackelige Brücke zu finden, um es zu glauben und akzeptieren zu können.« Wieder war es, als hätte er scharfe Glassplitter im Mund. »Und wenn nicht, muss ich mit diesem Verlust leben. Aber ich werde immer für dich als Freund da sein, wenn du mich brauchst.«

»Du würdest noch mit mir befreundet sein wollen, wenn ich mit dem, was du mir gleich erzählst, nicht umgehen kann?«

»Natürlich, Roni. Es gibt einen Grund, warum ich in all den Monaten nicht darauf gedrängt habe, mehr als nur Freunde zu sein. Eigentlich waren es mehrere Gründe. Noch bis vor zwei Jahren gab es in meinem Leben keine richtigen Freunde. Jetzt ist Freundschaft für mich so wichtig wie für andere Menschen Geld oder teurer Schmuck. Du bist eine unglaubliche Frau, aber ich gehöre nicht zu den Typen, die sich unwürdig oder nicht liebenswert fühlen. Ich weiß, dass ich ein guter Mann und ein guter Freund geworden bin, und es war nicht leicht, an diesen Punkt zu gelangen. Ich habe hart dafür gekämpft, meine schwierige Kindheit und meine falschen Entscheidungen zu überwinden und all das zu verstehen und zu akzeptieren, einschließlich dessen, was ich jetzt bin. Aber ich bin auch Realist und weiß, dass manches Gepäck für andere zu schwer ist, und wenn das der Fall ist, würde ich es dir niemals vorwerfen. Meine Vergangenheit ist die Last, die ich zu tragen habe.«

Sie nickte mit zusammengezogenen Augenbrauen, faltete die Hände im Schoß und setzte sich aufrechter hin. »Okay, dann lass uns das Gepäck mal öffnen und sehen, was drin ist.«

Seine Brust zog sich zusammen. Bei einem tiefen Atemzug versuchte er, sich einzuprägen, wie sie in diesem Moment aussah: stark, schön und bereit, ihm zuzuhören. Es kostete ihn seine ganze Kraft, den Rest seiner Geschichte zu erzählen. »An dem Tag, an dem ich diesen Mann getötet habe, hat Truman mich zusammengekauert im Wohnzimmer auf dem Boden gefunden, mit blutverschmierter Kleidung und einer klaffenden Wunde im Gesicht. Der Typ lag immer noch auf meiner Mutter. Sie war inzwischen wieder zu sich gekommen und schrie und heulte, aber ich war wie gelähmt vor Angst und Schock.« Ein Kloß bildete sich in seinem Hals, während die Erinnerungen auf ihn einstürzten. »Noch bevor Tru die Leiche dieses Mannes von unserer Mutter wegzog, ist er zu mir gekommen. Er ist auf die Knie gegangen und hat mich in den

Arm genommen. In meinem ganzen Leben habe ich mich nie so hilflos und verloren gefühlt wie in der Zeit zwischen diesem Vorfall und Trumans Auftauchen. Aber mit ihm an meiner Seite fühlte ich mich sicher. Ich wusste, dass er weiß, was zu tun ist.«

Quincy trank einen Schluck und sammelte sich einen Moment lang. »Als Tru die Schreie hörte, hat er gedacht, er würde mich tot auffinden. Er hatte Angst und untersuchte mich, ob ich eine Schusswunde hätte.« Quincy stand auf, lief nun auf und ab und rieb sich dabei mit der Hand über Brust und Bauch, wie Truman es an jenem Tag getan hatte. »Als er sich vergewissert hatte, dass ich nicht in Gefahr schwebte, hat er den toten Mann weggezogen und meine Mutter beruhigt. Sie wurde wieder ohnmächtig und da habe ich ihm alles erzählt. Ich werde nie vergessen, was er sagte, kurz bevor er die Polizei rief. ›Sag kein einziges Wort, Quincy. Du wirst das nicht ausbaden.‹ Ich habe ihm widersprochen, aber er befürchtete, dass ich mit dreizehn Jahren nicht mehr nach dem Jugendstrafrecht verurteilt werde. Ich habe immer getan, was er mir gesagt hat, und mich auch daran gehalten. Ich hätte das niemals tun dürfen, aber er war mein großes Vorbild, mein Beschützer. Er war mein Leitstern.«

Ihr blieb der Mund offen stehen und wieder kamen ihr die Tränen. »Er hat die Schuld auf sich genommen?«

Quincy nickte und senkte den Blick. Scham und Schuldgefühle schnürten ihm den Hals zu, als würde er in einer Schlinge stecken. »Der Pflichtverteidiger meinte, Truman müsse nicht ins Gefängnis. Er sagte, es sei ›Mord im Affekt‹ gewesen. Aber unsere Mutter wurde gerade mal so weit clean, um im Zeugenstand lauter Lügen zu verbreiten. Sie hatte es schon immer auf Truman abgesehen, und so hat sie ausgesagt, dass sie nie in

Gefahr gewesen sei. Daraufhin wurde Truman wegen Mordes verurteilt.« Während Roni die Tränen über die Wangen liefen, fühlte es sich für Quincy an, als würden die Schuldgefühle ihm wie ein Speer die Brust durchbohren.

»Oh Gott, Quincy. Aber warum?«

»Keine Ahnung. Wahrscheinlich, weil Truman sein Leben im Griff hatte und dadurch ihr Versagen nur umso deutlicher auffiel. Er hat sechs der acht Jahre, die ihm aufgebrummt wurden, für ein Verbrechen abgesessen, das ich begangen habe.«

Sie schüttelte den Kopf. »Ich kann nicht glauben, dass deine Mutter das getan hat.«

»Sie war ein ziemliches Miststück.« Er ging auf und ab und knetete dabei die Hände. »Alles hat sich geändert, als Tru ins Gefängnis musste. Ich war noch ein Kind und völlig verloren. Die Schuldgefühle haben mich zerfressen und ich hatte kein Ziel, keinen Plan, dem ich hätte folgen können. Bear hat mich ein paar Mal mitgenommen, um Tru zu besuchen. Aber es war so furchtbar und hat mich nur noch mehr erschüttert. Ich hatte meinen eigenen Bruder, der mich sein ganzes Leben lang nur beschützen wollte, hinter Gitter gebracht. Ich hätte derjenige sein sollen, der im Knast landete, nicht er.« Seine Stimme brach. Sein Hals fühlte sich so eng an, dass er kaum schlucken konnte. »Jedes Mal, wenn ich daran dachte, war ich wie gelähmt, genau wie an jenem schrecklichen Tag. Ich habe meine Mutter gehasst. Und mehr noch habe ich mich selbst gehasst.«

Er blieb jetzt stehen und begegnete Ronis Blick, denn er musste den Schmerz seiner Worte spüren und ihr klarmachen, wie ungemein bedeutsam es war, dass er sein Leben in den Griff bekommen hatte. »Eines Tages hat sie mir eine Crackpfeife in die Hand gedrückt und gesagt, dass sie mich von all meinen Dämonen befreien würde. Ich habe gewusst, dass dies der

Anfang vom Ende war, aber mein Bruder verrottete wegen mir im Gefängnis und ich war so von Schuldgefühlen zerfressen und voller Hass und Gift, so verloren, dass ich auch dem Teufel direkt in die Hölle gefolgt wäre. So habe ich angenommen, was sie mir anbot, und mein eigenes Höllengefängnis geschaffen, in dem ich nun ebenfalls verrotten konnte.« Abermals ballte er die Fäuste, während er gegen die Schamgefühle ankämpfte. Trotzdem zwang er sich, auch den Rest zu erzählen. »So hat es angefangen, und ich stürzte mich förmlich in die Sucht. Bald habe ich Bears Anrufe nicht mehr entgegengenommen und folgte meiner Mutter in die Unterwelt. Drogensüchtige wissen, wie man untertaucht. Sie leben in Crackhäusern und auf der Straße. Ich habe erst Crack genommen, dann Heroin. Keine Ahnung, wie ich das überlebt habe. Ich weiß auch nicht, was mit dem Haus passiert ist, das uns unsere Großmutter hinterlassen hat. Ich glaube, meine Mutter hat es irgendwann gegen Drogen getauscht. Die Dinge, die ich getan habe, die Black-outs ... Roni, *das* ist hässlich. Wenn man seine Arme in Nadelkissen verwandelt, um den Dämonen in seinem Kopf zu entkommen.« Er streckte die Arme aus, um ihr die Narben der Einstichstellen zu zeigen. Er wollte sich von dem Entsetzen in ihren Augen abwenden, aber er musste sich ihm stellen. Es war seine verdammte Pflicht. »Den größten Teil der sechseinhalb Jahre war ich kaum bei Verstand. Es gab nur kurze Momente, in denen ich halbwegs klar war.«

»Sechseinhalb Jahre?«

»Ja, Jahre. Es hat nur einen Gedanken an Truman gebraucht und schon bin ich durchgedreht. Und da ich immerzu an ihn denken musste ... Irgendwann wurde meine Mutter wieder schwanger.«

»Oh Gott, nein.« Roni hielt sich eine Hand vor den Mund

und weinte nur noch bitterlicher.

»Kennedy und Lincoln sind nicht Trus und Gemmas leibliche Kinder. Sie sind unsere Geschwister.«

Ronis Augen weiteten sich. »Eure Geschwister?«

»Ja. Unsere Mutter wurde clean, als sie merkte, dass sie schwanger war. Es gab da einen Junkie, der behauptete, früher einmal Arzt gewesen zu sein, bevor er mit den Drogen anfing, und er wusste, was er tat. Er hat ihr beide Male durch den Entzug geholfen. Aber sobald sie entbunden hatte, war er da, um sie wieder mit Drogen vollzupumpen.«

»Die armen Kinder.«

»Ich bin mit Kennedy etwa eine Woche nach ihrer Geburt abgehauen. Ich wollte sie vor einer Feuerwache oder einem Krankenhaus absetzen. Egal wo, alles wäre besser gewesen, als auf der Straße zu leben. Aber da hat meine Mutter mir ihre Freunde hinterhergeschickt, genau wie damals bei Truman. Sie haben mich dermaßen verprügelt, dass ich ein paar gebrochene Rippen und ein zugeschwollenes Auge hatte.« Er rieb sich die Narben über dem rechten Auge. »Und dann habe ich den Schmerz mit noch mehr Drogen betäubt.«

»Quincy«, murmelte sie und weinte jetzt unverhohlen. »Warum bist du nicht zusammen mit deiner Mutter clean geworden?«

»Das ist nicht so einfach, wenn es niemanden interessiert, ob man lebt oder tot ist.«

»Aber was ist mit Bear oder seinen Eltern? Hättest du nicht zu ihnen gehen können?«

»Das hätte ich, und sie hätten mir auch geholfen. Aber dafür hätte ich klar denken müssen. Obwohl meine Mutter kurzzeitig nichts genommen hat, drängte sie mir immer noch Drogen auf. Sie war glücklicher, wenn ich high war. Ich glaube, sie hat sich dann besser gefühlt. Wahrscheinlich sind dir schon unsere Namen aufgefallen – wir sind alle nach amerikanischen Präsidenten benannt. Was für ein Witz! Als sie meiner Schwester den Namen Kennedy gab, hat sie mir gesagt, wie wichtig es sei, einen unvergesslichen Namen zu haben, weil wir ein vergessenes Leben führen.« Er ging wieder auf und ab, wobei sich sein Magen schmerzhaft verkrampfte. »Ich habe mehrmals versucht, ihr Kennedy wegzunehmen, und als Lincoln geboren wurde, wollte ich beide Kinder wegbringen.« Tränen stiegen ihm in die Augen. »Ich wollte sie auf keinen Fall auf der Straße aufwachsen lassen.« Er blickte zur Decke, während er seinen Tränen freien Lauf ließ und die Schuldgefühle an seinem Herzen zerrten. »Es war ein furchtbarer Kreislauf. Ich habe versucht, keine Drogen zu nehmen, um für die Kinder da zu sein. Ich habe Essen für sie gestohlen, Milchpulver für Lincoln. Sie haben die ganze Zeit geweint. Ich habe mich so verdammt schuldig gefühlt, ihretwegen, wegen Truman, und ich habe Drogen genommen, weil ich …« Er wischte sich mit dem Unterarm über die Augen, dann zwang er sich wieder, Roni anzusehen. »… diesem abstoßenden Menschen entkommen wollte, zu dem ich geworden war.«

Sie sah zu Boden, und in diesem Moment wusste er, dass er sie verloren hatte. Doch er durfte nicht aufhören, er musste ihr alles erzählen.

»Tage, Wochen, Jahre gingen ineinander über. Ich habe Essen, Geld und Klamotten gestohlen. Ich habe so vieles getan, auf das ich nicht stolz bin, um dafür zu sorgen, dass die Kinder überleben. Ich bin jede Minute bei ihnen geblieben, damit ihnen niemand etwas antun konnte. Dann wurde Tru aus der Haft entlassen und spürte mich auf. Er hat versucht, mich zu überreden, clean zu werden. Wenn man süchtig ist, sieht man nicht, was andere wahrnehmen, bekommt es aber trotzdem irgendwie mit. Es ist verwirrend, weil man nicht begreift – oder nicht begreifen will –, dass man sein Leben vergeudet und alle um sich herum verletzt. Man macht die anderen zu den Bösewichten. Aber gleichzeitig habe ich mich so nutzlos gefühlt und die Schuldgefühle haben mich aufgefressen. Ich konnte die Nähe meines Bruders nicht ertragen, der sich so für mich eingesetzt hat, um mich zu retten. Ich hatte Angst, ihm von den Kindern zu erzählen, weil ich bereits sein Leben ruiniert hatte, und ich wusste, dass die Crack-Junkies meiner Mutter hinter ihm her wären, wenn er versucht hätte, sie mitzunehmen. Das hätte ich Tru nicht antun können, nicht nach allem, was er für mich getan hatte.« Er biss die Zähne zusammen, während die Schuldgefühle wieder an die Oberfläche stiegen. »Also habe ich ihm gesagt, er soll sich verpissen, und dann tat ich, was ich am besten konnte. Ich bin mit den Kindern und unserer Mutter tiefer abgetaucht, damit er uns nicht mehr findet. Ich habe nicht daran gedacht, wie schlimm es für die Kinder war. Aber das hätte ich tun sollen. Es gibt absolut keine Entschuldigung dafür.« Tränen liefen ihm übers Gesicht. »Wenn ich daran denke, wie sie gelebt haben …«

Er wandte sich ab und versuchte, die Kontrolle wiederzuerlangen, aber Selbsthass und Traurigkeit saßen so tief. Diese schrecklichen Gefühle herauszulassen war die einzige Möglichkeit, sie zu überwinden, also wandte er sich wieder zu Roni um und sprach schneller. »Monate vergingen, und eines Nachts bin ich losgezogen, um Geld für Milchpulver aufzutreiben. Als ich in die Wohnung zurückkam, in der wir hausten, lag unsere Mutter tot auf dem Boden. Sie hatte eine Überdosis genommen. Die Kinder lagen schreiend auf der alten Matratze, auf der sie geschlafen hatten, als ich gegangen war. Ich habe mich wieder wie ein dreizehnjähriges Kind gefühlt, so verloren und machtlos, und ich war genauso beschämt wie an jenem Tag, an dem ich diesen verdammten Vergewaltiger umgebracht hatte. Da habe ich Tru angerufen. Ich wusste, dass er die Kinder nehmen würde, und dann wollte ich verschwinden. So weit weg von den dreien wie möglich, damit ich ihnen nie wieder wehtun würde.«

Roni schaute mit rotgeweinten Augen zu ihm auf. »Aber du bist nicht abgehauen, oder? Bist du dann clean geworden? Nachdem Truman zu euch gekommen ist?«

Er schüttelte den Kopf und hatte das Gefühl, dass man ihm das Herz aus der Brust riss. »Nein. Da ist es erst mal noch schlimmer geworden. Ich war wütend auf Truman, weil er ins Gefängnis gegangen war. Ich war all die Jahre so dumm, weil ich das Gefühl hatte, er hätte mich im Stich gelassen. Als ich schließlich clean war, wusste ich, dass das keinen Sinn ergab. In meinem drogenvernebelten Kopf hatte ich alles verdreht und ihn zum Bösewicht gemacht. Ihn. Meinen Bruder, der mich verdammt noch mal großgezogen und seine Freiheit für mich geopfert hat. Ich weiß, wie verkorkst das ist, aber es ist die Wahrheit. Er war genauso angewidert von mir wie ich. Er hat die Kinder mitgenommen, und ich ließ mich mit ein paar wirklich gefährlichen Leuten ein und geriet in Schwierigkeiten. Einige Tage später bin ich völlig zugedröhnt vor seiner Wohnung aufgetaucht und habe ihn um Geld angepumpt, um meine Schulden zu bezahlen. Er hat damals über Whiskey Automotive gewohnt, wo ich jetzt wohne. Aber er hat genau das Richtige gemacht und mich weggeschickt. Ich bin über die Brücke, weg von Peaceful Harbor und zurück in das Höllenloch, in dem ich die letzten sechseinhalb Jahre verbracht hatte, und habe versucht, mich vor dem Dealer zu verstecken. Aber seine Leute haben mich gefunden und zu ihm zurückgeschleppt.

Da war richtig was los – über ein Dutzend Typen hingen da rum. Als sie untereinander zu streiten anfingen, sah ich meine Chance und hab die Flucht ergriffen. Sie sind mir nach, aber ich bin ihnen entwischt. Keine Ahnung, wie lange ich gerannt bin oder wie ich es geschafft habe, ihnen zu entkommen. Es war der reinste Albtraum. Wochenlang habe ich mich völlig verängstigt versteckt. Irgendwann haben sie mich doch aufgespürt, mich brutal zusammengeschlagen und halbtot zurückgelassen. Ich weiß nicht, wie ich das überlebt oder wie ich den kilometerlangen Weg über die Brücke zurück zur Autowerkstatt geschafft habe. Ich kann mich kaum noch an etwas aus dieser Nacht erinnern. Ich dachte, das war's, ich würde sterben und die Qualen, die ich allen zugefügt hatte, würden nun endlich ein Ende finden. Aber ich habe es wohl bis zur Werkstatt geschafft, wo ich ohnmächtig zusammengebrochen bin. Dort hat mich Tru gefunden, und als ich wieder aufgewacht bin, lag ich im Krankenhaus, und er saß bei mir.«

Roni atmete zittrig ein, Tränen liefen ihr über die Wangen. »Gott sei Dank hat er dich gefunden.«

Quincy nickte. »Das Erste, was ich ihn gefragt habe, war, ob ich noch lebe. Eine seltsame Frage, aber ich dachte wirklich, ich sei tot. Und als er geantwortet hat, dass ich gerade noch mal mit dem Leben davongekommen bin, habe ich Gott gedankt. Und Tru. Er hat mich gefragt, ob ich sicher bin, dass ich überhaupt am Leben sein wollte, weil ich schließlich alles gab, um mich umzubringen. Als ich nicht antwortete, hat er sich im Krankenhausbett über mich gebeugt, mir direkt in die Augen geblickt und gesagt, dass er nicht bereit ist, mich zu verlieren.«

Quincy schaute wieder zur Decke und kämpfte gegen die Tränen an. »Nach allem, was er und die Kinder wegen mir durchgemacht hatten, war er trotzdem noch nicht fertig mit mir. All die Jahre habe ich gedacht, er würde mich so sehr hassen, wie ich mich selbst gehasst habe. Aber er hat mich immer noch geliebt. Das nenne ich mal eine zweite Chance. Damals habe ich einen ersten Lichtschimmer gesehen. Also habe ich einer Entziehungskur zugestimmt und die war eine ganz andere Art von Hölle. Dort musste ich mich mit all den Gefühlen auseinandersetzen, die mich so lange erstickt hatten. Tru hat mich besucht, sobald sie es ihm erlaubten, und ich habe ihm Vorwürfe gemacht und ihm die Schuld für meinen Drogenkonsum gegeben. Das gehört alles zum Entzug dazu, aber es war scheiße. Und trotzdem hat er mich nie aufgegeben. Er ist mein Leitstern geblieben, der er früher stets gewesen war. Nach dem Entzug und dank der Therapie habe ich die Kurve gekriegt, und erst da ist mir bewusst geworden, was für ein Chaos ich angerichtet hatte. Ich werde nie darüber hinwegkommen, was ich Tru und den Kindern angetan habe, was ich Gemma zugemutet habe und all unseren Freunden, die für sie da waren, während ich auf Drogen war.«

Roni wischte sich über die Augen und starrte auf ihre Hände, die sie nicht ruhig halten konnte. Sie sah ihn nicht an. Er konnte es ihr nicht übelnehmen und wartete schweigend eine ganze Weile, bis sie ihn schließlich traurig ansah. »Wann war das?«

Er setzte sich neben sie und war froh, dass sie jetzt seinem Blick wieder standhielt. »Vor zwei Jahren an Halloween, da hat er mich gefunden und gleich darauf bin ich in die Entzugsklinik gegangen. Nach der Auktion habe ich nicht auf mehr mit dir gedrängt, weil schon am ersten Abend, als wir uns kennenlernten, die Chemie zwischen uns so stark war. So etwas hatte ich vorher noch nie erlebt. Als wir dann anfingen, uns unverfängliche und lustige Nachrichten zu schreiben, war ich glücklich. Es war schön, dich ohne Kopfzerbrechen kennenzulernen, deshalb hatte ich beschlossen zu warten, bis ich die zwei Jahre ohne Drogen voll hatte. Erst dann wollte ich versuchen, dich zu überreden, mit mir auszugehen. Ich wollte erst diesen Meilenstein erreichen. Ich weiß, dass zwei Jahre nicht viel sind, aber es war mir wichtig, dir sagen zu können, dass ich seit zwei Jahren clean bin und nicht erst seit anderthalb. Ich selbst weiß, dass ich clean bleibe, aber es gehört viel Vertrauen dazu, einem Junkie zu glauben.« Es war eine Qual, die Worte auszusprechen, aber er würde nicht aufhören, bis er ihr alles gesagt hatte. »Als deine Großmutter gestorben ist und du nicht wolltest, dass ich dir helfe, war es, als ob du mich bitten würdest, nicht zu atmen. Wir wussten zwar kaum etwas voneinander, aber ich hatte bereits Gefühle für dich. Ich wollte für dich da sein. Zum Glück haben Red und Jed es mir ausgeredet, denn wenn es nach mir gegangen wäre, hätte ich dir damals schon alles erzählt und deinen Schmerz vermutlich nur noch vergrößert.«

Sie schaute wieder auf ihre Hände. »Das ist viel zu verdauen.«

»Ich weiß. Die Zeit, die wir zusammen verbracht haben, war ein Geschenk, und ich dränge dich nicht, mir eine Chance zu geben. Aber ich will, dass du ein paar Dinge weißt. Ich bin fest entschlossen, clean zu bleiben – für mich selbst an erster Stelle, aber auch für Truman und die Kinder und für alle unsere Freunde, die mir geholfen haben, diesen Punkt zu erreichen. Ich habe ein Dach über dem Kopf und einen Job, den ich liebe. Ich habe meinen Schulabschluss nachgeholt und mit Bravour bestanden und jetzt belege ich Kurse, um Buchhalter zu werden. Ich helfe inzwischen auch anderen dabei, drogenfrei zu bleiben. Ich leite jeden Mittwochabend die Treffen der NA, der Narcotics Anonymous, im Keller der Lutherischen Kirche und bin Sponsor für jemanden, der clean werden möchte. Von meinem Bruder und unseren Freunden bekomme ich unglaublich viel Unterstützung, und seit ich clean bin, habe ich nicht ein einziges Mal daran gedacht, Drogen zu nehmen, um meine Probleme zu ertragen. Ich habe nicht das Gefühl, dass ich kämpfen muss, um mich von den Drogen fernzuhalten. Ich glaube, ich habe das alles hinter mir gelassen. Es ist fast so, als wäre es in einem anderen Leben passiert. Aber du musst trotzdem wissen, dass immer noch ein Süchtiger in mir wohnt. Eine Sucht ist wie ein Monster, das nur auf einen schlimmen, dunklen Moment wartet, um wieder anzugreifen.«

Sie sah ihm in die Augen. Die Angst, die sich in ihnen widerspiegelte, schien nun mit Mitgefühl und noch etwas Größerem zu kämpfen, das er nicht zu benennen vermochte.

»Ich weiß, dass es schwer ist, das alles zu hören«, sagte er. »Aber ich will und muss ehrlich zu dir sein. Denn wenn du dich entscheidest, uns doch eine Chance zu geben, musst du das alles wissen.«

Er erklärte, dass die Überwindung einer Sucht ein Prozess war, bei dem er lernte, die Verantwortung für seine Taten zu übernehmen und mit der Sucht umzugehen. Es galt, auslösende Momente zu erkennen und zu vermeiden und andere Mittel zu finden, um mit Stress und schwierigen Situationen, die sich nicht vermeiden ließen, umzugehen.

»Ich war noch ein orientierungsloses Kind, als ich süchtig wurde. Jetzt bin ich nicht länger dieses Kind, Roni. So sehr ich Truman auch liebe, ich muss mich nicht mehr an ihn anpassen und ihm nacheifern. Ich habe meinen Tiefpunkt erreicht. Ich habe einen Entzug hinter mir und eine Therapie gemacht. Ich habe mich mit den Schuldgefühlen und der Scham über meine Taten auseinandergesetzt, und ich arbeite jeden Tag daran, clean zu bleiben. Diesen Mann umzubringen und Truman dafür büßen zu lassen, war der Auslöser für mein Verderben. Er hat die Schuld mit den besten Absichten auf sich genommen und war bereit, unser Geheimnis für immer zu bewahren. Aber das habe ich ihm nicht länger antun können. Weißt du noch, dass ich vorhin gesagt habe, Truman hätte nur vor einer einzigen Sache Angst?«

Sie nickte.

»Er hatte Angst, dass er die Kinder verlieren würde. Kennedy und Lincoln hatten keine Geburtsurkunden. Als er sie von einem Kinderarzt, einem Freund von Bones, untersuchen ließ, wurde ihr Alter nur geschätzt. Wir behaupten, dass sie drei und fünf Jahre alt sind, weil sie ein Geburtsdatum brauchten, und Tru hat das Datum genommen, an dem er sie gefunden hat. Aber wahrscheinlich sind sie eher zweieinhalb und viereinhalb Jahre alt. Ich hatte damals kein Zeitgefühl, daher weiß ich nicht mehr, wann sie geboren wurden.«

Sie rutschte auf der Couch hin und her, und er wusste, wie schwer es ihr fiel, dies alles hören zu müssen. Er ließ ihr einen Moment Zeit, bevor er sagte: »Als ich in der Entzugsklinik war, hat Tru mich gebeten, die Vormundschaft zu beantragen, weil er dachte, dass er mit seinem Vorstrafenregister keine Chance hätte. Und das für ein Verbrechen, das er nicht begangen hatte. Zu diesem Zeitpunkt war ich seit einigen Wochen clean und habe alles klarer gesehen – die Familie, die ich hatte, die Freunde, die ich haben wollte, das Leben, das ich mir erhoffte – alles war zum Greifen nah. Aber ich wusste, wenn Truman den Rest seines Lebens vom Schatten meines Verbrechens verfolgt wird, dann hätte ich nicht mehr in den Spiegel schauen können, und das hätte mich wieder in jenes Leben zurückgeworfen, dem ich endlich entkommen war. Einen Monat nach Entzugsantritt habe ich mich selbst entlassen. Ich bin als Erstes zu Gemma gegangen und habe ihr alles erzählt, denn sie hat meinen Bruder für einen Mörder gehalten, und er hatte es nicht verdient, dass diese Lüge wie eine dunkle Wolke über ihrer Beziehung hängt. Danach bin ich zur Polizei gegangen und habe alles gestanden.«

Er blieb stehen und erinnerte sich daran, wie nervös er damals gewesen war. »Ich war sicher, dass ich ins Gefängnis kommen würde, und das wäre okay gewesen, solange die Kinder in Sicherheit waren und Tru eine weiße Weste hatte. Doch mit der Hilfe von Gemmas Stiefvater, einem Anwalt, hat das Gericht Trumans Urteil aufgehoben. So hat er dann auch die Vormundschaft für die Kinder erhalten. Er und Gemma ziehen sie wie ihre eigenen Kinder auf, die nun die Liebe und Geborgenheit bekommen, die wir selbst nie erfahren haben. Man hätte uns beide vor Gericht stellen können, aber der Staatsanwalt hat von seinem Ermessensspielraum Gebrauch gemacht und auf eine Anklage verzichtet. Unser Anwalt sagt, dass mein Alter zum Zeitpunkt des Verbrechens und Trumans abgesessene Gefängnisstrafe bei dieser Entscheidung eine große Rolle gespielt haben.«

»Du hast es riskiert, ins Gefängnis zu müssen, um seinen Namen reinzuwaschen.«

Er nickte. »Ja, aber es ist mir genauso sehr darum gegangen, Verantwortung zu übernehmen und mein Gewissen zu beruhigen, was für meine Genesung wichtig war. Ich führe jetzt in jeder Hinsicht ein sauberes Leben, Roni. Ein Leben ohne Lüge. Ich habe mich auch auf Krankheiten testen lassen und bin, was das angeht, glücklicherweise ebenfalls clean. Ich hatte den letzten Sex kurz nach dem Entzug, und bei diesen wenigen Malen habe ich natürlich ein Kondom verwendet. Aber da ging es einfach nur um Sex und ich habe mich danach leer und schlecht gefühlt. Wahrscheinlich hört sich das nicht sehr männlich an, aber in der Therapie habe ich gelernt, mich von Dingen fernzuhalten, die mir ein schlechtes Gefühl geben. Darum ist es mir auch egal, ob manche mich für ein Weichei halten, weil ich die ganze Zeit enthaltsam war. Für mich zählt nur, dass ich denjenigen, den ich im Spiegel sehe, mag. Nachdem ich gestanden hatte, bin ich in die Klinik zurück und habe das Neunzig-Tage-Programm abgeschlossen.«

Roni schwieg so lange und rang die Hände, dass Quincy glaubte, sie würde nun ihren Mut zusammennehmen und ihm sagen, dass es zu viel für sie sei.

»Du bist dir also ziemlich sicher, dass du clean bleiben wirst?«, fragte sie mit zittriger Stimme.

»Es ist meine feste Absicht, und ich hoffe sehr, dass ich es schaffe. Aber egal, wie entschlossen ich bin, und egal, wie sehr ich daran glaube, nie wieder in diese Hölle zurückzukehren, so kann ich trotzdem keine hieb- und stichfesten Versprechungen machen. Das wäre dir gegenüber nicht fair. Aber ich kann dir versichern, dass es keinen einzigen Grund gibt, zu diesem Leben zurückzukehren, während mehr als genug Gründe dafürsprechen, clean zu bleiben.«

Roni blickte zu Boden, aber Quincy sah noch, dass ihre Unterlippe zitterte. Er erhob sich von der Couch, kniete sich vor sie und nahm ihre Hände. Tränen liefen ihr über die Wangen, was sein Herz erneut schwer werden ließ. Er führte ihre Hände zu seiner Stirn und versuchte, seine Qualen zu verdrängen, um die richtigen Worte zu finden. Sie legte ihre Wange an seinen Kopf, klammerte sich an seine Hände und als sie vom Schluchzen erschüttert wurde, zog er sie in die Arme.

»Es tut mir leid, Baby. Es tut mir so verdammt leid.« Er hielt sie fest, während sie weinte, und ihm kamen jetzt auch wieder die Tränen. Sie verharrten in dieser Position, bis Roni keine Tränen mehr übrig hatte, und dann hielt er sie noch eine Weile länger in den Armen. Als sie sich beruhigt hatte, lehnte er sich weit genug zurück, um in ihre schönen rotgeränderten Augen zu sehen. So gerne hätte er ihr Versprechen gegeben, die er ihr nicht geben konnte. Stattdessen tat er, was er tun musste. »Ich werde jetzt gehen, dann kannst du in Ruhe darüber nachdenken, was du willst.«

»Es tut mir leid, dass es mich so mitnimmt«, murmelte sie mit gebrochener Stimme.

»Es muss dir nicht leidtun. Ich weiß, wie furchtbar es ist.«

»Die ganze Sache bricht mir das Herz. Dass du das alles durchgemacht hast und die Kinder ...« Sie schlug die Hände vors Gesicht und schüttelte den Kopf.

»Es tut mir leid, aber ich musste ehrlich zu dir sein«, flüsterte er und zwang sich aufzustehen, obwohl es ihm vorkam, als würde ein schwerer Betonklotz ihn niederdrücken. Der Gang zur Tür fühlte sich an, als müsste er vor ein Erschießungskommando treten, dabei konnte es eigentlich nicht mehr schlimmer kommen.

Acht

Am Montagmorgen war Roni nach einer weiteren schlaflosen Nacht schon zwei Stunden vor der Öffnungszeit im Studio. »Broken« von Seether und Amy Lee tönte durch den Raum, während Roni versuchte, den Orkan der Angst zu bändigen, der das ganze Wochenende über in ihr gewütet hatte. Schweißperlen standen ihr auf der Stirn, während sie sich in die Bewegungen stürzte und versuchte, die Bilder von Quincy als Teenager zu verdrängen, der seiner Mutter an die Orte gefolgt war, vor denen sich Roni so gefürchtet hatte. Bilder von dem Mann, für den sie Gefühle entwickelte, wie er unter Drogen stand und im Elend lebte, wie er brutal zusammengeschlagen wurde, als er versucht hatte, die Kinder zu retten, gingen ihr durch den Kopf. Ihre Sicht verschwamm vor Tränen, als das Weinen der Kinder, die ihr bereits ans Herz gewachsen waren, in ihren Ohren widerhallte.

Plötzlich verstummte die Musik. »Ich habe mir schon gedacht, dass ich dich hier finden würde.«

Roni wirbelte herum. Da ihr Gesicht tränenüberströmt war, brauchte sie gar nicht erst zu versuchen, ihre Qual zu verbergen. Angela erstarrte.

»Oh Gott. Was ist passiert?« Sie eilte herbei und umarmte

Roni, die jetzt laut schluchzte. »Am Samstag warst du doch noch im siebten Himmel, als wir miteinander gesprochen haben. Was hat Quincy getan? Bist du deshalb gestern nicht ans Telefon gegangen?«

Roni versuchte, etwas zu sagen, brachte aber nur ein Schluchzen hervor.

»Ich bringe ihn um. Ich schwöre bei Gott …«

Roni wand sich aus der Umarmung ihrer Freundin, schüttelte den Kopf und schnappte nach Luft, um sich zu beruhigen. »Er hat mir nicht wehgetan.«

»Warum weinst du dann? So aufgelöst habe ich dich seit dem Tod deiner Großmutter nicht mehr gesehen. Und warum hast du gestern nicht auf meine Anrufe reagiert?«

Roni nahm sich ein Handtuch vom Tisch und drückte es sich auf die Augen, um ihre Tränen zu trocknen. »Ich konnte nicht darüber reden. Es ging einfach nicht, aber ich kann es auch nicht wegtanzen.«

»Dafür bin ich ja jetzt hier. Du musst nichts wegtanzen. Rede mit mir. Ist irgendwas mit Quincy?«

Da berichtete Roni von all den hässlichen Dingen, die Quincy ihr erzählt hatte. Als sie fertig war, pochte ihr das Herz bis zum Hals und sie war völlig erschöpft. Sie lehnte sich mit dem Rücken gegen die Wand und ließ sich zu Boden sinken. »Ich kann nicht aufhören, ihn mir als Kind vorzustellen und all die furchtbaren Dinge, die um ihn herum passiert sind. Wie er Truman gefolgt ist, weil er sein Ein und Alles war, und wie er diesen Mann umbringen musste, um seine Mutter zu retten.« Immer mehr Tränen liefen ihr über die Wangen.

»Wie schrecklich. Das ist alles so furchtbar.«

Roni wischte sich das Gesicht ab. »Welche Angst er von klein auf gehabt haben muss, bis er clean wurde.«

»Ich kann mir nicht vorstellen, so zu leben.«

»Es ist, als wäre das Universum vom ersten Tag an gegen ihn gewesen. Ich wünschte nur … Ach, ich bin so unendlich traurig, Angie.«

Angela blickte sie sorgenvoll an. »Roni, ich habe gemerkt, dass du dich in Quincy verliebt hast, aber das hier ist eine Art Wendepunkt, oder? Ich meine, Drogen …? Hast du vor, ihn weiterhin zu treffen?«

»Ich weiß es nicht«, antwortete Roni unwirsch. Aber eigentlich wusste sie es doch. Er hatte ihr am vergangenen Abend geschrieben, dass er Kennedys und Lincolns Jacken bestellt hatte. Zwei Sekunden später war eine weitere Nachricht gekommen, in der stand, dass der erste Text nur ein Vorwand gewesen sei, weil er nicht aufhören konnte, an sie zu denken, sie aber auch nicht unter Druck setzen wollte. Es hatte ihr körperlich wehgetan, das zu lesen. Sie litt und fühlte sich wie in einem grausamen Netz gefangen, wenn sie versuchte, den starken Mann, so wie sie ihn kannte, mit dem jahrelangen Drogenmissbrauch zusammenzubringen.

»Doch«, sagte Roni schließlich. »Ich glaube schon. Ich mag ihn sehr, Angie. Eigentlich ist es weit mehr als das. Auch wenn wir noch nicht lange zusammen sind, fühlt es sich nach den vielen Monaten, in denen wir uns Nachrichten geschickt haben, irgendwie an, als wären wir schon sehr viel länger ein Paar. Ich will ihn nicht verlassen, aber ich habe auch Angst. Was, wenn er irgendwann wieder rückfällig wird?«

»Okay, das ist schon mal ein Anfang.« Angela stand auf und lief ein wenig herum. »Du hast dir den Hintern aufgerissen, um aus diesem Milieu rauszukommen, Roni. Willst du wirklich das Risiko eingehen, dass in deinem Schlafzimmer irgendwelche Drogen auftauchen?«

Roni blickte auf. »Solltest du nicht eher auf meiner Seite sein?«

»Ich bin doch auf deiner Seite, sogar mehr als du selbst, wie es scheint.« Angela ging neben ihr auf die Knie und sagte mit ruhigerer Stimme: »Du hast mir gerade erzählt, dass Quincy einen Mann getötet hat und dass er dir nicht versprechen kann, nie wieder Drogen zu nehmen. Woher willst du wissen, dass er nicht doch einknickt?«

»Er war dreizehn, als das passiert ist. Seine Mutter ist vergewaltigt worden und er hat versucht, ihr zu helfen. Er hat sie gerettet, Angie. Hätte er besser die Polizei rufen sollen? Ja, möglicherweise, aber so, wie er es beschrieben hat, wäre sie tot gewesen, ehe jemand gekommen wäre. Er ist kein Serienmörder und er hat auch nicht zum Spaß jemanden getötet. Seine Tat hat ihn traumatisiert und er musste deswegen auch nicht ins Gefängnis.«

»Okay, gut, es war eine Heldentat. Aber willst du wirklich dein Leben lang Angst davor haben müssen, dass er wieder rückfällig werden könnte?«

»Natürlich nicht«, gab sie leise zurück.

»Dann sollte deine Entscheidung einfach sein.«

»In welcher Welt ist das einfach? Weißt du noch, wie du zum ersten Mal mit Joey ausgegangen bist? Und was du nach diesem ersten Date zu mir gesagt hast? Du hast gesagt, dass du dir nie vorstellen konntest, dich jemals mit einem anderen Menschen so verbunden zu fühlen. Dabei habt ihr euch nicht wie Quincy und ich monatelang vorher Nachrichten geschrieben. Du hattest mit Joey bis eine Woche vor dem Date noch kein Wort gewechselt.«

»Natürlich erinnere ich mich. Aber er hat mir nicht den Boden unter den Füßen weggezogen und mir erzählt, dass er jemanden umgebracht hat und jahrelang ein Junkie war und mit zwei Kindern in Bruchbuden lebte.«

Roni lehnte den Kopf zurück und schloss die Augen. »Du hättest ihn am Freitagabend mit all seinen Freunden und ihren Kindern sehen sollen.« Sie sah Angela in die Augen. »Und mit mir, Angie. Er behandelt mich so zuvorkommend. Während der Rallye und anschließend in der Bar hat es sich angefühlt, als wären wir schon seit Monaten zusammen. Mit ihm ist alles so leicht und ich war so glücklich an dem Abend. Alle Biker, die so furchteinflößend wirkten, als wir sie auf der Auktion gesehen haben, waren da und sie sind alles andere als unheimlich, wenn man sie näher kennenlernt. Sie sind wie eine große Familie. Es war so schön, die Leute kennenzulernen, die ihn mögen, und glaub mir, sie lieben ihn sehr.« Und sie hatten Roni auch gemocht. Josie hatte ihr am Sonntagmorgen eine Textnachricht mit allen Infos zu ihrer Junggesellinnenparty geschickt. Obwohl Roni sich gefreut hatte, von ihr zu hören, war sie gleichzeitig noch trauriger geworden, weshalb sie noch nicht einmal darauf geantwortet hatte. »Sie halten große Stücke auf ihn, und das will etwas heißen, denn manche kennen ihn, seit Tru damals Bear kennengelernt hat. Da war Quincy gerade mal neun. Diese Biker setzen sich dafür ein, dass unsere Straßen sicher bleiben. Wenn Quincy eine Bedrohung wäre, würde er sich nicht in ihrer Nähe aufhalten. Und seine Freunde wussten auch, wie sehr er seit Monaten in mich vernarrt ist. Er hat sogar Red Whiskey, die für ihn wie eine Mutter ist, davon erzählt, dass er mich nach Grannys Tod sehen wollte. Es war fast so, als wären wir da schon zusammen gewesen. Aber er hat so lange gewartet, bis er genau zwei Jahre clean war, bevor er mich bitten wollte, mit ihm auszugehen. Sagt das nicht auch viel über ihn aus?«

»Na ja, schon«, räumte Angela ein. »Aber woher weißt du,

dass diese Leute nicht alle Ex-Junkies sind?«

»Ich weiß es nicht. Und wenn es so wäre?«, fragte Roni leise. »Spielt es denn noch eine Rolle, wenn sie jetzt clean sind? Ich habe die netteste Frauenclique kennengelernt, und sie haben mich sogar zu einem Junggesellinnenabschied und einer Brautparty eingeladen, die sie zu einer Feier zusammenlegen, bei der sie Lebkuchen backen wollen. Klingt das nach schlechten Menschen? Quincy trinkt keinen Tropfen Alkohol, und er hat mir die ganze Wahrheit gesagt, obwohl ihm klar war, dass es vielleicht das, was zwischen uns ist, kaputtmachen könnte. Er hätte auch noch Monate damit warten oder es für immer für sich behalten können.«

»Das stimmt, und du weißt, dass ich sehr für Quincy war, bevor du mir das alles erzählt hast. Ich fand es gut, dass er die letzten Monate für dich da war und dich nicht gedrängt hat, mit ihm ins Bett zu hüpfen. Aber ich bin deine beste Freundin und muss auf dich aufpassen und dir Dinge sagen, die du nicht hören willst.« Sie setzte sich neben Roni. »Es gibt viele Männer da draußen. Vielleicht könntest du jemanden finden, der nicht so viel Ballast mit sich herumschleppt und der dich genauso gut behandelt wie Quincy. Einen, bei dem du keine Angst davor haben musst, dass er wieder in Drogengeschäfte verwickelt wird. Einen, der fleißig ist und immer für dich da sein wird. Du hast nur das Beste verdient, Roni, jemanden, auf den du dich verlassen kannst.«

»Ich weiß«, murmelte Roni. »Aber im Gegensatz zu dir denke ich, dass das bei Quincy durchaus der Fall ist. Ich empfinde so viel für ihn, und ich glaube von ganzem Herzen, dass er ein guter Mensch ist. Ich spüre es tief in mir. Deine Argumente sind durchaus stichhaltig, und ich will gar nicht versuchen, mir irgendwas schönzureden. Ich bin nur ehrlich zu dir. Obwohl ich das jetzt von ihm weiß, habe ich diese Gefühle für ihn. Andererseits habe ich auch Angst davor, was das bedeuten könnte. Ich bin einfach nur verwirrt und weiß nicht, was ich tun soll.«

»Ich bin froh, dass du dir seine Drogensucht nicht schönredest. Soweit ich weiß – und das hat er dir anscheinend auch erzählt –, bleibt sie für immer bestehen.«

»Er hat mir das sehr deutlich klargemacht, wie auch die Tatsache, dass er keine Versprechen geben kann. Und selbst wenn er mir etwas versprechen würde, so wissen wir beide, dass es im Leben keine Garantien gibt. Denk nur an das, was mir passiert ist. Von einem Moment auf den nächsten hat sich mein Leben verändert.«

Angela nahm ihre Hand. »Es klingt, als wäre es bei ihm ebenso.«

»Hört sich das für dich wirklich so an?« Roni seufzte. »Wahrscheinlich hast du recht. Du bist hier in Peaceful Harbor aufgewachsen, mit einem großen Garten und vielen Freunden um dich herum, mit Eltern, die einen geregelten Job haben und dich innig lieben. Du musstest nie vor lauter Angst von der Bushaltestelle heimrennen oder hast Schüsse gehört und gefürchtet, dass irgendwer in dein Haus eindringt. Für mich klingt es, als wäre Quincys Leben wie eine tickende Zeitbombe gewesen. Als er mir von seiner Kindheit erzählte, brach mir das Herz. Ich weiß nicht, wie er und Truman es geschafft haben, sich über Jahre hinweg den Ärger vom Leib zu halten. Ich hatte wenigstens meine Großmutter, die mir gesagt hat, von wem ich mich fernhalten soll, aber die beiden hatten keine Erwachsenen, die ihnen Halt gegeben hätten.«

»Truman hat sich offensichtlich darauf konzentriert, seinen kleinen Bruder am Leben zu halten. Immerhin hatten sie einander, als sie aufwuchsen.«

»Bis das irgendwann nicht mehr so war«, sagte Roni traurig.

Angela legte den Arm um Roni. »Ich unterstütze dich, egal wie du dich entscheidest. Versprich mir nur, dass du dabei an dich denkst.«

»Das Komische ist, dass ich das nie gemacht habe, bevor ich ihn in mein Leben ließ.«

Den ganzen Nachmittag lang widerstand Roni dem Wunsch, Quincy eine Nachricht zu schreiben. Sie fürchtete sich davor, das zu tun, bevor sie verstanden hatte, was eine überwundene Drogensucht wirklich bedeutete. Sie hatte das Mittagessen ausgelassen und war in der Pause nach oben gegangen, um dort alles zu googeln, was sie über das Thema Drogensucht, Abstinenz und Rückfälligkeitsrate wissen musste. Allein über den Genesungsprozess zu lesen, beunruhigte sie. Sie tröstete sich damit, dass Quincy es tatsächlich geschafft hatte. Aber trotzdem nagten Angelas Bedenken an ihr wie Ratten an einem Kadaver.

Elisa spähte in Ronis Unterrichtsraum. Wie immer sah sie sehr elegant aus in ihrem dunkelblauen Marinemantel, der bis zum Anschlag zugeknöpft war. Ihr silbernes Haar war zu einem strengen Dutt hochgesteckt, ihr perfektes Make-up betonte die hohen Wangenknochen und ließ ihre dünnen Lippen etwas voller wirken. Dazu verlieh ihr der königsblaue Schal einen Hauch von Jugendlichkeit. »Willst du mir noch irgendwas sagen, bevor ich mich für heute verabschiede?«

Ronis Magen zog sich zusammen. Sie wusste, dass sie sehr schweigsam gewesen war, aber sie hatte geglaubt, ihren Kummer gut zu überspielen.

Bevor ihr eine Antwort einfiel, fügte Elisa hinzu: »Wie zum Beispiel, dass du deine Meinung geändert hast, was die Winteraufführung angeht?«

Erleichterung machte sich in Roni breit. »Das habe ich nicht, Elisa. Tut mir leid, aber ich kann das nicht.«

Elisa betrat den Raum. Selbst mit ihren neunundsechzig Jahren tanzte sie noch jeden Tag, daher war die große Frau noch immer kräftig und schlank. Während sie den Arm um Roni legte, sagte sie im mütterlichen Ton: »Wann hörst du endlich auf, dich mit deinem früheren Ich zu vergleichen, und siehst die Schönheit dessen, wozu du jetzt fähig bist?«

Seit Ronis Unfall führten sie alle paar Monate so ein Gespräch, aber jetzt war es das erste Mal, dass Roni Elisas Worte wirklich hörte. Dabei dachte sie allerdings nicht ans Tanzen, sondern nur an Quincy, und erkannte die Schönheit in dem, was aus ihm geworden war.

Elisa blickte sie erwartungsvoll an, aber Roni wollte in den zwanzig Minuten vor ihrer nächsten Unterrichtsstunde – es war der Kurs, an dem auch Kennedy teilnahm – keine große Diskussion anfangen. Roni versuchte immer noch zu begreifen, was Quincy ihr erzählt hatte, einschließlich der Tatsache, dass Kennedy und Lincoln seine Geschwister waren. Sie hatte versucht, nicht daran zu denken, ob er heute vielleicht Kennedy abholen würde. Deshalb erwiderte Roni ausweichend: »Ich sehe das Schöne an dem, was ich jetzt tue. Ich liebe das Unterrichten.«

Elisa warf ihr einen ihrer berühmten Blicke zu, wie immer, wenn Roni ihr auswich. »Du weißt genau, was ich meine, Schätzchen.«

»Ja, aber ich bin noch nicht so weit, Elisa. Trotzdem danke, dass du mir Mut zusprichst.«

»Du bist heute so still gewesen. Geht es dir nicht gut? Macht dir deine Hüfte zu schaffen?«

»Nein, alles gut, ich bin nur müde. Ich hatte ein anstrengendes Wochenende.«

Elisa lächelte und musterte sie neugierig. »Ich habe mitbekommen, dass ihr die Rallye gewonnen habt.«

»Woher weißt du das?«

»Die Gewinner stehen auf der Website der *Peaceful Harbor Gazette*. Werde ich diesen gewissen Quincy Gritt, mit dem du ein Team gebildet hast, irgendwann mal kennenlernen?«

Ronis Kehle schnürte sich zu. »Ähm, ja, vielleicht.«

»Hallo?«, rief Gemma von der Tür aus. »Entschuldigung. Angela an der Rezeption meinte, ich dürfe schon reingehen, um mit Roni zu reden. Aber ich will nicht stören. Ich kann auch in der Lobby warten.«

»Ich wollte mich sowieso gerade auf den Weg machen«, sagte Elisa, die hinausging, während Gemma den Raum betrat.

»Hallo«, grüßte Roni und fragte sich, warum Gemma so früh gekommen war und wo Kennedy steckte. Sie hoffte, dass Gemma und Truman Kennedy nicht aus dem Unterricht nehmen würden, weil sie jetzt mit Quincy zusammen war. »Wo ist Kennedy?«

»Sie spielt mit Emmie in der Lobby. Lira passt auf sie auf.« Emmie war eine andere Tanzschülerin aus Ronis Kurs und die Tochter von Lira. »Wie geht's dir?«

Roni atmete erleichtert auf und antwortete gespielt fröhlich: »Mir geht's gut. Und dir?«

Gemmas grüne Augen wurden ernst und blickten Roni voller Mitgefühl an. »Gut, aber bist du sicher, dass es dir wirklich gut geht? Ich will ja nicht neugierig sein, aber Quincy ist am Samstagabend völlig aufgelöst zu uns gekommen. Er und Tru haben die halbe Nacht lang geredet. Am Sonntag war Quincy den ganzen Tag bei den Kindern, was mir verrät, dass er leidet. Die Kinder sind für ihn immer eine kleine Aufbaukur.«

Roni ließ die Schultern hängen. Es tat ihr sehr leid, dass er genauso litt wie sie. »Offen gesagt geht es mir nicht gut, Gemma. Ich bin traurig und verwirrt und ...«

»Kann ich verstehen. Quincy weiß nicht, dass ich mit dir rede, aber ich wollte es tun, weil ... Na ja, weil wir uns alle sehr gefreut haben, dich am Freitagabend kennenzulernen. Außerdem habe ich sozusagen dasselbe durchgestanden, was du gerade durchmachst. Als Truman und ich uns kennengelernt haben, hat er mir erzählt, er hätte den Mann umgebracht, der ihre Mutter angegriffen hat. Die ganze Wahrheit habe ich erst viel später erfahren. Ich weiß nicht, wie Quincy mit diesen Schuldgefühlen, die er mit sich herumgetragen hat, überhaupt leben konnte. Geschweige denn, wie er den Mut gefunden hat, mir und der Polizei alles zu gestehen. Damals hat er mich ja noch nicht einmal richtig gekannt. Aber er hat mir alles erzählt und Truman war danach sehr wütend auf ihn.«

»Weil er Quincy beschützen wollte?«

»Das will er immer. Genauso sehr wie Quincy, der ja kein verängstigtes Kind mehr war, Truman, mich und die Kinder beschützen wollte.«

Roni kämpfte gegen die aufsteigenden Tränen an. »Ist es falsch, dass ich ihre Mutter hasse?«

»Nein. Damit bist du in guter Gesellschaft.« Gemmas Ton wurde sanft. »Ich bin nicht gekommen, um dich zu überreden, dass du Quincy eine Chance gibst. Es ist dein Leben, Roni, und es ist eine wichtige Entscheidung, mit jemandem zusammen zu sein, der so eine Vergangenheit hat wie Quincy. Aber ich dachte, vielleicht hilft es dir, mit jemandem zu reden, der manches davon selbst schon durchgemacht hat. Ich wusste nicht, was ich von Truman halten sollte, als ich ihn kennengelernt habe, geschweige denn von Quincy. Ich komme aus einer wohlhabenden Familie, die sich nicht mit Leuten abgibt, die nicht ihrem Status entsprechen. Aber ich bin noch nie so sehr geliebt worden wie von Truman, und ich bin noch nie von einem Familienmitglied so sehr geliebt worden wie von Quincy. Ich war dabei, als er seinen Tiefpunkt erreichte. Wir haben ihn bewusstlos auf der Wiese gefunden, und um ehrlich zu sein, hatte ich große Angst um ihn. Ich war mir nicht sicher, ob ich mit jemandem zusammen sein könnte, dessen Bruder drogenabhängig ist. Das ist eine Welt, die ich nicht kannte. Aber ich danke Gott jeden Tag dafür, dass meine Liebe zu Tru und den Kindern stärker war als meine Angst davor, wie es gewesen wäre, Quincy als Drogenabhängigen in unserem Leben zu haben. Aber dann hat Quincy den Entzug gemacht und das war nicht leicht. Es gab eine Menge aufgestauter Wut und Schuldgefühle zwischen den beiden, aber Quincy hat durchgehalten. Er war fest entschlossen, clean zu werden. Er hat uns alle mit dem Geständnis überrascht und ein zweites Mal, als er wieder in die Entzugsklinik zurück ist, um das Neunzig-Tage-Programm durchzuziehen. Er hat bewiesen, dass sein Durchhaltevermögen und seine Willenskraft, das alte Leben hinter sich zu lassen, stärker sind als die Sucht. Er ist ein guter Mensch, der sich selbst Schreckliches angetan und andere mit seinem Verhalten verletzt hat, aber jetzt ist er völlig verändert.«

Erneut kamen Roni die Tränen. »Er hat gesagt, er könne mir nicht versprechen, dass er nie wieder Drogen nehmen wird.«

»Das stimmt auch, denn niemand mit einer überwundenen

Drogensucht kann so ein Versprechen abgeben. Ich weiß, es tut weh, das zu hören, aber ich kann dir auch sagen, dass Quincy, seit ich ihn kenne, noch nie einen Schritt zurück gemacht hat. Er trinkt keinen Alkohol, er ist grundehrlich, und falls es eine Rolle spielt, er hat vor dir nie eine Frau mitgebracht.«

Roni hatte auch über seine Ehrlichkeit nachgedacht. Und dass er keine Frauen abgeschleppt hatte, bestätigte ihr, was sie eigentlich sowieso schon wusste. Ihre Verbindung war stärker als alles, was sie je erlebt hatte. Und diese Verbindung machte sie zusammen stärker, als es jeder Einzelne von ihnen war. »Danke, dass du mir das erzählst, Gemma. Ich vermisse ihn, obwohl es erst anderthalb Tage her ist.« Es tat gut, es laut auszusprechen. Sie vermisste seine Nachrichten, seine Stimme, seine gefühlvollen Augen. Sie vermisste seine Freundschaft, seine Küsse, sein Lächeln, das Schmetterlinge in ihrem Bauch hervorrief. Aber noch bevor die Sehnsucht sie überwältigte, stürzten sich erneut die Ratten auf sie.

Neun

Quincy schob seinen Laptop von sich weg. Er saß an einem Aufsatz für seinen Wirtschaftsethikkurs, aber nachdem er viermal dieselbe Zeile getippt und wieder gelöscht hatte, stand er auf. Er konnte sich nicht aufs Lernen konzentrieren, geschweige denn auf irgendetwas anderes. Sein einziger Gedanke war, zum Tanzstudio zu fahren und mit Roni zu reden. Sie hatte am Sonntag nicht auf seine Textnachricht geantwortet. Er machte sich Sorgen und fühlte sich erschöpft und leer. Er hatte mit Truman, Penny und Jed geredet, aber das hatte seine nagende Sehnsucht auch nicht auslöschen können. In den letzten beiden Nächten hatte er kaum geschlafen, und die Tatsache, dass Simone gestern seine Hilfe gebraucht hatte, war auch nicht gerade förderlich gewesen.

Er schaute auf die Uhr, zog sich die Lederjacke über, griff nach dem Schlüssel und ging nach unten. Truman, Jed und Bear drehten sich zu ihm um, als er die Werkstatt betrat. Man sah ihnen an, dass sie sich Sorgen um ihn machten. Er hatte diese Blicke in den Wochen nach seiner Entlassung aus der Entzugsklinik so oft gesehen. Sie fragten sich, ob er wieder einknicken würde. Seit den allerersten Wochen nach dem Entzug hatte er keine solche Härteprüfung mehr durchstehen müssen. Und alle schienen es zu wissen. Es war damals eine gewaltige Leistung gewesen, trotz aller Widrigkeiten wieder Teil der normalen Welt zu werden, und das ohne den Drogenrausch, der ihm das Gefühl von Unbesiegbarkeit verliehen hatte. Aber er hatte es verdammt gut gemeistert. Die Sache mit Roni beutelte ihn sehr, aber eher würde er sich in eine Zwangsjacke stecken lassen, als wieder Drogen zu nehmen. Andererseits konnte er sich nichts vormachen. Er wusste, dass er bei allem, was sein Herz und seinen Verstand zerrüttete, dringend Unterstützung brauchte.

Jed hob den Kopf. »Wie läuft's, Quincy?«

Beschissen. »Geht so.«

»Mann, mach dir keine Sorgen«, rief Bear. »So wie Roni dich am Freitagabend angeschaut hat, ruft sie garantiert bald an.«

Quincy war sich da nicht so sicher.

»Hey, Bruderherz.« Truman kam zu ihm. »Alles okay?«

Truman suchte Quincys Blick, und Quincy musste sich sehr zusammenreißen, damit er seinen Bruder nicht anschnauzte. Er hasste es, dass er sich Truman gegenüber so fühlte. Aber noch mehr hasste er es, dass Truman sich Sorgen um ihn machte.

»Ich bin ja hier, oder nicht?« Quincy knirschte mit den Zähnen. »Entschuldige, Tru. Ich bin aufgewühlt und sauer wegen meiner beschissenen Entscheidungen und weil ich Roni diesen Albtraum aufgezwungen habe. Aber ich habe es unter Kontrolle. Ich fahre gleich zu einem NA-Treffen.«

»Wirklich?« Die Erleichterung war Truman deutlich anzusehen. »Das ist super. Ich bin stolz auf dich. Soll ich dich begleiten?«

»Nein, danke. Ich komme allein klar. Aber ich weiß dein Angebot zu schätzen. Wäre es okay, wenn ich Lincoln nach dem

Treffen bei Red abhole?«

Truman strich sich grinsend über den Bart. »Brauchst du ein bisschen Kuschelzeit?«

»Immer, aber ehrlich gesagt geht es eher um Redezeit mit Red.«

»Kein Problem, Bro.« Truman trat einen Schritt auf ihn zu. »Kann ich irgendwas tun, um dir zu helfen?«

»Genau das, was du ohnehin schon tust: deine Hilfe anbieten und zuhören, wie am Wochenende. Ich will dir keine Sorgen bereiten, aber andererseits ist es gut, wenn du dir welche machst. Und so ungern ich kontrolliert werde, so ist es doch gut zu wissen, dass sich alle um mich sorgen.« Er sah zu Bear und Jed hinüber, die respektvoll wegschauten. Dann sagte er etwas lauter: »Ich werde es durchstehen, Leute. Macht euch keine Sorgen. Ich werde niemandem mehr das Leben versauen. Vor allem nicht mir selbst.«

Die Frage ist, wie kann ich Roni davon überzeugen?

»Meine Tür steht dir immer offen, Kumpel. Wir glauben an dich«, sagte Bear.

»Zu hundertfünfzig Prozent«, stimmte Jed zu.

Truman klopfte Quincy auf die Schulter. »Zu zweihundert Prozent, Bruderherz.«

Quincy verabschiedete sich mit einem Nicken und ging zu seinem Wagen.

Das NA-Meeting war genau das, was Quincy jetzt brauchte, um sich wieder zu besinnen. Jedes Mal, wenn er an einem Treffen teilnahm, wurde er an sein allererstes Mal erinnert, als er es unbedingt schaffen wollte und Angst hatte, nicht stark genug zu sein. Er hatte sich im Raum umgesehen und war von Menschen aus jeglicher Gesellschaftsschicht umgeben gewesen, die ihm bestätigten, was er in der Klinik gelernt hatte. Und genau wie beim ersten Mal ging er auch nach dem heutigen Treffen mit dem Gefühl hinaus, noch stärker zu sein und sich besser unter Kontrolle zu haben als früher.

Gott sei Dank.

Er fuhr zum Haus der Whiskeys, das am Stadtrand lag, und versuchte, die Stimme in seinem Kopf zu ignorieren, die ihm vorschlug, lieber gleich zu Roni zu fahren. Er wollte sie sehen, ihr all die Dinge versprechen, die er ihr nicht versprechen konnte. Er wollte alles tun, was nötig war, um sie wieder für sich zu gewinnen, um sie in seinen Armen zu halten, sie lächeln zu sehen, um ihren Aufruhr und die Enttäuschung wegzuwischen. Als er die lange, von Bäumen gesäumte Auffahrt entlangfuhr und schließlich vor dem bescheidenen zweistöckigen Haus der Whiskeys parkte, versuchte er, nicht darüber nachzudenken, warum er das Bedürfnis hatte, Red zu sehen. Sonst würde er nur wieder an seine wertlose Mutter denken müssen. Er war so dankbar, dass er Red und Biggs in seinem Leben hatte.

Seine Gedanken wanderten zu Roni zurück. Mit wem konnte sie über ihre Gefühle reden, seit ihre Großmutter nicht mehr lebte? Mit Angela? Oder Elisa? Er stellte sich vor, wie sie mit ihnen über seine Vergangenheit sprach, und dabei zog sich sein Magen zusammen. Welcher Mensch, der noch bei klarem Verstand war, würde ihr raten, dass sie ihm eine Chance geben sollte, wo sie doch alles gegeben hatte, um genau diesem Leben zu entkommen, in das er sich freiwillig gestürzt hatte?

Er stieg aus dem Wagen und lief den Weg zur Haustür

hinauf. Tinkerbell, Bullets Rottweiler, kam bellend um die Ecke gelaufen.

»Hey, Tink. Ich habe Bullets Wagen gar nicht gesehen.« Quincy streichelte den Hund, während auch schon Red mit Lincoln an der Hand um die Ecke bog. Red trug ihre Lederjacke und Lincoln einen dicken Wollpulli. Unter der marineblauen Mütze schauten seine rostroten Haare hervor. Beim Anblick der beiden spürte Quincy ein vertrautes Glücksgefühl, das ihn sogleich ruhiger werden ließ.

»Ich habe mich schon gewundert, warum Tink so bellt«, rief Red.

Quincy winkte, und schon löste sich Lincoln aus Reds Griff und watschelte mit ausgestreckten Armen und einem süßen Grinsen auf ihn zu. »Incy!«

Als Tinkerbell ihm hinterherrannte, rief Red: »Tink, langsam!«, und der Hund gehorchte sofort.

»Hallo, Kleiner.« Quincy hob Lincoln hoch, gab ihm einen Kuss auf die Wange und atmete seinen süßen, unschuldigen Duft ein. »Warst du bei Nana Red auch brav?«

Lincoln nickte und plapperte so schnell los, dass Quincy kaum etwas verstand.

»Was hast du gesagt?« Quincy gab Lincoln so viele kleine Küsse auf die Wange, dass der Junge kichernd quietschte. »Vielleicht kann Nana Red für mich übersetzen.«

»Er hat heute mit Papa Biggs auf der Veranda zu Mittag gegessen. Stimmt's, Honigbärchen?« Sie kitzelte Lincoln am Bauch, was ihn erneut zum Kichern brachte.

»Wo ist Biggs heute?«, erkundigte sich Quincy, während Lincoln seine Haare packte und daran zerrte. Quincy nahm Lincolns Hand und küsste seine winzige Faust, was ihm ein herzzerreißendes Lächeln einbrachte. Und schon machte sich

Lincoln wieder an Quincys Haaren zu schaffen.

»Papa Biggs ist drinnen und wickelt Axel«, sagte Red und bedachte Quincy mit einem prüfenden Blick.

»Mit Tink pielen!« Lincoln versuchte, sich zu befreien, und Quincy stellte ihn auf die Beine. Tinkerbell leckte Lincoln übers Gesicht, dann watschelte der Junge zusammen mit dem Hund in den Hinterhof.

»Wie ich sehe, passt du heute auch auf Tink auf«, stellte Quincy fest, während Red ihn umarmte.

»Wenn du denkst, dass Bullet bei Finlay seinen Beschützerinstinkt auslebt, solltest du erst mal Tink sehen. Sie lässt Finlay keine Sekunde aus den Augen. Die Arme hat mal eine Pause gebraucht. Schön, dich zu sehen, mein Lieber.«

»Entschuldige, dass ich nicht vorher angerufen habe.«

»Du musst nie vorher anrufen.« Sie hängte sich bei ihm ein und gemeinsam folgten sie Lincoln und Tinkerbell. »Biggs redet unentwegt von deiner neuen Freundin, seit sie ihn fotografiert hat.«

»Dabei bin ich mir gar nicht mehr so sicher, ob sie noch meine Freundin ist.«

»Ach, Schätzchen, ist das die Ursache für deinen traurigen Blick? Das tut mir leid. Ihr beide habt euch so gut verstanden, und ich dachte, sie wäre genau die Richtige für dich.«

Das hatte er auch gedacht. »Ich hatte noch nie solche Gefühle für eine Frau. Und das schon, bevor wir überhaupt miteinander ausgegangen sind«, gestand Quincy. »Es ist so schnell passiert, ganz ohne Vorwarnung. Dann hatten wir unser erstes Date, und ich schwöre dir, Red, der Boden unter meinen Füßen hat sich bewegt. Total verrückt.«

»Klingt, als hätte deine kleine Lady dein Herz im Sturm erobert.« Sie zeigte zu den Terrassenstühlen. »Setzen wir uns und unterhalten uns in Ruhe. Willst du eine Limo oder ein Mineralwasser?«

»Nein, danke.« Er lehnte sich vor und stützte die Ellbogen auf die Knie, während er Lincoln zusah, der sich ins Gras plumpsen ließ und einen Ball warf. Tinkerbell hob den Ball auf, rannte im Garten herum und brachte ihn zu dem Jungen zurück.

Da kam auch schon Biggs aus dem Haus. Mit der einen Hand stützte er sich auf den Stock, auf dem anderen Arm hielt er den kleinen Axel. »Wie geht's, mein Sohn?«

Mein Sohn. Quincy fragte sich, ob Biggs eigentlich wusste, wie viel ihm diese Anrede bedeutete. »Ist alles gerade ein bisschen kompliziert, Biggs.«

»Dann wird dich der Kleine hier etwas aufheitern. Es gibt nichts Besseres als ein Baby. Die muss man nur füttern, wickeln und knuddeln.« Biggs gab ihm den kleinen Axel, der in einem dicken Pulli steckte und in eine Decke eingewickelt war. Unter seiner niedlichen Mütze, auf der MINI DARK KNIGHT stand, lugten seine dunklen Haarsträhnen hervor. Biggs setzte sich neben Red und gab ihr einen Kuss. »Das Baby steht ihm, findest du nicht auch?«

»Ach, Biggsy, jetzt dräng ihn doch nicht so, Vater zu werden.« Reds Miene wurde sanfter, als sie sah, wie behutsam Quincy den kleinen Axel festhielt. »Aber du hast durchaus recht, alle unsere Jungs sehen mit einem Baby im Arm gut aus.«

Da gähnte Axel und kniff dabei die Äuglein zusammen.

»Ich wusste nie, wie sich Familie anfühlt, abgesehen davon, dass ich Tru hatte«, sagte Quincy und streichelte über Axels Wange. »Ich wusste, dass er mich liebt und dass unsere Mutter es auf ihn abgesehen hatte. Aber unsere Familie war so kaputt. Tru hat mir gezeigt, wie man liebt, aber durch euch beide und den Rest eurer Familie weiß ich, wie man sich in einer Familie liebt. Ihr habt mir gezeigt, was eine Familie ausmacht.« Er schaute zu Lincoln hinüber, der sich mit Tinkerbell im Gras wälzte, dann zu Biggs, der den Arm um Red gelegt hatte, während Reds Hand auf seinem Bein ruhte. Quincys Brust zog sich zusammen. »Eines Tages will ich das auch haben – eine richtige Familie mit eigenen Kindern, denen ich Dinge beibringen und für die ich da sein darf. Ich will ein Mann sein, auf den sich meine Familie verlassen kann, so wie du, Biggs, und wie Tru und die anderen. Ein Mann, den die Leute respektieren und schätzen. Natürlich noch nicht so bald. Es ist noch ein weiter Weg, bis ich dieser Mann sein kann. Aber vielleicht in fünf, sechs Jahren, wenn ich mit dem Studium fertig und seit etlichen Jahren clean bin.«

»Du machst schon alles richtig, Quincy«, versicherte ihm Red. »Willst du uns erzählen, was passiert ist?«

»Ich habe Roni meine Vergangenheit gebeichtet.« Er blickte auf Axel hinab. Sollte er mal das Glück haben, eine eigene Familie zu gründen, würde er eines Tages auch seinen Kindern von seiner Vergangenheit erzählen müssen. »Ich habe nichts beschönigt. Ich habe ihr von dem Mann erzählt, den ich umgebracht habe, von den Kindern, die ein erbärmliches Leben führten, und von allem anderen. Und zum ersten Mal habe ich mir gewünscht, ein Mann zu sein, der gut lügen kann.«

»Unsinn«, gab Biggs unwirsch zurück. »Lügen würden dich zerreißen und wieder auf die Straße schicken, denn so bist du nicht, Junge.«

»Ich weiß. Danke.« Quincy hatte einen Kloß im Hals, als er das hörte. »Ich habe das auch nicht ernst gemeint. Aber Ronis Tränen und die Angst in ihren Augen, als ich ihr alles erzählt habe, werde ich nie vergessen können.«

»Das ist auch besser so. Noch mehr Anreiz, um sauber zu bleiben«, sagte Biggs mit ernstem Blick.

»Stimmt, aber es wäre einfacher, wenn ich das Gefühl hätte, eure Liebe nicht verdient zu haben. Dann könnte ich einfach abhauen. Ich weiß, dass ich zu viele Jahre lang Scheiße gebaut habe, aber ich bin ein guter Mensch. Eure Familie, Tru und Gemma haben mir gezeigt, dass ich es wert bin, geliebt zu werden und Liebe zu schenken.«

»Ich glaube, das hast du schon immer gewusst, Schatz«, meinte Red. »Sonst wärst du nicht clean geworden oder es geblieben.«

Quincy streckte einen Finger aus, den Axel umklammerte. »Es ist schon komisch, dass ich jetzt diesen leeren Platz in mir habe. Als hätte ich einen Teil von mir bei Roni gelassen.«

Biggs musterte ihn eine Weile. »Kämpfst du gegen den Drachen?«

»Nein. Ich habe kein Verlangen nach Drogen. Sie könnten diese Leere auch nicht ausfüllen. Es ist anders als damals, als Tru ins Gefängnis musste. Heute bin ich ein anderer Mensch. Diese Leere ist anders als alles, was ich je gefühlt habe. Aber irgendwie weiß ich, dass nichts sie füllen kann. Es ist wie ein Raum in mir, der für uns – für Roni und mich – reserviert ist. Und ja, ich weiß, wie verrückt das klingt.«

»Es klingt gar nicht verrückt, mein Sohn. Ich habe gesehen, dass ihr euch liebt«, sagte Biggs. »Du weißt es vielleicht noch nicht und sie vielleicht auch nicht, aber diese Liebe ist so echt wie das Baby in deinen Armen.«

»Aber vielleicht habe ich sie verloren«, erwiderte Quincy, und die Worte fühlten sich an, als würde ihm ein Messer ins Fleisch schneiden. »Ich habe versprochen, dass ich ihr Zeit gebe, aber es fühlt sich falsch an, nicht zu ihr zu fahren und ihr zu sagen, wie viel sie mir bedeutet.«

»Dräng sie nicht, Schatz, und gib die Hoffnung nicht auf«, sagte Red. »Herzensangelegenheiten haben keinen Zeitplan, man kann sie nicht erzwingen. Schau dir Bear an. Er hat monatelang darauf gewartet, dass Crystal endlich mit ihm ausgeht. Er war so liebeskrank, dass man es ihm drei Meilen gegen den Wind angemerkt hat. Und Bullet wollte sich mit Vollkaracho auf Finlay stürzen. Aber zum ersten Mal in seinem Leben hat er gelernt, zuzuhören und behutsam vorzugehen. Wie ein Lastwagen, der mit halber Geschwindigkeit fährt, aber das ist es eben, was die Liebe mit einem Menschen macht. Sie zeigt einem, was man für die auserwählte Person sein kann. Vielleicht braucht Roni einen Tag oder eine Woche oder auch ein paar Monate, bis sie weiß, was sie ertragen kann und was sie will. Falls sie sich entscheidet, die Finger von dir zu lassen, dann war sie nicht die Richtige für dich und wir haben uns alle geirrt. Es wird wehtun, mein Junge, und vielleicht schlimmer sein als alles andere, was du je gefühlt hast. Aber auch dann werden wir für dich da sein.«

»Danke. Das weiß ich zu schätzen.«

»Was brauchst du heute, mein Sohn?«, fragte Biggs. »Können wir etwas tun, um dir zu helfen?«

Quincy lehnte sich zurück. »Früher, wenn andere Kinder von ihren Eltern erzählt haben, habe ich sie nie verstanden. Ich kannte diese Geborgenheit nicht, wenn sie von gemeinsamen Fernsehabenden oder dem Familienessen erzählten. Aber dank euch beiden weiß ich jetzt, wie das ist. Wahrscheinlich wollte ich von euch nur hören, dass ich das Richtige tue, indem ich ihr Zeit lasse, meine Vergangenheit zu verdauen und darüber nachzudenken, ob sie mit mir durch dick und dünn gehen will.« Er streifte Axels Stirn mit den Lippen. »Wenn es für euch okay ist, will ich einfach nur ein bisschen hier sitzen bleiben, ob wir uns nun unterhalten oder nicht. Es tut gut zu wissen, dass ich willkommen bin.«

Red wischte sich über die Augen. »Jetzt würde ich am liebsten deine Herzensdame anrufen und ein Plädoyer für dich halten.«

Sie lachten darüber, und endlich löste sich die Enge in Quincys Brust ein wenig, sodass ein kleiner Hoffnungsschimmer einziehen konnte.

Zehn

Die Hoffnung, die Quincy von seinem Besuch bei Biggs und Red mitgenommen hatte, blieb bis zum Dienstag. Als er aber am Mittwoch immer noch nichts von Roni hörte, schwand sie zunehmend. Am Abend war er überzeugt davon, dass Roni mit ihm Schluss machen würde, und wie sehr er sich auch bemühte, diese Entscheidung zu akzeptieren, es ging einfach nicht. Leider konnte er es sich an diesem Abend nicht leisten, unkonzentriert zu sein. In zehn Minuten begann das NA-Treffen, und er musste für die Teilnehmer, die allesamt auf ihn zählten, voll präsent sein. Diese Treffen würden immer ein wichtiger Teil seines Lebens bleiben. Es war wie ein Tauziehen, bei dem die Drogendealer die Schwachen auf ihre Seite ziehen wollten, während Quincy auf der anderen Seite versuchte, den ehemaligen Drogensüchtigen – sich selbst eingeschlossen – genug Kraft zu geben, um einen weiteren Tag, eine weitere Woche, ein weiteres Jahr zu überstehen und mit jeder Stunde stärker zu werden. Warum sollte er erwarten, dass Roni, die stets erfolgreich den Klauen der Drogenwelt entkommen war und ihr Leben mit Musik, Tanz und Glück erfüllte, das verstehen konnte?

»Ich habe neulich eine Freundin von früher getroffen«,

berichtete Simone und riss Quincy aus seinen Gedanken. Sie sah gut aus, weniger nervös und viel selbstbewusster als vergangene Woche. »Ihre Mitbewohnerin zieht nach Weihnachten aus, und sie hat mir angeboten, das Zimmer zu übernehmen.«

»Ist sie eine, mit der du Partys gefeiert hast?«

»Nein, aber ich war, was meine Drogenkarriere betrifft, ehrlich zu ihr und sie war sehr verständnisvoll. Sie trinkt keinen Alkohol und nimmt keine Drogen. Ich glaube, dass ich bis dahin so weit bin, um aus dem Heim auszuziehen und auf eigenen Beinen zu stehen.«

»Das ist gut. Wo ist denn die Wohnung, in Parkvale oder in Peaceful Harbor?«

»In Parkvale.«

Quincy knirschte mit den Zähnen. »Aber, Sims, wenn du das Heim verlässt und in Parkvale bleibst, stehst du nicht mehr unter dem Schutz der Dark Knights. Hast du irgendwas von Puck oder seinen Leuten gehört?«

Sie spielte an der Naht ihrer Jeans herum. »Nein, aber ich weiß, dass er mich beobachtet. Das spüre ich. Und was ist mit dir? Er hat dich in der Nacht, als er vor dem Heim aufgetaucht ist, meinen *hübschen kleinen Sponsor* genannt. Ich würde wetten, dass er dich auch nicht aus den Augen lässt.«

»Ich habe ihn nicht gesehen. Aber ich glaube nicht, dass er über die Brücke ins Einflussgebiet der Dark Knights kommen würde. Ich finde es wirklich gut, dass du ausziehen willst, und bin froh, dass es dir so gut geht. Aber hast du nicht auch in Erwägung gezogen, lieber in unsere Gegend zu ziehen? Du kannst hier sicher auch einen Job finden.«

Auch wenn Quincy ihr gern geholfen hätte, einen Job in Peaceful Harbor zu finden, so musste sie es vorerst selbst versuchen. Als Quincy damals begonnen hatte, die NA-Treffen zu leiten, hatte er Biggs gefragt, ob die Dark Knights ehemaligen Süchtigen bei der Suche nach Jobs und Wohnungen helfen könnten. Nach einer langen Diskussion über die Schwierigkeiten, vor denen Menschen auf dem Weg in die Drogenfreiheit standen, hatte man sich zum Wohl aller darauf geeinigt, erst dann zu helfen, wenn das Entzugsprogramm abgeschlossen war und der Betroffene bereits sechs Monate lang das NA-Programm absolviert hatte.

»Es würde mich doppelt so viel kosten, hier zu leben«, entgegnete Simone, und damit hatte sie recht. Diese Gegend war viel teurer als Parkvale. »Und ich kann nicht ewig im Heim bleiben.«

»Das verstehe ich. Aber wer weiß, vielleicht lohnt es sich, einfach mal rumzufragen.«

»Gut, ich verspreche, dass ich das mache.« Sie streifte sich die Locken aus dem Gesicht, die sogleich wieder zurücksprangen.

»Sehr gut. Und jetzt komm. Ich muss mit dem Meeting anfangen.«

Er bat um Ruhe, dann nahmen alle im Stuhlkreis Platz. Sie begannen mit einer Schweigeminute, und nach den Ankündigungen fragte Quincy, ob jemand etwas sagen wolle.

Jacob, ein gepflegt aussehender Mann Anfang dreißig, meldete sich. »Ich würde gerne was sagen.«

Quincy nickte.

Jacob blieb sitzen, wie sie es immer taten, wenn es sich um eine kleine Gruppe handelte. »Ich bin Jacob …« Er verstummte, weil die Tür geöffnet wurde.

»Entschuldigung.«

Quincy drehte sich um, und da entwich ihm jegliche Luft

aus der Lunge. Es war Roni, die sich nun etwas zögerlich näherte. Er stand auf und sagte zu den anderen: »Entschuldigt mich bitte einen Moment.« Dann ging er schnell zu ihr.

»Hallo.« Sie blickte ihn hinter ihren Brillengläsern gespannt an. »Tut mir leid, dass ich störe.«

»Kein Problem. Ich freue mich sehr, dich zu sehen. Ich würde auch gerne mit dir reden, aber das geht während des Meetings leider nicht.«

»Ich weiß. Ich bin ja auch wegen des Meetings gekommen. Im Internet stand, dass es ein offenes Meeting ist.« Es gab offene und geschlossene NA-Meetings. Bei offenen konnte jeder vorbeischauen, der sich über das Programm informieren wollte, während geschlossene Meetings nur für diejenigen gedacht waren, die selbst ein Drogenproblem hatten.

Quincy wollte seinen Ohren kaum trauen, weil sie sich über dieses Treffen informiert hatte. »Stimmt, es ist ein offenes Meeting, aber ich verstehe nicht ...«

»Wie könnte ich jemals begreifen, was du durchgemacht hast und welchen Herausforderungen du begegnest, wenn ich mich nicht mit dieser Welt auseinandersetze?«

Sie lächelte kurz und eilte zu einem der leeren Stühle, wobei sie sich bei der Gruppe für die Unterbrechung entschuldigte. Quincy blieb baff stehen, bevor auch er an seinen Platz zurückkehrte und versuchte, den Schock zu verdauen und das Glücksgefühl zu verstehen, das sich nun in ihm breitmachte.

»Hi, ich bin Jacob«, sagte Jacob zu Roni. Dann wandte er sich an den Rest der Gruppe und fuhr fort. »Ich bin seit einundvierzig Tagen clean. Ich war süchtig nach Oxys, nachdem ich mir beim Fußballspielen den Rücken verletzt hatte. Es wurde immer schlimmer, und ihr wisst ja, wie das läuft.« Er rang die Hände. »Meine Frau und ich sind zusammen, seit wir fünfzehn sind. Wir haben zwei kleine Töchter und geben beide alles dafür, dass ich clean bleibe ...«

Während Jacob sprach, warf Quincy Roni einen verstohlenen Blick zu. Sie lauschte Jacob aufmerksam. Quincy konnte nicht glauben, dass sie wirklich hier war. Er wusste nicht, was es für sie bedeutete, aber die Tatsache, dass sie zu seiner Unterstützung und aus eigenem Antrieb gekommen war, bedeutete ihm die Welt.

»Ich bin Immobilienmakler und oft unterwegs, um meinen Kunden Häuser zu zeigen«, fuhr Jacob fort. »Ich glaube, wir alle wissen, dass jemand, der clean war und plötzlich wieder mit den Drogen anfängt, als Erstes den Kontakt zu den Menschen abbricht, die ihn unterstützen. Meine Frau erinnert sich noch zu gut daran, wie ich oft tagelang weg war. Aber jetzt kontrolliert sie mich die ganze Zeit. Wenn ich bei einer Besichtigung bin und nicht sofort ans Telefon gehe, fährt sie dorthin. Ich weiß, dass sie das nur macht, weil sie mich liebt und Angst hat, dass ich wieder rückfällig werden könnte, aber es macht mich verrückt. Ich habe sie gebeten, zu einer Selbsthilfegruppe für Angehörige zu gehen, aber das ist ihr zu peinlich. Es ist eine verzwickte Situation.« Er sah Quincy flehentlich an. »Ich weiß, dass man hier keine Vorschläge geben und nichts kommentieren soll, während wir im Stuhlkreis zusammensitzen. Aber ich liebe meine Frau, und ich wäre euch echt dankbar, wenn ihr mir helfen und mir sagen könntet, wie ich mit der Sache umgehen soll.«

»Danke, Jacob.« Quincy musterte die anderen. »Man darf nicht vergessen, dass eine Drogensucht für Familienangehörige und Freunde genauso schwer ist wie für die betroffene Person selbst. Jacobs Frau will ihn unterstützen, was für seinen Heilungsprozess von entscheidender Bedeutung ist. Und es ist klar, dass sie auf die Warnsignale achtet, die sie zuvor vielleicht übersehen hat. Dass Jacob deswegen frustriert ist, ist ebenso verständlich. Es ist ein Teufelskreis, denn Frustration kann dazu führen, dass er einen Ausweg sucht, was wiederum zum erneuten Drogenkonsum führen könnte, obwohl sie doch nur versucht, ihn davon abzuhalten.«

»Ich habe ihr das auch alles gesagt, und deshalb möchte ich auch, dass sie sich einer Selbsthilfegruppe anschließt, damit sie es von jemand anderem hört. Vielleicht würde sie es dann verstehen«, sagte Jacob.

»Ich denke auch, dass dies die beste Lösung wäre«, meinte Quincy. »Aber wir sind diejenigen, die Drogen genommen haben, und wir müssen verstehen, dass sich unsere Angehörigen und Freunde vielleicht unwohl fühlen oder es ihnen peinlich ist, sich einer Selbsthilfegruppe anzuschließen. Vielleicht schämen sie sich, weil sie glauben, unser Drogenkonsum sei ein persönlicher Affront und dass sie nicht genug getan hätten, damit wir clean bleiben, oder dass wir sie nicht genug geliebt haben. Vielleicht haben sie sogar das Gefühl, dass sie uns dazu getrieben, uns zu sehr in die Ecke gedrängt haben. Sie sind verletzt und wütend, weil ihr das Fundament eurer Familie aufs Spiel gesetzt habt für etwas, das sie nicht verstehen. Man muss damit rechnen, dass sich auch eure Lieben wegen eurer Drogensucht schämen. Jacob macht genau das Richtige, indem er sich Hilfe sucht. Der Grund, warum es diese Gruppe hier gibt und warum das Programm funktioniert, ist, dass wir uns gegenseitig bei allen Facetten der Drogensucht helfen können. Wenn euch jemand unterstützen will, aber entweder nicht weiß, wie, oder nicht will, dass irgendwer davon erfährt, gibt es auch dafür eine Lösung, wie zum Beispiel an einem Treffen außerhalb der Heimatstadt teilzunehmen oder sich einer Online-

Selbsthilfegruppe anzuschließen. Ich kann euch nachher Bücher zu dem Thema empfehlen, und natürlich kann auch deine Frau, Jacob – oder egal wer –, vor oder nach einem Treffen zu mir kommen und mit mir sprechen.«

»Danke. Ich werde ihr das alles vorschlagen«, erwiderte Jacob.

Quincy blickte zu Roni hinüber und konnte immer noch nicht glauben, dass sie da war. »Bevor wir weitermachen: Es gibt normalerweise eine kurze Vorstellung, wenn eine neue Person der Gruppe beitritt. Möchtest du kurz etwas über dich sagen?«

Roni setzte sich aufrecht hin. In ihrem cremefarbenen Pullover und der braunen Jacke und mit dem Haar, das ihr in weichen Wellen über die Schultern fiel, sah sie wunderschön aus. Doch sie wirkte nervös. »Hallo, ich bin Roni. Ich habe selbst nie Drogen genommen, aber der Mann, mit dem ich zusammen bin, hat vor zwei Jahren einen Entzug gemacht und ist seitdem clean.«

Heiliger Bimbam.

Sie nestelte an ihrer Handtasche herum, die sie auf dem Schoß festhielt, und ihre Blicke trafen sich. »Ich fange gerade erst an, mich darüber zu informieren und zu lernen, was die Überwindung einer Drogensucht wirklich bedeutet. Ich würde lügen, wenn ich behaupten würde, dass ich keine Angst vor einem möglichen Rückfall hätte.«

Oh Baby, ich weiß, dass du Angst hast, aber ich werde dich nie enttäuschen.

»Doch ich vertraue ihm.« Sie hielt weiter seinem Blick stand. »Und ich will, dass es mit uns klappt.« Jetzt schaute sie die anderen an und blieb einen Moment lang bei Simone hängen. »Deshalb bin ich hergekommen, um mehr zu erfahren, und ich hoffe, das ist in Ordnung.«

»Das ist mehr als in Ordnung. Danke.« Quincys Stimme war dabei so gefühlsbeladen, dass es den anderen sicherlich auffiel.

»Vielleicht kannst du mal mit meiner Frau reden«, scherzte Jacob.

Während die anderen Hallo sagten, versuchte Quincy vergeblich, die Hoffnung zu unterdrücken, die ihn schier zu überwältigen drohte. Als sich ihre Blicke erneut trafen und sein Puls in die Höhe schoss, gab er es auf und freute sich einfach über die Tatsache, dass Roni an ihn glaubte und dass sie da war und sich verdammt viel Mühe gab, ihrer Beziehung eine Chance zu geben.

Roni hatte solche Angst gehabt, den Raum zu betreten. Sie war eine Weile draußen stehen geblieben und hatte all ihren Mut zusammennehmen müssen. Erst als sie sich hingesetzt hatte, war ihr bewusst geworden, dass sie wohl angenommen hatte, die Teilnehmer würden sie an die Leute aus ihrer alten heruntergekommenen Gegend erinnern. Schmutzig und high. Was natürlich Unsinn war, denn schließlich kamen die Menschen hierher, die den Drogen den Rücken zukehrten. Aber die Angst war mächtig und hatte seltsame Auswirkungen auf die Psyche.

Angst konnte allerdings auch wunderbare Dinge bewirken, wie bei Roni, die sich vor dem Gedanken gefürchtet hatte, dass aus ihr und Quincy vielleicht niemals ein Paar werden könnte. Sie war in den letzten Tagen so verloren und verzweifelt gewesen und hatte ihn schrecklich vermisst. Vor ihrem ersten Date hatte sie es schon kaum ausgehalten, wenn sie mehrere

Tage keine Nachricht von ihm bekam. Aber jetzt, nachdem sie ihn besser kennengelernt hatte, nachdem sie ihn geküsst und in seinen Armen gelegen hatte, war jeder Tag ohne diese Verbindung die reinste Folter. Sie hasste es, dass sie Quincy Angst eingejagt hatte, während sie überlegte, was sie tun sollte, doch sie war froh, dass sie sich die Zeit zum Nachdenken genommen hatte. Im selben Moment, in dem sie ihn auf der anderen Seite des Raumes erblickt hatte, lösten sich alle Knoten in ihrem Inneren auf, und endlich hatte sie das Gefühl, wieder frei atmen zu können.

Sie hatte sofort die junge Frau namens Simone wiedererkannt, die sie zusammen mit Angela in der Buchhandlung gesehen hatte. Während sie den Erzählungen der anderen Teilnehmer zuhörte, bewunderte sie deren Ehrlichkeit und die Kraft, diese schrecklichen Szenarien, die sie beschrieben, durchzustehen. Roni wollte sich nicht vorstellen, dass Quincy selbst in einer ähnlichen Situation gesteckt hatte. Aber sie musste die Wahrheit akzeptieren und herausfinden, wie sie ihn unterstützen konnte. Als er die Sitzung beendete und alle aufstanden, sich an den Händen hielten und das Gelassenheitsgebet aufsagten, empfand sie noch mehr Bewunderung für Quincy. Er war während des Treffens so präsent gewesen und hatte jeden Fall mit Besonnenheit und Taktgefühl besprochen. Er war ein Vorbild und spendete genau dort Hoffnung und Kraft, wo sich andere – beschämenderweise hatte sie bis vor Kurzem ebenfalls dazugehört – abwandten und gar in die entgegengesetzte Richtung liefen, statt den Leuten die Hand zu reichen und ihnen über die Kluft zwischen Sucht und Heilung zu helfen.

Sie hatte gedacht, schon längst in ihn verliebt zu sein, aber das, was sie jetzt fühlte, war noch viel intensiver, denn nun hatte sie nicht nur in sein liebevolles Herz, sondern auch in die Weite seiner edelmütigen Seele geblickt.

Die Mitglieder umarmten sich und bedankten sich bei Roni, dass sie gekommen war. Sie stand etwas abseits, während Quincy sich noch mit ein paar Leuten unterhielt, und auf einmal kam Simone zu ihr. Roni war es peinlich, dass Angela sie neulich ausgefragt hatte, und Simone hatte sie anscheinend wiedererkannt.

»Gehe ich recht in der Annahme, dass Quincy dieser besagte Freund ist?«, fragte Simone und lächelte sie freundlich an.

»Ja. War das so offensichtlich?«

»Ich habe es an Quincys Blick gemerkt. Ich finde es toll, dass du gekommen bist, um ihn zu unterstützen und um mehr über die Überwindung einer Drogensucht zu erfahren.«

»Danke. Ich muss noch viel lernen, und ich weiß noch nicht, wie ich ihm am besten helfen kann, aber ich dachte, das hier ist vielleicht ein guter Anfang.«

»Es ist genau das, was er braucht. Er hat das Schwierigste hinter sich und baut sich jetzt ein neues Leben auf, umgeben von guten Menschen. Ihn wissen zu lassen, dass du dich um ihn sorgst und dass du verstehst, was es bedeutet, mit ihm zusammen zu sein, ist ihm eine große Hilfe.«

»Danke, Simone. Übrigens muss ich mich dafür entschuldigen, wie sich meine Freundin neulich dir gegenüber verhalten hat. Angela ist meine beste Freundin und wollte mich nur beschützen.« Angela hatte sich gestern bei Roni für die harten Worte über Quincys Vergangenheit entschuldigt und war nun auf Ronis Seite, obwohl die ganze Sache sie immer noch nervös machte. Sie hatte sogar mit Joey über Quincy geredet, und Joey hatte ihr gesagt, dass jeder Mensch sein Päckchen mit sich herumtrug und dass Roni einfach ihrem Herzen vertrauen solle.

Genau das tat Roni nun.

»Schon okay«, erwiderte Simone. »Mir ist mehr denn je klar geworden, dass das genau die Art von Freunden ist, die man braucht. Freunde, die Dinge tun, um einen zu beschützen, die man vielleicht nicht einmal selbst tun würde. Wenn Quincy nicht gewesen wäre, hätte ich es nicht so weit geschafft.«

Roni schielte zu Quincy hinüber. »Hast du ihn schon gekannt, als er noch Drogen genommen hat?«

»Ja, flüchtig. Es ist ein seltsames Leben, wenn man süchtig ist. Da hat man keine Freunde, sondern Leute, die einem den nächsten Schuss besorgen können. Quincy war der Einzige, der sich nach mir erkundigt und sich für mich eingesetzt hat, wenn mir ein Typ Schwierigkeiten gemacht hat. Als ich ganz unten war, bin ich zu ihm gegangen, und er hat mir geholfen, eine Entzugsklinik zu finden, und anschließend hat er mir eine Unterkunft im Frauenhaus verschafft.«

»Ich bin froh, dass er dir helfen konnte.«

»Ich auch«, sagte Simone. »Du hast gesagt, du hast Angst davor, was das alles bedeutet, und das ist auch gut so. Die Tragweite von Quincys Vergangenheit zu ignorieren, wäre weder für ihn noch für dich gut. Quincy ist ein toller Kerl, und ich weiß, dass er viele Freunde hat, die ihn unterstützen, aber ich bin wirklich froh, dass es jetzt jemand Besonderen in seinem Leben gibt. Er hat es verdient, glücklich zu sein, und das schenkt uns allen Hoffnung. Clean zu bleiben ist ein steiniger Weg, und nach allem, was ich gehört habe, kommt es nicht oft vor, dass man jemanden findet, der bereit ist, einen auf diesem Weg zu begleiten.«

»Vielen Dank. Ich hoffe, du findest das eines Tages auch«, erwiderte Roni, als die anderen den Raum verließen.

Quincy kam zu ihnen herüber. Sein neugieriger und gleichzeitig so dankbarer Blick weckte die Schmetterlinge in Ronis Bauch. »Erzählt dir Simone lauter Lügenmärchen über mich?«

»Ich habe Roni nur gesagt, wie toll ich es finde, dass sie zum Meeting gekommen ist«, erklärte Simone. »Du hast Glück, Gritt. Versau es nicht.«

Er lächelte, aber dann wurde sein Gesichtsausdruck ernst, während er Roni mit seinen blauen Augen fixierte. »Das habe ich nicht vor.«

»Gut.« Simone zog ihren Mantel an. »Ich muss jetzt zum Bus. Hat mich gefreut, dich kennenzulernen, Roni. Vielleicht sieht man sich ja mal wieder.«

»Hat mich auch gefreut.« Als Simone hinausgegangen war und sie beide allein im Raum standen, sagte Roni: »Ich habe sie an dem Tag im Buchladen gesehen, als Angela und ich dich besuchen wollten.«

»Dann wart ihr also die Ladys, die nur gekommen sind, um mich anzuhimmeln.« Er trat näher, woraufhin ihr sofort ganz heiß wurde. »Ich kann nicht glauben, dass du hier bist. Ich dachte, du hättest mich längst aufgegeben.«

»Nein, keine Sekunde lang. Aber ich habe Zeit gebraucht, um meine Gedanken zu sortieren, bevor ich mich Hals über Kopf in die Sache stürze und mein Herz involviert ist.« Sie berührte seine Hand, weil sie die Verbindung zu ihm brauchte. »Du hast gesagt, dass du dich damals so verloren gefühlt hast, als Truman ins Gefängnis kam. Ich verstehe das. Als ich von dem Auto angefahren wurde, habe ich so viel von mir verloren, dass ich nicht mehr wusste, wer ich war oder wo ich hingehörte. Aber wenigstens hatte ich noch Granny. Nach ihrem Tod fühlte ich mich so allein. Und dann warst du für mich da. Mir war es damals noch nicht klar, aber wir haben während all der Monate schon mehr als nur eine Freundschaft aufgebaut. Der Gedanke, dich jeden Moment an die Drogen verlieren zu können, ist beängstigend. Aber kein Teil von mir will weggehen und das verlieren, was aus uns geworden ist. Wenn du also Geduld mit mir hast, während ich alles über den Heilungsprozess lerne und Fragen habe oder eine Bestätigung brauche, dann will ich das, Quincy. Ich will uns. Ich will dich.«

»Oh Gott, Baby.« Er zog sie in seine Arme und hielt sie, als wäre sie alles, was er je gewollt hatte. »Und wie ich geduldig sein werde …«

Roni presste die Lippen auf seine, denn jetzt konnte sie keine Sekunde länger warten. Sie musste gar nicht erst hören, was er tun würde, denn das wusste sie längst. Er hatte ihr schon gezeigt, was für ein Mann er war. Als sie endlich voneinander abließen, löste sich der Rest des Knäuels in ihr auf.

»Babe, ich bin dir so unendlich dankbar.«

»Du brauchst mir nicht zu danken. Sei einfach weiterhin ehrlich. Ich brauche vielleicht Zeit, um alles zu verarbeiten, aber ich will für dich da sein.«

»Ich werde immer ehrlich sein.« Er küsste sie erneut, diesmal sanfter. »Meine Wohnung ist ganz in der Nähe. Wollen wir hinfahren und dort reden?«

»Sehr gerne. Ich will Zeit in deiner Welt verbringen, Quincy, sehen, wo du lebst, und dich besser kennenlernen. Und wenn du mal einen schweren Tag hast oder auch nur eine schwere Stunde, dann weiß ich vielleicht nicht, was ich sagen soll, aber ich hätte gerne, dass du es mir beibringst. Denn all die schlimmen Dinge, die du durchgestanden hast, haben dich zu dem Mann gemacht, der du jetzt bist. Und diesen Mann mag ich wirklich sehr.«

Elf

Quincy ging mit Roni in sein Apartment über der Werkstatt von Whiskey Automotive. Er konnte immer noch kaum glauben, dass Roni zu dem Treffen erschienen war. Sie stürzte sich tatsächlich Hals über Kopf in die Sache.

»Das ist also deine Zufluchtsstätte«, sagte sie leise und schmiegte sich an ihn.

Er hatte befürchtet, dass vielleicht ein peinliches Schweigen zwischen ihnen entstehen würde nach allem, was sie über ihn erfahren und nachdem sie das NA-Treffen miterlebt hatte. Zum Glück war das nicht der Fall.

»So könnte man es nennen.« Er half ihr aus der Jacke, hängte sie zusammen mit Ronis Handtasche an die Garderobe und seine eigene Jacke daneben. »Du kannst dich gerne umsehen.«

Sein Apartment war sehr einfach gehalten. Vom offenen Wohnbereich waren lediglich die Schlafzimmer und das Bad abgetrennt. Die Küche bestand aus einer Arbeitstheke, einem Kühlschrank, einem Ofen und ein paar Schränken links der Tür, die zur Werkstatt führte. Truman hatte Quincy ein paar seiner Möbel hinterlassen, darunter einen Couchtisch aus Holz, einen orangefarbenen Sessel, der jetzt vor der Balkontür stand, und eine gemütliche braune Couch. Jed hatte Quincy geholfen, raumhohe Bücherregale an die Wand zu bauen. Die Regale waren voll, weitere Bücher stapelten sich auf dem Boden.

»Das ist eine nette kleine Küche«, stellte Roni fest, während sie langsam an der Theke und dem kleinen Tisch vorbeiging. Sie blickte sich um. »Wow, ganz schön viele Bücher.«

»Sieht das für dich nach einem kauzigen Sammler aus?«

Sie schenkte ihm ein aufrichtiges Lächeln, was ein wohliges Gefühl in ihm auslöste. Dann strich sie über die Rückenlehne des Sessels. »Nein, es sieht für mich nach einem Kerl aus, der gerne liest und der die meiste Zeit seiner Kindheit in einer Bibliothek verbracht hat. Deinem sicheren Hafen.«

»Damit triffst du den Nagel auf den Kopf. Früher habe ich keine eigenen Bücher besessen und jetzt kann ich ihnen einfach nicht widerstehen. Du hast recht, Bücher sind mein sicherer Hafen. Als ich aus der Klinik kam, hatte ich viel Zeit und habe mein Hirn mit Lesen beschäftigt.«

»Mein Freund, der Bücherwurm«, trällerte sie. »Gefällt mir.«

»Und mir gefällt, dass du ›mein Freund‹ sagst.«

»Gut, mir nämlich auch.« Sie drehte sich um, öffnete die Vorhänge und spähte durch die Balkontür in die Dunkelheit hinaus. »Was ist da hinten?«

»Ein Schrottplatz. Diese Wohnung ist eine Art Übergangs-hafen. Tru hat hier gewohnt, als er aus dem Gefängnis kam. Und sie war das erste Zuhause für die Kinder, bevor er und Gemma das Haus in der Nähe des Kindergartens gemietet haben. Die Whiskeys haben unten in der Autowerkstatt ein Kinderzimmer eingerichtet, damit Tru die Kinder nicht allein lassen musste. Alle haben geholfen, auf sie aufzupassen, damit er weiterhin arbeiten konnte. Jetzt, da die Kinder älter sind, passt Red auf sie auf.«

Roni drehte sich mit einem überraschten Gesichtsausdruck um. »Er hat die Kinder mit zur Arbeit genommen? Das finde ich klasse.«

»Ja. Er wollte nicht von ihnen getrennt sein, weil er nicht wusste, was sie durchgemacht hatten, und er besorgt war, dass irgendetwas eine schlechte Erinnerung bei ihnen auslösen könnte. Er hat sogar Märchen für sie geschrieben, in denen nichts Schlimmes oder Trauriges vorkommt.«

Roni fasste sich ans Herz. »Oh, zum Verlieben.«

»So eine Reaktion würde ich auch gerne bei dir auslösen«, sagte er mehr zu sich selbst als zu ihr.

»Du hast diese Reaktion schon viele Male ausgelöst. Du hast es nur nicht mitbekommen«, erwiderte sie und berührte die Couch, als ob sie alles anfassen musste, was er besaß.

Auch das gefiel ihm.

»Als du Kennedy das erste Mal vom Tanzkurs abgeholt hast und sie dir in die Arme gesprungen ist, bin ich auf der Stelle dahingeschmolzen. Wie jedes Mal, wenn du sie seitdem abgeholt hast.« Sie trat zu ihm. »Als du mir erzählt hast, dass du Kennedy und Lincoln zum Spielen einlädst, fand ich das genauso süß.«

Sie setzten sich und jetzt nahm Roni seine Hand. Bei dieser vertrauten Berührung durchfuhr ihn eine Welle der Erleichterung. Er hatte schließlich nicht gewusst, ob er jemals wieder die Gelegenheit bekommen würde, sie zu berühren.

»Wie schön, dass euch beiden die Kinder so wichtig sind«, sagte sie sanft.

»Tru und die Kinder sind drei der besten Gründe für mich, nie wieder Drogen zu nehmen. Ich habe viel wiedergutzumachen, und ich weiß die Liebe, die sie mir geben, sehr zu schätzen«, gestand er aufrichtig. »Ich will, dass sie das spüren.

Ich werde ihnen nie wieder Unrecht tun.«

»Ich gehe fest davon aus, dass sie es spüren, Quincy. Mir wird ja bei vielen Dingen warm ums Herz, aber das, was ich für dich empfinde, ist stärker als alles andere. Bitte denk nicht, dass ich dir deine Vergangenheit in irgendeiner Weise vorwerfe. Ich habe hier einen Platz für deine Vergangenheit und für uns gefunden.« Sie klopfte sich auf die Brust. »Ich weiß, dass du dich um die Kinder gekümmert hast, so gut es angesichts deiner Sucht ging. Und Tru hat auch getan, was er konnte. Das macht ihn nicht besser als dich oder bewirkt, dass ich weniger von dir halte. In Wahrheit rufst du solche überschwänglichen Reaktionen bei mir mit fast allem hervor, was du sagst und tust. Ich mag, wie sehr du deine Freunde und deine Familie liebst. Es war ein tolles Gefühl, als sie mich am Freitagabend in ihrem engen Kreis aufgenommen haben, vor allem, weil es die Menschen sind, die du liebst.«

Seine Brust schwoll so weit, dass er fast platzte. »Verdammt, Babe. Das ist ... Danke.«

»Du brauchst mir nicht zu danken. Es ist das, was ich fühle. Es tut mir leid, dass ich eine Weile gebraucht habe, um die Dinge klar zu sehen. Aber als du gesagt hast, dass du seit zwei Jahren clean bist, habe ich das gegen die sechseinhalb Jahre Drogensucht gestellt. Im Vergleich dazu sind mir zwei Jahre nicht sehr lang vorgekommen. Doch seit ich darüber im Internet gelesen habe und nachdem ich die Geschichten heute Abend gehört habe, weiß ich, dass zwei Jahre im Leben eines ehemaligen Drogenabhängigen wahrscheinlich wie fünf Jahre für andere Leute sind, die nicht gegen eine Sucht ankämpfen müssen. Es ist etwas anderes, wenn man jeden einzelnen Tag darum kämpft, etwas zu überwinden, das stärker ist als man selbst. Und nach dem, was ich gelesen habe, ist es in den ersten

Monaten nach dem Entzug vielleicht eher so, dass man jede einzelne Stunde kämpft.«

»Du verstehst es wirklich«, sagte er voller Ehrfurcht und Anerkennung.

»Ich gebe mir Mühe, aber ich muss noch viel lernen. Ich habe über ein paar Dinge nachgedacht, die du mir neulich gesagt hast. Es stimmt schon, Truman hat sein Leben im Griff, aber er hatte auch eine ganz andere Kindheit als du. Es klang so, als hätte er eure Großmutter gehabt, die ihm zumindest ein bisschen Geborgenheit geschenkt hat, bevor du geboren wurdest. Aber du hattest überhaupt keinen Erwachsenen, der dich an die Hand genommen hat. Und ja, Truman hat tolle Dinge getan, aber er war immer noch ein Kind, das ein anderes Kind in einem Crack-Haus großgezogen hat.«

Sie nahm ihre Brille ab, legte sie auf den Couchtisch und ergriff seine Hand. »Bitte hör mir jetzt gut zu, denn das, was ich dir sagen will, ist wichtig. Truman ist ein wundervoller Mensch. Aber er hatte neun Jahre Zeit, bevor du auf die Welt gekommen bist. Ich will damit nicht sagen, dass es für ihn leicht war, denn er musste bestimmt auch die Hölle durchmachen. Aber er hat dir nichts voraus, Quincy Gritt, denn du bist in das schlimmste Chaos hineingeboren worden und hast in Rekordzeit aufgeholt. Innerhalb von zwei kurzen Jahren hast du nicht nur dein eigenes Leben geordnet, sondern auch anderen geholfen. Aus diesem Stoff werden große Männer gemacht, Mr. Gritt, und ich fühle mich geehrt, dass du mich auserwählt hast, dich auf deiner Reise zu begleiten.«

Sein Herz brach beinahe, während sich jedes ihrer Worte tief in sein Innerstes bohrte und Wurzeln schlug. Truman, sein Fels in der Brandung, hatte schon immer auf dem Siegerpodest gestanden, und nun stellte diese unglaubliche Frau ihn daneben.

»Du kannst dir gar nicht vorstellen, wie viel mir das bedeutet.«

Ihre langen Wimpern flatterten, als sie auf ihre Hände hinabblickte und sich ihre Wangen rot verfärbten. Dann blickte sie ihn mit ihren schönen Augen an. »Zeig es mir. Ich habe dich vermisst, Quincy.«

»Oh Baby, ich dich auch.« Er legte den Arm um sie und ihre Münder trafen sich in einem sanften Kuss voller ungesagter Versprechen und unnachgiebiger Hoffnung. Er vertiefte den Kuss und ließ all die aufgestauten Gefühle in diese Verbindung hineinfließen, und da küsste Roni ihn noch leidenschaftlicher zurück.

Ihre Zungen trafen aufeinander, begierig, hungrig. Roni packte seine Haare, was sowohl ihm als auch ihr ein Stöhnen entlockte. Sie zog ihn auf sich, und das fühlte sich verdammt gut an. Alles war anders – ihre Küsse, die Art und Weise, wie sich Roni an ihn klammerte. Sogar das Pochen seines Herzens fühlte sich stärker an, als würde es für sie beide schlagen. Ihre Hände waren überall. Sie streichelten, erkundeten und eroberten sich gegenseitig. Roni war so weich und köstlich, und sie war nur für ihn da, während sie sich gegenseitig verschlangen. Die Minuten wurden länger, die Welt um sie herum trat in den Hintergrund, bis es nur noch ihn und Roni gab und die wilde Leidenschaft, die sie verzehrte.

Er wusste nicht, wie lange sie dort lagen, während ihre Körper in perfektem Einklang miteinander tanzten. Roni gab sexy Geräusche von sich, die sein Blut in Wallung brachten, und er wollte, dass es nie zu Ende ging. Er küsste sie langsamer, sinnlicher, seine Zunge glitt über ihre, dann erkundete er sie tiefer, ergriff Besitz von ihr, steigerte ihre Leidenschaft weiter. Sie krümmte sich unter ihm, stöhnte, drückte ihn fester an sich. Sie war sein Himmel, seine Delikatesse, seine erdende Kraft, von der er nicht gewusst hatte, wie dringend er sie brauchte. Er wollte – brauchte – sie heute Nacht bei sich, in seinen Armen, und es war egal, ob sie ihre Kleidung bis zum Morgen anbehielten oder nicht.

Als sich ihre Lippen schließlich trennten, hielt er Roni im Arm, vergrub das Gesicht in ihrer Halsbeuge und flehte atemlos: »Bleib bei mir.«

»Hm?«, murmelte sie mit geschlossenen Augen.

»Bleib heute Nacht bei mir, Baby. Ich will dich einfach nur halten.«

Ihre Augen flatterten auf. »Die ganze Nacht?«, fragte sie, wobei sich ihre Lippen zu einem süßen Lächeln verzogen.

»Die ganze Nacht.« Er sah in ihren Augen, wie sie kurz zögerte, und streifte ihre Lippen mit seinen. »Wir müssen nicht miteinander schlafen. Wir können uns auch nur einen Film anschauen oder tun, was immer du willst. Ich möchte dich nur nah bei mir haben. Ich will dich heute Nacht in meinen Armen halten und neben dir aufwachen.«

Als sie ihre Hüfte berührte, erinnerte er sich daran, dass sie sich wegen ihrer Narben schämte, was ihm wehtat. Ihr Hinken fiel ihm gar nicht mehr auf. Wenn er sie anblickte, sah er nur Roni, seine süße, starke, sexy Frau mit dem mutigsten und größten Herzen, das es geben konnte.

»Ich gebe dir eine Jogginghose und ein T-Shirt zum Schlafen.« Er sah ihr tief in die Augen und wollte, dass sie wirklich hörte, was er ihr sagte. »Und damit du es weißt, wenn du mir endlich deine Narben zeigst, werde ich jede einzelne küssen, und ich verspreche dir, dass ich sie schön finden werde, weil sie ein Teil von dir sind.«

Sie küsste ihn sanft. »Du willst mich nur wieder zum Schmelzen bringen.«

»Ich bin nur ehrlich, Babe. Aber ich möchte dich nicht unter Druck setzen. Wenn du heute Nacht lieber nach Hause willst, ist das auch okay.« Er zog sie fester an sich. »Aber nicht gleich. Ich bin noch nicht fertig damit, dich in meinen Armen zu halten.«

Sie fuhr mit ihrem Finger an seinem Kinn entlang und flüsterte: »Ich möchte lieber hierbleiben.«

Zwölf

Ein Sonnenstrahl fiel durch die Vorhänge in Quincys Schlafzimmer auf seinen breiten Rücken, schlängelte sich über Ronis Hüfte und brach an der Bettkante, als wollte er die Illusion erzeugen, Roni und Quincy wären eins. Genauso fühlte es sich für Roni an. Quincy schlief tief und fest, und seine Brust berührte ihre, sein Bein lag angewinkelt auf ihr. Sein Haar fiel ihm ins Gesicht, der Mund war zu einem zarten Lächeln verzogen. Er hatte sich die ganze Nacht an sie geschmiegt und ihr das Gefühl von Sicherheit gegeben. Sie war ein wenig nervös gewesen, die Nacht bei ihm zu verbringen, hatte sich aber auch nicht von ihm trennen wollen. Er hatte dafür gesorgt, dass sie sich wohl fühlte, und sie war froh, dass sie geblieben war. Seine Jogginghose und das Hemd, das er ihr geliehen hatte, waren viel zu groß, aber es gefiel ihr, seine Sachen zu tragen und in seiner Wohnung zu sein. Es war wunderschön gewesen, zusammen auf der Couch zu liegen, sich zu küssen, zu reden und mehr oder weniger den Film *Jungfrau (40), männlich, sucht ...* anzuschauen. Sie hatten viel gelacht, und es hatte so gutgetan, sich nicht mehr zurückhalten zu müssen. Das NA-Treffen hatte viel für Roni verändert und ihr bestätigt, dass sie die richtige Entscheidung getroffen hatte. Sie merkte, dass es ihm genauso ging.

Seine Berührungen fühlten sich intimer an, und selbst die Art, wie er sie ansah, schien tiefer und offener zu sein.

Als sie schließlich ins Bett gegangen waren, hatte sie sich gefragt, ob er versuchen würde, mit ihr zu schlafen. Sie war sich gar nicht so sicher gewesen, ob sie Nein gesagt hätte. Aber er hatte keine Anstalten gemacht. Einerseits war es für sie wichtig gewesen, zu wissen, dass sie ihm vertrauen konnte, andererseits hatte ihr Körper vor Verlangen vibriert, als er nur mit einer tiefsitzenden Jogginghose ins Schlafzimmer gekommen war und seinen heißen Oberkörper mit den sexy Tattoos zur Schau gestellt hatte. Sie hatte ihn nach den Tätowierungen gefragt. Was hatten die Sonnenblumen auf seiner Brust zu bedeuten? Und die Rosen auf den Schultern und Händen? Sie wollte auch wissen, welche Symbolik hinter jeder einzelnen Tätowierung auf seinen Armen steckte. Er hatte geantwortet, dass die meisten davon nach Trumans Zeichnungen entstanden waren, die Quincy als Kind von ihm geschenkt bekommen hatte. Danach hatte sich Quincy so liebevoll an sie geschmiegt, dass alle weiteren Gedanken zum Fenster hinausgeflogen waren.

Seine Körperwärme hatte sich die ganze Nacht über durch ihre Kleidung gebrannt und sie hatte seine Erregung auf verführerische Art und Weise zu spüren bekommen. Jetzt wollte sie keinen Stoff mehr zwischen ihm und sich haben. Sie wollte seine Haut auf ihrer spüren, die Emotionen fühlen, die er zeigte, wenn er sie ansah. Sie wollte ihrer Lust freien Lauf lassen.

»Guten Morgen, meine Hübsche«, sagte Quincy verschlafen und kuschelte sich enger an sie.

Seine raue Hand glitt unter ihr T-Shirt, fuhr ihren Bauch entlang und verharrte über ihrem Herzen, was ein Feuerwerk in ihr auslöste. Sie wollte ihn, und sie wollte sich nicht mehr wegen ihrer Narben schämen, auch wenn das nicht so einfach abzulegen war. Quincy hatte sie neulich nicht bemerkt, aber da war es dunkel gewesen und es war heiß hergegangen. Bei Tageslicht konnte man sie jedoch nicht verstecken und das machte Roni nervös. Doch er hatte seine Seele vor ihr entblößt, ihr alle hässlichen Seiten seiner Vergangenheit offenbart, und jetzt wollte sie diesen Teil ihrer selbst auch nicht länger vor ihm verbergen.

Er küsste sie auf die Wange, stützte sich auf den Ellbogen und sagte mit Verlangen in den Augen: »Dein Herz schlägt so schnell. Ist alles okay?«

»Ich bin nur ein bisschen nervös.« Sie nahm all ihren Mut zusammen. »Ich will deine Haut auf meiner spüren.« Und bevor sie es sich anders überlegen konnte, zog sie ihr Shirt aus.

Seine Augen wurden feurig, als er ihre Brüste sah. Sie wandte den Blick nicht ab, weil sie seine Reaktion sehen wollte, während er die Reihe hässlicher Narben über ihrer linken Brust betrachtete, die sich bis zu den Rippen hinabzogen. Dankbarkeit, Mitgefühl und heiße Leidenschaft spiegelten sich in seinen Augen wider, während er sie mit seinen Blicken verschlang. Er zuckte nicht zusammen, ja, er blinzelte noch nicht einmal. Da mischte sich zu den elektrisierenden Funken auch etwas Warmes und Tiefergehendes.

»Baby, du bist absolut umwerfend.«

Erleichtert atmete sie auf. Die Ehrlichkeit in seiner Stimme steigerte ihr Verlangen nach ihm nur noch mehr. Sie sah auch nicht weg, als er mit dem Zeigefinger die dünnen weißen Narben und die zusammengezogene Haut über ihrer Brust nachfuhr. Er berührte jede Linie, jede Vertiefung, und dabei wurde sein Blick noch emotionsgeladener. Er folgte der knotigen Spur über ihre Seite, wo sie zwischen der glatten, unversehrten Haut zwischen Rippen und Taille verlief. Als er über die Einkerbung strich, wo ein Metallstück ihre Haut durchbohrt hatte, schloss sie die Augen, und da küsste er die Stelle.

»Mach die Augen auf, meine Hübsche.«

Sie tat es, und sein Blick vermittelte ihr das Gefühl, schön, einzigartig und begehrenswert zu sein. Ohne ein Wort küsste er die Narbenspur von ihren Rippen hinauf bis zur Brust. Er küsste jeden Zentimeter, bis ihr ganzer Körper vor Verlangen und etwas noch viel Größerem bebte.

»An diesen Narben ist nichts hässlich, Baby«, flüsterte er küssend. »Du brauchst sie nicht zu verstecken.«

Sie berührte seine Narben über der Augenbraue und auf der Wange, und da fiel ihr wieder ein, dass er ihr von einer Verletzung von jenem Tag, an dem seine Mutter von diesem Mann angegriffen worden war, erzählt hatte. »Ist das von der Wand?«, flüsterte sie. Er nickte und nun war sie dran, seine Narben zu küssen.

Anschließend liebkoste er sie weiter mit dem Mund und den Händen, leidenschaftlich und sinnlich. Es war so befreiend und wunderbar, weil es Quincy war, der sie berührte. Es war das beste Gefühl, das sie je erlebt hatte. Doch mit seinen Berührungen wollte er sie nicht auf den Sex vorbereiten. Er berührte sie vielmehr so, als wäre sie etwas Kostbares und als wollte er sich jedes Stückchen von ihr, inklusive aller Narben, einprägen. Als seine Hand zu ihrer Hüfte hinabglitt, zog sich ihr Bauch nervös zusammen. Nicht, weil sie es nicht wollte, sondern weil sie es wollte, und das bedeutete, ihm auch die Stelle zu zeigen, die mit den schlimmsten Narben übersät war.

Er musste ihre Reaktion gespürt haben, denn statt weiterzumachen, richtete er sich auf, streifte ihre Lippen mit seinen und flüsterte: »Danke, dass du mir vertraust.«

Sie wollte weiter seine Berührungen spüren, und sie wollte, dass er auch ihre schlimmsten Narben sah und annahm. Sie berührte seine Lippen, und wie ein explodierender Vulkan entlud sich jetzt ihr bisher gezügeltes Verlangen in einem wilden, leidenschaftlichen Kuss. So schnell, wie er im nächsten Atemzug die Kontrolle verlor, musste er sich genauso sehr zurückgehalten haben wie sie. Sie rieb sich an seiner harten Länge. Seine Hand umfasste ihre Brust und spielte mit ihrer Knospe, was Lustschauer wie kleine Nadelstiche durch ihren Körper schickte. Sein tiefes Stöhnen vibrierte in ihr weiter. Sie krallte sich am Laken fest, als er den Mund auf ihre Brust senkte und saugte, woraufhin sich ihr Körper lustvoll aufbäumte. Als er an ihrer empfindlichen Spitze knabberte, schoss die Lust direkt in ihre Mitte hinab.

»Quincy«, keuchte sie, während er sie bis an den Rand des Wahnsinns reizte und mit jedem ihrer Laute seine Bemühungen intensivierte, bis Roni ein forderndes »Mehr« über die Lippen kam.

Sie zerrte ungehalten an ihrer Jogginghose, weil sie nicht länger warten konnte. Da hielt er ihre Hand fest und küsste ihren Mund so zärtlich und lange, dass Roni vor Verlangen schwindelig wurde.

»Lass mich dich ausziehen. Ganz ohne Hast«, raunte er und küsste sie erneut, tiefer, inniger, während er sie an sich drückte, als wollte er ihr sagen, dass er es ernst meinte und dass sie ihm vertrauen konnte.

Er küsste ihren Bauch und ließ die Zunge um ihren Bauchnabel herumwandern, während er die Schleife am Bund löste und die Hose langsam herunterzog. Sie wollte seine Reaktion sehen, wenn er ihre Narben entdeckte. Wie zuvor zuckte er auch diesmal nicht zurück. Er schaute nicht weg, sondern ließ seinen süßen, liebevollen Mund über die rauen Hautstellen wandern, genauso zärtlich wie zuvor.

»Du bist wunderschön, Baby. Jeder Zentimeter von dir«, sagte er heiser.

Er zog ihr die Jogginghose noch weiter herunter und nahm den Slip dabei mit. Er küsste und berührte jede einzelne Narbe auf ihren Hüften und Beinen und all die glatten Stellen dazwischen, bis Roni nackt dalag und ihr Herz wie wild pochte. In diesen Momenten wusste sie, dass es keinen größeren Luxus gab, als von Quincy Gritt geliebt zu werden. Er bahnte sich eine Spur aus Küssen über ihre Beine, ließ den Mund auf der Innenseite ihres Schenkels verweilen und verstärkte das Pochen der Leidenschaft in ihrem Inneren nur noch mehr. Als sich seine Küsse endlich ihrer Mitte näherten, konnte sie kaum noch atmen und krallte sich ins Laken. *Ogottogottogottogott* tönte es wie ein Mantra in ihrem Kopf, zusammen mit Dingen, an die sie nicht denken wollte. *Was, wenn ich schlecht schmecke? Was, wenn …*

Er ließ die Zunge über ihre feuchte Mitte gleiten, und ihre Hüften hoben sich ruckartig von der Matratze und ihr Schambein stieß mit seiner Nase zusammen. Er zog den Kopf zurück und stieß einen schmerzerfüllten Laut aus, dann ging er auf die Knie, hielt sich die Nase und blickte sie erschrocken an.

»Oh Gott! Bitte entschuldige!« Sie nahm die Beine zusammen, rollte sich auf die Seite und bedeckte schamvoll ihr Gesicht. »Tut mir leid, tut mir leid, tut mir leid!«

»Hast du dir wehgetan, Baby?«, fragte er viel zu freundlich für das, was sie gerade getan hatte.

Sie schüttelte schockiert den Kopf. »Ich habe noch nie …«

»Noch nie …?« Er legte sich neben sie, um ihr in die Augen zu sehen.

Sie spreizte die Finger und lugte zwischen ihnen hervor. »Das habe ich noch nie gemacht …«, flüsterte sie.

Als er grinste, schloss sie die Finger wieder, um ihn auszublenden, aber dann lachte sie nervös und sah ihn wieder an. »Das ist mir so peinlich. Soll ich lieber heimgehen?«

»Willst du denn lieber heimgehen?«

Sie schüttelte den Kopf. »Ich will nur unsichtbar sein.«

Glucksend nahm er ihre Hände, zog sie in seine Arme und küsste sie. »Wenn du unsichtbar wärst, könnte ich nicht sehen, wo ich dich berühren soll.« Er streichelte ihren Rücken, dann ihren Po. »Oder wo ich dich küssen soll.« Da küsste er sie wieder, langsam und zärtlich. »War es so schlimm, als ich dich geleckt habe?«

Ihre Wangen glühten, aber sie schaffte es, den Kopf zu schütteln und zu flüstern: »Nein, so gut.«

»Ach, Babe, wir fangen gerade erst an. Ich kann noch mehr machen, was sich *so gut* anfühlt, wenn du mich lässt.«

Sein verwegener Blick ließ sie am ganzen Körper erschaudern. »Hast du keine Angst, dass ich dir die Nase breche?«, fragte sie kichernd, was ihn auch zum Lachen brachte und sie aus ihrer Verlegenheit befreite.

»Warte mal kurz, ich geh schnell meinen Nasenschutz holen.« Er tat, als wollte er tatsächlich aufstehen, was sie noch mehr zum Lachen brachte.

»Wenn du nicht so eine talentierte Zunge hättest, müsstest du dir keine Sorgen machen.«

»Du magst meine Zunge wohl, hm?« Er küsste ihren Hals, was sie kitzelte, und dann wälzten sie sich herum, küssten sich und lachten, was alle Peinlichkeit in Luft auflöste.

Als er ihren Mund mit seinem bedeckte, verwandelte sich ihr Lachen in unstillbare Leidenschaft. Er schob ihr die Hände ins Haar, vertiefte den Kuss, und sie pressten die Körper aneinander. Roni sehnte sich nach mehr, und hungrige Laute stiegen in ihrer Kehle auf. Er biss ihr sanft in die Unterlippe, was ihr einen Schauder der Lust über den Rücken jagte.

Seine Augen bohrten sich in sie. »Ich werde dafür sorgen, dass du dich verdammt gut fühlst, Baby.«

»Ja«, brach es gierig aus ihr heraus.

Er glitt küssend an ihrem Körper hinab. Ihr Puls raste vor Vorfreude, als er die Hände über ihrem Unterbauch auffächerte und seine Daumen in einem hypnotisierenden Rhythmus seitlich von ihrer Mitte kreisen ließ. Roni krallte sich ans Bett, während er sie mit verlockenden Küssen rund um ihre empfindlichste Stelle ganz heiß machte. Sie schloss die Augen, jede Berührung seiner Lippen ließ sie noch mehr wollen und entlockte ihr ein erregtes Keuchen.

»Du schmeckst so gut«, hauchte er zwischen den Küssen. Er zog ihre Falten mit den Daumen auseinander und erkundete sie genüsslich mit der Zunge, woraufhin sich Roni vor Lust aufbäumte. »Und jetzt will ich dich endlich vernaschen.«

Das Verlangen in seiner Stimme und die schmutzigen Worte brachten sie dazu, ihm die Hüften entgegenzurecken, damit er seinem Wunsch nachgehen konnte. Als er den Mund endlich auf ihre feuchte Mitte drückte und zu saugen begann, durchzuckte sie ein Blitz. »Oh Gott …«

Sie spürte seinen heißen Atem zwischen den Beinen und hielt sich den Mund zu, krallte sich fester ins Laken und drückte den Hintern gegen die Matratze, um sich nicht erneut zu blamieren. Seine Zunge erkundete ihre heiligste Stelle, die sich so nach ihm gesehnt hatte, was ein Feuer durch ihr Innerstes rasen ließ. Ein unaufhaltsames Stöhnen löste sich von ihren Lippen, und er leckte und leckte, streichelte sie, saugte an ihr und machte sie ganz wild. Als sie sich stöhnend aufwölbte und die Hüften anhob, drückte er sie nach unten, um nicht noch einmal einen Nasenstüber abzukriegen.

»Das ist mein Mädchen.« Er lockerte den Griff. »Genieß es einfach, Baby. Lass dich gehen.«

Jetzt drang er auch noch mit den Fingern in sie ein und tat gleichzeitig etwas Wunderbares mit dem Mund, was ihren Körper elektrisierte. Er nahm sich all ihrer bedürftigen Stellen an, nahm sie mit auf eine wilde Achterbahnfahrt der Gefühle, die ihr Denkvermögen außer Gefecht setzte. Das Blut pochte in ihren Adern, ein Kribbeln kroch ihr durch die Glieder und ein Feuer entflammte sich in ihrem Inneren. Sie spürte ein verlockendes Ziehen tief im Bauch, als ob ihr Inneres versuchte, ihn zu erreichen. Sie konnte kaum noch atmen. So etwas hatte sie in ihrem ganzen Leben noch nie gefühlt.

»Komm für mich, Baby«, forderte er sie auf.

Seine Finger bewegten sich schneller, sein Mund bedeckte die empfindlichste Stelle, verschlang sie so ungehemmt und leidenschaftlich, dass sie die Fersen in die Matratze grub und die Lust über sie hereinbrach und ihr wilde Laute entlockte. Er ließ nicht locker, verschlang sie gnadenlos, schickte sie höher und immer höher, bis sie in eine Million Stücke zerbarst und laut seinen Namen rief.

Ihre Stimme hallte in ihrem Kopf wider, während ihr Körper zuckte und sich aufbäumte, bis sie schließlich selig, schlaff und mit vernebeltem Blick auf die Matratze sank. Er küsste sich an ihrem nun übermäßig empfindlichen Körper hinauf und erregte sie mit jeder Berührung aufs Neue. Als er seine Lippen auf ihre presste, befürchtete sie, dass ihr Geschmack oder Geruch ihr unangenehm sein könnten. Doch als seine Zunge über ihre strich, vermischte sich ihr Geschmack mit seinem rauen, sinnlichen, und es war absolut perfekt.

Noch nie zuvor hatte Quincy die Lust einer anderen Person so wie seine eigene empfunden. Ein ganzer Wirbelsturm an Emotionen durchfuhr ihn. Er streifte Ronis Lippen mit seinen, und es brach aus ihm heraus: »Ich stehe so sehr auf dich, Baby. Du hast mich ganz und gar in der Hand.«

»Ich will alles von dir, Quincy.«

Sein Herz stolperte, er konnte einfach nicht glauben, dass dieser Moment echt war. Der Blick in ihren Augen fuhr ihm bis in sein tiefstes Inneres, und er küsste sie gleich noch einmal. Ohne den leidenschaftlichen Kuss zu unterbrechen, zog er sich die Jogginghose aus, und sie mussten beide stöhnen, als er kurz von ihr abließ, um ein Kondom aus der Nachttischschublade zu holen. Ronis Blick verharrte auf seiner Erektion. Sie berührte ihn, strich sanft wie eine Feder seine Härte entlang, was seinen Körper auflodern ließ. Er biss die Zähne zusammen, als sie ihn erneut zaghaft berührte. Ihn beschlich das Gefühl, dass sie noch nie auf diese Weise experimentiert hatte. Die Tatsache, dass sie es jetzt mit ihm zusammen erleben wollte, löste einen Ansturm neuer Gefühle aus.

»Das fühlt sich gut an, Baby«, ermutigte er sie.

Da setzte sie sich auf, umfing ihn und suchte mit neugierigen Augen seinen Blick, während sie ihn streichelte und diesmal etwas fester zupackte. Er hob ihre Hand zum Mund, leckte sie von der Handfläche bis zu den Fingerspitzen ab und legte sie zurück auf seine Länge, wobei er seine Hand um ihre schlang.

»Fester«, verlangte er hungrig. »So.«

Er zeigte ihr, was ihm gefiel, und gab das Tempo vor. Sie atmete heftiger, streichelte ihn schneller und leckte sich über die sinnlichen Lippen. Er sehnte sich nach ihrem Mund, wollte aber nicht zu viel von ihr verlangen. Als ihr Blick zu ihren vereinten Händen wanderte, ließ er sie los. Sie leckte sich wieder die Lippen und blickte ihn aus unschuldigen, aber gleichzeitig begierigen Augen an, dann sah sie wieder zu seinem Schaft hinab. Sie brachte ihn mit jeder verstreichenden Sekunde um und zog ihn so tief in ihren Bann, dass er sicher war, sich nie wieder daraus befreien zu können. Er strich ihr über die Wange. »Was willst du, Baby?«

Ohne ein Wort zu sagen, beugte sie sich vor und leckte an seiner Spitze. Ihm fiel die Kinnlade herunter, und als ihm ein kehliger Laut entwich, sah sie unsicher zu ihm auf.

»Es ist gut, Baby, so wahnsinnig gut. Ich gehöre dir, Roni. Berühr mich, spiel mit mir, erforsche mich, tu, was immer du willst.« *Aber hör ja nicht auf.*

Sie leckte über seine Länge, dann senkte sie langsam die Lippen über seine Spitze, nahm ihn zu einem Drittel in den Mund, saugte und ließ ihn wieder hinausgleiten. Quincy streichelte ihr Kinn und umfasste ihren Kopf, während er gegen den Drang ankämpfte, in sie hineinzustoßen, mehr von ihrem Mund zu spüren. »Genau so, Baby. Oh Gott, du fühlst dich so verdammt gut an.« Sie nahm ihn tiefer auf und bewegte sich schneller. Kaum auszuhaltende Lust durchfuhr ihn. »Oh Gott ...«, stöhnte er mit zusammengebissenen Zähnen. »Vorsicht, Babe. Sonst komme ich gleich, und auch wenn ich das will, so möchte ich noch lieber mit dir schlafen und dich lieben.« Die Worte kamen einfach aus ihm heraus. Er hatte schon gevögelt und gefickt, aber noch nie mit jemandem *Liebe* gemacht. Als Roni ihn aus ihrem Mund herauszog, blickte sie ihn so vertrauensvoll an, dass sich seine Brust zusammenzog. Die Worte waren direkt aus seinem Herzen gekommen.

»Das will ich auch«, flüsterte sie.

Er streifte sich das Kondom über und legte sich auf sie, während in seinem Innersten ein Orkan tobte. Er wollte diese Gefühle nicht verdrängen. Er wollte sich in Roni verlieren, wollte alles spüren, was sie zu geben hatte. Ihre Münder trafen sich voller Begierde, aber als sie die Arme um ihn schloss, wollte er nicht gleich in sie stoßen und tief in sie eindringen. Vielmehr verspürte er das überwältigende Verlangen, ihr Gesicht zu sehen, wenn sich ihre Körper zum ersten Mal vereinten. Auch dieses Verlangen war ihm bisher fremd gewesen.

Er küsste sie sanft, legte ihr die Hände an die Wangen und blickte ihr in die Augen, während er langsam in sie eindrang. Ihre Augen weiteten sich. »Alles okay, Baby?«

Sie nickte, und ihre Hände glitten in sein Haar. »Besser als okay.«

Sein Herz drohte zu explodieren. Er drang tiefer ein, so tief, dass es nicht mehr weiterging, und da schien die Welt aus den Angeln gehoben zu werden. Ronis Atem ging stoßweise, und sie zog ihn fester an sich, ihre Augen sprühten vor unbändigem Verlangen.

»Oh«, sagte sie überrascht. »Du fühlst dich so gut an. Ich wusste nicht, dass sich irgendwas so gut anfühlen kann.«

»Oh Gott, Baby, ich auch nicht.«

Tausend Empfindungen durchfluteten ihn, als ihre Münder sich trafen und ihre Küsse noch fieberhafter wurden. Er versuchte, sich zu zügeln, aber ihre Körper waren nicht nur füreinander geschaffen, sondern wussten auch genau, was zu tun war. Jedem Stoß begegnete Roni mit einem Schwung ihrer Hüften. Dort, wo er hart war, war sie weich. Sie erlaubte ihm, bis ins Innerste ihrer Seele vorzudringen. Er schob die Hände unter ihren Hintern und hob ihr Becken an, um Roni noch tiefer zu nehmen, was ihr die sündigsten Laute entlockte. Er bewegte sich schneller und sie legte den Kopf in den Nacken und bohrte die Fingernägel in seine Schultern.

»Quin… Quin…«

Schon zogen sich die Muskeln in ihrem Inneren so fest zusammen wie ein Schraubstock, und dann schrie sie auf, als ihr Höhepunkt sie übermannte. Jetzt versuchte er nicht einmal mehr, sich länger zurückzuhalten. Sie würden noch viel Zeit für lange Liebesspiele und feurigen Sex haben. Seine Lust stieg ins Unermessliche und stahl ihm jegliche Kontrolle. Er keuchte ihren Namen und stieß immer fester zu, bis er mit einer gewaltigen Explosion in ihr kam.

Nachdem das letzte Nachbeben ihre Leiber zum Zucken gebracht hatte, sackte er auf ihr zusammen und spürte, wie ihre Herzen im Gleichschritt rasten. Er küsste Ronis Wange, ihren Hals. Ohne die Verbindung aufzulösen, schlang er die Arme fest um sie und rollte sich mit ihr auf die Seite. Als sich die Welt um sie herum wieder scharf stellte, blickte er in Ronis liebevolle Augen und wusste ohne den geringsten Zweifel, dass er nie wieder derselbe sein würde.

/ Dreizehn

Am späten Samstagvormittag saß Roni im Tanzsaal auf dem Boden und schaute sich die Fotos von ihr und Quincy an, die sie bei der Rallye und an den folgenden Tagen gemacht hatten. Ihr gefiel die Frau, die sie an seiner Seite war, und ihr gefiel der Mann, zu dem er bei ihr wurde, und was sie für ein schönes Paar abgaben. Ihr Glück strahlte aus jedem Bild heraus. Es waren zwar erst ein paar Tage vergangen, seit sie wieder zusammen waren, aber sie waren sich so nahegekommen, dass es sich viel länger anfühlte.

»Hast du ein paar Lieder gefunden?«, fragte Angela, die nun den Raum betrat. Sie sah hübsch aus in ihren schwarzen Leggings und dem rosafarbenen Tanktop, die Haare mit einer Klammer hochgesteckt.

Roni zuckte zusammen. Eigentlich hätte sie für ein Tanzduett zweier Teenager passende Songs für die Winteraufführung suchen sollen. Sie wollten die Mittagspause nutzen, um an der Choreografie zu arbeiten. »Ich bin abgelenkt worden. Ich hatte mich hingesetzt und wollte mich darum kümmern, aber dann hat Quincy mir eine Videonachricht geschickt, weil er wissen wollte, wie mein Tag war, und dann habe ich mir die Bilder von uns angeschaut. Das Video war so süß, dass ich es mir gleich dreimal angesehen habe. Er hatte Sarahs kleine Tochter Lila auf dem Schoß sitzen. Sarah ist zur Buchhandlung gefahren, weil Lila ihn vermisst hat. Süß, oder?«

»Sehr süß. Zeig mir mal deinen Loverboy mit Lila.«

Angela setzte sich neben sie, und Roni zeigte ihr das Video von Quincy, auf dem er Lila im Arm hielt. Ronis Herz flatterte, als er sagte: »*Hey, Babe, ich vermisse dich. Wie verläuft dein Tag? Mach mal winke-winke, Lila.*« Lila winkte und Quincy blies Roni einen Kuss zu, was Lila ihm nachmachen wollte. Dann gab Lila ihm einen Kuss auf die Wange, was ihm sein umwerfendes Lächeln entlockte. »*Sag tschüss, Lila*«, was sie auch tat. Er zwinkerte, sagte ebenfalls »*Tschüss, Babe*« und beendete das Video.

»Ach, er ist so …« Angela seufzte.

»Ich weiß.« Roni hatte Angela alles über das Treffen, ihre erste Nacht und ihren ersten gemeinsamen sexy Morgen erzählt. Angela hatte sich noch einmal für ihr hartes Urteil über seine Vergangenheit entschuldigt. Aber Roni war in gewisser Weise auch froh darüber, dass Angela ihre Bedenken geäußert hatte, denn auch das hatte sie erkennen lassen, dass sie mehr über die Drogensucht und deren Überwindung lernen musste.

»Im Ernst, Roni. Er strotzt vor Muskeln, er schmilzt wie Butter bei kleinen Kindern und er schickt dich in den siebten Himmel. Den darfst du nicht mehr loslassen.«

Da spähte Elisa in den Raum. »Während ihr zwei Hübschen gerade Lieder aussucht, könnt ihr euch auch gleich um einen Song für Ronis Solo kümmern.«

»Elisa …« Roni schüttelte den Kopf.

Elisa zuckte nur mit den Schultern und lächelte verschmitzt. »Es war einen Versuch wert.«

Als Elisa wieder gegangen war, meinte Angela: »Sie wird

nicht aufgeben.«

»Ich weiß, und ich liebe sie ja auch dafür. Aber ich bin einfach noch nicht so weit.«

»Wenn es nach dir geht, wirst du nie so weit sein. Aber du bist zu gut, um nicht auf der Bühne zu stehen und zu zeigen, was du draufhast. Das ist, wie alle Kekse für dich zu behalten und deinen Freunden nichts davon abzugeben.« Angela zeigte auf Quincys Foto. »Dieser Kerl hier hat es verdient, dich auf der Bühne zu sehen, in ganzer, spektakulärer Pracht. Und ich meine nicht nackt.«

»Warum nicht? Er hätte sicher nichts dagegen, mich nackt auf der Bühne zu sehen, wenn ich nur für ihn auftrete.« Die Vorstellung jagte ihr einen Schauer über den Rücken. Sie konnte immer noch nicht glauben, dass ihm ihre Narben nichts ausgemacht hatten und dass er ihren Körper überall berührt hatte, als wären sie gar nicht vorhanden.

»Ich kann dir gar nicht sagen, wie schön es ist, dich das sagen zu hören, nachdem du dich so lange für deine Narben geschämt hast. Wie toll, dass Quincy alles von dir anbetet. Ich finde, du solltest ihm heute Abend als kleines Dankeschön eine Extraportion Liebe schenken.«

Oh, das hätte sie nur allzu gern getan. Aber sie wusste nicht, ob sie sich heute treffen würden. Sie hatten die letzten drei Nächte zusammen verbracht, aber noch keine Pläne für diesen Abend gemacht.

Als Roni ihr Handy hochhielt, fragte Angela: »Was machst du da?«

»Eine Videobotschaft für ihn aufnehmen.«

»Ach Gott.« Angela fing an zu lachen. »Ihr frischverliebten Turteltäubchen seid so süß.«

»Danke.« Roni lockerte die Schultern. Sie startete das Video und winkte. »Hi. Mein Tag ist gut und seit deinem Video noch viel besser. Das ist so viel schöner, als sich nur Nachrichten zu schreiben. Das machen wir jetzt öfter. Angela und ich nutzen die Mittagspause, um an der Choreografie für die Winteraufführung zu arbeiten.«

Angela tauchte hinter Ronis Schulter auf und rief: »Hi, Quincy!«

»Okay, ich muss aufhören. Ich wünsch dir einen schönen Tag!« Roni winkte, warf ihm einen Kuss zu und beendete das Video. Anschließend schickte sie es ihm gleich zu. »Darf ich dich was in Sachen Beziehung fragen?«

»Du kennst meinen Rat. *Viel und wilder Sex.* Das macht alles so viel besser.«

»Du Ulknudel. Ich glaube, diesen Rat befolgen wir ganz gut.«

»Ihr seid in der Phase, in der ihr ständig übereinander herfallt und jede Sekunde miteinander verbringen wollt, und selbst das scheint nicht genug zu sein. Das ist das beste Gefühl, das es gibt.«

»Stimmt genau. Aber er hat nicht gesagt, dass er mich heute Abend sehen will, obwohl Samstag ist. Eigentlich würde ich ihn gern fragen, aber ich will auch nicht übermäßig anhänglich sein und es ist ja völlig in Ordnung, wenn er Zeit mit seinen Freunden verbringen oder was ohne mich machen will. Aber sollten wir nicht darüber reden? Kann ich erwarten, dass er sagt, er möchte mich Sonntag, Dienstag oder an einem anderen Tag sehen? Oder braucht er Abstand und sagt es mir nicht? Und was, wenn *er* denkt, dass er mich einengt?«

»Du solltest auf jeden Fall wissen, woran du bist, besonders am Wochenende«, erklärte Angela entschieden. »Monatelang war er hinter dir her und du erzählst, wie gut du dich bei ihm fühlst. Ich würde wetten, dass er es kaum erwarten kann, dich heute Abend in den Armen zu halten. Bring es zur Sprache. Erzähl ihm, was du mir gerade gesagt hast. Männer planen nicht immer so voraus wie wir.«

»Du hast recht. Ich rede nach der Arbeit mit ihm. Und jetzt lass uns lieber mal anfangen, bevor die Mittagspause vorbei ist.«

Angela holte ihr Handy und sie gingen ihre Playlists durch. »Hier ist einer«, sagte sie. »Wie wär's mit ›Delicate‹ von Taylor Swift?«

Roni rümpfte die Nase. »Ich fände einen kraftvolleren Song besser. Was hältst du von ›I Was Here‹ von Beyoncé?«

»Der ist nicht schlecht. Setzen wir ihn mal auf die Liste.«

Sie suchten eine Handvoll Lieder aus und begannen dann, ihre Auswahl einzugrenzen. Als sie die letzten drei Songs anhörten und an der Choreografie arbeiteten, erschien Elisa in Begleitung von Quincy. Ronis Blick traf Quincys und da glaubte sie, ein Lichtbogen würde zwischen ihnen entstehen. Himmel, sie hatten sich erst vor ein paar Stunden gesehen, an diesem Morgen noch miteinander geschlafen, und trotzdem verschlug es ihr den Atem, wie er so männlich in seiner Lederjacke und den verwaschenen Jeans dastand, die Haare nach hinten gekämmt. Sie musste an sich halten, um nicht zu ihm zu rennen, sich auf ihn zu stürzen und ihn zu küssen.

»Entschuldigt die Störung, meine Damen«, sagte Elisa mit wissendem Lächeln und riss Roni aus ihren lustvollen Gedanken. »Dieser nette junge Herr möchte nicht, dass seine *Freundin* und ihre Herzensschwester hungern müssen.«

Angela warf Roni einen Blick zu, der »Ich hab's dir ja gesagt« bedeuten sollte.

»Tut mir leid, dass ich dich störe, Babe.« Quincy hielt die Tüte mit dem Aufdruck des Buchladen-Cafés hoch. »Zwei

Salate und Croissants. Ich hoffe, das passt so.«

»Ich lasse euch drei allein, damit ihr euch unterhalten könnt.« Elisa ging wieder hinaus.

»Danke, Elisa«, sagte Quincy. »Nächstes Mal bringe ich Ihnen auch was mit.«

»So ein Schatz«, murmelte Elisa. Als Quincy sich zu Roni drehte, reckte Elisa hinter ihm einen Daumen in die Luft.

Diese Bestätigung freute Roni sehr. »Danke, Quincy. Du hättest uns doch nichts zu essen bringen müssen.«

»Aber wir sind froh, dass du es machst!«, rief Angela. »Vielen Dank.«

»Ich bleibe auch gar nicht lange. Ich weiß, dass ihr viel zu tun habt, und muss selbst wieder zurück zur Arbeit. Entschuldigt, dass ich einfach reinschneie, aber ich habe dich vermisst. Und sonst hättest du vielleicht gesagt, dass du zu viel zu tun hast und ich lieber nicht vorbeikommen soll. Ich wollte nicht, dass du das Mittagessen auslässt.«

»Klar, als ob sie das jemals sagen würde«, sagte Angela lachend. »Gib mir mal die Tüte und ich bringe sie in die Küche, dann kannst du währenddessen mit deiner Liebsten knutschen.«

Er reichte ihr die Tüte, und während Angela hinausging, sagte er: »Die beste Freundin aller Zeiten.« Und schon zog er Roni zu einem süßen Kuss an sich, der die Schmetterlinge in ihrem Bauch weckte, die anscheinend eine feste Bleibe bei ihr gefunden hatten.

»Ich freue mich, dass du hier bist. Ich habe dich auch vermisst«, gab sie zu. »Und ich würde nie sagen, dass du mich nicht besuchen sollst, außer ich unterrichte gerade.«

»Gut, denn anscheinend kann ich nicht einmal ein paar Stunden ohne dich auskommen. Ich weiß nicht, was du mit mir angestellt hast, aber ich hoffe, du hörst nie wieder damit auf.

Wann kann ich dich heute Abend sehen?«

Luft entwich aus ihrer Lunge. »Gott sei Dank.«

»Warum klingst du so erleichtert?«

Sie sah zu ihm auf und fühlte sich dumm, weil sie sich Sorgen gemacht hatte. »Ich dachte, dass du mich vielleicht heute Abend nicht sehen willst, weil du nichts gesagt hast.«

»Babe, wie kannst du so was denken? Da muss ich mich wohl *härter* anstrengen, um dir zu zeigen, was ich fühle«, sagte er mit einem sexy Grinsen.

»Das ist definitiv kein Problem.« Sie spürte, wie ihre Wangen glühten. »Ich weiß, dass du mich magst, aber ich habe keine Ahnung, was in einer Beziehung normal ist. Ich weiß nur, dass ich es kaum erwarten kann, wieder mit dir zusammen zu sein, und ich wollte nicht, dass du mich zu anhänglich findest, wenn ich frage, wann wir uns wiedersehen.«

»Das ist doch nicht anhänglich, Babe. Es bedeutet nur, dass du auf mich stehst.« Er senkte die Stimme zu einem Flüstern. »Und das finde ich verdammt gut.« Er gab ihr einen kurzen Kuss. »Ich weiß auch nicht, was andere Leute normal finden, aber ich weiß, was ich mir für uns als normal vorstelle: dass wir uns sieben Tage die Woche sehen.«

Sie lachte leise, und auch wenn sie sich sicher war, dass er scherzte, erfüllten seine Worte sie mit Freude.

»Ich meine es ernst, Roni. Ich will, dass du uns nicht infrage stellst. Was willst du?«

»Dasselbe«, antwortete sie und führte innerlich ein Freudentänzchen auf. »Aber wenn du lieber Zeit allein oder mit Freunden verbringen möchtest, ist das auch okay. Ich bin es gewohnt, allein zu sein, und ich werde nicht eifersüchtig oder anhänglich sein. Es ist nicht so, dass ich dich jede Sekunde bei mir brauche oder ständig wissen muss, was du tust. Ich bin einfach nur gern mit dir zusammen. Ich habe vorher nie gemerkt, dass ich eine Planerin bin, aber ich würde gerne im Voraus wissen, ob wir uns treffen oder nicht.«

Angela kehrte in den Raum zurück. »Okay, ihr zwei. Wir sollten weitermachen. Dieser Tanz wird sich nicht von selbst choreografieren.«

»Ich bringe dich raus«, sagte Roni zu Quincy. »Bin gleich zurück, Angie.« Sie begleitete Quincy zu seinem Wagen und war so erleichtert, dass ihre Schritte einen besonderen Schwung bekamen.

»Komm her, meine Hübsche.« Er schloss die Arme um sie. »Ich will nicht, dass du dir Sorgen machst. Und wenn doch, dann sprich mit mir. Falls du es noch nicht bemerkt hast, ich bin ein großer Fan davon, miteinander zu reden. Es hilft mir dabei, einen klaren Kopf zu bewahren.«

»Dann werde ich das von nun an tun. Versprochen.«

»Gut. Ich muss jetzt wieder zur Arbeit, aber ich will dich noch was fragen. Es ist ja bald Thanksgiving, und ich weiß, dass es das erste Fest ohne deine Großmutter ist, was dich wahrscheinlich traurig stimmt. Wir müssen auch nirgendwo hingehen, wenn du lieber einen ruhigen Abend zu Hause verbringen willst. Aber Dixie und Jace laden zu Thanksgiving alle in ihr neues Haus ein, und wenn du unter Leuten sein willst, sind alle da – die Whiskeys, Tru, Gemma und die Kids und fast alle anderen, die wir nach der Rallye getroffen haben. Lila und Bones haben am Tag nach Thanksgiving Geburtstag, also feiern wir an diesem Abend auch ihre Geburtstage. Nichts Ausgefallenes, nur Geschenke und Kuchen.«

Thanksgiving war in zwei Wochen. Sie war gerührt, dass er darüber nachgedacht hatte, wie sie sich an diesem Tag fühlen würde, und konnte nicht glauben, dass er bereit war, auf all die

Menschen zu verzichten, die er liebte, nur um mit ihr zusammen zu sein. »Ich komme sehr gerne mit dir mit. Es wird schon traurig sein ohne Granny, aber ich backe ihren berühmten Apfelkuchen, und wenn wir beide zusammen sind, ist alles besser. Dann habe ich auch Gelegenheit, deine Freunde näher kennenzulernen.«

»Toll. Wie wäre es, wenn wir den Kuchen zusammen backen?«

Sie klimperte kokett mit den Wimpern und sagte ganz unschuldig: »Heißt das, du willst dir in meiner Küche die Hände schmutzig machen?« Sie konnte selbst kaum glauben, wie offen sie in den letzten Tagen geworden war. Die sexy Dinge, die sie sagte und mit ihm machte, fühlten sich so natürlich an, dass sie sich fragte, ob er verborgene Seiten an ihr entdeckt hatte oder ob seine liebevolle Aufmerksamkeit sie als Frau wachsen ließ. Wahrscheinlich beides. Sie hoffte, dass sie diesen Weg in den nächsten Jahren weitergehen würden.

»Ich will dich in deiner Küche schmutzig machen«, erwiderte er und in seinen Augen funkelte wieder diese Verwegenheit, die sie so liebte.

»Ich habe in meiner Küche noch nie schmutzige Sachen gemacht. Das wird eine interessante Premiere. Vielleicht müssen wir das mit dem Kuchen vor Thanksgiving einmal proben. Willst du heute vielleicht bei mir übernachten?«

Seine Augen wurden dunkel vor Verlangen. »Baby, was stellst du mit mir an? Jetzt werde ich den ganzen Tag diese Bilder im Kopf haben.«

»Ich Glückspilz.« Sie wippte auf den Zehen. »Dann bist du ja gut vorbereitet für heute Abend.«

»Warum gefällt es dir so, mich zu quälen?« Er senkte die Lippen auf ihre und gab ihr einen Kuss, der ihr durch Mark und Bein ging.

»Wenn man bedenkt, dass du mich mit diesem Kuss ganz heiß machst, bist eher du derjenige, der mich hier quält«, entgegnete sie frech. »Aber ich beschwere mich nicht.«

»Du bist heiß und erregt?« Hitze flammte in seinen Augen auf und dann umfasste er ihre Pobacken.

»Weg mit den Grabschhänden, Mister.« Lachend befreite sie sich aus seinen Armen. Sie liebte dieses Spiel und ging rückwärts Richtung Studio. »Ich muss zur Arbeit zurück.«

Mit frechem Grinsen kam er auf sie zu wie ein Löwe, der sich an seine Beute heranpirschte. »Ich bin auch schnell.«

»Du bist nie schnell. Du bist stundenlanges, reines, unanständiges Vergnügen und jetzt werde ich den ganzen Tag daran denken. *Grrr!* Du musst gehen.« Sie scheuchte ihn fort. »Los jetzt, bevor wir noch in deinem Wagen rummachen und ich gefeuert werde.«

Er warf ihr lachend einen Kuss zu. »Wir sehen uns heute Abend in der Küche, meine Hübsche.« Als er in seinen Wagen stieg, wusste sie, dass sie für den Rest des Tages an nichts anderes mehr denken würde als an dieses unanständige Versprechen und das Verlangen in seinen Augen.

Vierzehn

Quincy zog seine Jeans an und lauschte Ronis Musik, die aus dem anderen Zimmer drang. Er konnte kaum glauben, dass ihr erstes Date schon fast drei Wochen zurücklag und acht wunderbare Tage und sieben sündhaft schöne Nächte vergangen waren, seit sie darüber gesprochen hatten, dass sie nun ein Paar waren. Das Wort war zu einem seiner Lieblingswörter geworden. Es gefiel ihm, wie ihre Leben miteinander verschmolzen. Videonachrichten waren ihr Ding geworden, und dass sie ein *Ding* hatten, gefiel ihm auch. Tagsüber waren sie beschäftigt, aber abends kamen sie zusammen. Roni war mit ihm zu einem weiteren NA-Treffen gegangen und ihre Unterstützung schweißte sie als Paar noch enger zusammen. Sie war genauso entspannt wie er, wenn es darum ging, wo sie übernachteten. Manchmal bei ihr, manchmal bei ihm, je nachdem, wer länger arbeitete. Manchmal lernte er abends, während sie sich eine Choreografie überlegte oder las, manchmal trafen sie sich mit seinen Freunden, die auch zu ihren Freunden geworden waren. Angela und Joey waren am Freitagabend sogar zu einem Lagerfeuer vor der Werkstatt gekommen, zusammen mit Jed, Truman und deren Familien sowie Penny und Scott. Die Frauen freuten sich, dass Roni zu

Josies Party gehen würde. Es war ein großartiges Gefühl, dass Roni so ein fester Bestandteil seines Lebens geworden war, und er war froh, dass es zwischen ihr und Penny nicht zu Spannungen kam. Außerdem freute er sich, dass Penny und Scott ihren Freunden endlich gesagt hatten, dass sie zusammen waren. Bis zu diesem Abend hatte er Penny noch nie rot werden sehen. Sie stand voll auf Scott und Quincy freute sich für sie.

Er fuhr sich durchs Haar, das von der gemeinsamen Dusche mit Roni noch nass war, schnappte sich sein Hemd und verließ das Schlafzimmer. Sein Herz schlug schneller beim Anblick von Roni, die ein T-Shirt von ihm anhatte, und barfuß und wunderschön vor dem Küchentresen tanzte, wobei ihr die nassen Haarsträhnen auf die Schultern fielen.

Jetzt beugte sie sich vor, um etwas in ihr Choreografiebuch zu schreiben. Sie gab sich solche Mühe für die Kinder. Er wünschte nur, er könnte sie überreden, selbst auf die Bühne zu gehen und der Welt zu zeigen, wie unglaublich gut sie war.

Vielleicht würde er es eines Tages schaffen …

Sie wackelte beim Schreiben mit dem Hintern und weckte damit bei ihm Erinnerungen an den Samstagabend, als sie eigentlich vorgehabt hatten, den Kuchen nach dem Rezept ihrer Großmutter zu backen, aber stattdessen in ihrer Küche übereinander hergefallen waren.

Er ließ sein Hemd auf die Couch fallen, ging zu ihr, ließ die Hände über ihre Hüften gleiten, und dann küsste er ihren Hals, weil er wusste, dass sie das ganz scharf machte. Sie roch frisch und sexy, nach sonnigen Nachmittagen und Nächten voller Liebe, nach einer Zukunft, von der er nie gedacht hätte, dass es seine sein könnte – und die er sich ohne Roni nicht mehr vorstellen konnte.

»Hey, meine Hübsche. Wie geht es deiner Hüfte heute?« Sie

waren gestern Abend ein wenig wild geworden. Er versuchte zwar, nicht *zu* wild zu sein, aber manchmal ging die Leidenschaft mit ihnen durch. Roni beschwerte sich nie, aber hin und wieder erwischte er sie dabei, wie sie sich nach dem Sex oder nach einem langen Arbeitstag die Hüfte rieb. Abends massierte er Roni meistens und einmal hatte er ein heißes Bad für sie eingelassen. Dann hatten sie zusammen gebadet, was anscheinend auch ihre Schmerzen linderte. Es gab für ihn nichts Schöneres, als sich um sie zu kümmern, sowohl emotional als auch körperlich.

»Ich glaube, mein Körper gewöhnt sich langsam an uns«, antwortete sie. »Mir geht es gut, aber ich könnte hier noch ein paar Küsse gebrauchen.« Sie schob ihr Haar über die Schulter zurück und entblößte ihren Hals für ihn.

Er liebte alles an ihr, ihren Verstand, ihre liebevolle Seele. Doch ihre Narben – die ihres Körpers wie auch die ihres Selbstbewusstseins – hatten einen ganz besonderen Platz in seinem Herzen. Er schenkte ihnen eine Extraportion Liebe und ließ Roni immer wieder wissen, dass alles an ihr schön war. Er sprach es aus, immer wenn er es fühlte, was ihn wahrscheinlich wie eine leiernde Schallplatte klingen ließ. Aber das war ihm egal. Er liebte es, sie mit liebevollen Wahrheiten zu überhäufen. Zuvor hätte sie sich geschämt, ohne Hose vor ihm herumzulaufen, aber seit sie auch darüber so offen und ehrlich geredet hatten, nicht mehr. Es war ihr immer noch peinlich, aber als sie davon aufgewacht war, dass er die Narben auf ihrem Rücken küsste, verstand sie, dass er tatsächlich jeden Zentimeter von ihr so schön fand, wie er behauptete.

Er küsste ihr Kinn. »Nichts hätte mich darauf vorbereiten können, wie unglaublich gut es sich anfühlt, neben dir aufzuwachen.«

Sie hatten sich unter der Dusche geliebt und schon wieder bebte sein Körper vor neuem Verlangen. Eigentlich hatte er sonntags frei, und jetzt wünschte er sich, er hätte nicht angeboten, an diesem Tag für einen Kollegen einzuspringen. Aber um fünfzehn Uhr hatte er Feierabend und anschließend wollten sie zusammen mit Kennedy und Lincoln etwas unternehmen.

»Mmh«, murmelte sie und lehnte sich an seine Brust.

Er drehte sie in seinen Armen zu sich um. »Ich wünschte, ich könnte den ganzen Tag mit dir verbringen.«

»Ich auch. Aber wenigstens kommst du heute früher als sonst nach Hause. Ich freue mich auf unser Date mit den Kindern.«

Sie wusste noch nicht, dass er eine Überraschung für sie geplant hatte. »Wir werden alle viel Spaß haben. Was machst du heute?«

Sie drückte die Lippen auf seine Brust. »Dich vermissen.«

»Verdammt, du hast immer die besten Antworten parat. Willst du hierbleiben?«

»Nur noch eine kurze Weile. Ich muss nachher ins Studio, um mit Elisa ein paar Dinge zu besprechen. Können wir uns bei mir treffen, wenn du von der Arbeit kommst?«

»Klar. Klingt gut. Und jetzt verrat mir, meine Hübsche …« Er hob sie auf den Tresen und stellte sich zwischen ihre Beine. »Wie soll ich hier weggehen können, wenn du so angezogen bist?« Er wanderte langsam mit den Händen über ihre Schenkel nach oben.

Ihre Augen wurden dunkel. »Quincy.«

»Hm?« Jetzt fuhr er mit dem Daumen zwischen ihre Beine und spürte durch ihren Slip hindurch, wie sich ihre Muskeln zusammenzogen.

»Du machst mich ganz heiß und dann musst du gehen.«

»Du kennst mich doch schon besser.« Er ließ den Daumen in ihr Höschen und über ihre feuchte Wärme gleiten.

»Oh Gott …«

»Oh, Baby, du brauchst mich«, stellte er fest, während er sie streichelte. Sie bog den Rücken durch, hielt aber seinem Blick stand und biss sich auf die Unterlippe. »Du bist so verdammt sexy.«

Er schaute auf die Uhr am Herd und rechnete aus, wie viel Zeit er noch hatte, bevor er losmusste. Für eine weitere Dusche würde es nicht mehr reichen, aber durchaus, um sie noch ein bisschen zu verwöhnen. Er zog ihr den Slip aus, was ihr ein überraschtes Quietschen entlockte.

»Zeit fürs Frühstück«, knurrte er und spreizte ihre Beine, um sich sattzusehen.

»Du kommst zu spät zur Arbeit«, protestierte sie halbherzig und umklammerte seinen Kopf, was ihn jedes Mal aufs Neue antörnte. Ihre Hände waren genauso tödlich wie der Rest von ihr.

»Vertrau mir, Süße.« Er presste den Mund auf ihren, während er die Finger in sie hineinschob, was ihr die ersehnten Laute entlockte. Er hatte gelernt, wie er sie zum Orgasmus bringen konnte, aber er hielt inne, weil er sie schmecken musste, spüren musste, wie sie kam, während er sie verschlang. Als er den Mund von ihren Lippen löste, wimmerte sie. Mit einer Hand auf ihrem Hintern zog er Roni zum Rand des Tresens und senkte den Mund auf ihr gelobtes Land.

Sie krallte die Hände in seine Haare und schlang die Beine um seine Schultern, während er sich an ihr labte. »Hör nicht auf. Ja, genau da … Oh Gott!«

Er leckte sie fester, drang mit der Zunge in sie ein, reizte die empfindlichen Nerven, die sie zum Höhepunkt brachten, bis sich ihre Essenz auf seiner Zunge verteilte.

Himmlisch.

»Glaubst du, dass ich mich in eine Sexbesessene verwandle?«, fragte Roni Angela später am Nachmittag, als sie telefonierten. Sie war in ihrer Wohnung und machte sich für ihr Date mit Quincy und den Kindern fertig. Ihr Brainstorming über die Choreografie war irgendwie zu einem Gespräch über Quincy geworden.

Angela lachte. »Du stellst die lustigsten Fragen. Aber kann ich verstehen, ich habe dich genau dasselbe gefragt, als ich siebzehn war und zum ersten Mal Sex hatte. Weißt du noch?«

»Du hast nicht gefragt«, erinnerte Roni sie, »sondern festgestellt, dass du dich bereits in eine Sexbesessene verwandelt hast. Und, denkst du, dass das bei mir auch der Fall ist?«

»Natürlich nicht. Du bist eine gesunde, sexuell aktive junge Frau. Mich besorgt eher, wie aufgeregt du wegen dem Date mit den Kindern bist.«

Roni freute sich sehr, dass Quincy sie miteinbeziehen wollte. »Du weißt, dass ich Kennedy und Lincoln liebe. Waren sie nicht süß, als sie am Lagerfeuer S'mores geröstet haben?« Lincoln war ganz in Roni vernarrt, hatte auf ihrem Schoß gesessen, ununterbrochen geplappert und gekichert und seine Marshmallows mit ihr geteilt. Sie hatte das sehr genossen.

»Ich glaube, du meinst *S'Moons*«, korrigierte Angela sie.

Jed hatte den Namen *S'Moons* geprägt, weil sie anstelle von Graham-Crackern Josies selbstgebackene Lebkuchen geröstet hatten.

»Kennedy hat dir erklärt, dass man sie so nennt, und Lincoln wollte es ihr nachtun, nur ist es bei ihm als ein einziges langes Wort herausgekommen, das man kaum verstanden hat.« Angela lachte auf. »Der Junge redet so schnell wie ein Blitz. Joey ist total in ihn vernarrt.«

»Ich kann es kaum erwarten, bis ihr selber mal Kinder habt. Dann bin ich endlich Tante Roni.« Sie setzte sich, um sich die Stiefel anzuziehen. »Warum findest du es eigentlich komisch, dass ich mich auf das Date mit Quincy und den Kindern freue? Die Familie ist ihm wichtig und das liebe ich an ihm.«

»Ich weiß nicht. Vielleicht, weil du erst vierundzwanzig und nicht schon dreißig bist. Aber wahrscheinlich ist es völlig egal, was du mit ihm machst. So oder so schwebst du im siebten Himmel, seit das zwischen euch geklärt ist. Ich bin echt froh, dass du nicht auf mich gehört hast.«

»Ich habe mir deine Bedenken schon angehört. Aber das Herz ist mächtiger und meines will Quincy mehr, als man es sich vorstellen kann.« Roni war am Mittwochabend mit ihm zu einem zweiten NA-Treffen gegangen, was ihr wieder sehr geholfen hatte. Wahrscheinlich würde sie ihn jedoch nicht mehr häufig begleiten. Allmählich bekam sie eine ganz gute Vorstellung davon, was die Überwindung einer Drogensucht bedeutete. Sie hatte nicht nur viel aus den Treffen mitgenommen, sondern etliches im Internet darüber gefunden und Bücher zu dem Thema gelesen. Auch Quincys Patenschaft für Simone, zu der Anrufe und spontane Treffen gehörten, wenn Simone Hilfe brauchte, hatten Roni die Augen etwas weiter geöffnet. Sie wusste, dass sich die Dinge für ihn jeden Moment ändern konnten, und sie war froh, dass Quincy nicht versuchte, irgendetwas zu beschönigen. Er hatte sie gewarnt, dass selbst ein

Geruch, ein Geschmack oder sogar der Anblick von irgendetwas die Sucht – diese Bestie, wie er es ausdrückte – wieder wecken könnte, auch wenn er sich gerade nicht zu Drogen hingezogen fühlte. Sie kannte die Risiken, und sie machten ihr Angst. Aber Quincy war es wert, und die Unterstützung seiner Familie und Freunde milderten diese Angst.

»Ich kann es mir durchaus vorstellen, so wie du jeden Tag mit leuchtenden Augen völlig aufgedreht zur Arbeit kommst, als hätte er einen magischen Zauberstab«, lenkte Angela Ronis Gedanken in die Gegenwart zurück.

»Sehr magisch. Du sagst immer, dass du nach dem Sex kuscheln willst und Joey einschläft, aber ich schwöre dir, wenn Quincy und ich es gerade getan haben, könnten wir danach gleich wieder.«

»Ja, ja, ich habe genug von Mr. Sexgott und euren stundenlangen Sexeskapaden und der postkoitalen Pizza gehört.«

Roni errötete bei der Erinnerung an ihren heißen Morgen. Sie hatte Angela nichts Genaueres über ihr Sexleben erzählt, außer Dinge wie »Wir haben uns mehrmals sehr gut amüsiert« oder »Seinen Mund sollte man mit einem Warnhinweis versehen«. Aber es fühlte sich auch gut an, selbst etwas zu diesen Frauengesprächen beitragen zu können, statt nur Angelas Geschichten zu hören. Roni hatte das Gefühl, dass sie jetzt so manches nachholte, was sie in ihrer Jugend verpasst hatte. Solche Sachen wie einen Freund zu haben, Insiderwitze zu machen, zu erfahren, wie es ist, sein Leben – und sein Bett – mit jemandem zu teilen. Sie war so sehr an das Alleinsein gewöhnt, dass sie sich nicht sicher gewesen war, wie es sich anfühlen würde, wenn sie jede Nacht mit Quincy verbrachte. Aber es war einfach so passiert und jetzt konnte sie es sich gar nicht mehr anders vorstellen.

»Wünschst du dir manchmal, du hättest mehr Erfahrung gesammelt? Also, dass du mit mehr Männern zusammen gewesen wärst?«, wollte Angela wissen.

»Nein. Quincy ist mir wichtig und das macht es zu etwas Besonderem.« Roni wusste, dass bestimmte Dinge, die sie und Quincy taten, für ihn nicht neu waren, aber er hatte ihr gesagt, dass sie sich neu anfühlten, weil er sie zum ersten Mal mit klarem Kopf und einer Frau machte, die ihm etwas bedeutete. »Um ehrlich zu sein, habe ich immer gedacht, du redest dir deine Begeisterung für Sex bloß ein, Angie.« Während sie aus dem Schlafzimmer ging, fuhr sie fort: »Aber wenn er nur halb so gut ist wie unserer, dann weiß ich, dass das nicht der Fall ist.«

»Ich habe dir definitiv nichts vorgeflunkert. Joey ist ein Sexgott. Wir haben es am Freitagabend nach dem Lagerfeuer kaum noch in meine Wohnung geschafft. Apropos, da wir gerade von meinem sexy Verlobten sprechen, kannst du glauben, dass er schon stapelweise Weihnachtsgeschenke für seine Familie gekauft und eingepackt hat? Er ist ein totaler Weihnachtsnarr.«

»Und sicher hat er auch schon was für dich besorgt und versteckt. Er verwöhnt dich.«

»Was mir sehr gefällt. Kaum zu glauben, dass in vier Tagen schon Thanksgiving ist. Das Jahr ist so schnell vergangen. Ich freue mich auf das verlängerte Wochenende. Den Freitag werde ich mit meinem Sexgott im Bett verbringen.«

»Verbringt ihr nicht sowieso jeden freien Tag im Bett?«, zog Roni sie auf und lief im Wohnzimmer umher.

»Schon«, antwortete Angela, »aber nächstes Wochenende suchen wir unseren Weihnachtsbaum aus, und wie du ja weißt, bleibt er stehen, bis alle Nadeln abgefallen sind.«

Roni freute sich darauf, Thanksgiving und Weihnachten

mit Quincy zu verbringen. »Ich finde es lustig, dass Joey so große Begeisterung für Weihnachten zeigt. Erinnerst du dich noch an Grannys künstlichen Baum? Das Ding war so alt, dass es fast auseinanderfiel, als wir ihre Wohnung ausgeräumt haben.«

»Ja, du wolltest ihn beerdigen.«

»Quatsch!« Roni lachte. »Es war nur so traurig, ihre Sachen auszuräumen.«

»Weiß ich doch, das war auch nur ein Scherz. Glaubst du, dass du jetzt auch mit Quincy einen Baum aussuchen wirst?«

»Ich hoffe es. Ich habe noch nie einen gekauft. Ich weiß gar nicht, was er an Weihnachten macht. Wie ich ihn kenne, verbringt er wahrscheinlich den Tag mit Tru, Gemma und den Kindern, was für mich perfekt klingt. Aber weißt du, was mir gerade in den Sinn kommt? So wie seine Mutter drauf war, ist es fraglich, ob er überhaupt schon mal Weihnachten gefeiert hat.« Ihre Brust wurde eng. »Ich hoffe schon. Es wäre sonst so traurig.«

»Mann, ihr seid wirklich füreinander geschaffen. Ihr habt beide in eurer Kindheit viel verpasst.«

»Ich weiß. Aber ich werde dafür sorgen, dass dieses Weihnachten etwas ganz Besonderes wird.«

»Ich dachte, er wäre Trauzeuge bei einer Hochzeit an Weihnachten.«

»Stimmt. Josie und Jed heiraten, aber für Quincy werde ich mir was ganz Besonderes einfallen lassen. Habe ich dir schon erzählt, dass die Lederjacken für die Kinder angekommen sind? Sie sind verdammt süß! Wir schenken sie ihnen zu Weihnachten. Ich kann es kaum erwarten, ihre Gesichter zu sehen, wenn sie sie auspacken.«

»Du weißt aber schon, dass Lincoln wegen einer Jacke nicht

in Begeisterungsstürme ausbrechen wird, oder? Da wird er mehr Spaß mit der Schachtel haben, in die du sie einpackst.«

»Ich weiß. Was glaubst du, worüber Gemma und ich am Lagerfeuer neulich getuschelt haben? Ich habe sie nach weiteren Geschenkideen gefragt.«

»Das hätte ich mir denken können. Du bist mir immer einen Schritt voraus.«

Roni schaute aus dem Fenster und entdeckte Quincy, der gerade aus seinem Wagen stieg. Ein Lächeln machte sich auf ihrem Gesicht breit. »Quincy ist da. Danke fürs Brainstorming. Das weiß ich sehr zu schätzen.«

»Gerne. Du warst schließlich meine Freundin, bevor dein Loverboy aufgetaucht ist.«

»Du bist die Beste, Angie. Aber jetzt muss ich los. Viel Spaß beim Shoppen mit deinem Sexgott.«

»Viel Spaß bei deinem Kinderdate und mit deinem magischen Zauberstab.«

Lachend legte Roni auf.

Sie war so aufgeregt, Quincy zu sehen, dass sie die Tür aufriss und zur Treppe rannte. Er nahm gleich zwei Stufen auf einmal und war schon fast bei ihr angelangt.

»Da ist ja meine Hübsche.« Er zog sie an sich, während sie sich in seine Arme stürzte. Dann hob er sie hoch und trug sie küssend über die Schwelle. Als er sie wieder absetzte, umfasste er ihre Taille. »Mmh. Deine Küsse machen mich heiß. Ich habe dich vermisst.«

»Ich dich auch. Wie war die Arbeit?«

Er zuckte mit den Achseln. »Viel zu tun. Hast du schon gehört, dass für nächste Woche Schnee vorhergesagt ist?«

»Nein, aber ich liebe Schnee. Wie toll!«

»Du bist so süß. Hattest du einen schönen Tag?«

»Ja. Ich habe mir ein paar lustige Sachen für meine Fünf- und Sechsjährigen ausgedacht und mit Angela zusammen ein paar Dinge fürs Winterspektakel überlegt. Nächstes Wochenende geht sie mit Joey schon einen Baum besorgen. Sie hat mich auch gefragt, ob wir uns einen kaufen werden.«

»Ach ja? Du weißt, was das bedeutet.«

»Dass sie meine Freundin ist?«

Er gluckste. »Wenn man bedenkt, dass Weihnachten noch mehr als einen Monat entfernt ist, bedeutet das, dass wir auch in ihren Augen ein festes Paar sind.« Er streifte Ronis Lippen mit seinen. »Das gefällt mir verdammt gut, und ich weiß schon, was wir nächstes Wochenende machen werden.«

»Einen Baum aussuchen?«

»Du bist nicht nur süß, sondern die Allersüßeste. Ja, wir holen einen Baum.«

Sie quietschte und umarmte ihn erneut. »Können wir zur Helms Tree Farm fahren? Als ich in der Grundschule war, haben wir mal einen Ausflug dorthin gemacht. Es gibt da Glühwein und Pferdekutschen!« Sie hüpfte auf und ab. »Machen wir das? Ich habe noch nie einen Baum ausgesucht. Granny hatte nur einen Kunstbaum.«

Er lachte. »Wir fahren, wohin auch immer du willst, wenn ich dafür dieses wunderschöne Lächeln bekomme.«

»Juhu!« Sie küsste ihn. »Danke!«

»Ich habe auch noch nie einen Baum gekauft. Dann passt es ja – unser erstes gemeinsames Weihnachtsfest und das erste Mal, dass wir uns einen Baum aussuchen.«

»Ja, und ich werde ganz viele Fotos machen. Oh, ich freu mich schon so!« Sie versuchte, ihre Aufregung wieder ein wenig zu zügeln, und fragte nun etwas ruhiger: »Hast du früher nie Weihnachten gefeiert?«

»Nicht mit meiner Mutter, falls es das ist, was du wissen willst. Tru und ich saßen Heiligabend immer draußen. Er hat mir die Sterne gezeigt oder auf die Wolken gedeutet und Geschichten erfunden, die nichts mit der harten Realität zu tun hatten. Er hat gesagt, dass wir eines Tages sicher glückliche Geschichten von unserem echten Leben zu erzählen hätten.«

»Eigene Märchen nur für dich? Er war also schon immer ein guter Geschichtenerzähler.«

»Stimmt. Jedes Jahr hat er mir ein Bild gemalt und es am Weihnachtsmorgen neben mein Bett gelegt.« Quincys Gesicht wurde ernst. »Als er ins Gefängnis gekommen ist, war Weihnachten für mich vorbei. Letztes Jahr habe ich zum ersten Mal mit Trus Familie und unseren Freunden gefeiert. Es war toll, aber dieses Jahr wird es noch besser.« Er gab ihr einen Kuss.

»Hast du noch die Bilder von Tru? Ich würde sie gerne mal sehen.«

»Nein. Während meiner Drogenzeit habe ich alles verloren, was ich sehr bedauere. Aber zumindest habe ich mir die, an die ich mich erinnern konnte, tätowieren lassen, damit ich sie nie vergesse.«

»Magst du mir erzählen, was sie bedeuten?«

Da zeigte er auf die Rose auf seinem Handrücken. »Bevor Tru ausgezogen ist und solange ich mich erinnern kann, hat er mich jedes Mal, wenn es zu Hause brenzlig wurde, zu einer Kirche gebracht, die nur ein paar Blocks von unserem Haus entfernt war. Dort gab es einen wunderschönen Rosengarten. Er hat Geschichten über uns erfunden, in denen wir an einem weit entfernten Ort voller Rosen lebten. Für eine kurze Weile bin ich so dem Albtraum unseres Lebens entflohen und habe in dieser Fantasiewelt gelebt. Diese Geschichten haben mir die Welt bedeutet. Nachdem er ausgezogen ist, hat er in Gegenwart unserer Mutter eine Art Geheimsprache daraus entwickelt. Er hat mich zum Beispiel gefragt, ob ich zu den Rosen gegangen bin, wenn er eigentlich wissen wollte, wie die letzten Tage waren. Wenn es mir schlecht ging, habe ich gesagt, dass ich mich an den Dornen gestochen habe. Und wenn es nicht ganz so schlimm war, habe ich von den Blüten geredet. Das Komische war, dass wir immer von den Rosen gesprochen haben, egal ob es Sommer oder Winter war, und unsere Mutter hat es nie gemerkt.«

Roni umarmte ihn. »Wie furchtbar, dass du so leben musstest.«

»Man kann sich seine Eltern nicht aussuchen. Aber ich hatte Tru.«

»Und er hatte dich. Sicher hat es auch ihm durch die schwere Zeit geholfen, dass er sich auf dich konzentrieren konnte.«

»Kann sein. Wenn du genau hinschaust, siehst du, dass meine Rosen keine Dornen haben. Ich will nur das Gute weitertragen, nicht das Schlechte.«

»Wie viele Gedanken du dir darüber gemacht hast. Und was bedeutet das Frauengesicht und das von dem kleinen Jungen auf deinem Arm? Ist das auch eine von Trumans Zeichnungen?«

»Ja. Das ist eine Mutter mit ihrem Sohn hinter dem Bullauge eines Schiffes. Als er mir dieses Bild geschenkt hat, sagte er, wenn er könnte, würde er mich auf ein Schiff setzen, das mich an einen fernen Ort und zu einer neuen Mutter bringt. Über sie hat er auch Geschichten erfunden. Und hast du das sich drehende Rad auf meinen Oberarm gesehen? Das hat er mir gemalt, als ich in der Entzugsklinik war, um mich daran zu erinnern, dass ich stets vorwärtsgehen muss.«

»Er passt immer auf dich auf. Was für ein Glück, dass ihr einander habt und dass das immer so bleiben wird. Ich hätte mir auch einen Bruder oder eine Schwester gewünscht. Es muss schön sein, jemanden zu haben, der immer für einen da ist.«

»Dafür hast du jetzt mich, Babe. Willst du auch etwas über die Sonnenblumen auf meiner Brust wissen? Du fährst sie immer mit dem Finger nach.«

Sie nickte.

»Die hat Tru nicht gezeichnet. Ich habe über sie gelesen, kurz nachdem ich aus dem Entzug gekommen bin, und es kam mir wie ein Zeichen vor. Sonnenblumen sind ein Symbol für Optimismus, Glauben und Glück. Sie sind natürliche Boden-entgifter, also Blumen, die Giftstoffe wie Blei, Arsen und sogar Uran aus dem Boden ziehen. Man hat sie an Orten gepflanzt, wo es die größten Umweltkatastrophen aller Zeiten gegeben hat, zum Beispiel in Tschernobyl. Da ich fortan ein sauberes Leben führen will, hat mich das angesprochen. Und Sonnen-blumen drehen sich immer Richtung Sonne.«

»Also, das habe ich immerhin gewusst.«

»Hast du auch gewusst, dass die größten Exemplare bis zu zwei Meter hoch werden können?«

»Wow, nein. Eines Tages brauchst du einen Garten, in dem du welche ziehen kannst.«

»Du meinst wir«, erwiderte er mit einem Augenzwinkern, was ihr Herzklopfen bereitete. »Ich stelle mir gern vor, dass auch ich derart in die Höhe wachsen und nach der Sonne greifen kann.«

»Meinst du mit der Arbeit?«

»Nein, ich meine eher, was mein Leben im Allgemeinen angeht, damit ich den Schatten meiner Vergangenheit entkom-me. Ich habe keine hochtrabenden Ziele und muss keine eigene Firma gründen oder so. Ich arbeite gern im Buchladen, und sie haben mir bereits versprochen, dass ich auch die Buchhaltung übernehmen kann, wenn ich so weit bin. Dixie hat gesagt, dass sie mich brauchen könnte, wenn sie und Jace eine Familie gründen. Dann könnte ich auch für die Autowerkstatt und die Bar die Buchhaltung übernehmen. Aber wahrscheinlich bleibe ich immer mit einem Fuß im Laden. Wie du schon gemerkt hast, fühle ich mich in der Umgebung von Büchern sicher und glücklich. Mit ihnen kann ich in eine Fantasiewelt abtauchen oder mich mit Fakten vollstopfen, und ich will nie aufhören zu lernen. Ich habe ein ganz gut funktionierendes Gehirn und ich will es nie wieder vergeuden.«

Wieder ein neuer Punkt auf der langen Liste an Dingen, die sie an ihm liebte. »Neulich hat Tru gesagt, dass du schon als Kind der klügste Junge warst, den er je gekannt hat.«

Quincy zuckte mit den Schultern. »Ach, er sagt immer so einen Quatsch.«

»Ich glaube ihm, Quincy. Du studierst und lernst ständig, und die Art, wie du dein Leben führst, beweist, wie klug du bist.«

»Oder vielleicht beweist es nur, wie entschlossen ich bin.« Er zog sie in seine Arme und gab ihr einen kurzen Kuss. »Genug von meinen Tattoos.«

»Warte, hast du auch eins für die Kinder?«

»Natürlich, wie auch eins für Tru und Gemma und jeden der Whiskeys. Das sind die Ketten um meinen linken Arm. Ein Glied für jeden von ihnen und direkt unter den Ketten ist ein Garten, in dem eine Blume für Jed und meine anderen Freunde steht. Und in diesem Garten …«

»Da ist ein Penny, ich habe ihn gesehen. Für Penny, stimmt's?«, fragte sie, und dass sie deswegen nicht eifersüchtig werden würde, wusste er genau.

»Richtig. Aber jetzt sollten wir uns beeilen und die Kinder

abholen. Onkel Quincy darf nicht zu spät kommen.«

»Ist es eigentlich nicht komisch für dich, dass Kennedy und Lincoln deine Geschwister sind, dich aber Onkel nennen?«

»Nein. Ich freue mich darüber«, entgegnete er. »Ich hoffe inbrünstig, dass sie sich nicht an die Zeit erinnern, bevor sie zu Tru gekommen sind.«

»Das kann ich verstehen. Habt ihr vor, ihnen irgendwann mal alles zu sagen?«

»Diese Entscheidung überlasse ich Tru und Gemma. Aber Tru weiß, dass wir ihnen meiner Meinung nach alles sagen sollten, wenn sie erwachsen sind und es verkraften können. Sie haben es verdient, die Wahrheit zu erfahren.«

Sie hakte einen Finger in seine Gürtelschlaufe. »Macht es dir Sorgen, dass die Wahrheit deine Beziehung zu ihnen verändern könnte?«

»Schon, aber meine Ängste dürfen uns nicht davon abhalten, das Richtige zu tun.« Er warf einen Blick auf ihre Tasche, die neben der Tür auf dem Boden stand. »Hast du Klamotten eingepackt, um die nächsten paar Nächte bei mir zu bleiben?«

»Ja, ich hole nur noch schnell meine Bücher.«

Sie ging los, und als sie die Bücher in ihre Tasche steckte, warf er einen Blick darauf. »Noch mehr Bücher über Drogensucht? Die hätte ich dir zu einem Sonderpreis besorgen können.«

»Ich weiß, aber ich habe sie für zwei Dollar gebraucht im Internet gefunden.« Sie richtete sich auf. »Elisa hat sie mir empfohlen.«

»Hast du ihr alles erzählt?«

»Ist das okay? Sie mag dich sehr und hat davon gesprochen, was für ein netter junger Mann du bist, und dann hat sie gefragt, wo du aufgewachsen bist. Ich wollte sie nicht anlügen.«

Er nahm ihre Hand und blickte Roni gefühlsgeladen in die Augen. »Es ist mehr als okay. Ich bin froh, dass du dich nicht für mich schämst.«

»Quincy, du hast etwas Erstaunliches geschafft. Und du schaffst es immer noch jeden Tag. Du überwindest alle Widerstände. Ich schäme mich nicht für das, was du durchgemacht hast. Es kann jedem passieren, mit Drogen in Berührung zu kommen. So etwas kommt vor, und ich will es nicht herunterspielen, aber Drogen sind allgegenwärtig. Es tut mir leid, dass du das durchmachen musstest, aber ich werde nicht so tun, als ob es nicht passiert wäre oder als ob ich es verheimlichen müsste. Ich bin stolz auf alles, was du für dich und für andere tust.«

»Mein Gott, Baby. Womit habe ich dich bloß verdient?«

»Sei nicht albern. Wenn, dann haben wir uns beide verdient.«

»Und woher wusste Elisa von diesen Büchern?«

»Als sie jünger war, hatte sie eine Freundin, die mit Kokain anfing, um fürs Tanzen abzunehmen. Daraus wurde eine Sucht. Elisa hat ihr geholfen, clean zu werden und einen Job außerhalb der Tanzbranche zu finden. Sie ist voll und ganz auf unserer Seite. Sie wird sich immer Sorgen um mich und die Menschen in meinem Leben machen, und wir haben lange darüber geredet. Es war ermutigend zu hören, dass ihre Freundin nie wieder rückfällig geworden ist.«

»Du kannst dir nicht vorstellen, wie viel es mir bedeutet, dass du dich so sehr für die Überwindung meiner Sucht einsetzt.«

»Doch, das kann ich, denn ich sehe es in deinen Augen und höre es in deiner Stimme. Aber jetzt gehen wir besser mal, Onkel Quincy.«

Er nahm ihre Jacke vom Haken und hielt sie ihr auf. Während Roni sie anzog, fragte sie: »Was unternehmen wir eigentlich mit den Kids?«

»Das wirst du schon sehen.«

»Wie geheimnisvoll.«

»Ich bin ein offenes Buch.« Er gab ihr einen Klaps auf den Hintern und öffnete die Tür. »Lass uns gehen, Sonnenschein. Die Kinder warten auf ihren Ausflug.«

Fünfzehn

Etwas später am selben Nachmittag saß Lincoln auf Quincys Schultern und Roni hielt Kennedy an der Hand, als sie aus dem Harbor-Kino kamen, nachdem sie sich den Film *Toy Story* angesehen hatten. Kennedy hatte sich schick gemacht und trug ein lilafarbenes Kleid mit schwarzer Strumpfhose und schwarzen Biker-Stiefeln, die ihre Tante Crystal ihr geschenkt hatte, und darüber einen hübschen schwarzen Steppmantel.

»Hat's dir gefallen, Miss Roni?«, fragte Kennedy. »Ich habe gehört, wie du geschnieft hast. Hast du geweint?«

»Ich fand den Film toll«, antwortete Roni. »Aber ich war traurig wegen Woody. Ich fand es nicht nett, dass Andy ihn einfach gegen ein neues Spielzeug ausgetauscht hat.«

»Aber das macht nichts, Miss Roni, jetzt sind sie ja Freunde.« Kennedy grinste sie an und lief mit schwingenden Zöpfen den Bürgersteig entlang.

»Hat dir der Film auch gefallen?«, wollte Roni wissen.

»Mhm«, sagte Kennedy. »Ich habe die Filme alle schon mal gesehen, aber Onkel Quincy wollte unbedingt, dass du ihn siehst. Er hat gesagt, dass ihr als Kinder nie ins Kino, auf Partys oder zum Tanzen gegangen seid und dass er jetzt lauter solche schönen Sachen machen will. Ich will das auch mit euch machen!«

Roni sah zu Quincy hinüber, der nur mit den Achseln zuckte, als wäre es keine große Sache, dass er mit Kennedy über seine Gefühle für sie gesprochen und den Kinobesuch nicht nur für die Kinder, sondern auch für sie arrangiert hatte. Obwohl er so lässig tat, sprachen seine Augen Bände. Roni hatte sich so sehr in ihn verliebt, dass sie sich fragte, ob er und alle anderen ihr das ansehen konnten. Sie war von ihm und den Kindern genauso angetan wie von diesem Film. Quincy ging so geduldig und liebevoll mit den beiden um, gab ihnen ständig ein Küsschen oder umarmte sie und sorgte dafür, dass sie sich wohlfühlten. Roni dankte ihrem Glücksstern, dass sie Quincy nicht aufgegeben hatte. Sonst hätte sie das Beste in ihrem Leben verpasst.

Kennedy nahm Quincys freie Hand. »Ich glaube, Miss Roni braucht zum Trost ein Eis.«

»Spitzenidee, mein Bärchen.« Quincy sah Lincoln auf seinem Arm an. »Und was meinst du, Kumpel? Magst du auch ein Eis?«

Da nickte Lincoln ganz aufgeregt. »Linconeisessen!«

Quincy schmiegte sich an seine Wange und entlockte dem Kleinen ein süßes Kichern. »Ich glaube, du hast eine große Karriere als Auktionator vor dir, mein Äffchen.«

Sie gingen zu Luscious Licks, und als Quincy die Tür öffnen wollte, rief Lincoln: »Runter!« Er wand sich frei, dann stürmte er zusammen mit Kennedy in die Eisdiele.

Quincy zog Roni für einen kurzen Kuss zu sich, bevor sie den Kindern folgten. »Hat dir der Film wirklich gefallen?«

»Ja, sehr sogar. Und noch mehr hat mir gefallen, was du Kennedy erzählt hast.«

»Ich will all diese Dinge mit dir machen, Babe. Ich habe nicht viel Geld, aber ich werde dafür sorgen, dass du nie wieder was verpasst.«

»Na, wen haben wir denn da?« Penny zwinkerte Roni und Quincy zu, während sie um den Verkaufstresen herumging und Lincoln hochhob. »Meine beiden Lieblingszwerge.«

Kennedy hüpfte auf und ab. »Wir waren im Kino und haben *Toy Story* angeschaut!«

»Wie toll! Erzähl mal«, sagte Penny. »Das ist doch der Film, wo dieser Shrek vorkommt, oder?«

»Quatschkopf«, widersprach Kennedy. »Da geht es doch um Andy und Woody und Buzz Lightyear …«

Während Kennedy vom Film erzählte und Lincoln in Pennys Armen herumhüpfte und in Rekordgeschwindigkeit losplapperte, zog Quincy den Kindern die Jacken aus, nahm Lincoln die Mütze ab und legte die Klamotten auf einen Stuhl. Als er Lincoln die aufgeladenen Haare glattstrich, grinste der Kleine ihn an und streckte die Hand nach ihm aus. Quincy nahm ihn von Penny entgegen. Penny ging in die Hocke, um nun Kennedy ihre volle Aufmerksamkeit zu schenken, während die Kleine ihr vom Film erzählte. Lincoln trommelte auf Quincys Kopf und wurde dafür am Bauch gekitzelt, was ihn vor Freude aufquietschen ließ.

Roni hätte ihnen den ganzen Tag lang zusehen können. »Du kannst so gut mit ihm umgehen«, sagte sie, während sie ihre Jacke zu den anderen legte.

»Danke, meine Hübsche«, entgegnete Quincy mit einem sexy Grinsen.

Lincoln streckte Roni die Arme entgegen. »Zu Hübse!«

Roni wurde ganz warm ums Herz.

»Hat er das wirklich gerade gesagt?« Quincy zog die Augenbrauen zusammen. »Das ist mein Mädchen, Kleiner.«

»Es gibt genug von mir für alle«, widersprach Roni und

nahm Lincoln hoch. Er schlang die Arme um ihren Hals und grinste, als hätte er einen Preis gewonnen.

»Man kann es dem Jungen nicht vorwerfen, dass er auf heiße Bräute steht«, meinte Quincy, der nun ebenfalls seine Jacke auszog und in seinem grauen Henley-Shirt umwerfend aussah.

»Ich will auch so eine heiße Braut wie Miss Roni sein«, mischte sich Kennedy ein.

Quincy sah sie schockiert an, während Roni und Penny amüsierte Blicke wechselten.

Roni versuchte, nicht über Quincys Gesichtsausdruck zu lachen, und nahm Kennedys Hand. »Sollen wir mal ein Eis aussuchen?«

Penny klopfte Quincy auf die Schulter. »Tief einatmen, Onkel Q. Sie ist erst fünf.«

»Ich will einen Kino-Eisbecher«, rief Kennedy. »Ein Happy-End-Eis!«

Da warf Quincy Roni einen derart leidenschaftlichen Blick zu, dass sich ihr Puls beschleunigte.

»Sieht so aus, als hätte Onkel Quincy auch große Lust darauf«, stellte Penny kichernd fest.

Ohne die Augen von Roni zu lösen, erwiderte Quincy: »Aber nur von meinem Mädchen.«

»Onkel Quincy, Miss Roni macht doch nicht die Eisbecher«, erklärte Kennedy, »sondern Penny.«

»Ich glaube, das mit dem Happy End für Onkel Quincy überlasse ich lieber Roni«, meinte Penny.

Während die Kinder redeten und Penny ihre Eisbecher zubereitete, legte Quincy die Hand auf Ronis Rücken und flüsterte ihr etwas über Happy Ends und Knutschen im Kino zu, wenn die Kinder mal nicht dabei wären. Solche heimlichen

Tuscheleien liebte sie.

Quincy nahm zwischen den Kindern Platz, und während sie ihr Eis aßen, wischte er Lincoln den Mund ab, ging auf Kennedys Geplauder ein und lieferte Roni weitere Gründe, sich noch mehr in ihn zu verlieben. Er ließ sich sogar von Lincoln füttern, der ein paarmal quietschvergnügt Quincys Mund verpasste und ihm das Eis in die Bartstoppeln schmierte.

Roni gab ihm die restlichen Servietten und stand auf, um mehr zu holen.

Penny hatte gerade den nächsten Kunden verabschiedet. »Ich gebe euch feuchte Papiertücher. Quincy lässt sich von Lincoln überall mit Eis vollkleckern.«

Roni sah zu ihm hinüber, während Penny zum Waschbecken ging. »Er ist ein Naturtalent, was Kinder angeht.«

»Ja, er wird mal ein toller Dad sein. Das ist einer der Gründe, weshalb so viele alleinstehende Frauen in Peaceful Harbor in die Buchhandlung kommen, wenn er den Kindern vorliest.«

»Ich weiß.« Roni spürte einen Anflug von Eifersucht. Da drehte sich Quincy zu ihr und warf ihr einen Kuss zu, der dieses Gefühl sofort wieder verdrängte. »Es war schön, dich und Scott am Lagerfeuer besser kennenzulernen. Ich mag ihn. Ihr zwei wirkt sehr glücklich miteinander.«

»Danke, das sind wir auch, aber das zwischen uns ist noch ganz frisch. Es ist komisch, wenn man erst nur befreundet war und dann mehr daraus wird.« Penny gab ihr die feuchten Papierhandtücher und einen trockenen Waschlappen.

Roni hatte bei sich und Quincy nicht dieses Gefühl, allerdings hatten sie sich auch nicht annähernd so gut wie Penny und Scott gekannt. Roni hatte schon gemerkt, dass es in Quincys Freundeskreis sehr enge Freundschaften gab. Penny hatte Quincy einige Male angerufen, seit sie zusammen waren, und sie machte ihm gute Laune, auf andere Art als Roni – auf freundschaftliche Art. Penny war für ihn das, was Angela für Roni war, und darüber freute sie sich.

»Es hat sich herausgestellt, dass ich Scott noch viel mehr mag, als ich zuerst dachte«, gestand Penny.

»Schon komisch, wie sich das so einschleicht, oder?« Sie betrachtete Quincy. »Ich bin Hals über Kopf in *du weißt schon wen* verliebt. Schon seine Stimme zu hören, macht mich glücklich.«

»Wie schön. Er ist auch ziemlich verrückt nach dir. Er war so verzweifelt, nachdem er dir von seiner Vergangenheit erzählt hat. Ich freue mich, dass du es mit ihm wagst, denn er ist es wirklich wert.«

»Ich weiß. Aber ich sehe es gar nicht als besonderes Wagnis. Geht man mit einer Beziehung nicht immer ein Risiko ein? Ich weiß zwar, dass das Risiko bei jemandem, der drogensüchtig war, anders aussieht, aber es ist kein Wagnis. Er ist derjenige, mit dem ich zusammen sein will, und ich werde ihn unterstützen, wo ich kann.«

»Wie schön, das zu hören«, sagte Penny.

»Was ist mit dir und Scott? Wird da etwas Ernstes draus? Er kann gut mit Kindern umgehen, wie es scheint.«

»Stimmt. Aber ich weiß nicht, ob es jemals dazu kommen wird. Ich glaube nicht, dass Scott Kinder haben will«, sagte Penny traurig.

»Warum nicht?«

»Ich glaube, die Gewalt, die er von seinen Eltern erfahren hat, macht ihm Angst. Er sagt, Onkel sein reicht ihm. Wobei ich selbst eigentlich schon irgendwann mal Kinder haben wollte ...«

»Furchtbar, dass unsere Männer so viel durchgemacht haben. Aber wir werden nicht alle wie unsere Eltern werden. Ich kann verstehen, dass Scott Angst hat, aber sieh dir Quincy und Tru an. Quincy ist zwar ins Straucheln gekommen, konnte sich jedoch wieder aufrappeln und ist jetzt auf einem guten Weg. Oder schau dir Sarah und Josie an. Sie sind wunderbare Mütter. Wenn es bei ihnen geklappt hat, die schlimmen Erfahrungen mit ihrer Mutter hinter sich zu lassen, kann es Scott vielleicht auch.« Roni guckte wieder zu Quincy, der versuchte, seinen Löffel in Lincolns Eis zu stecken, woraufhin Lincoln den Becher mit den Händen abdeckte und Kennedy vor Lachen quietschte. »Ich frage mich immer wieder, wie Quincy und Tru gelernt haben, so geduldig und liebevoll zu sein, obwohl ihre Mutter so schrecklich war. Ich glaube, Quincy weiß gar nicht, wie gut er im Umgang mit den Kindern ist.«

Penny drehte sich mit dem Rücken zu Quincy und flüsterte: »Er hat ein schlechtes Gewissen, weil er sie nicht früher in Sicherheit gebracht hat.«

»Wobei er es ja mehrmals versucht hat. Nur hat seine Mutter immer wieder Leute auf ihn gehetzt«, gab Roni leise zurück. »Er ist verprügelt worden und trotzdem hat er die Kinder nie alleingelassen.«

»Wirklich? Ich habe gar nicht gewusst, dass er versucht hat, sie da rauszuholen.«

Ronis Nerven prickelten. »Oh, ich habe gedacht, er hat dir alles erzählt.« Sie hoffte, dass sie nichts ausgeplaudert hatte, was Quincy unangenehm sein könnte.

»Hat er nicht, aber das klingt ganz nach dem Quincy, den ich kenne.«

Lincoln patschte mit der Hand ins Eis und Kennedy kreischte: »Lincoln!«

Quincy hielt Lincolns Hand fest. »Hey, meine Hübsche,

meinst du, wir könnten jetzt mal diese Servietten kriegen?«

»Linconaucheisessenhübse!«, rief Lincoln.

»Das sehe ich«, erwiderte Roni lachend. Er war zum Knuddeln süß. Sie ging zum Tisch und wischte Lincoln die Hände ab, dann tippte sie ihm auf die Nasenspitze. »Wieder sauber, kleiner Mann.«

Kennedy sprang von ihrem Platz auf. »Penny, schau mal, wie ich tanzen kann.«

»Lass uns erst mal deine klebrigen Händchen sauber machen«, sagte Roni, woraufhin Kennedy ihr die Hände zum Abwischen hinhielt.

Anschließend hüpfte Kennedy durch die Eisdiele. »Schau, Penny! Schau, was ich kann! Kommst du auch zu meiner Tanzshow?«

Lincoln watschelte hinter ihr her und schrie: »Auchtanzn!«

»Auf jeden Fall«, antwortete Penny und wischte den Tisch ab, während die Kinder herumhopsten.

Quincy legte den Arm um Roni. »Mit den beiden wird einem nie langweilig.«

Ihre Nerven begannen wieder zu kribbeln. »Ich glaube, ich habe einen Fehler gemacht.«

»Gerade eben?«, fragte er, während die Kinder kichernd um sie herumwirbelten.

Roni nickte.

»Das bezweifle ich. Was ist passiert?«

»Ich habe gedacht, Penny wüsste, dass du versucht hast, die Kinder von deiner Mutter wegzuholen. Es tut mir leid, ich wusste nicht, dass es ein Geheimnis war.«

»Nur Tru und Gemma wissen davon, aber es ist schon in Ordnung. Mach dir keine Sorgen.«

»Aber ihr steht euch doch so nahe«, flüsterte sie. »Warum

hast du es ihr nicht erzählt?«

Er drückte sie fester an sich und senkte die Stimme. »Weil sie eine Freundin ist. Sie braucht nicht alle hässlichen Details zu kennen.« Er warf einen Blick auf Penny, die Lincoln in die Arme nahm und mit ihm tanzte, dann wandte er seine ehrlichen Augen wieder Roni zu. »Es war klar, dass sie nie in meinem Bett landet und nie mehr aus uns wird, nicht so, wie ich es mir von dir erhofft hatte. Bei dir wollte ich, dass du deine Entscheidung triffst, nachdem du alles erfahren hast, das Gute und das Schlechte. Es sollte keine Leichen im Keller geben, keine Überraschungen, die uns später auseinanderbringen könnten.«

»Ich bin dir dankbar dafür, und es tut mir leid, dass ich es ihr gegenüber erwähnt habe.«

»Du hast keinen Fehler gemacht, Babe. Du kannst mit jedem über meine Vergangenheit sprechen.« Er drückte seine Lippen auf ihre und beruhigte sie damit.

Da rief Kennedy: »Miss Roni, tanz mit uns!«

»Mithübsetanzn!« Lincoln riss sich aus Pennys Armen los und machte sich auf den Weg zu Roni.

Quincy drückte ihre Hand. »Dann müssen wir uns jetzt wohl der kleinen Tanzparty anschließen.«

Quincy sah von den Äpfeln, die er an diesem Thanksgiving-Morgen schnitt, zu Roni, die sich zum Beat von »Cornelia Street« aus ihrem Handy bewegte, während sie die Zutaten für die beiden Apfelkuchen vermengte. Wie war dies sein Leben geworden? Ein Leben, das er mit dieser unglaublichen Frau teilen durfte, wo er mit ihr in den Armen einschlief, sich im Schlaf an sie kuschelte und von ihren unersättlichen Küssen aufwachte? Manchmal ertappte er sich dabei, dass er skeptisch war und sich gar nicht richtig traute, sich zu freuen. Aber dann sagte oder tat sie im nächsten Atemzug etwas Wunderbares, und schon war er wieder voller Vertrauen. Er hatte sein Leben unter Kontrolle.

»Ich weiß genau, dass du mich anschaust«, sagte sie, obwohl sie mit dem Rücken zu ihm stand und sich immer noch zur Musik wiegte. »Es gefällt mir, aber wir brauchen die Äpfel, damit wir die Kuchenformen in den Ofen schieben können.«

Ja, so gut kannten sie sich schon. Er widmete sich weiter den Äpfeln.

Sie hatten die Nacht in ihrer Wohnung verbracht, weil sie hier alle Backutensilien ihrer Großmutter hatte. Sie hatten ausgeschlafen, aber sofort nach dem Aufwachen war Roni so voller Vorfreude darauf gewesen, den berühmten Apfelkuchen ihrer Großmutter zu backen, dass sie sich ihre sexy Brille aufgesetzt hatte, in eine ausgebeulte Jogginghose und ein schwarzes Top mit der Aufschrift TANZ DEIN LEBEN geschlüpft war und seinen Hintern aus dem Bett gezerrt hatte. Er hatte sie zum Sex verführen wollen, aber sie war ein Bündel aufgeregter Energie gewesen. Sie freute sich auf die Einladung bei den Whiskeys, und sie wollte unbedingt, dass die Kuchen gelangen. *Komm schon!*, hatte sie gedrängt, indem sie ihm seine Jogginghose zuwarf und ihn aus dem Bett zog. *Es wird dir auch Spaß machen, und ich zeige mich erkenntlich, sobald der Kuchen fertig ist!* Sie war so verdammt süß, dass es keinen Ort gab, an dem er lieber gewesen wäre, als mit ihr hier in der Küche zu sein und sich an ihren Sonnenstrahlen zu erwärmen.

»Hey, Babe, ist es schlimm, dass ich ständig an den Film *American Pie* denken muss?«, fragte er.

»Welchen Film? Ich glaube, den kenne ich gar nicht.«

»*American Pie*. Diese Szene, wo seine Freunde ihm sagen, dass *Du weißt schon was* sich wie warmer Apfelkuchen anfühlt.«

Sie drehte sich mit einem Holzlöffel in der Hand um und zog verwirrt die Nase kraus. »Was fühlt sich an wie Apfelkuchen?«

»Hast du wirklich noch nie von dieser Szene gehört?«

»Wohl nicht, tut mir leid.« Sie zuckte mit den Schultern und machte sich wieder ans Mischen. »Und was ist mit dieser Szene?«

»Baby, du wirst Apfelkuchen nie wieder so sehen wie vorher.«

Sie warf ihm einen ungläubigen Blick zu. »Kann ich mir nicht vorstellen.«

»Okay, meine Hübsche. Wie du willst«, sagte er glucksend.

»Die Hauptrolle spielt Jason Biggs. Er ist in der Highschool und fragt seine Kumpels, wie es sich anfühlt, wenn man endlich Sex mit einem Mädchen hat, und sie sagen ihm, dass es sich wie warmer Apfelkuchen anfühlt. Dann kommt er nach Hause und auf dem Tisch steht ein frischer Apfelkuchen.«

Roni drehte sich um und machte große Augen. »Nein! Er hat doch nicht …«

»Oh doch, hat er, und zwar nicht nur mit den Fingern.«

»Nein!« Sie lachte auf und machte ein angewidertes Gesicht. »Igitt!« Dann stemmte sie die Hand in die Hüfte, zog eine Augenbraue hoch und fragte: »Und? Stimmt es?«

»Was?«

»Dass es sich wie warmer Apfelkuchen anfühlt?«

»Woher soll ich das wissen? Ich habe noch nie einen Kuchen gevögelt.« Lachend zog er sie in seine Arme und senkte die Lippen auf ihre. »Lass uns den Film am Wochenende zusammen anschauen.«

»Gut, aber du steckst deinen *Du weißt schon was* nicht in meinen Kuchen.«

»Baby, nichts könnte sich so gut anfühlen, wie tief in dir zu sein.« Er küsste sie stöhnend und gab ihr dann einen Klaps auf den Hintern, während sie sich wieder an die Herstellung ihres perfekten Kuchens machte.

»Zeit für die geheime Zutat«, sagte sie kokett.

»Was ist Grannys Geheimnis?«

Sie warf ihm einen Blick über die Schulter zu. »Das darf ich dir nicht verraten, sonst wäre es ja kein Geheimnis mehr.«

Er schlang von hinten die Arme um sie, ließ die Hände unter ihr Top gleiten, streichelte ihre Brüste und genoss die sexy Laute, die sie von sich gab. »Vielleicht kann ich es aus dir herauskitzeln.«

»Mhm«, murmelte sie atemlos.

Er biss ihr zart in den Hals und saugte an ihrer Haut. Sie wand sich unter seiner Berührung und griff hinter sich, um sich an ihm festzuhalten.

»Oh ja, Baby, so mag ich das.«

Sie befreite sich aus seinem Griff, und in ihren Augen schimmerte die Lust. Aber schon zeigte sie mit dem Holzlöffel auf ihn. »Hör auf, mich ganz heiß zu machen. Wir können jetzt nicht … Ich muss die Kuchen erst in den Ofen schieben.«

Er kam erneut auf sie zu. »Ich will nur die geheime Zutat wissen.«

»Nein, das willst du nicht«, widersprach sie kichernd.

Er legte den Arm um sie und zog sie zu sich. »Du hast recht. Ich will alle deine Geheimnisse ergründen, Veronica Wescott, jedes einzelne davon. Und dann will ich unsere eigenen Geheimnisse schaffen, unsere eigenen Traditionen, unser eigenes Alles.«

Sie zerfloss in seinen Armen. »Du bringst mich wieder zum Schmelzen. Ich liebe es, wenn du solche Dinge sagst.«

»Und ich liebe es, wenn du für mich dahinschmilzt.«

Sie schaute ihn mit ihren schönen, vertrauensvollen Augen an und rührte etwas tief in ihm. Er wollte sie immer verschlingen, aber jetzt, in diesem Moment wollte er sie lieben. Die Erkenntnis traf ihn nicht mit der Wucht eines Wirbelsturms. Vielmehr kam sie wie ein zarter Windhauch über ihn, der seine Seele erfüllte. Oh ja, er liebte sie Tag für Tag mehr und noch nie in seinem Leben hatte sich etwas so richtig angefühlt.

»Tapioka, extra Zucker und Zimt«, sagte sie leise und riss ihn aus seinen Gedanken. »Das sind Grannys Geheimzutaten.«

»Und Liebe«, ergänzte er. »Du hast gesagt, sie hat ihren Kuchen immer mit Liebe gebacken.«

»Immer«, bestätigte sie kaum lauter als ein Flüstern.

Sie sahen sich so lange in die Augen, dass er sich fragte, ob sie es auch spürte.

»Oh, Mist, die Kuchen.« Sie lachte auf.

Er schüttelte den Kopf, um seine Gedanken zu ordnen. »Was?«

»Wir müssen die beiden Apfelkuchen jetzt fertig machen und die geheimen Zutaten hinzufügen. Du hast mich mal wieder in deinen Bann gezogen und schon schwebe ich in den Wolken.« Sie gab ihm einen keuschen Kuss und wandte sich wieder der Rührschüssel zu.

Da ertönten die ersten Klänge von »This Girl Is on Fire«, und Roni begann wieder zu tanzen und summte mit, während sie die Äpfel in die Mischung gab und umrührte. Er liebte es, ihr beim Tanzen zuzusehen. Gestern war er auch extra wieder früher hergekommen, als er Kennedy vom Kurs abholte, damit er Roni in Aktion sehen konnte. Sie kam großartig mit den Kindern zurecht und hatte auch Dottie endlich dazu gebracht, mit den anderen Mädchen zu tanzen. Was ihn nicht überraschte. Schließlich konnte niemand ihrem Charme widerstehen. Elisa hatte ihn an der Tür entdeckt und war stehen geblieben, um mit ihm zu plaudern. Sie schwärmte von Roni und erzählte, wie ehrgeizig sie schon damals als kleines Mädchen gewesen war und wie schnell und in welchem Maße sie sich von ihren Mitschülern abgehoben hatte. Roni habe eine selten große Begabung, was das Tanzen angeht, sagte sie, und dann schilderte sie ihm, wie hart Roni gearbeitet hatte, um an der Juilliard aufgenommen zu werden, und wie sie all die Jahre Tag und Nacht trainiert hatte. Nach dem Unfall war sie bis an die Schmerzgrenze gegangen, um wieder tanzen zu können. Elisa hatte gehofft, dass Roni bei der Wintershow auftreten würde.

Auch Angela hatte so etwas am Lagerfeuer erwähnt. Er wusste, dass Roni gerne unterrichtete, aber er fand auch, dass sie ihren Traum nicht gänzlich aufgeben durfte. Es musste eine andere Möglichkeit geben, sie wieder auf die Bühne zu bringen und dafür zu sorgen, dass sie Freude dabei empfand.

Roni drehte sich um, legte den Kopf schief und schaute ihn fragend an. Jetzt erst merkte er, dass er sie angestarrt hatte. »Gefällt dir, was du siehst?«

»Und wie.«

Sie ließ ihren Blick über seine nackte Brust gleiten und benetzte sich die Lippen, was die Glut in seinem Inneren zum Lodern brachte. »Mir auch, aber etwas fehlt.«

»Deine Hände auf meinem Körper?«

»Das auch«, sagte sie kichernd. »Wahrscheinlich warst du so damit beschäftigt, mich anzustarren, dass du nicht gehört hast, wie ich dich gebeten habe, den Teig aus dem Kühlschrank zu holen. Wir müssen ihn ausrollen.«

»Tut mir leid, Babe. Das habe ich tatsächlich nicht gehört.« Er holte die Schüssel aus dem Kühlschrank. »Ich war zu sehr in dich vertieft.«

»Worüber ich mich nicht beschwere.«

Während sie ihm zeigte, wie man den Teig ausrollte, ihn in der Form auslegte und die Ränder hochzog, stahl er sich Küsse und schmiegte sich an ihren Hals, was ihm ebenso viel Augenrollen wie bedürftige Seufzer einbrachte. Dann gab er die Apfelmischung hinein, während Roni den restlichen Teig mit einem geriffelten Rädchen in Streifen schnitt, um einen dekorativen Belag zu erhalten.

»Babe, Elisa will unbedingt, dass du bei der Winteraufführung tanzt. Vielleicht solltest du es dir noch einmal überlegen.«

»Nein, das möchte ich nicht.«

Er stellte die leere Schüssel in die Spüle und lehnte sich gegen die Küchentheke, während Roni die Teigstreifen gitterförmig auf den Kuchen legte. »Du hast mal gesagt, du möchtest den Kindern beibringen, dass sie in jedem Fall glänzen können. Sollten sie nicht auch sehen, dass du als ihre Mentorin genau dasselbe machst?«

Sie behielt den Blick auf den Kuchen gerichtet. »Hat Elisa dich gebeten, mich zu überreden?«

»Nein, und das will ich auch gar nicht. Aber sie hat mir erzählt, wie hart du dafür gearbeitet hast, so gut zu werden. Ich weiß, du hast gesagt, dass du andere nicht runterziehen willst, aber ich glaube eher, dass es den Kids nur Mut machen würde, wenn sie dich tanzen sehen.«

Roni setzte ihre Arbeit schweigend fort.

»Ist da noch mehr als deine Angst, nicht perfekt zu sein oder andere zu enttäuschen?«, fragte er. »Für mich bist du perfekt, und Elisa sagt, du bist immer noch viel besser als alle anderen Tänzerinnen, mit denen sie je zusammengearbeitet hat.«

»Du hast keine Vorstellung davon, wie es ist, wenn man erst wieder das Laufen lernen muss, geschweige denn das Tanzen.«

Seine Brust zog sich zusammen. »Du hast recht. Aber ich weiß, wie schwer es ist, sich jeden Tag mit etwas auseinanderzusetzen, das viel größer ist als man selbst, und sich bewusst dafür zu entscheiden, es zu besiegen, egal was es kostet oder wie peinlich es ist. Mein Traum ist es, drogenfrei zu bleiben, und ich sterbe eher, als dass ich mich von irgendetwas in dieses Höllenloch zurückziehen lasse.«

Jetzt hob sie den Blick. »Tut mir leid. So habe ich das nicht gemeint. Ich weiß, wie schwer es ist, eine Drogensucht hinter sich zu lassen.«

»Dann öffne dich mir, Baby.« Er griff nach ihrer Hand und

zog Roni in seine Arme. »Du hast dich zurück ins Leben gekämpft und das aus gutem Grund. Du hast mit mir die Herausforderung deines Lebens angenommen, was beweist, dass du nicht zu den Menschen gehörst, die davor zurückschrecken.« Er küsste sie auf die Stirn. »So oder so unterstütze ich dich zu hundert Prozent. Ich möchte nur deine Entscheidung verstehen.«

Wortlos arbeitete sie weiter am Teiggitter. Sie schwieg, bis sie mit beiden Kuchen fast fertig war, dann sagte sie leise: »Die Physiotherapie hat mich so viel Kraft gekostet, Quincy. Das hat mir sehr zugesetzt. Ich habe mit allen Mitteln gekämpft, um meine Beweglichkeit und Flexibilität wiederzuerlangen. Aber es war, als würde ich gegen den Strom schwimmen. Ich habe Fortschritte gemacht, aber dann bin ich erneut zurückgefallen, weil die Schmerzen zu stark waren, um weiterzumachen.« Man hörte die Wut in ihrer Stimme, aber Roni blieb ruhig. »Ich habe Depressionen bekommen, die mir ganz fremd waren, und es war ein echter Kampf, den Kopf über Wasser zu halten. Ich dachte schon, ich könnte nie wieder tanzen, und das hat mir solche Angst gemacht, denn ohne den Tanz hätte ich nicht gewusst, wer ich bin.«

»Das kann ich nachvollziehen. Jedes Mal, wenn ich daran dachte, clean zu werden, hatte ich Angst davor, wer ich ohne Drogen sein würde. Nachdem ich es mir auch mit Bear verscherzt hatte, gab es niemanden mehr auf der anderen Seite. Kein Licht am Ende des Tunnels voller Ungeheuer, das mich daran erinnert hätte, warum sich der Kampf lohnt.«

Roni stellte die Kuchenformen in den Ofen und wich seinem Blick aus, während sie den Timer einstellte.

»Aber du, Babe«, fuhr er fort und nahm sie wieder in die Arme, damit sie ihn ansehen musste. »Du hast es zu was gebracht. Die Welt liegt dir zu Füßen und du bist nicht allein. Du hast meine Unterstützung und die all unserer Freunde und von Elisa, Angela und den vielen kleinen Mädchen, für die du der Leitstern bist. Ich wünschte nur, dass du zumindest versuchst, deinen Träumen, für die du so hart gearbeitet hast, eine Chance zu geben.«

»So einfach ist das nicht. Das Tanzen war immer mein Leitstern, meine Festung«, sagte sie mit denselben Worten, mit denen er Truman einmal beschrieben hatte. »Es hat mich immer glücklich gemacht, und der Gedanke, auf der Bühne gedemütigt zu werden, würde das für mich endgültig zerstören. Ich kenne mich, Quincy. Wenn das passiert, könnte ich diese Freude am Tanzen nie wieder zurückerlangen. Aber jetzt spüre ich diese Freude, auch wenn ich nur zwischen den Kursen oder nach der Arbeit für mich tanze. Ich habe kein Problem damit, nur für mich zu tanzen und zu unterrichten. Ich habe keine Angst, wenn ich unterrichte, aber jedes Mal, wenn ich auch nur daran denke, auf der Bühne zu stehen, habe ich Angst, dass mein Bein nicht mitmacht oder meine Hüfte wehtut.«

»So hast du dich in meiner Nähe auch gefühlt, erinnerst du dich? In den Textnachrichten ging es noch, aber als wir uns dann tatsächlich gegenüberstanden, warst du nervös.«

Sie nickte und lächelte.

»Und sieh dir nur an, wie schön es mit uns ist. Du bist ein Mensch, Babe. Wenn du auf die Bühne gehst und deine Hüfte oder dein Fuß schmerzt, werden alle, die dich sehen …«

»Mich bemitleiden«, fiel sie ihm mit Nachdruck ins Wort. »Und das will ich nicht.«

»Ach, Unsinn. Du kannst mir glauben, meine Hübsche. Alle werden von dir begeistert sein. Du bist die Einzige, der deine Fehler auffallen. Du bist die Expertin, eine Perfektionistin, aber der Rest von uns ist begeistert, wenn er dich tanzen sieht.«

Roni zeichnete die Sonnenblume auf seiner Brust mit dem Finger nach. »Aber was, wenn ich meine Show nicht zu Ende bringe?«

»Dann bekommst du deinen Applaus einfach ein bisschen früher.«

»Bei dir klingt das so einfach«, gab sie lächelnd zurück.

»Nicht einfach, Babe, nur realistisch. Glaubst du, Elisa oder Angela würden deine Performance kritisieren? Oder Kennedy oder Dottie? Sie werden alle Miss Roni anfeuern.«

Sie musste lachen.

»Ich meine es ernst, Roni. Ich verstehe, dass du nicht gedemütigt werden willst. Das will niemand. Und das Letzte, was ich mir für dich wünsche, ist, dass dir die Freude am Tanzen genommen wird. Aber ich glaube nicht, dass du dir selbst eine faire Chance gibst. Vielleicht kannst du klein anfangen und mir eine kleine Privatvorstellung geben?«

Sie blinzelte ihn an und schürzte spielerisch die Lippen. »Meinst du so was wie einen Striptease?«

»Au ja. Aber nur zusätzlich zu einer echten Tanzvorstellung. Ich komme immer extra ein bisschen früher, nur um dich tanzen zu sehen. Es ist so faszinierend, wenn du die Geschichte des Songs durch deine Bewegungen erzählst. Ich kann gar nicht genug davon bekommen.«

»Aber ich bin deine Freundin und deshalb siehst du es mit anderen Augen als alle anderen.«

»Mag sein, aber wenn andere Leute auch nur die Hälfte von dem wahrnehmen, was ich sehe, wird sie das genauso umwerfen.« Er strich ihr eine Strähne hinters Ohr, damit er ihr Gesicht besser sehen konnte. »Baby, du bist zu großartig, um dich von der Angst abhalten zu lassen. Ich wünschte, du könntest dich so sehen, wie es andere tun, so wie du es anscheinend früher getan hast. Ich will dich unterstützen, so wie du mich unterstützt, und wenn das bedeutet, dass ich aufhören muss, dich zu drängen, dann mache ich das auch. Aber sag mir ehrlich, Roni, willst du wirklich nie wieder auf einer Bühne tanzen?«

Als sie schnell den Blick senkte, wusste er, dass sie diesen Traum noch nicht ganz aufgegeben hatte.

»Das habe ich mir gedacht.« Er küsste ihre Stirn und brachte sie dazu, ihm wieder in die Augen zu sehen. »Ich würde alles dafür geben, dich auf der Bühne zu sehen, wenn du so weit bist. Übrigens ist diese Hoffnung mit dem Angebot verbunden, dich vor und nach dem Auftritt zu massieren.«

Sie schob einen Finger in den Bund seiner Jogginghose und küsste seine Brust. »Du würdest alles dafür geben?« Dann ließ sie eine Hand über seine Brust wandern. »Es hatte einen guten Grund, warum ich dir heute Morgen kein T-Shirt gegeben habe.«

»Ja, ich würde alles dafür tun.« Gott, sie hatte ihn völlig in der Hand. Sie wusste genau, wie sie ihn vom Thema ablenken konnte.

Ein verführerisches Lächeln umspielte ihre Lippen, als sie die Tätowierungen auf seinem Arm nachzeichnete, während ihre Augen den Fingern folgten. »Das, was du neulich gemacht hast, als wir unter der Dusche Sex hatten, hat mir sehr gefallen.«

Und schon war er hart.

Er zog sie an sich, damit sie spürte, was sie bei ihm bewirkte. »Meinst du das mit dem Mund oder als ich dich hochgehoben und gegen die Wand gedrückt habe?«

Ihre Augen blitzten auf. »Beides.«

»Oh Gott, Baby«, raunte er, küsste sie und hob sie dabei

hoch. Sie schlang die Beine um seine Taille, und so trug er Roni ins Schlafzimmer, wobei er die Lippen nur gerade so lange von ihren löste, um zu sagen: »Heißt das, du denkst über einen Auftritt nach?«

»Das kostet dich zwei Orgasmen.«

Er lachte schnaubend auf. »Hältst du mich für faul? Einigen wir uns lieber auf vier.«

Siebzehn

Dixies und Jaces Haus fühlte sich sehr heimelig an. Oder wie ein großer Becher heiße Schokolade an einem kalten Wintertag – warm, einladend und, zumindest im Augenblick, randvoll. Quincy hatte damit recht behalten, dass alle da sein würden. Roni war noch nie in einem Haus mit so vielen Menschen und so viel Liebe gewesen. Als sie und Quincy ankamen, wurden sie mit großer Begeisterung und vielen Umarmungen begrüßt. Die Kinder jubelten und Lincoln kam auf sie zugelaufen und rief »Hübseda!«, was schallendes Gelächter auslöste. Die Kinder zogen Quincy zum Spielen zum riesigen Weihnachtsbaum. Obwohl die Frauen bisher nur nett zu Roni gewesen waren und sie jetzt auch Penny besser kannte und mehrmals Nachrichten mit Josie ausgetauscht hatte, war Roni immer noch ein bisschen nervös. Schließlich war Thanksgiving ein Feiertag, den man im engsten Familienkreis feierte, und sie war eine Fremde. Doch Red und die anderen nahmen sie sofort in ihrer Mitte auf. Pamela, Jeds und Crystals Mutter, eine fröhliche Blondine, plauderte mit Roni und bat sie um das Kuchenrezept. Dann unterhielt sie sich mit den anderen über ihre Beziehungen und die bevorstehende Hochzeit von Josie und Jed. Anschließen kamen sie auf mögliche Namen für Finlays und Bullets Baby zu sprechen.

»Wie wäre es mit Cake Pop, nachdem Bullet dich Lollipop nennt?«, scherzte Penny, was ihr einen finsteren Blick von Finlay und Gelächter von allen anderen einbrachte.

»Ich finde, wenn es ein Mädchen wird, sollte es einen femininen Namen kriegen, so wie du und Penny«, sagte Gemma. »Vielleicht Tiffany oder Elizabeth?«

»Die gefallen mir gut«, schaltete sich Pamela ein. »Oder auch ältere Namen wie Margorie oder sogar Melody.«

»Die finde ich auch gut. Und was ist mit einem Unisex-Namen wie Jordan oder Parker?«, fragte Josie.

»Ich mag solche Namen ja, aber Bullet ist dagegen«, meinte Finlay. »Wir haben neulich mal über Babynamen geredet, während er die Wiege zusammengebaut hat, die Sarah und Bones uns zur Babyparty geschenkt haben. Ich habe ihm Charley vorgeschlagen, egal ob es ein Mädchen oder ein Junge wird, und da hat er gesagt«, sie senkte die Stimme um eine Oktave, »unsere kleine Süße kriegt ganz sicher keinen Männernamen!«

»Das ist ganz mein Junge«, sagte Red kichernd.

»Wenn es ein Junge wird, könntest du ihn Trigger nennen«, schlug Crystal vor. »Das sollte männlich genug sein.«

»Mein Baby wird nicht nach dem Teil einer Waffe benannt!« Finlay rieb sich den Bauch. »Es würde gut zu meinem Mann passen, aber es geht hier um ein unschuldiges Kind. Red, vielleicht benennen wir das Baby euch zu Ehren nach dir oder Biggs. Wie heißt Biggs eigentlich richtig?«

»Byron. Aber meine Liebe, du ehrst uns schon jeden Tag, indem du gut zu unserem Sohn bist«, erklärte Red gerührt. »Gebt eurem Baby lieber einen Namen, der dir und Bullet gefällt.«

»Nennt ihn bloß nicht Byron«, meinte Dixie. »Das ist ein schrecklicher Name. Mit dem wird er nur gehänselt. Was meinst du, warum mein Dad Biggs genannt wird?«

Finlay stemmte die Hand in die Hüfte. »Kennst du meinen Mann? Ich könnte unseren Sohn Jezebel nennen und trotzdem würde ihn niemand hänseln.« Was weiteres Gelächter auslöste.

»Egal, was du tust, Finlay, benenne ihn auf keinen Fall nach einem Treibstoff«, sagte Tracey mit einem Blick zu Diesel, der sie so aufmerksam beobachtete wie die anderen Männer die Kinder. »Ich hole mir ein Glas Wasser. Bin gleich wieder da.«

Während sie weiter über Namen sprachen, musterte Roni Quincy, der auf allen vieren kauerte, während Hail und Bradley auf seinem Rücken ritten. Jed, Truman und Bones unterhielten sich vor dem riesigen Weihnachtsbaum und passten auf die Kinder auf, während Kennedy ihren kleinen Bruder anwies, unter Quincys Bauch zu kriechen, und Hail das Kommando gab, *Hü-hott* zu rufen. Lila hockte in einem süßen Rüschenkleidchen vor Quincy und schaute ihm ins Gesicht, während er zu ihr hinübergriff, um sie mit einer Hand zu kitzeln. Da watschelte die Kleine freudequietschend davon und schmiegte sich an Scotts Beine. Scott hievte seine fröhliche Nichte auf die Schultern. Und nun guckte Quincy zu Roni und grinste, als hätte er den Spaß seines Lebens. Roni wusste, dass sie diesen Anblick nie vergessen würde. Und dass sie ihn immer wieder sehen wollte.

»Oha, Leute, schaut mal.« Josie zeigte zu Diesel, der in der Küche vor Tracey stand, während sie ein Glas mit Wasser aus dem Spender an der Kühlschranktür füllte. Wie die meisten Männer trug auch Diesel eine schwarze Lederweste mit den Aufnähern der Dark Knights, was ihn noch einschüchternder aussehen ließ.

»Er ist riesig und sie allerhöchstens eins sechzig. Kannst du dir die beiden im Bett vorstellen?«, fragte Crystal lachend. »Das wäre, als würde sie einen Bullen reiten.«

»Wenn ich mir Diesels Gesichtsausdruck ansehe, würde ich sagen, dass er sich genau das gerade vorstellt«, meinte Dixie.

Gemma und Penny stimmten ihr zu, während Red nur den Kopf schüttelte.

»Frauengespräche sind heute anders als früher, was?«, stellte Pamela fest und tauschte einen wissenden Blick mit Red.

»Ich kapiere nicht, wieso Tracey nicht begreift, dass er auf sie steht«, sagte Sarah. »Oder irren wir uns etwa?«

Dixie verschränkte die Arme. »Nein, wir irren uns nicht.«

»Ich glaube, Tracey weiß es durchaus, aber sie will es sich nicht eingestehen«, meinte Penny. »So wie er sie anschaut, kann man es ja gar nicht übersehen.«

Genau wie deine und Scotts verstohlene Blicke, dachte Roni.

Finlay rieb sich die wachsende Babykugel. »So war das bei Bullet und mir anfangs auch.«

Tracey drehte sich um, das Glas in beiden Händen, den Rücken gegen den Kühlschrank gepresst, und machte große Augen, während Diesel etwas zu ihr sagte, was Roni nicht hören konnte. »Sollten wir sie aus dieser Situation befreien?«

»Tracey sieht vielleicht verängstigt aus, aber sie ist es nicht«, erklärte Red mit Nachdruck. »Unser Mädchen kann es mit ihm aufnehmen, so wie Finlay es bei Bullet getan hat. Diesel ist härter als unser Bullet, aber er würde einer Frau nie etwas zuleide tun. Er ist durch und durch ein Beschützer.«

Tracey huschte aus der Küche, dann kam sie mit verdunkeltem Blick direkt zu ihnen und quetschte sich zwischen Red und Roni. Diesel grinste zufrieden, aber als er Ronis Blick bemerkte, wurde sein Gesichtsausdruck wieder stoisch.

»Was war das denn?«, fragte Penny.

»Ich weiß es nicht. Er ist so seltsam«, berichtete Tracey. »Er wollte wissen, ob ich in Begleitung zu Josies Hochzeit komme, und als ich gefragt habe, wie ich bitteschön einen Begleiter finden soll, wenn er keine Männer mit mir reden lässt, hat er mich nur angestarrt.«

»Visuelles Verschlingen wäre wohl treffender«, lautete Dixies Kommentar.

»Stimmt, genauso hat er dich angeschaut«, sagte Roni. »Wollte er dich fragen, ob du mit ihm auf die Hochzeit gehst?«

»Natürlich nicht«, entgegnete Tracey entsetzt. »Aber ich glaube, ich verstehe endlich, warum er mich immer beobachtet. Red, du hast ihm doch von meinem gewalttätigen Ex-Freund erzählt, als ich in der Bar angefangen habe, nicht wahr?«

»Ja, das stimmt. Da habe ich ihn auch gebeten, dich im Auge zu behalten, damit du nicht wieder Schwierigkeiten bekommst«, bestätigte Red.

»Genau das ist es«, erklärte Tracey. »Ich glaube, er wollte nur mein Date genauer unter die Lupe nehmen. Zum Glück habe ich eh niemanden, sonst müsste ich ihn wie einen aggressiven Hund an der Leine zurückzerren. Hat vielleicht irgendwer so ein Halsband mit Stacheln?«

Red lachte. »Ich habe dir doch gesagt, dass sie allein mit ihm fertig wird. Tracey und ich haben uns ausführlich über diesen Schrank von einem Mann unterhalten, und sie kommt durchaus allein mit ihm klar.«

»Ganz genau«, pflichtete Tracey ihr bei.

»Glaubt mir, würde ich denken, dass ein Mann eine Bedrohung für eines unserer Mädels darstellt, wäre ich die Erste, die einschreitet.« Mit einem Blick zu Roni fügte sie hinzu: »Das gilt auch für dich, meine Liebe. Du gehörst jetzt zur Familie.«

Roni war überrascht. »Danke. Ich war noch nie bei einer Familie wie deiner und bin erstaunt, wie ihr euch alle umeinander kümmert.«

»Es ist schon besonders, oder?«, fragte Tracey. »Ich hatte auch keine Ahnung, wie das sein würde, bis sie mich in ihren Clan aufgenommen haben.«

Pamela und Crystal tauschten einen warmen Blick.

»Ich auch nicht. Anfangs fand ich es ein wenig überwältigend«, gab Sarah zu. »Aber dann habe ich gelernt, ihnen zu vertrauen, und allmählich akzeptiert, dass es bei einer richtigen Familie so zugeht.«

»Ganz richtig, Liebes«, sagte Red. »Und Roni, dieser charmante Mann gehört zu uns, und er wird immer ein wichtiger Teil unserer Familie sein. Er ist mit seinen Drogenproblemen und auch allem anderen nicht auf sich allein gestellt. Er ist einmal durch die Maschen gerutscht, aber das passiert nie wieder.«

Es tat gut, das zu hören, auch wenn Roni das natürlich aufgrund der Art und Weise, wie sie ihn behandelten, geahnt hatte. Bevor sie etwas erwidern konnte, sagte Crystal: »Was für einen Kriegsrat halten eigentlich die Männer da gerade?« Sie zeigte zu Bullet, Bear und Jace, der den kleinen Axel auf dem Arm hielt.

»Wie ich Bullet kenne, überlegt er, wie er Finlay für den Rest ihrer Schwangerschaft wegsperren kann«, scherzte Dixie.

Finlay kicherte. »Er ist so verliebt und wird der beste Daddy der Welt sein.«

»Hast du gesehen, wie sich Bear um Axel kümmert?«, fragte Crystal. »Er nimmt jede Gelegenheit wahr, ihn zu wickeln, zu baden und mit ihm zu spielen.«

»Bear ist super mit Axel, aber das ist noch gar nichts gegen den Dreifach-Papa Bones«, fand Sarah.

»Apropos Kinder«, sagte Tracey zu Roni. »Dein Freund ist ja auch ein totaler Kindernarr.« Sie nickte in Quincys Richtung. Er unterhielt sich gerade mit Scott und Truman, während er sich Kennedy und Lincoln wie zwei Fußbälle unter die Arme geklemmt hatte. Die beiden Kinder strampelten fröhlich, und Hail und Bradley liefen im Kreis um die drei Männer herum.

»Er kann so gut mit den Kids umgehen.« Roni sah Gemma an. »Wir hatten einen Riesenspaß bei unserem Date mit Kennedy und Lincoln.«

»Die Kinder auch.« Gemma lächelte. »Lincoln redet ständig von seiner *Hübsen* und Kennedy plant bereits euren nächsten Ausflug.«

Alle kommentierten Lincolns niedlichen Kosenamen für Roni.

Es war interessant, dass derselbe Spitzname ihr auf völlig unterschiedliche Weise das Gefühl geben konnte, etwas Besonderes zu sein. Sie schaute zu Quincy, der die beiden Kinder wieder runterließ und dafür Lila hochhob, sie auf die Wange küsste und dann zum Spielen zu den anderen Kindern setzte. Seine Augen wurden ernst, als er mit Scott und Truman sprach, dann wanderte sein Blick zu Roni, und da erhellte sich seine Miene sofort wieder. Es gefiel ihr, dass er genauso oft an sie zu denken schien wie sie an ihn.

»Das war ein sehr verträumter Seufzer, Roni«, stellte Finlay fest.

Als Roni merkte, dass sie Quincy anstarrte, riss sie sich von seinem Anblick los und bemerkte, dass nun alle Augen auf sie gerichtet waren. »Tut mir leid. Er ist einfach so …«

»Heiß?«, beendete Tracey den Satz für sie.

»Ja, definitiv, aber noch mehr als das. Er hat etwas so Besonderes an sich, und auch die Art, wie er sich um andere kümmert, ist besonders. Ich kann kaum glauben, dass wir noch nicht mal einen ganzen Monat zusammen sind. Es fühlt sich an, als wären wir schon viel länger ein Paar.«

»Das liegt daran, dass er dich den ganzen Sommer über mit Textnachrichten umgarnt hat«, meinte Penny.

»Ja, das hat er wirklich«, sagte Roni.

»Er kann schon aufdringlich sein, aber er meint es nur gut«, erklärte Penny.

»Nicht aufdringlich, aber auf jeden Fall hartnäckig«, stellte Roni klar. »Er bringt mich dazu, Dinge zu tun, von denen ich nicht einmal wusste, dass ich sie tun wollte.«

»Quincy und seine schmutzigen Fantasien ...«, scherzte Crystal.

»So meinte ich das jetzt nicht. Na ja, vielleicht auch ein bisschen, aber ...« Roni spürte, wie ihre Wangen brannten.

»Sie schicken sich andauernd Videos«, warf Josie ein. »Zumindest hat Jed gesagt, dass Quincy immer aufs Handy guckt, um sich deine Videos anzuschauen.«

»Jetzt wird es ja noch viel interessanter«, fand Dixie.

»Nein, nicht solche Videos«, erklärte Roni rasch. »Nur Videobotschaften anstelle von Textnachrichten, weil das viel persönlicher ist. Jedenfalls meinte ich, dass er mir Dinge zutraut, die ich mir selbst nicht mehr zutraue.«

»Wieso ›nicht mehr‹?«, wollte Josie wissen.

Roni fiel erst jetzt auf, dass sie ihnen gegenüber nie den Unfall erwähnt hatte. Also erzählte sie den anderen, was sie durchgemacht hatte. »Quincy versucht, mich zu überreden, wieder auf die Bühne zu gehen. Einerseits macht mich der Gedanke sehr nervös, andererseits will ein großer Teil von mir es für ihn tun, was irgendwie komisch ist, weil ich noch nie für jemand anderen tanzen wollte. Na ja, ich wollte schon meine Großmutter und Elisa – das ist meine Tanzlehrerin – stolz machen, aber das Tanzen war immer etwas, das ich vor allem für mich selbst gemacht habe.«

»Daran erkennst du, dass du den Richtigen gefunden hast«, meinte Red. »Denjenigen, der dir hilft, das Beste aus dir zu machen, und der für dich durchs Feuer gehen würde.«

Roni dachte kurz darüber nach. »Ich glaube, er würde nicht nur für mich, sondern für euch alle durchs Feuer gehen. Er ist so ein guter Mensch.«

»Und durch ihn bekommst du uns gleich mit«, sagte Gemma fröhlich.

»Apropos uns, hat Gemma mit dir über das Kostüm fürs Winterspektakel gesprochen?«, erkundigte sich Crystal.

»Nein. Gibt es ein Problem?«, fragte Roni. »Bei der Sommeraufführung haben manche Kostüme nicht richtig gepasst, aber Elisa hat das mit der Kostümfirma geklärt. Ich glaube, sie hat den Eltern eine Nachricht geschickt, dass sie sie erst vier Wochen vor der Veranstaltung bestellen sollen.«

»Ich habe Kennedys auch noch nicht bestellt«, versicherte Gemma ihr. »Ich habe bisher nichts gesagt, weil du mit Quincy zusammen bist und ich nicht wollte, dass du denkst, wir würden eure Beziehung zu unserem Vorteil ausnutzen wollen. Aber als ich mir die Website der Kostümfirma angesehen habe, fiel mir auf, dass Crystal und ich die Kostüme viel billiger herstellen lassen könnten. Wir könnten die Stoffe in größeren Mengen über die Boutique beziehen, sodass die Eltern einen Haufen Geld sparen.«

»Meinst du, Elisa würde es in Betracht ziehen, die Kostüme hier in der Region anfertigen zu lassen?«, fragte Crystal.

»Ich glaube, das würde sie sogar begrüßen. Ich würde niemals auf die Idee kommen, dass du meine Beziehung zu Quincy ausnutzen willst, Gemma. Als ich klein war, haben wir uns nicht alle Tanzstunden leisten können, die ich belegen wollte. Da hat meine Großmutter als Gegenleistung für den Unterricht Kostüme genäht. Meiner Ansicht nach würden sich Elisa und auch die Eltern freuen, wenn sie Geld sparen können und die Kostüme noch dazu in unserer Gegend genäht werden. Am besten gibst du mir deine Nummer. Ich rede mit Elisa und lasse dich wissen, was sie davon hält.«

»Perfekt. Danke«, erwiderte Gemma.

Während sie die Nummern austauschten, schlich sich Jace mit dem kleinen Axel an Dixie heran und gab ihr einen Schmatzer auf die Wange. Jace war Ende dreißig und hatte lange dunkle Haare und ernste Augen. Roni war aufgefallen, dass er genauso oft zu Dixie blickte wie Quincy zu ihr.

»Mein Mann, der Kindernarr«, sagte Dixie liebevoll. »Du magst Quincy ja für einen halten, aber Jace toppt das locker. Er hat das Baby nicht mehr losgelassen, seit Bear und Crystal zur Tür reingekommen sind.«

Jace grinste breit. »Vielleicht haben wir nächstes Jahr um diese Zeit unser eigenes zum Herumtragen.«

»Ich habe noch einen Vertrag zu erfüllen, schon vergessen?« Dixie schmiegte sich an ihn. »Das neue Silver-Stone-Model würde mit dickem Babybauch in den *Leder und Spitze*-Outfits nicht sehr heiß aussehen.«

Jaces Augen wurden feurig. »Wollen wir wetten?« Er gab ihr einen dicken Kuss. »Du gehst mit dem Boss ins Bett. Ich ändere einfach deinen Vertrag.«

»Hör auf.« Dixie klang eher fröhlich als gereizt. »Wie wär's, wenn wir Nana Pamela mal ihr Enkelkind geben?« Sie nahm ihm Axel ab, küsste ihn auf die Stirn und reichte ihn an Pamela weiter.

»Ich habe dich vermisst«, sagte Pamela und kuschelte mit dem Kleinen.

Dixie nahm Jaces Hand. »Komm, mein Großer, du musst jetzt den Truthahn tranchieren.«

Als sie Jace in die Küche zog, raunte er ihr zu: »Ich entwerfe eine Umstandskollektion für *Leder und Spitze*.«

Dixie schaute über die Schulter zurück und rief: »Hilfe! Ich brauche Verstärkung!«

Roni lachte, während ihr alle in die Küche folgten.

»Gehen wir, meine Liebe.« Red legte den Arm um Roni und ging mit ihr zu den anderen. »Eine von uns braucht Verstärkung. Obwohl ich ja eigentlich schon gern noch mehr Enkelkinder hätte.«

Das Abendessen war köstlich, laut und wunderbar. Aufgrund all der lustigen Bemerkungen der Kinder und der unanständigen Witze, die so verschlüsselt waren, dass die Kinder davon nichts mitbekamen, hatte Roni noch nie so viel gelacht. Quincy war so aufmerksam und hielt ständig ihre Hand oder legte den Arm um sie. Er flüsterte ihr süße und sexy Dinge ins Ohr und stahl sich immer wieder einen Kuss von ihr. Andauernd neckte man sie als Turteltäubchen, was Quincy schon in der Bar gefallen hatte und ihn nur noch mehr dazu anstachelte, Roni zu küssen.

»Wenn ihr so weitermacht, seid ihr die nächsten, die einen Braten in der Röhre haben«, sagte Bear mit schelmischem Grinsen.

»Nein, jetzt sind erst mal wir dran«, rief Jace.

Dixie verdrehte die Augen. »Kein Baby für dich, bis mein anderes Baby hergerichtet ist.«

»Du bist die einzige Frau auf der Welt, die ihr Haus als Baby bezeichnet.« Jace blickte in die Runde. »Als wir aus ihrem Häuschen in der Stadt ausgezogen sind, hat sie gesagt, sie fühlt sich, als ob sie ihr Baby zurücklassen würde.«

»Ich kann nichts dafür, dass ich so daran hänge«, verteidigte sich Dixie. »Ich bin eben sehr stolz darauf, ein eigenes Haus zu haben.«

»Ich wollte dich schon fragen, ob du es verkaufen willst«, sagte Truman.

Dixie schüttelte den Kopf. »Tut mir leid, Tru. Ich bin noch nicht bereit, es loszulassen. Wir werden es herrichten und dann für eine Weile vermieten.«

»Wenn es nach ihr geht, werden wir es vermieten, bis unsere ungeborenen Kinder so alt sind, dass sie dort einziehen können.« Jace schüttelte den Kopf.

»Das ist ja überhaupt die Idee!«, rief Dixie und löste damit eine Reihe von Lachsalven und Scherzen aus.

»Ja, klar.« Jace sah zu Diesel hinüber. »Hey D, bleibst du noch eine Weile in der Gegend? Suchst du eine Bleibe zur Miete?«

Diesel schüttelte den Kopf. »Nein, danke, mir gefällt's ganz gut im Clubhaus.«

»Er hat schon eine Drehtür zum Schlafzimmer eingebaut«, sagte Tracey mehr zu Roni als zu den anderen, aber alle anderen hörten es und die Gespräche verstummten.

Diesel musterte sie mit dunklen Augen, dann kehrte sein zufriedenes Grinsen wieder zurück. »Eifersüchtig, Kleines?«

Tracey hob das Kinn, begegnete seinem Blick und kniff die Augen zusammen. »Das hättest du wohl gern, Bleifrei.«

Alle brachen in Gelächter aus, nur Tracey und Diesel lieferten sich weiterhin ein Blickduell.

»Okay, Leute, hört mal alle her«, rief jetzt Biggs und ließ feierlich den Blick über den Tisch schweifen. »Es war ein Wahnsinnsjahr, oder? Wir haben neue Familienmitglieder dazugewonnen, neue Enkelkinder bekommen, und ein weiteres ist auf dem Weg. Es stehen zwei Hochzeiten an und am Tisch sitzen zwei neue Paare.« Er hob sein Glas und prostete Quincy und Roni sowie Penny und Scott zu. »Und ich möchte euch einfach sagen, dass ich für jeden einzelnen von euch dankbar bin, auch für diejenigen, die heute nicht hier sind, um mit uns zu feiern.«

»Wollen wir Wetten abschließen, wer sich als Nächstes verlobt?«, fragte Bear und sah erst Roni und Quincy und dann Scott und Penny an.

Scott legte den Arm um Penny und zog sie an sich. »Ich habe diese umwerfende Frau gerade erst dazu gebracht, mit mir auszugehen. Gebt uns noch ein bisschen Zeit, ja?«

Alle lachten.

»Penny, wenn du überlegst, ob du meinen Bruder heiraten willst, dann zieh einfach zu ihm«, sagte Josie. »Sarah und ich sind der lebende Beweis dafür, dass man schnell verheiratet ist, wenn man erst mal mit Scott zusammengewohnt hat.«

Weiteres Gelächter folgte.

Roni genoss das fröhliche Geplänkel und dass sich die anderen Paare, die am Tisch saßen, genauso nahe standen wie sie und Quincy. Obwohl Sarah und Bones Lila zwischen sich hatten, griff Bones über die Rückenlehne des Hochstuhls und streichelte Sarahs Schulter, um ihre Aufmerksamkeit zu erregen und ihr einen Kuss zu geben. Truman und Gemma flüsterten um Lincoln herum miteinander. Bullet hatte während des gesamten Essens eine Hand auf Finlays Bauch gelegt, und jedes Mal, wenn das Baby strampelte, sagte er es allen. In dieser Familie gab es keine gestelzten Momente. Dafür waren sie zu echt. Man zog sich gegenseitig auf und lachte so laut, dass die Babys zusammenzuckten. Genau das liebte Roni an diesen Menschen. Nach dem Abendessen sangen sie für Lila und Bones »Happy Birthday«, und Lila freute sich über ihre Geburtstagsgeschenke fast so sehr wie über den Kuchen. Sie hatten beim Kauf der Geschenke großen Spaß gehabt, und es war so süß gewesen, wie Quincy nach der perfekten Anziehpuppe und nach schönen Kinderbüchern gesucht hatte. Es gab mehrere Desserts zur Auswahl, und Roni freute sich, dass die selbstgebackenen Apfelkuchen großen Anklang fanden. Alle Frauen wollten das Rezept haben.

Später nahm Biggs die Kinder mit ins Wohnzimmer und las ihnen vor, während Red und Pamela sich um die Babys kümmerten und Bullet Finlay dazu brachte, die Füße hochzulegen. Alle anderen halfen beim Aufräumen. Nachdem die Kinder das Zimmer verlassen hatten, ließen die Männer wieder schmutzige Witze vom Stapel, diesmal ganz ohne Verschlüsselung, was Roni und einige der anderen Frauen vor Lachen rot anlaufen ließ. Sogar Diesel grinste, wobei seine steinernen Gesichtszüge nur minimal weicher wurden.

Es war das schönste Thanksgiving, das Roni je erlebt hatte. Obwohl sie ihre Großmutter vermisste, war mit Quincy und ihren neuen Freunden kein Platz mehr für Einsamkeit. Als das letzte Geschirr abgewaschen war, nahm Quincy ihre Hand und führte sie aus der Küche. »Ich möchte dir was zeigen.«

Er sah in seinen Jeans und dem schwarzen Pulli umwerfend aus, als er mit Roni die Treppe hinaufging, sie einen Flur entlangführte und durch eine Tür zu einer weiteren Treppe ging, bis sie ganz oben im verglasten Ausguck angekommen waren, den Roni schon bei ihrer Ankunft von außen gesehen hatte. Bevor sie etwas sagen konnte, zog Quincy sie an sich und küsste sie sinnlich und so lange, bis sie ein Prickeln von Kopf bis zu den Füßen spürte.

»Sorry, Babe«, sagte er, »aber das wollte ich schon den ganzen Abend lang tun.«

Sie schlang die Arme um seinen Hals und fuhr mit den Fingern durch sein Haar. »Trotz der vielen Küsse beim Abendessen?«

»Das waren nur Appetithäppchen.« Wieder presste er die Lippen auf ihre. »Gefällt es dir hier?«

»Und wie. Deine Familie ist der Stoff, aus dem Träume gemacht sind, mit so viel Liebe und Halt, genau wie in den Geschichten, die Tru für dich erfunden hat. Wenn du nur bei ihnen hättest aufwachsen können, um die Liebe zu bekommen, die du verdient hast.«

»Ach, Baby, dein großes Herz haut mich immer wieder um.« Er küsste sie erneut. »Und deine Lippen auch.« Er zog sie an sich, dann blickten sie zum Fenster hinaus und stellten fest, dass Schneeflocken vom Himmel fielen.

»Es schneit!«, rief sie ganz aufgeregt.

»Den Schnee habe ich extra für dich bestellt.« Als plötzlich sein Telefon klingelte, fluchte er leise. »Entschuldige.« Er zog es aus der Tasche und schaute aufs Display. »Simone. Da muss ich rangehen. Die Feiertage können hart sein.«

»Ja, klar. Soll ich unten warten?«

»Auf keinen Fall.« Er drückte sie an sich, während er den Anruf entgegennahm. »Hey, Simone.«

Dann lauschte er, und Roni spürte, wie sich sein Körper versteifte. Sein Kiefer spannte sich an, der Blick wurde ernst.

»Bist du verletzt?« Er hielt inne, und sein Atem beschleunigte sich. »Bleib bei Sunny. Ich bin schon auf dem Weg.«

Als er auflegte, fragte Roni: »Ist alles in Ordnung?«

»Sie ist ihrem Ex über den Weg gelaufen und total durch den Wind, aber jetzt ist sie zum Glück wieder im Frauenhaus und in Sicherheit. Tut mir leid, Baby, aber ich muss los und zusehen, dass sie jetzt nicht rückfällig wird. Ist es okay, wenn Tru dich nach Hause bringt?«

»Ja, klar. Soll ich vielleicht mitkommen, um für sie da zu sein? Für euch beide?«

»Mann, Baby. So was würdest du tun?«

Reds Worte kamen ihr wieder in den Sinn. »Du bist der Richtige für mich, Quincy. Für dich würde ich alles tun.«

Er nahm sie in die Arme. »Für dich würde ich auch alles tun. Aber so sehr ich dein Angebot auch zu schätzen weiß, ich will dich da lieber nicht mit reinziehen. Ihr Ex ist ein Drogendealer und beobachtet das Frauenhaus. Ich will nicht, dass er dich dort sieht.«

»Aber ist das für dich nicht auch gefährlich?«, fragte sie, während sie die Treppe hinuntergingen.

»Nein. Ich muss nur zusehen, dass für Simone keine Gefahr besteht.« Als sie das Wohnzimmer betraten, straffte er die Schultern und wirkte noch größer als sonst. »Diesel, Tru«, sagte er in einem tiefen, bestimmenden Tonfall, den Roni nicht von ihm kannte.

Wahrscheinlich merkte er gar nicht, dass er immer noch ihre Hand hielt, als Diesel und Tru umgehend zu ihm kamen. Auch die anderen Männer strömten herbei, als hätte er sie ebenfalls gerufen. Schnell erklärte Quincy die Situation.

»Dieser Dreckskerl kann einpacken«, fauchte Diesel und ballte die Hände zu Fäusten.

»Warte mal, Diesel«, sagte Quincy scharf. »Meinst du, du könntest diese Polizistin in Parkvale erreichen, mit der du befreundet bist?«

Diesel nickte.

»Wir könnten sie heute Abend brauchen. Ich werde versuchen, Simone zu einer Anzeige zu bewegen, vielleicht kann sie eine einstweilige Verfügung erwirken. Einer Frau gegenüber würde sie vermutlich eher eine Aussage machen«, erklärte Quincy. »Kannst du die Unterkunft und Simones Job eine Zeit lang stärker bewachen lassen?«

»Auf jeden Fall. Wir begleiten sie zur Arbeit und nach Hause, und ich werde dafür sorgen, dass immer wer in ihrer Nähe ist.« Diesel hielt sich das Telefon ans Ohr und trat zur Seite.

»Braucht sie einen Arzt?«, fragte Bones.

»Nein, aber danke«, antwortete Quincy. »Ich fahre jetzt hin, um dafür zu sorgen, dass sie sauber bleibt.«

»Wir kommen mit und patrouillieren in der Gegend, damit es keinen weiteren Ärger gibt«, erklärte Bullet und nickte Bones, Bear und Jed zu.

»Scott und ich sorgen dafür, dass unsere Ladys sicher nach Hause kommen«, brummte Biggs.

Wahnsinn. Sie arbeiteten zusammen wie ein meisterhaft choreografiertes Tanzteam.

»Ich glaube zwar nicht, dass wir alle Männer brauchen, aber ich weiß, dass es sinnlos wäre, mit euch darüber zu streiten.« Quincy sah zu Truman hinüber. »Könntest du Roni heimfahren?«

»Klar, Bro«, antwortete Truman.

Wie auf ein Zeichen gingen die Männer zu ihren Partnerinnen. Quincy zog Roni ins Esszimmer. »Meinst du, dass du allein klarkommst?«

»Aber natürlich. Doch nachdem alle gleich in Aktion getreten sind, frage ich mich schon, wie gefährlich die Sache ist.« Sie drückte seine Hand. »Du musst mir nichts vorflunkern, Quincy. Ich kann die Wahrheit verkraften.«

»Ich werde dir nie was vorflunkern. Sie wollen alle nur sichergehen, dass dieser Dreckskerl und seine Leute abgezischt sind. Das ist ihr Job, Babe. Die Dark Knights sind hier, um alle zu beschützen. Mir passiert nichts, das verspreche ich dir.«

»Na gut, aber versprich mir auch, dass du ganz besonders auf dich aufpasst. Und komm zu mir, wenn du fertig bist.«

»Ich weiß nicht, wie lange es dauert. Es könnte zwei, drei Uhr werden.«

»Ganz egal, wie spät es ist. Ich muss wissen, dass es dir gut geht.«

»Okay.« Er schloss sie in seine Arme und hielt sie fest. »Ich … Danke für dein Verständnis, Babe.«

Er gab ihr einen kurzen Kuss, dann schnappte er sich seine Jacke und ging mit den anderen zur Tür hinaus. Plötzlich hatte Roni ganz unerwartet einen Kloß im Hals, während sich Truman, Gemma und Biggs zu ihr gesellten.

»Alles gut bei dir?«, erkundigte sich Truman.

»Mehr oder weniger. Ich habe ein bisschen Angst um die Männer und um Simone.«

»Das ist verständlich«, meinte Truman.

»Ich erinnere mich noch an das erste Mal, als ich die Jungs so hinausstürmen gesehen habe wie gerade eben«, sagte Gemma. »Das hat mir auch Angst gemacht.«

Roni war froh, dass sie nicht die Einzige war, der es so ging.

»Aber am Ende des Abends ist mir klar geworden, dass man alles andere als Angst haben muss, wenn sich diese Lederjacken-Kerle zusammentun«, erklärte Gemma. »Sie sind wie Superman auf Anabolika. Die Typen, vor denen man Angst haben muss, sind die anderen. Und unsere Männer spüren sie auf, um uns zu beschützen.«

»Machst du dir keine Sorgen, dass ihnen was zustoßen könnte?«, fragte Roni.

Gemma nickte. »Doch, natürlich, aber sie sorgen für Sicherheit und retten Leben.«

»Könnte es auch zu einer Schlägerei kommen?«, hakte Roni nach.

»Nur wenn es sein muss, Schätzchen.« Biggs legte ihr den Arm über die Schulter und war für Roni wie eine Säule der Stärke, an die sie sich anlehnen konnte. »Mach dir keine Sorgen. Diesel hat inzwischen etwa dreißig Dark Knights angerufen, die schon auf dem Weg nach Parkvale sind. Es wird alles gut.«

Seine Stimme war rau wie Sandpapier und klang so tröstlich, wie sich seine Umarmung anfühlte. Jetzt wurde ihr klar, dass Quincy genau hier Vorbilder gefunden hatte, die ihn zu seiner ausgeprägten Fürsorglichkeit und Hilfsbereitschaft bewogen. Roni hatte sich ebenso in diese Familie verliebt wie in Quincy.

Achtzehn

Es war fast halb drei, als Quincy aus seinem Wagen stieg und über den Parkplatz zu Ronis Wohnung ging. In der ersten Zeit nach dem Entzug hatte er Truman und Jed nach den NA-Sitzungen und an schwierigen Tagen die Ohren vollgequatscht. Aber noch nie hatte er jemanden gehabt, zu dem er nach Hause kommen konnte. Jetzt aber stieß er die schlechten Erinnerungen an seine Vergangenheit von sich, während er die Stufen zu der Frau seiner Träume erklomm. Roni öffnete ihm mit sorgenvollem Blick die Tür und sah wunderhübsch aus in ihren Schlafshorts und einem Trägerhemd. Als sie ihn sofort umarmte, fühlte er sich so dankbar wie noch nie in seinem Leben.

»Hi, Baby. Tut mir leid, dass es so spät geworden ist.« Truman hatte ihm eine Nachricht geschrieben, dass er Roni angeboten hatte, bei ihnen zu bleiben oder dass Gemma auch bei ihr übernachten könnte, doch Roni hatte behauptet, dass es ihr gut gehe. Quincy kannte seine starke Freundin gut genug, um zu wissen, dass sie ihnen nicht zur Last fallen wollte.

Sie legte ihm die Hände auf die Wangen und suchte seinen Blick. »Geht's dir gut? Geht es Simone gut?«

Er küsste sie. »Es geht uns beiden gut. Lass uns reingehen.«

»Kann ich dir was bringen? Ich weiß gar nicht, was ich tun

soll. Willst du ein Wasser?«, fragte sie, während er seine Jacke aufhängte.

»Ich will nur dich, Babe.« Er nahm ihre Hand und führte Roni zur Couch. »Bist du die ganze Zeit aufgeblieben?«

»Ich habe nicht schlafen können, weil ich mir solche Sorgen gemacht habe. Ist mit Simone alles in Ordnung? War sie verletzt?«

Er hasste es, dass er ihr Sorgen bereitet hatte. »Es geht ihr gut. Ihr Ex hat sie erwischt, als sie aus dem Bus gestiegen ist, und wollte sie in sein Auto zerren. Er hat fest zugepackt, sie aber immerhin nicht geschlagen. Sie hat ein paar blaue Flecken an den Armen.«

»Oh nein.« Roni schlug sich eine Hand vor den Mund. »Die Arme. Vielleicht solltest du sie ein paar Tage bei dir wohnen lassen, damit sie in Sicherheit ist.«

Zum millionsten Mal, seit sie zusammen waren, hatte er das Gefühl, sein Herz müsse überlaufen. »Du bist wirklich etwas Besonderes. Ich finde es toll, dass du Simone helfen willst, aber als ihr Sponsor darf ich das nicht.«

»Darf das irgendwer anders? Vielleicht ein Dark Knight?«

Er erläuterte ihr die Vereinbarung, die er und Biggs getroffen hatten. Eine Person musste mindestens sechs Monate drogenfrei sein, bevor ein Clubmitglied oder ein anderer Bewohner von Peaceful Harbor sie bei sich aufnehmen oder ihr einen Job anbieten durfte. »Diesel und ich haben darüber gesprochen, ob wir sie vielleicht ganz aus Maryland wegbringen. Biggs' Bruder Tiny leitet die ›Redemption Ranch‹ in Colorado, wo ehemalige Junkies ins Leben zurückfinden. Sie bieten ein großartiges Programm mit Therapeuten und Ärzten. Aber Simone ist nicht bereit, die Gegend zu verlassen.«

»Obwohl es hier für sie nicht sicher ist?«

»Das ist ein längerer Prozess, Babe. Kurz nach dem Entzug ist es am schwierigsten. Simone fängt gerade erst an, sich zurechtzufinden. Eine so große Veränderung könnte sie zurückwerfen. Sie will clean bleiben, und sie hat das Richtige getan, indem sie ihm widerstanden und mich angerufen hat. Diesel wird sie jetzt im Auge behalten. Und immerhin habe ich sie davon überzeugen können, eine einstweilige Verfügung gegen ihren Ex zu erwirken, weshalb ich so lange weg war. Diesel hat ein paar Beziehungen spielen lassen, um das durchzusetzen, aber es wird noch ein, zwei Wochen dauern.«

»Oh, gut. Das war clever. Kennst du denjenigen, der ihr das angetan hat?«

»Ja. Es ist der Dealer, dem ich mal Geld geschuldet habe. Derselbe, der mich halbtot geschlagen hat.«

»*Quincy!*«, rief Roni ganz aufgebracht. »Du hast doch gesagt, dass du nicht in Gefahr bist.«

»War ich auch nicht. Du hast doch gesehen, dass die Jungs mit mir mitgekommen sind. Sie haben mir den Rücken freigehalten.«

»Ich kann nicht glauben, dass ich dich darauf hinweisen muss, aber dieser Typ wollte dich tot sehen, und du lebst noch. Für mich klingt das gefährlich, vor allem, wenn er das Heim beobachtet und weiß, dass du Simone hilfst.« Panik stieg in ihren Augen auf. »Oh nein, sag nicht, dass du ihm noch Geld schuldest. Was ist, wenn er weiterhin hinter dir her ist?«

»Roni, Baby, ich schulde ihm gar nichts, und er wird auch nicht hinter mir her sein.« Er nahm ihre Hände und hielt sie ganz fest. »Er weiß, dass ich Simones Sponsor bin. Wahrscheinlich beobachtet er mich, seit ich ihr helfe, aber das ist das einzige Problem, das er mit mir hat. Ich habe keine Verbindungen, weder zu ihm noch zu sonst wem in dieser Welt, und meine

Schulden sind getilgt. Als ich in der Entzugsklinik war, hatte Tru Angst, dass der Typ hinter meiner Familie her sein würde. Da ist er zu Biggs gegangen und hat sich Geld geliehen, um meine Schulden zu bezahlen. Biggs hat Bullet beauftragt, sich darum zu kümmern, und ich habe Biggs mittlerweile jeden Cent zurückgezahlt. Mir wird nichts zustoßen. Ich würde mich nie in seine Schusslinie begeben, geschweige denn dich oder irgendjemand anderen in Gefahr bringen.«

»Okay, Gott sei Dank.« Erleichtert stieß sie die Luft aus.

»Du musst dir keine Sorgen machen, Babe.«

»Tu ich aber trotzdem.« Sie kletterte auf seinen Schoß, legte die Arme um ihn und lehnte den Kopf an seine Schulter. »Ich hatte wirklich Angst.«

Er küsste sie auf die Stirn und streichelte ihren Rücken. »Ich weiß. Es tut mir leid.«

»Ich bin froh, dass es euch beiden gut geht.«

Sie zog ihn fester an sich, und nun wurde sein Herz schwer wegen dem, was er ihr zu sagen hatte, aber es führte kein Weg daran vorbei. »Roni, ich weiß, du hast gesagt, dass du dich auf mich einlässt. Aber wenn dir das alles zu viel wird ...«

Sie legte einen Finger auf seine Lippen und schenkte ihm einen liebevollen Blick. »Hältst du mich für faul?«, fragte sie mit demselben Wortlaut, den er vor Kurzem verwendet hatte. »So leicht wirst du mich nicht los, Quincy. Du wirst es weiter mit mir aushalten müssen.«

Kurz, bevor er sie innig küsste, murmelte er: »Und nichts ist mir lieber.«

Neunzehn

Die *Helms Tree Farm* war genauso, wie Roni sie in Erinnerung hatte, nur noch viel besser. Es hatte das ganze Wochenende über immer wieder geschneit, und nun lag an diesem späten Sonntagnachmittag in Peaceful Harbor eine mehrere Zentimeter dicke Schneeschicht. Die beiden Hunde der Familie Helms, jeder mit einer großen roten Schleife am Halsband, begrüßten die Gäste schwanzwedelnd und mit nassen Hundeküssen. Aus den Lautsprechern dröhnte festliche Musik, bunte Weihnachtslichter ließen die Schneeflocken funkeln. Menschen jeglichen Alters schlenderten dick vermummt in Mützen und Schals durch den Geschenkeladen, während andere sich am Stand tummelten, wo es Kakao und heißen Apfelwein gab. Kinder rannten herum oder fuhren Schlitten am Hang hinter dem Laden. Leute wanderten durch die Reihen dichtgewachsener und von Schnee gepuderter Christbäume, während manch ein Baumjäger schon glücklich über seine Beute eine riesige Tanne zur Kasse schleifte. Es gab Kutschfahrten mit Pferden, die mit Glocken und Schleifen geschmückt waren, und einen Pavillon, wo man selber Kränze binden konnte. Roni schmiegte sich an Quincy. Er lächelte und die Schneeflocken glitzerten auf seiner grauen Wollmütze und der schwarzen Winterjacke.

Das war genau das, was sie nach ein paar stressigen Tagen brauchten. Da es eines der geschäftigsten Einkaufswochenenden des Jahres war, hatte Quincy am Freitag und Samstag den ganzen Tag gearbeitet und selbst heute am Sonntag bis fünfzehn Uhr. Aber Roni machte das nichts aus. So hatte sie Zeit gehabt, zusammen mit Angela Weihnachtsschmuck und ein Geschenk für Josies Party zu kaufen. Sie hatte auch ein paar Kleinigkeiten für Quincy besorgt, die sie ihm schenken wollte. Die letzten beiden Nächte hatten sie bei ihm verbracht, da Roni das Wochenende frei hatte. Quincy hatte sie am Freitagabend mit einem Schlüssel zu seiner Wohnung überrascht, und so konnte sie jederzeit kommen und gehen, während er arbeitete. Sie liebte seine Wohnung, die sich schon mehr wie ein Zuhause anfühlte als ihr eigenes Apartment. Die Abende waren intim und wunderschön gewesen. Allerdings hatte Simone ein paar Mal spät in der Nacht angerufen, und danach hatte Quincy eine Weile gebraucht, um sich wieder zu beruhigen. Für die Patenschaft galt eine Schweigepflicht, daher hatte Quincy keine Details der Gespräche preisgegeben. Dafür hatte er Roni aber erklärt, dass es schwierig sei, wenn einem die Drogen hingehalten werden wie einem Pferd eine Karotte. Selbst wenn die betroffene Person in dem Moment stark war und sich abwandte, hörte das Verlangen nie auf. Roni störte sich nicht an Simones Anrufen. Dadurch bekam sie eine andere Perspektive, und es gefiel ihr, wie sehr sich Quincy für Simones Heilungsprozess einsetzte. Nachdem er so viel gearbeitet hatte, brauchte er den heutigen Tag noch mehr als Roni. Als er sie mit seinen klaren blauen Augen anschaute und ihr einen Kuss auf die Lippen drückte, merkte sie, wie gut ihm dieser Ausflug schon jetzt tat.

»Bereit, unseren Baum auszusuchen, meine Hübsche?«

»Aber klar doch!« Sie zog ihn zu dem Tisch, wo man sich das Schildchen holen konnte, das man an den ausgewählten Baum hängte. Das Personal würde dann den Baum fällen, während man sich den Attraktionen der Farm widmete. Seit Quincy versprochen hatte, mit ihr dorthin zu fahren, hatte sie diesem Moment entgegengefiebert, und jetzt konnte sie kaum an sich halten.

»Nun komm schon!« Sie rannte eine Baumreihe entlang und strich dabei mit der Hand über die Äste, sodass der Schnee auf sie herabregnete. »Willst du lieber einen großen oder einen kleinen? Einen dicken oder einen dünnen? Ich glaube, auf dem Schild stand auch, dass es verschiedene Arten gibt. Verstehst du was von Bäumen? Sollen wir ihn bei dir oder bei mir aufstellen?«

Lachend zog er sie in seine Arme und grinste von einem Ohr zum anderen. »Das hier will ich, Baby – dich so glücklich an meiner Seite haben, und zwar jeden Tag meines Lebens.«

Er küsste sie fest und bestimmt, dann langsam und sinnlich, und kurz bevor der Schnee unter ihren Füßen geschmolzen wäre, unterbrach er den Kuss und ließ sie mit einem vollen Herzen und zwei weichen Knien zurück.

»Ich kaufe dir so viele Bäume, wie du willst«, sagte er. »Wo willst du am Weihnachtsmorgen aufwachen?«

Seine Liebeserklärung hatte ihr die Sinne vernebelt. »In deinen Armen«, stieß sie hervor.

»Gott, Frau.« Er legte die Stirn an ihre. »Du bringst mich um den Verstand, was mir gefällt. Sollen wir für beide Wohnungen einen Baum kaufen?«

»Nicht unbedingt. Wir verbringen mehr Zeit bei dir und ich bin gerne dort. Es fühlt sich mehr wie ein Zuhause an.«

»Dann also nur einen Baum.«

Sie besiegelten ihre Entscheidung mit einem weiteren Kuss, und als sie Hand in Hand weitergingen, sagte sie sich, dass sie nicht zu aufgeregt sein durfte über dieses neue Level, das ihre Beziehung offenbar erreicht hatte. Auch sie wollte Quincy jeden Tag an ihrer Seite haben.

Sie schlenderten die Reihen entlang und suchten nach dem perfekten Baum.

»Der hier ist schön«, meinte Quincy und deutete auf eine ausladende Tanne, die mindestens einen Meter größer war als er.

Roni zog die Nase kraus. »Vielleicht ein bisschen übertrieben. So wie der Typ, den es in jeder Highschool gibt, den mit der zu perfekten Frisur und den zu geraden Zähnen, der alles kann.«

Quincy gluckste. »Klingt, als hätte ich da nicht viel verpasst.«

»Trotzdem hätte ich dir gewünscht, auf die Highschool zu gehen, weil du ja so gerne lernst. Andererseits hättest du wahrscheinlich tausend Freundinnen gehabt und eine davon hätte dich mit einundzwanzig zum Heiraten gedrängt. Du hättest mittlerweile zwei Kinder, und ich würde dir zufällig im Supermarkt begegnen, wo ich auf dem Heimweg von einer Solotanzaufführung kurz was einkaufe. Unsere Blicke treffen sich. Mein Herz schlägt schneller, weil dieser Mann mit den blauen Augen aussieht, als hätte er ein Herz aus Gold. Und du, Mr. Loyal, schenkst mir nur ein freundliches, aber neutrales Lächeln und gehst weiter, um Hundefutter für deinen Welpen zu kaufen – denn bestimmt hättest du einen Hund –, Lebensmittel für deine Kinder und wahrscheinlich etwas Besonderes für deine Frau, die übrigens klug und liebevoll und die Erfüllung deiner Träume ist.«

Er runzelte die Stirn. »Und was würde in deiner Fantasie mit dir passieren?«

»Ich würde nach Hause gehen, an den Traummann denken, der mir das Herz gestohlen hat, und den Rest meines Lebens jeden anderen Mann mit ihm vergleichen.«

Er zog sie in seine Arme. »Das ist die traurigste Geschichte, die ich je gehört habe.«

»Du kennst das Ende noch nicht.«

Quincy zog eine Augenbraue hoch.

»Am Abend gehe ich ins Bett und lege den Kopf an die Schulter meines Mannes. Als er mich gerade küssen will, rennen unsere beiden Kinder ins Schlafzimmer und klettern zu uns aufs Bett. Das Hündchen legt die Pfoten auf die Bettkante, weil es noch zu klein ist, um hochzuspringen. Mein Mann nimmt es hoch und lässt zu, dass der Welpe ihm das Gesicht ableckt. Ich schaue über die Köpfe unserer Kinder hinweg in seine klaren blauen Augen und sage: ›Ich liebe unser Leben‹. Und er beugt sich über die niedlichsten Kinder der Welt zu mir und erwidert: ›Ich liebe meine Frau.‹ Dann küsst er mich und unsere Kinder schreien ›Igitt, Papa!‹, und er küsst mich wieder, denn er kann mir nicht widerstehen.«

»Damit hast du allerdings recht.« Er gab ihr einen leidenschaftlichen Kuss und ließ erst wieder von ihr ab, als drei Kinder um sie herumliefen. »Du kriegst also zwei Kinder?«

Es gefiel ihr, dass er mitspielte. »Zu viele?«

»Ich finde drei besser.« Er legte ihr den Arm um die Schultern und ging in die Richtung, in die die Kinder rannten. »Oder vielleicht vier.«

»Dann muss ich aber das Tanzen für immer von meiner To-do-Liste streichen.«

»Oh nein, auf gar keinen Fall. Es reichen auch zwei.«

Sie mussten beide lachen, und schließlich suchten sie weiter und kamen an so vielen Bäumen vorbei, dass Quincy irgendwann sagte: »Uns gehen langsam die Möglichkeiten aus.« Im selben Moment entdeckte Roni ihren Baum und rief: »Der da ist es!«

Sie zog Quincy dorthin. »Ist er nicht perfekt für uns?«

»Er ist ein bisschen schief.«

»Das macht seinen Charme aus und deshalb ist er für uns bestimmt. Keiner von uns beiden ist einen geraden Weg gegangen, um dorthin zu gelangen, wo wir jetzt sind, aber zusammen sind wir perfekt. Der Baum ist größer als du, aber ich denke, er passt in deine Wohnung, und er hat eine lange Spitze für den Stern oder was auch immer wir dort befestigen wollen.«

»Da fehlt ein Ast.« Er steckte die Hand in das Loch, wo der Zweig fehlte. »Das bedeutet wohl, dass er eine harte Zeit hinter sich hat, so wie wir.«

»Genau«, bestätigte sie stolz.

»Du hast recht. Er ist perfekt. Machen wir ihn zu unserem.«

Während er das Schild an den Baum band, hob Roni eine Handvoll Schnee auf und formte einen Schneeball. Als Quincy sich umdrehte, bewarf sie ihn damit und traf ihn an der Brust. Ihm fiel die Kinnlade herunter. Dann wischte er sich den Schnee von der Jacke und bewaffnete sich lachend ebenfalls mit Munition.

»Du willst es wohl nicht anders, was?« Er kniff die Augen zusammen, als sie einen weiteren Schneeball warf.

»Ganz genau.« Wieder zielte sie auf ihn.

Als er auf sie zurannte, lief sie quietschend davon. Ein Schneeball traf sie am Rücken. Da schaufelte sie Schnee auf die Arme und schleuderte ihn hinter sich. Sie verfehlte Quincy, der bereits die nächste Kugel in der Hand hielt. Wieder kreischte sie, rannte im Zickzack, schaufelte noch mehr Schnee auf und wich seinem Geschoss aus. Ihr Lachen erfüllte die Luft, während sie sich gegenseitig durch die Reihen jagten. Als sie sich umdrehte, um loszufeuern, war Quincy direkt hinter ihr und warf sie lachend zu Boden. Roni rollte sich weg und wollte aufstehen, aber da zog er sie auf sich, mit dem Rücken zu seiner Brust, während sie mit den Beinen in der Luft strampelte.

»Ich kriege dich!«, presste sie hervor.

Er drehte sie in seinen Armen, sodass sie ihm ins Gesicht sehen musste. Seine warmen Lippen berührten ihre. »Was hast du gesagt, Hübsche?«

Sie wackelte und zappelte und versuchte, sich zu befreien. Als sie merkte, dass ihre Mühe vergeblich war, sagte sie: »Fast hätte ich dich drangekriegt!«

Er rollte sie unter sich und sah sehr glücklich aus. »Ja, ja, knapp vorbei ist auch daneben. Aber du hast mich sowieso schon längst drangekriegt, Baby. Bei deinem krummen Baum und deinem leckeren Apfelkuchen hatte ich sowieso nie eine Chance.«

Und ja, auch sie hatte keine Chance, während dieser Mann, der auf ihr lag, ihr Lachen mit heißen Küssen erstickte, bis sie an nichts anderes mehr denken konnte.

Quincy wusste zwar, dass Weihnachten ein besonderes Fest war, doch bis zu diesem Tag hatte er das noch nie selbst erfahren. Die letzten Stunden waren ein großer Spaß gewesen und Ronis Begeisterung für absolut alles wirkte unfassbar ansteckend. Sie hatten zwei Kränze gebunden, einen für ihre Wohnung und einen für seine. Quincy hätte nie gedacht, dass er so etwas jemals tun würde, doch an Ronis Seite hatte er jede einzelne Sekunde davon genossen. Sie waren sogar Schlitten gefahren. Nach jeder Abfahrt hatte Roni mit glänzendem Gesicht »Noch mal!« gerufen und sie waren so oft den Berg hinaufgestapft, bis ihr die Hüfte wehtat. Unter den funkelnden Lichtern tranken sie heißen Apfelwein, beobachteten die anderen Besucher und spielten mit den Hunden. Er hatte gar nicht gewusst, dass Roni so eine Hundeliebhaberin war, die sich hinkniete und die Tiere kraulte. Während sie nun durch den Geschenkeladen liefen und ihren Korb mit Christbaumschmuck füllten – Tänzerinnen, einem schlittenfahrenden Paar, einem lesenden Weihnachtsmann, einem Jungen und einem Mädchen mit roten Mützen und grünen Pyjamas, die sich vor einem Weihnachtsbaum küssten, und vielen anderen Motiven –, wurde ihm das Ausmaß seiner Gefühle schlagartig bewusst.

»Den hier müssen wir nehmen.« Roni hielt einen Kranz hoch, der den Kränzen, die sie mit goldenen Kiefernzapfen und roten Bändern gebastelt hatten, sehr ähnelte. Doch an diesem baumelte dazu ein Pärchen, dessen Arme und Gesichter vorne aus dem Kranz ragten, während Körper und Beine dahinter hingen. Sie trugen Weihnachtsmützen und grüne Fäustlinge und hielten ein weißes Banner mit roter Aufschrift UNSER ERSTES WEIHNACHTEN in den Händen. Darunter stand in schwarzer Schrift die Jahreszahl. »Man kann sich hier die Namen auf den weißen Teil der Mützen sticken lassen. Und nächstes Jahr kaufen wir das hier und lassen das Datum in das Herz hineinsticken.« Sie zeigte ihm ein Schneepaar mit wuscheligen Weihnachtsmützen, rosigen Wangen und grünen Schals, das ein weißes Herz mit rot-weiß gestreiftem Rand hochhielt.

Da stockte ihm kurz das Herz, denn ihm wurde klar, dass sie gerade nicht nur dabei waren, Weihnachtsschmuck zu kaufen, sondern gleichzeitig ihre eigenen Traditionen schufen und langfristige Pläne schmiedeten.

»Ich liebe beide.« *Und ich liebe dich!*

»Juhu!« Sie legte das Schneepaar ab, behielt aber den Kranz-schmuck in der Hand. »Komm.« Sie zog ihn zum Basteltisch. »Wir lassen unsere Namen einsticken.«

Zwei Tüten voller Weihnachtsdekoration später verließen sie den Geschenkeladen. Die Sonne stand bereits tief am Himmel, während die Leute ihre Bäume in die Autos luden.

»Wow, der Sonnenuntergang ist wunderschön.« Roni zeigte auf den leuchtend roten Himmel in der Ferne, und als sie zur Ladezone liefen, stupste sie Quincy an. »Hey, ist das da drüben nicht der Typ, der bei der Rallye den zweiten Platz gemacht hat?«

Quincy folgte ihrem Blick und entdeckte Jon Butterscotch. Er stand ein paar Meter entfernt und unterhielt sich mit einer großen blonden Frau, die etwas genervt wirkte, während sie die Bäume durch die Röhre schob, damit sie von einem Netz umspannt wurden. »Ja, das ist Jon.«

Jon winkte ihnen zu. »Hi, Quincy. Wie nett, dich hier zu treffen.«

»Hallo, Jon. Das ist meine Freundin Roni. Roni, das ist Jon Butterscotch.«

Jon zog die Augenbrauen hoch und grinste. »Ah ja, der Kuss, der hundert Punkte wert war.«

Roni errötete. »Genau. Ich habe dich auch schon vor ein paar Monaten bei der Junggesellenauktion gesehen.«

»Ha, das passt zu ihm«, lautete der Kommentar der Blondine, die den nächsten Baum durch die Netztrommel schob.

»Bist wohl eifersüchtig, was, Tater Tot?«, flirtete Jon. »Nächstes Jahr kannst du ja versuchen, meine Fifty Shades of Sweetness zu ersteigern.«

Sie rollte bloß mit den Augen und stellte den netzummantelten Baum zur Seite.

»Hab ich dir Tater schon mal vorgestellt, Quincy?«, wollte Jon wissen. »Wir kennen uns schon, seit sie noch ein süßes junges Ding war.«

Die blonde Frau kniff die Augen zusammen. »Wenn du mich noch einmal so nennst, bist du der Nächste, der im Netz landet.« Mit einem warmen Lächeln fügte sie an Quincy und Roni gewandt hinzu: »Ich bin *Tatum* Helms. Freut mich, euch kennenzulernen.«

»Hi. Ich bin Quincy und das ist Roni.«

»Gehört dir die Anlage hier?«, fragte Roni, deren Augen vor Aufregung glänzten.

»Sie gehört meiner Familie«, erwiderte Tatum. »Ich bin gerade zu Besuch und helfe ein bisschen aus.«

»Ich will mal schauen, ob sie mir meinen Baum vielleicht am Freitagabend persönlich nach Hause liefert.« Jon zwinkerte Quincy zu.

Tatum schob einen weiteren Baum durch die Trommel. »Das kannst du knicken, Butterscotch.«

Quincy gluckste.

»Ich wollte schon seit Jahren wieder herkommen«, sagte Roni. »Deine Familie hat hier etwas Wundervolles geschaffen. Wir haben schon fast alles gemacht und fast jeden Weihnachtsschmuck gekauft, den ihr habt.« Sie zeigte auf die vollen Tüten in Quincys Hand. »Das muss für dich als Kind ja toll gewesen sein, jedes Jahr diesen festlichen Trubel zu erleben.«

»Nicht für diesen Scrooge«, mischte sich Jon dazu. »Tater hasst Weihnachten.«

Jon schien einen Heidenspaß zu haben, sie so zu nennen, so wie er sich über ihre drohenden Blicke freute, mit denen sie ihn dafür bedachte.

»Wirklich? Warum?«, fragte Roni mitfühlend.

»Hassen ist ein bisschen übertrieben.« Tatum sah Jon aus schmalen Augen an. »Sagen wir einfach, ein paar schlechte Erinnerungen haben mir Weihnachten verdorben.«

»Ach, komm schon. Du liebst mich«, sagte Jon gut gelaunt.

Tatum schnaubte verächtlich. »Genauso sehr, wie ich es liebe, in einen frischen Hundehaufen zu treten, der …«

»Du musst das nicht näher ausführen«, unterbrach Quincy sie. »Viel Glück, Butterscotch. War nett, dich kennenzulernen, Tatum.«

Als sie weggingen, sagte Roni: »Er ist ganz schön aufdringlich.«

»So ist Jon eben, aber er ist ein guter Kerl. Nur ein bisschen eingebildet.« Quincy zog sie an sich. »Wenn ich mich jemals so benehme, gibst du mir eine Ohrfeige, okay?«

»Aber so was von. Es wird schon dunkel. Vielleicht sollten wir langsam mal fahren.«

»Noch nicht ganz, meine Hübsche. Ich hatte noch keine Gelegenheit, dich in einer Pferdekutsche unter dem Sternenhimmel zu küssen.«

»Und eben noch habe ich gedacht, der heutige Tag könnte gar nicht besser werden.«

Zwanzig

Nachdem sie die Farm verlassen hatten, holten sie sich eine Pizza, dann fuhren sie zu Quincys Wohnung, um den Baum aufzustellen. Sie räumten den orangefarbenen Sessel auf die andere Seite des Zimmers und bauten den Baumständer, den sie ebenfalls auf dem Hof gekauft hatten, vor der Balkontür auf. Roni flippte vor Freude fast aus, so wie sie herumhüpfte, während er den Baum zurechtrückte.

Kaum war er fertig, erklärte sie: »Er ist perfekt!«

»Du hast ein gutes Augenmaß, Babe. Ich glaube, mit dem Stern auf der Spitze, den wir gekauft haben, wird er genau passen.«

Sie legte den Arm um seine Taille und kuschelte sich an ihn. »Ich kann es kaum erwarten, ihn zu schmücken.«

»Ach, Mist, wir haben vergessen, eine Lichterkette für den Baum zu kaufen.« Er ärgerte sich über sich selbst. »Ich fahre schnell los und besorge eine.«

Sie baute sich grinsend vor ihm auf. »Warte kurz. Ich habe eine kleine Überraschung für dich.« Sie ging ins Schlafzimmer und kam eine Minute später mit vier riesigen Einkaufstüten wieder heraus. »Ich habe ein paar Sachen besorgt, während du am Wochenende gearbeitet hast. Lichterketten für den Baum und für das Kopfteil unseres Betts.«

Unser Bett. Das klang toll.

Sie stellte die Tüten auf die Couch. »Ich habe Deko für die Wände, Girlanden für die Bücherregale, Weihnachtssocken und im Schlafzimmer steht noch eine Tasche mit Weihnachtskissen für die Couch. Ich habe sogar Ausstechformen, damit wir zusammen Plätzchen backen können.«

Er zog sie in seine Arme. »Du hättest an deinem freien Wochenende sonst was machen können, aber du hast dich entschieden, das hier für uns zu tun?«

»Vielleicht habe ich ein bisschen übertrieben …«

»Nein, Babe. Ich bin begeistert und du bist wundervoll. Ich habe noch nie richtig Weihnachten gefeiert. Ich hätte nicht einmal gewusst, was man kaufen soll, und du …« Er presste die Lippen auf ihre. »Danke.«

»Ich habe es definitiv ein bisschen übertrieben«, sagte sie, als sie die Tüten auspackten. »Bevor wir zusammengekommen sind, hatte ich Angst, Weihnachten ohne Granny zu feiern. Ich dachte, mit etwas Glück kriege ich vielleicht eine Nachricht von dir, falls du mich bis dahin nicht schon aufgegeben hast«, sprudelte es aus ihr heraus, während sie die Pakete auf den Tisch legte. »Aber dann bist du in mein Leben geplatzt, mit deinem geschmückten Wagen und den Marshmallows und dem Händchenhalten und dem ersten Kuss, und jetzt liebe ich dich, und da es unser erstes gemeinsames Weihnachtsfest ist, wollte ich alles perfekt machen, und da habe ich …« Sie blickte ihn erschrocken an. »Oh, das ist mir jetzt so rausgerutscht.« Sie stand auf und lief im Zimmer umher, während er vor Freude über ihr Liebesgeständnis ganz sprachlos war. »Wir sind noch nicht lange zusammen und ich will es nicht vermasseln. Eigentlich sagt eine Frau so was nicht als Erste, oder? Es tut mir leid …«

Er zog sie an sich und brachte sie mit seinen Lippen zum Schweigen. Sein Herz hämmerte in der Brust. *Du liebst mich. Bitte nimm es nicht zurück.* Er vertiefte den Kuss und kostete ihr Geständnis aus. Als sich ihre Lippen trennten, drückte er Roni an sich. Sie sah ihn an, als wäre er die Antwort auf all ihre Gebete, was umgekehrt definitiv der Fall war, und er hätte es am liebsten von den Dächern geschrien.

»Ich liebe dich, Roni. Ich weiß das schon seit einer Weile, und es ist mir egal, wer es zuerst sagen sollte. Das Einzige, was zählt, ist, dass wir beide so fühlen. *Du* – die schöne, talentierte, großherzige Veronica Wescott, an die ich in den letzten sechs Monaten jeden einzelnen Tag gedacht habe – liebst mich, trotz all meiner Fehler und meiner hässlichen Vergangenheit. Ich liebe dich so sehr, Baby, dass es wehtut.«

»Ich liebe alles an dir, Quincy, und was ich fühle, ist so viel größer als diese drei Worte. Ich liebe es, dass wir uns verstehen und wissen, was wir durchgemacht haben. Ich liebe es, dass wir uns gegenseitig helfen. Wenn ich deine Stimme höre, schlägt mein Herz wie wild, und wenn du meine Hand nimmst, erfüllt mich diese einfache Berührung mit so viel Glück, dass ich nur in diesen Momenten leben möchte.« Ihr kamen die Tränen. »Wenn du lernst und ich währenddessen lese oder an einer Choreografie arbeite oder wenn wir zusammen auf der Couch sitzen oder auf dem Bett liegen und jeder etwas Eigenes macht, dann tun wir es trotzdem zusammen, und es fühlt sich so gut an. So, als hätte ich endlich den Ort gefunden, an den ich hingehöre.«

»Das hast du, Baby, und ich auch. Lass uns dieses Weihnachten zum besten aller Zeiten machen.«

»Ich habe eine bessere Idee.« Sie stellte sich auf Zehenspitzen und küsste ihn, dann nahm sie eine Lichterkette in die Hand. »Lass uns das beste Weihnachten aller Zeiten feiern, das nur vom nächsten Jahr übertroffen werden kann.«

Daraufhin machten sie sich daran, die Lichterketten am Baum zu befestigen, und während sie ihn schmückten, küssten sie sich immer wieder. Sie hängten auch Lichterketten über der Küchennische, den Balkontüren und am Türrahmen des Schlafzimmers auf. Das Bücherregal schmückten sie mit Girlanden und Weihnachtsfiguren. Roni hatte an alles gedacht, auch an einen roten Läufer für den Tisch, eine rot-weiße Christbaumdecke mit Silberfäden und einen Aufhänger für den Kranz von der Farm.

Quincy ging ins Schlafzimmer, um die Tasche mit den Kissen zu holen, und sah, dass sie dort bereits eine Lichterkette am Kopfteil des Bettes befestigt hatte. Das musste sie gemacht haben, während er bei der Arbeit gewesen war, denn sie hatten sich unten getroffen und waren direkt zur Baumfarm gefahren. Als er die Tasche mit den Kissen holte, fiel ihm ein hellblauer Bilderrahmen auf dem Nachttisch ins Auge. Oben auf dem Rahmen stand in weißer Schrift die Jahreszahl und darin befand sich ein Foto von ihnen vom Rallye-Abend, wie sie sich auf der Rutsche küssten. Gott, wie sehr er sie liebte!

Als er ins Wohnzimmer zurückkehrte, hatte sie das Deckenlicht ausgeschaltet, und der Weihnachtsbaum und die anderen Lichterketten funkelten. Roni stellte zwei Sockenhalter, die wie Geschenke aussahen, ins Bücherregal.

»Kannst du mir mal die Weihnachtsstrümpfe geben?«

»Nur gegen einen Kuss.« Er trat zu ihr und holte ihn sich ab.

Er legte die Tasche mit den Kissen zur Seite und nahm die Strümpfe. Roni hatte sogar ihre Namen darauf sticken lassen.

Diese Frau steckte wirklich voller Überraschungen. Er gab ihr die erste Socke. »Danke für die Lichterkette im Schlafzimmer. Und das Bild gefällt mir sehr.«

»Es ist eines meiner Lieblingsbilder«, sagte sie, als er ihr den zweiten Strumpf reichte.

»Du machst aus dieser Wohnung ein richtiges Zuhause.«

»Ist das okay?«, fragte sie leise.

»Mehr als okay.«

Nachdem die Strümpfe befestigt waren, trat sie zurück, um sie zu bewundern. »Fertig.«

»Perfekt.« Er legte den Arm um sie und betrachtete ihr Werk. »Eins fehlt noch, meine Hübsche.«

»Die Kissen«, fiel ihr ein. »Die hätte ich fast vergessen.«

Sie war so süß. Eigentlich hatte er den Stern gemeint, aber sie sprang so glücklich herum, während sie die rot-weißen Kissen auf der Couch platzierte und ein weiteres in Form eines Schneemanns in den Sessel legte. Als sie zurücktrat, umfasste er sie von hinten und hob sie hoch. Er setzte sie sich auf die Schultern, was ihr ein vergnügtes Quietschen entlockte.

»Quincy!« Ihr Lachen erfüllte den Raum. Sie versuchte, sich über seinen Kopf zu beugen, um ihn zu küssen, was sie nur noch mehr zum Lachen brachte. »Was machst du da?«

»Du musst jetzt den Stern befestigen.« Er trug sie zur Küche, wo der Stern neben dem zweiten Kranz lag, den sie gemacht hatten und den Roni bei sich zu Hause aufhängen wollte.

»Wie konnte ich nur den Stern vergessen?«, fragte sie, als er ihn ihr gab und sie zum Baum trug. »Unser Kunstbaum früher war höchstens einen Meter hoch. Das habe ich noch nie gemacht.« Sie beugte sich vor und griff nach der Baumspitze.

»Vorsicht, Babe.« Quincy zog den Baum oben am Stamm

zu ihr, damit sie dort den Stern aufsetzen konnte.

»Das ist so aufregend. Ich wünschte, wir könnten ein Foto machen.«

»Dein Wunsch ist mir Befehl.« Er zog sein Handy aus der Tasche und schoss ein Foto von ihr mit dem Stern in der Hand und ein weiteres, wie sie ihn auf die Spitze des Baumes steckte.

Er setzte sie wieder ab, damit er den Stecker für den Stern anschließen konnte, und dabei schoss sie ein paar Fotos von ihm. Dann standen sie Arm in Arm da und bewunderten ihren Baum. »Baby, das ist der schönste Baum, den ich je gesehen habe.«

»Das liegt daran, dass es unserer ist.« Sie sah sich im Zimmer um. »Ich habe Weihnachten schon immer gemocht, aber so hat es sich noch nie angefühlt.«

»Dieser Raum ist voller Liebe, Babe, und sie macht alles besser.« Er umschlang sie. »Du machst alles besser. Ich liebe alles an dir, und es ist ein unglaubliches Gefühl, das zu sagen und sich nicht zurückhalten zu müssen.«

»Ich hoffe, du hältst nie etwas vor mir zurück.« Da funkelten ihre Augen verführerisch. »Ich habe noch eine Überraschung für dich, um dir meine Nichtzurückhaltung zu beweisen.« Sie strich über seine Brust und rutschte mit den Händen hinab bis zum Bund seiner Jeans, was ein Feuer in seinen Leisten entfachte. »Gib mir ein paar Minuten, um sie vorzubereiten.«

»Das klingt vielversprechend.«

Mit rotgefärbten Wangen warf sie ihm einen Blick über die Schulter zu. »Warte hier.«

Roni eilte ins Badezimmer, und während sie sich frischmachte, wurde sie ein bisschen nervös. Quincy war mit seinem Handy beschäftigt und stand mit dem Rücken zu ihr, als sie ins Schlafzimmer schlüpfte, um sich umzuziehen. Sie holte die Festtagsdessous aus der Tüte, die sie zusammen mit Angela gekauft hatte und die aus ihr ein Vorweihnachtsgeschenk der ganz besonderen Art machen würden. Sie wollte sich selbst verschenken, nackt mit roter Satinschleife. Mit zitternden Händen öffnete sie die Verpackung und legte die beiden langen Bänder aufs Bett.

Oh Gott.

Als Angela sie zu dieser Überraschung ermuntert hatte, war es ihr wie eine viel bessere Idee vorgekommen.

Roni atmete tief ein, um ihre Nerven zu beruhigen, und entledigte sich ihrer Kleidung. Sie nahm das kürzere Band und überlegte, wie man das verflixte Ding anziehen sollte. Sie suchte auf der Verpackung nach einer Anleitung.

Dort stand nichts.

Na super.

Sie wickelte den Satinstreifen zweimal um die Brust, kreuzte die Bänder diagonal über dem Busen und band die Enden in der Mitte zusammen. Das war schon mal geschafft. Aber mit dem anderen, längeren Streifen würde es schwieriger werden. Sie zog ihn zwischen den Brüsten unter dem anderen Band hindurch und warf ihn sich über die Schulter. Dann griff sie sich zwischen die Beine, um das andere Ende zu fassen, aber es baumelte wie ein Blatt im Wind hin und her. Sie zog mehr von dem Band über die Schulter und versuchte erneut, es zu greifen.

»Alles in Ordnung da drin?«, fragte Quincy durch die geschlossene Schlafzimmertür.

Roni erstarrte. »Bloß nicht reinkommen! Mir geht's gut.«

Notgedrungen zog sie den Streifen wieder heraus und drapierte ihn aufs Bett. Dann legte sie sich mit dem Rücken darauf. Sie ergriff das untere Ende und nahm das obere, das sich über ihrer Schulter befand, schob sich damit vom Bett und blieb gekrümmt davor stehen. Als sie sich dabei im Spiegel sah, hielt sie inne.

Oh Gott, ich sehe aus wie der Glöckner von Notre Dame.

Wollte sie das wirklich tun?

Sie schaute noch einmal in den Spiegel und kniff die Augen zu. Im Laden hatte es so sexy ausgesehen, und sie wollte es für Quincy tun, um ihm zu zeigen, dass sie ganz und gar ihm gehörte. Diese verdammte Schleife würde sie jetzt nicht von diesem besonderen Geschenk abbringen.

Sie richtete sich auf, während sie das obere Ende über ihrer Schulter festhielt, dann fädelte sie es zwischen ihren Brüsten unter dem anderen Satinband hindurch, führte es nach unten und zog das untere Ende zwischen den Beinen hoch, sodass es ihren Schritt bedeckte. In der Mitte band sie die beiden Enden schließlich zu einer großen Schleife zusammen. Geschafft! Im Spiegel betrachtete sie ihr Werk und konnte nicht glauben, dass sie tatsächlich nichts anderes trug als zwei Satinstreifen. Ihre Brust und ihre Wangen waren von der Anstrengung ganz rot geworden. Aber sie würde sich nicht davon abhalten lassen, ihrem unglaublich sexy Freund ein Geschenk zu machen, mit dem er nie gerechnet hätte.

Sie glättete sich die Haare und versuchte, das kneifende Band in der Pospalte zu ignorieren, während sie den durchsichtigen roten Kimono überzog, den sie ebenfalls extra dafür gekauft hatte und der aus sehr wenig Stoff bestand. Danach schloss sie für einen Moment die Augen, um sich zu beruhigen, was allerdings ein Ding der Unmöglichkeit war.

Sie besann sich auf alle Tricks zurück, die sie jemals gelernt hatte, um ihr Lampenfieber zu besiegen, das im Vergleich zu ihrer jetzigen Nervosität lächerlich gering gewesen war, denn nun wollte sie den Mann ihres Lebens verführen. Sie sprach ein Stoßgebet, damit sie nicht vor Nervosität in Ohnmacht fiel.

Im Anschluss schnappte sie sich ihr Telefon, ließ »Santa Baby« von Eartha Kitt auf Dauerschleife laufen und stolzierte aus dem Schlafzimmer. Quincy stand neben dem Bücherregal. Er blickte von einem Buch auf, das ihm aber sogleich aus den Fingern glitt, als sie auf ihn zukam. Flammen loderten zwischen ihnen auf, während sie sich vor ihm bewegte und mit wiegenden Hüften und Schultern seinem raubtierhaften Blick standhielt. Langsam öffnete sie den Kimono und ließ ihn zu Boden gleiten.

»Heiliger …«, raunte er heiser, als sie eine Hand auf seinen Bauch legte und mit den Fingern über seine Seite und seinen Rücken fuhr, während sie um ihn herumtänzelte und sich drehte.

»Das gefällt mir verdammt gut!« Er hob sie hoch, legte sie sich über die Schulter und trug sie ins Schlafzimmer.

»Quincy! Warte, ich habe einen Tanz für dich vorbereitet!«

Er legte sie aufs Bett, zog sein Hemd aus und stürzte sich auf sie. »Jetzt muss ich dich erst verschlingen. Getanzt wird später.« Seine Augen bohrten sich in sie, während er die Schleifen löste.

Gott, wie sehr sie ihn liebte! Er war die Mühe mit dem unbequemen Outfit wert gewesen.

»Du bist so verdammt sexy.« Er eroberte ihren Mund mit einem gierigen Kuss und versuchte vergeblich, die Schleife zu lösen, ohne von Ronis Lippen abzulassen. Er zerrte und zerrte, bis er schließlich frustriert knurrte: »Zum Henker, ich brauche eine Schere!«

Sie machte sich kichernd daran, sich auszupacken. »Zieh deine Klamotten aus.«

Er stieß sich vom Bett ab, war in drei Sekunden nackt und eroberte ihren Mund zurück. Seine Erektion berührte hart und verlockend ihre Mitte. Sie wollte so viele Dinge tun, sich auf ihn setzen, spüren, wie er sie ausfüllte, bis sie eins waren, oder ihn zappeln lassen, bis er sie anflehte, mit ihm zu schlafen, und seinem herrlichen Mund erlauben, sie vor Vergnügen erzittern und beben zu lassen. Aber heute Abend sollte es um ihn gehen, und als seine Hände über ihren Körper wanderten, neigte sie den Kopf zurück und wölbte sich unter ihm, damit er sich aufrichtete. Sie kannte ihn so gut. Daraufhin setzte sie sich ebenfalls auf und drückte ihn auf den Rücken zurück. Er packte ihren Hintern, während sie sich auf ihn setzte, seine Brust küsste, in seine Brustwarzen kniff und sie mit ihrer Zunge neckte. Seine Härte zuckte eifrig unter ihr.

»Oh ja, Baby, das fühlt sich so gut an.« Er legte ihr die Hände an die Hüften und zog sie nach vorne. »Ich will dich schmecken.«

Ihr Körper loderte auf. »Ich habe eine bessere Idee.«

»Du willst es mir besorgen, Baby?« Er hielt ihre Hüften fest und hob seine unter ihr an.

Sie liebte seinen Dirty Talk und das wusste er genau. Er war ein Meister darin, so unanständige Dinge zu flüstern, dass er sie auch ohne Berührung ganz heiß machen konnte. »Ich will dich mit dem Mund verwöhnen und gleichzeitig deine Zunge spüren.«

Er gab einen kehligen Laut von sich, und sie hätte ihre Aufforderung am liebsten wiederholt, nur um sein Stöhnen noch einmal zu hören. Sie setzte sich rittlings über seinen Kopf und umfasste seine Erektion. Er legte die Hände an ihr Becken und dirigierte ihre Mitte zu seinen Lippen, während sie ihn ganz tief in den Mund nahm. Sie hatten ihre Körper schon oft und ausgiebig erkundet. In manchen Nächten schliefen sie mehrmals miteinander, in anderen lagen sie nur im Bett und redeten und küssten sich. Aber heute Nacht, besonders nachdem sie sich ihre Liebe erklärt hatten, wollte Roni *alles*.

Er stöhnte unter ihr, und seine Stimme vibrierte in ihrem Inneren und steigerte ihre Erregung nur noch mehr. Sie beschleunigte ihre Bewegungen, streichelte ihn schneller, saugte fester und neckte seine Spitze, was ihn dazu brachte, noch lauter zu stöhnen und in sie zu stoßen.

»Gott, Baby, ich komme gleich.«

Sonst passte er immer auf, dass er nicht zu früh kam, aber heute wollte sie seine Leidenschaft spüren und schmecken. Heute sollte er den Verstand verlieren.

»Gut«, murmelte sie um seine Härte herum und entlockte ihm damit wieder dieses sündige Geräusch.

Er verschlang sie immer heftiger, brachte seine Finger ins Spiel, liebkoste sie auf eine Weise, die sie ganz verrückt machte. Sie tat es ihm gleich, indem sie ihre Anstrengungen beschleunigte, und bald schon gab es kein Halten mehr. Er berührte die Stelle, die ihre Lust ins Unermessliche steigerte, und sie schrie auf und gab sich voll und ganz dem Höhepunkt hin. Sie umfing seine Hoden, so wie er es liebte, und da kam er ebenfalls. Seine Hüften zuckten und bebten, während sie alles schluckte, was er zu geben hatte. Sie blieben in dieser Stellung und streichelten sich bis zum letzten Aufbäumen.

Dann zog er sie zu sich herab und küsste sie innig. Ihr Körper kribbelte und vibrierte, während sie eine Hand über seine Hüfte gleiten ließ, seinen Hintern packte und ihn an sich zog.

Wie immer übernahmen ihre Körper die Kontrolle und schon bald wurde der Kuss immer fieberhafter. Innerhalb weniger Minuten war er wieder hart und sie wollte ihn in sich spüren.

Er streifte sich ein Kondom über, dann legte er sich auf den Rücken und zog sie auf sich, bis sie miteinander verschmolzen waren. »Ich will sehen, wie du kommst«, verlangte er, was erneut ein Feuer in ihr entfachte. Sie drückte die Lippen auf seine, und ihr Haar fiel auf das Kopfkissen, während sie ihren Rhythmus fanden. Er schob ihr besitzergreifend die Finger ins Haar, was sie wie immer sehr genoss. Dabei intensivierte er den Kuss, bewegte sich schneller in ihr, legte eine Hand auf ihren Hintern und drückte sie nach unten, während er in sie stieß. Ihre Lust steigerte sich ins Unermessliche. Roni richtete sich auf, wölbte den Rücken, krallte sich an ihm fest, ritt ihn noch schneller. Er behielt eine Hand auf ihrem Hintern und streichelte mit der anderen ihre Brustwarze.

»So verdammt sexy«, keuchte er.

Er beugte sich vor und saugte so heftig an ihrer Knospe, dass der Orgasmus sie in einer Welle aus Hitze und Eis überrollte und sie hoch und immer höher schickte, bis sie keuchend und zitternd auf ihm zusammensackte. Seine starken Arme umschlangen sie, als er sie zurück auf die Matratze drückte, sie mit Küssen überschüttete und zwischen jeder Berührung seiner Lippen flüsterte: »Ich liebe dich ... Ich kann nie genug von dir bekommen ... Du bist so schön, Baby.«

Als ihre Lider aufflatterten und sie sein Gesicht wieder scharf sah, verflocht er seine Finger mit ihren und liebte sie, bis sie beide selig befriedigt und zu erschöpft waren, um sich noch weiter zu bewegen.

Eine ganze Weile später entsorgte er das Kondom. Dann lagen sie beieinander, Nase an Nase, küssten sich und unterhielten sich flüsternd, während die Lichterkette am Bett bunte Farbtupfer ins Zimmer zauberte und aus dem Wohnzimmer »Santa Baby« zu ihnen herüberdrang.

»Jetzt kann ich *Roni als Geschenk verpackt* von meiner Wunschliste streichen ...« Er küsste ihre lächelnden Lippen. »Was steht eigentlich auf deiner?«

»Du hast mir schon mehr Wünsche erfüllt, als ich jemals hätte haben können.«

Einundzwanzig

Roni und Angela saßen sich im Pausenraum des Studios gegenüber und besprachen mit Elisa die letzten Details für die Aufführung. Seit Thanksgiving waren drei Wochen vergangen und alles in Ronis Leben schien sich perfekt zusammenzufügen. Sie und Quincy waren als Paar noch enger zusammengewachsen und die Vorbereitungen für die Wintershow liefen auf Hochtouren. Elisa hatte mit Gemma und Crystal gesprochen und seitdem hatten sich Roni und Angela zweimal mit den beiden wegen der Kostüme getroffen. Nun konnten die Eltern der Kinder nicht nur viel Geld sparen, die beiden waren außerdem bereit, die Kostüme für jedes Mädchen einzeln anzupassen. Als netter Nebeneffekt hatte Roni dabei auch die Gelegenheit gehabt, Gemma und Crystal besser kennenzulernen. Sie schrieben sich jetzt öfter Nachrichten und hatten sich sogar ein paar Mal zum Mittagessen getroffen.

»Ihr beide habt phänomenale Arbeit geleistet, und dank der Ladys von der Prinzessinnenboutique, die die Kostüme angefertigt haben, wird das die beste Show aller Zeiten«, sagte Elisa.

Angela und Roni tauschten begeisterte Blicke.

»Ihr arbeitet super zusammen und ich bin sehr stolz auf

euch zwei.« Elisa klappte ihr Notizbuch zu. Dann wanderte ihr Blick zu Roni. »Deine Großmutter wäre ebenfalls sehr stolz auf dich und darauf, wie du dich seit ihrem Tod entwickelt hast.«

»Danke«, erwiderte Roni. »Das hoffe ich auch.«

»Natürlich. Sie war auf alles stolz, was du gemacht hast«, erinnerte Angela sie.

»Und sie wäre noch stolzer, wenn du unserem Programm ein bestimmtes Solo hinzufügen würdest«, sagte Elisa mit einem hoffnungsvollen Funkeln in den Augen.

»Vielleicht irgendwann mal, aber jetzt bin ich noch nicht so weit. Ich gewöhne mich gerade erst daran, vor Quincy zu tanzen.« Sie und Angela arbeiteten oft bis spätabends, um sich auf die Show vorzubereiten, und Quincy wollte jede Kleinigkeit über die Aufführung und ihre Tanzkünste von früher wissen. Er liebte es, sie tanzen zu sehen, und so hatte sie ihn eines Abends überrascht und einen ihrer Lieblingstänze nur für ihn aufgeführt. Es hatte ihr so viel Spaß gemacht, für ihn zu tanzen, dass sie ihm noch mehrere Privatvorstellungen in seiner Wohnung gab, von denen viele damit endeten, dass sie einander nackt in den Armen lagen.

»Er hat großes Glück mit dir, und er ist ein ganz besonderer Mann«, sagte Elisa.

»Dir wird immer ganz schwindelig, wenn er uns was zu essen bringt, nicht wahr?«, zog Angela Roni auf.

Quincy hatte an den Tagen, an denen sie auch während der Mittagspausen arbeiteten, genug Essen für alle mitgebracht. So hatte er auch Angela und Elisa besser kennengelernt, und Roni war gerührt davon, welche Mühe er sich für die Menschen gab, die ihr wichtig waren.

Elisa stand auf. »Und mir wird ganz schwindelig, wenn ich sehe, wie gut er Roni behandelt. Du bist das Wichtigste für ihn, alles andere ist zweitrangig.«

»Ganz genau«, bestätigte Angela.

»Hat dir dein Traumprinz eigentlich schon verraten, wohin er dich heute Abend ausführen will?«, erkundigte sich Elisa.

»Noch nicht, aber ich habe ihn noch nie so aufgeregt und so geheimnisvoll erlebt.« Vor etwa zwei Wochen hatte Quincy ihr gesagt, er habe eine Überraschung für sie und sie solle sich hübsch anziehen und sich darauf einstellen, dass er sie beeindrucken würde. Er schien nicht zu wissen, dass er sie jeden Tag mit seiner Fürsorglichkeit und seiner unendlichen Liebe zu ihr und allen anderen in seinem Leben beeindruckte. Letztes Wochenende waren sie mit Kennedy und Lincoln in einer Mitmachwerkstatt gewesen, wo die Kinder Weihnachtsgeschenke für Truman und Gemma bastelten, und hatten sich prächtig amüsiert. Quincy hatte für Roni eine Tänzerin aus Ton geformt, und sie hatte für ihn einen herzförmigen Baumschmuck mit der Aufschrift RONI LIEBT QUINCY gemacht. Mit Quincys Hilfe hatte auch Kennedy einen Herzanhänger gebastelt, auf dem KENNEDY LIEBT RONI + QUINCY stand. Und da Lincoln nicht zu kurz kommen wollte, war auch ein weiteres Herz mit der Aufschrift LINCON LIEBT HÜBSE + INCY entstanden.

»Ich bin schon gespannt, was du berichten wirst«, meinte Elisa. »Ich liebe gelungene Überraschungen.«

»Und ich will alle Details hören, die du Elisa verschweigst«, forderte Angela mit einem Augenzwinkern.

Als sie alle den Raum verließen, um den Abend zu beenden, sagte Elisa: »Ihr denkt wohl, ich sei zu alt für solche Scherze. Wartet bloß ab, ihr werdet schon noch sehen, wozu man in meinem Alter fähig ist.« Sie umarmte die beiden und ging in ihr Büro.

»Sie ist so lustig! Und sie hat recht«, fand Angela. »Ich weiß zumindest, dass ich bis zu meinem Todestag nicht die Finger von Joey lassen werde.«

»Ich auch. Also, ich meine von Quincy, nicht von Joey.« Roni warf einen Blick auf die Uhr und fragte sich, wie Quincys Treffen mit Simone verlaufen war. Er hatte mit ihr eine Wohnung besichtigt, in die Simone nach Neujahr einziehen wollte. Die einstweilige Verfügung war letzte Woche rechtskräftig geworden, und Roni hatte ihm die Erleichterung angesehen, als er die Nachricht erhalten hatte. Er war am selben Abend zu Simone gefahren, um sicherzugehen, dass sie nicht unvorsichtig wurde.

»Hast du schon überlegt, was du heute Abend anziehst?«, fragte Angela. »Hoffentlich deine Overknees.«

»Ja, die wollte ich tatsächlich anziehen, aber nicht, weil du sie als Fick-mich-Stiefel bezeichnest, sondern nur, weil sie zu meinem schwarzen langärmeligen Kleid mit dem gezackten Saum passen.«

»Du ziehst also dein enganliegendes Fick-mich-Kleid mit dem ausgestellten, schnell hochschiebbaren Rock an, willst aber behaupten, dass deine Stiefel keine Fick-mich-Stiefel sind?«

Roni knuffte sie gegen den Arm und zischte: »Psst! Das ist nicht der Grund, warum ich das Kleid anziehe. Ich weiß, dass er mich darin lieben wird.«

»Fast so sehr, wie er es lieben wird, es dir auszuziehen.« Angela rempelte Roni lachend mit der Schulter an. »Es macht mir großen Spaß, dich erröten zu lassen.«

»Ihm auch.« Sie schaute den Flur entlang zur Tür, die zu ihrer Wohnung führte, aber es fühlte sich an, als würde sie schon seit Monaten nicht mehr hier wohnen. Seit der Baum aufgestellt war, hatten sie jeden Abend bei Quincy übernachtet, außer mittwochs, wenn Roni länger im Studio blieb, er zur NA-Sitzung ging und anschließend zu ihr fuhr. »Ich gehe jetzt besser mal. Ich muss noch duschen und mich herrichten.«

»Warum schaust du zu dieser Tür? Du wohnst doch fast schon bei ihm.«

Roni durchfuhr ein wohliger Schauer, wie jedes Mal, wenn Angela sie damit aufzog. »Ich weiß und es gefällt mir sehr.« Mit einem schelmischen Grinsen fuhr sie fort. »Mein schwarzes Kleid und meine Stiefel, die keine Fick-mich-Stiefel sind, befinden sich noch in meiner Wohnung. Wir sehen uns morgen, und ich werde dir dann berichten, was die große Überraschung war.«

Als Roni den Flur entlanglief, rief Angela ihr nach: »Vergiss nicht, deine unanständigen Stellen zu rasieren.«

Roni schüttelte den Kopf und lachte noch, als sie ihr Apartment betrat. Zum Glück hatte sie das längst erledigt.

Ein wenig später stand Quincy im dunklen Anzug und in einem frischgebügelten weißen Hemd vor ihrer Tür. Die Haare hatte er zurückgekämmt und sein Blick wurde feurig, als er sie ansah. »Mein Gott, Baby, du verschlägst mir den Atem.«

Auch sie stand sprachlos vor ihm und konnte ihn nur anstarren. Er sah einfach umwerfend aus.

»Hast du das Reden verlernt?« Er küsste sie leidenschaftlich. »Vielleicht hilft das.« Dann zog er eine Schachtel hervor und öffnete sie. Ein Blumensträußchen befand sich darin, das man am Handgelenk befestigte. Es war wunderschön und bestand aus winzigen rosafarbenen und weißen Rosen, zarten grünen

Blättern, Schleierkraut und einer rosafarbenen Schleife. »Du hast den Abschlussball und andere Tanzabende verpasst. Also gehe ich davon aus, dass du auch noch nie so ein Anstecksträußchen bekommen hast.« Ihr Hals wurde eng, als er ihr das Gebinde ans Handgelenk steckte. »Und für mich ist es das erste und einzige Anstecksträußchen, das ich je verschenkt habe, für die erste und einzige Frau, die ich je geliebt habe.«

Sie schlang die Arme um ihn, während ihr die Tränen über die Wangen liefen. »Vielen Dank. Es ist wunderschön! Und du bist auch wunderschön.« Sie trat zurück, wischte sich über die Augen und freute sich über seine Worte fast noch mehr als über die Blumen.

»Du meinst wohl eher männlich, gut aussehend oder attraktiv?«

Sie lachte. »Das auch alles. Aber du hast mir buchstäblich die Sprache verschlagen, als du vor der Tür standst. Versteh mich nicht falsch, du siehst immer gut aus, aber in diesem Anzug erweckst du den Anschein, als würdest du auf ein Plakat oder eine Filmleinwand gehören, und die Tatsache, dass du ihn extra für mich angezogen hast, gibt mir das Gefühl, etwas ganz Besonderes zu sein.«

»Du bist ja auch der besondere Mensch in meinem Leben. Ich freue mich, dass er dir gefällt. Ich habe ihn eigentlich für Jeds und Josies Hochzeit gekauft, aber ich wollte, dass der heutige Abend unvergesslich wird.«

Sie konnte kaum glauben, dass Weihnachten und die Hochzeit nur noch neun Tage entfernt waren. »Ich werde den heutigen Abend niemals vergessen.«

»Dabei hat er noch nicht mal richtig angefangen. Du siehst toll aus, Baby. Wie viele sexy Outfits hast du denn noch vor mir versteckt?«

»Ein paar«, antwortete sie. »Da fällt mir ein, ich muss noch meine Tasche holen. Wir übernachten bei dir, oder?«

»Es sei denn, du willst lieber hier schlafen«, sagte er und folgte ihr in den Flur.

»Diese Wohnung fühlt sich schon gar nicht mehr wie mein Zuhause an. Eher wie ein Zwischenstopp.«

Da zog er Roni an sich. »Dann lass es uns offiziell machen. Zieh bei mir ein, Baby. Ich liebe dich und du liebst mich und wir sind sowieso jede Nacht zusammen. Lass uns meine Wohnung zu unserer gemeinsamen Wohnung machen.«

Sie bekam eine Gänsehaut. »Im Ernst?«

»Das wünsche ich mir schon seit Wochen. Wenn wir nicht zusammen sind, fühle ich mich nicht vollständig, und wenn wir uns abends endlich sehen und uns in die Arme fallen, fühlt sich alles wieder richtig an. Ich hätte dich schon fast an dem Abend, als wir den Baum geholt haben, gefragt, aber ich wollte dich zu nichts drängen.«

»Du kannst mich gar nicht drängen, Quincy, denn in meinem Kopf habe ich längst zugestimmt.« Eine unbändige Freude überkam sie. »Wir sollten mein Bücherregal mitnehmen, was?«

Er hob sie hoch und wirbelte sie herum, während sie sich küssten. Als er sie absetzte, sagte er: »Du hast mich gerade zum glücklichsten Mann der Welt gemacht. Ja, wir nehmen dein Bücherregal mit und auch alles andere, was du mitnehmen willst. Lass uns gleich morgen nach der Arbeit mit dem Umzug anfangen, und ich richte alles ein, während du am Sonntagnachmittag auf Josies Party bist. Ich hole Tru und die anderen Jungs zu Hilfe.«

Er nahm ihre Tasche, legte einen Arm um Roni und ging mit ihr zur Tür. »Vielleicht haben deine Freunde schon was anderes geplant?«, gab sie zu bedenken.

»Dann stemme ich den Umzug eben allein. Ich gebe dir keine Zeit, deine Meinung noch mal zu ändern.«

»Als ob das passieren würde. Mich wirst du nicht mehr los, mein Freund. Und ich zahle die Hälfte der Miete.«

Da schnaubte er. »Auf gar keinen Fall.«

Sie stemmte eine Hand in die Hüfte. »Das mit der Miete ist nicht verhandelbar. Wenn du willst, dass ich bei dir einziehe, musst du meine Bedingungen akzeptieren.«

»Du bist aber eine harte Verhandlungspartnerin. Also schön, dann verwende ich meine Hälfte dafür, dir schöne Sachen zu kaufen.«

Sie warf ihm einen warnenden Blick zu.

»Ich liebe dich.« Er küsste sie und half ihr in den Mantel.

Als sie zu seinem Wagen gingen, fragte sie: »Wie ist es eigentlich mit Simone gelaufen? Hat dir die Wohnung gefallen, in die sie ziehen will?«

»Sie ist schon okay. Nur die Gegend gefällt mir nicht. Auf dem Rückweg war ich in der Bar und habe mit Diesel gesprochen. Er hat mir versichert, dass er weiterhin auf Simone aufpasst. Es hat bisher zwar keine weiteren Probleme gegeben, aber ihr Ex ist ein echter Dreckskerl. Vielleicht wartet er, bis sie nicht mehr unter dem Schutz der Dark Knights steht. Bis dahin hat sie hoffentlich was in Peaceful Harbor gefunden oder ist bei der Redemption Ranch untergekommen.«

»An ihrer Stelle hätte ich große Angst. Im Internet stand, dass die Person, gegen die man eine einstweilige Verfügung erwirkt hat, benachrichtigt wird, sobald sie in Kraft tritt. Wenn er wirklich so schlimm ist, wie es scheint, hört er wahrscheinlich trotzdem nicht auf, sie wieder drogensüchtig machen zu wollen.«

Während Quincy Roni beim Einsteigen half, schaute er sie an, als hätte sie ihm die Sterne vom Himmel geholt. »Wahrscheinlich sollte es mich nicht überraschen, dass du dich über einstweilige Verfügungen informiert hast, nachdem du schon alles über Drogenentzug gelesen hast, was du in die Finger kriegen konntest. Simone behauptet, sie fühlt sich besser beschützt als je zuvor. Ihren Worten zufolge fürchtet sie sich mehr davor, dass er eher hinter den Dark Knights her sein könnte als hinter ihr.«

Panik stieg in Ronis Brust auf. »Stimmt das denn? Und was ist mit dir? Bist du in Gefahr, weil du ihr Sponsor bist?«

»Nein, Babe. Das habe ich dir doch schon gesagt, und er wird auch auf keinen Fall gegen den Motorradclub vorgehen. Simone bemüht sich, stark zu bleiben, um es von einem Tag zum nächsten zu schaffen. Sie redet sich ein, dass sie sich sicher fühlt. Das ist ein natürlicher Bewältigungsmechanismus. Deshalb schaue ich öfter nach ihr, um sicherzugehen, dass sie nicht rückfällig wird. Da fällt mir ein, dass wir uns für Sonntagnachmittag in der Unterkunft verabredet haben.«

Roni atmete auf. »Ich bin froh, dass du dich um Simone kümmerst. Ich mache mir echt Sorgen um sie. Wahrscheinlich würdest du am liebsten alle Leute aus deinem NA-Meeting so gut im Auge behalten.«

»Stimmt. Aber sie müssen von sich aus clean bleiben wollen, und dieser Wille muss größer sein als das Verlangen nach Drogen. Ich bin nicht ihr Retter. Ich bin nur da, um Hoffnung zu spenden, um die Gespräche zu moderieren und um ein Umfeld zu schaffen, das der Abstinenz förderlich ist. Für Simone bin ich ein Mentor, die Person, die da ist, um zuzuhören, um ihr zu vermitteln, was ich bei NA gelernt habe, und um ihr zu helfen, ihren Weg zu finden. Ich bin für sie da, aber die einzige Person, die Simone retten kann, ist Simone selbst.« Er lächelte. »Und jetzt, meine Liebste, ist es Zeit für deine Überraschung.«

Zweiundzwanzig

Quincy war so verdammt glücklich über Ronis bevorstehenden Einzug, dass er seine Nervosität wegen seiner Überraschung, die er nach dem Abendessen für sie bereithielt, fast vergaß. Aber nur fast.

Die Geschäftsstraßen von Peaceful Harbor funkelten und waren weihnachtlich dekoriert. Als er auf den Parkplatz des Dimitris einbog, einem gemütlichen Restaurant mit mediterraner Küche und schönem Blick auf den Hafen, blieb Roni der Mund offen stehen. Das Restaurant sah mit der Putzfassade, den Terracottaziegeln, den Bögen vor der Terrasse mit dem schmiedeeisernen Geländer und der doppelflügligen Eingangstür, die festlich mit kleinen Lichtern geschmückt war, aus wie ein Haus an der Mittelmeerküste.

»Quincy, dieses Nobelrestaurant können wir uns doch gar nicht leisten.«

Er parkte und freute sich über das »wir«. »Heute ist ein besonderer Abend und da können wir es uns durchaus leisten. Wir haben uns monatelang nur Textnachrichten geschrieben und sind kein einziges Mal ausgegangen. So habe ich alles Geld, das wir damals nicht ausgegeben haben, für später auf die hohe Kante gelegt. Auch wenn ich nicht sehr viel Geld verdiene, kann ich dich durchaus hin und wieder zu einem spektakulären Abend einladen. Und eines Tages, wenn ich mit der Ausbildung fertig bin, werden wir so viel verdienen, dass wir uns ein kleines Haus mit Garten für unseren Hund und genügend Kinderzimmern für unsere zukünftigen Babys mieten können, und dann werde ich dich öfter schick ausführen.«

Ihre Augen sprühten vor Liebe. »Ich brauche nichts Schickes, Quincy. Ich brauche nur dich.«

»Ich weiß, aber ich will das für dich tun, Babe. Du erinnerst dich vielleicht nicht mehr, aber ganz am Anfang hatte ich dich mal in einer Textnachricht gefragt, in welches Nobelrestaurant du gehen würdest, wenn du es dir aussuchen könntest, und du hast geantwortet …«

»Ins Dimitris«, sagte sie leise. »Ich weiß gar nicht, was ich sagen soll. Ich war noch nie in einem so gehobenen Restaurant.«

»Es braucht keine Worte, denn deine Augen sagen mehr als genug, und ich liebe dich auch.« Er küsste sie und half ihr anschließend beim Aussteigen.

Sie betraten das dezent beleuchtete Restaurant. Es gab nur an die zwanzig Tische und auf jedem stand eine Kerze. Weiße Lämpchen rankten sich um die Fenster mit Blick auf den Hafen. Das Mondlicht tanzte auf der Oberfläche des türkisfarbenen Wassers.

Als Quincy Roni aus dem Mantel half, fragte sie flüsternd: »Alle sind so schick angezogen. Bin ich passend gekleidet? Warum bin ich nur so nervös?«

»Vielleicht weil du weißt, dass du die schönste Frau hier bist und alle anderen neidisch machst.« Sie hängten ihre Mäntel an der Garderobe auf, und außer Sichtweite der Empfangsdame nahm er Roni in die Arme und küsste sie leidenschaftlich, bis sie sich entspannte. »Besser?«

Sie seufzte. »Viel besser.«

Man gab ihnen einen Tisch am Fenster, wie es Quincys Reservierung entsprach. Der Blick aufs Wasser war wunderschön, aber nichts im Vergleich zum Anblick der Frau, die ihm sein Herz gestohlen hatte und ihm zeigte, was ein erfülltes Leben war. Als Gruß aus der Küche gab es gegrillte Tomaten an Salbei und Halloumi mit gedünstetem Brokkoli und karamellisiertem Lauch. Roni konnte nicht aufhören, vom Essen und der angenehmen Atmosphäre zu schwärmen, und Quincy war froh, die richtige Wahl getroffen zu haben. In den letzten Wochen hatte er so viel über Roni gelernt, zum Beispiel, dass sie mit den Haarspitzen spielte, wenn sie sich konzentrierte, und dass sie beim Gedanken an eine Choreografie ganz unwillkürlich die Füße und Arme bewegte, sogar im Sitzen. Sie liebte es, morgens im Bett liegenzubleiben und den Tag auf sich zukommen zu lassen. Sie genoss die Stille, nachdem sie so viele Jahre lang Angst gehabt hatte, das zu hören, was draußen vor ihrem Fenster geschah. Er hatte auch etwas über ihre Essgewohnheiten erfahren, zum Beispiel, dass sie Nudeln liebte, dass sie lieber Vollkornbrot als Weißbrot aß und dass sie Obst und Gemüse tierischem Eiweiß vorzog. Sie und Quincy waren sparsame Esser, da sie mit einem schmalen Budget aufgewachsen waren, aber sie experimentierten gern, wenn sie zusammen kochten, was oft dazu führte, dass sie herumalberten oder miteinander schliefen und dann etwas aßen, das Roni sich sonst verwehrte, zum Beispiel Pizza oder Tacos. Ihm war auch aufgefallen, dass sie nicht viel von Süßigkeiten hielt, mit Ausnahme ihrer selbstgebackenen Kuchen und Plätzchen. Er hatte noch nie so sehr auf die Gewohnheiten eines Menschen geachtet. Dabei musste er sich bei Roni noch nicht mal große Mühe geben, denn er bewunderte sie so sehr, dass er auf alles achtgab.

Sie unterhielten sich während des Essens, teilten sich Hähnchen mit Artischocken und Oliven sowie Kräuterlammkoteletts mit gebratenem Gemüse.

»Wenn du wirklich morgen Abend den Umzug machen willst, dann sollte ich heute Abend oder spätestens morgen früh mit dem Packen beginnen«, sagte sie.

»Das kriegen wir schon hin, Babe. Wir können heute Abend bei dir übernachten und noch ein bisschen packen, wenn du willst.«

»Wie wäre es, wenn wir ein bisschen packen und anschließend zu dir fahren? Obwohl ich genau weiß, dass ich vor lauter Aufregung nicht schlafen kann.«

»Gut für mich.« Er wackelte mit den Augenbrauen.

»Wo sollen wir meine Möbel hinstellen? Und ich muss es noch Elisa und Angela sagen.« Sie beugte sich vor und senkte die Stimme. »Oh, Quincy, ich bin so glücklich!«

Er rückte seinen Stuhl näher heran und nahm ihre Hand. »Ich auch, Babe. Ein paar deiner Möbel können wir ins Gästezimmer oder ins Wohnzimmer stellen und meine kommen ins Schlafzimmer. Was auch immer du willst.«

»Keine Ahnung. Es wäre mir sogar egal, wenn wir gar keine Möbel hätten.«

Sie kuschelten, küssten sich, aßen auf und teilten sich zum Nachtisch Balsamico-Beeren mit Honigjoghurt. Pappsatt verließen sie das Restaurant.

Als sie zu seinem Wagen kamen, legte Roni die Arme um seinen Hals. »Danke für diesen unglaublichen Abend. Du hast mich mit deiner Überraschung wirklich beeindruckt.«

»Wir sind noch nicht fertig.«

Sie riss die Augen auf. »Ach nein?«

»Nein, ich habe noch eine weitere Überraschung für dich.«

Er half ihr beim Einsteigen und setzte sich hinters Steuer. Er hoffte, dass ihr das, was er noch für sie auf Lager hatte, genauso gut gefallen würde.

Bestimmt fünfmal fragte sie ihn, wohin sie fuhren, während er die Stadt durchquerte, aber statt einer Antwort drückte er nur ihre Hand.

Als er in die Straße bog, die zu ihrem Ziel führte, fragte sie erstaunt: »Fahren wir etwa zum Harlequin-Theater?«

»Ganz genau.«

»Hier finden immer unsere Aufführungen statt. Ich habe hier schon getanzt, als ich noch jung war. Aber donnerstags gibt es hier doch gar keine Aufführungen.«

»Es ist eine Sondershow.«

»Was wird denn gezeigt?«, fragte sie ganz aufgeregt.

»Das ist eine Überraschung.« Er parkte auf dem fast leeren Parkplatz.

Als er ihr beim Aussteigen half, fragte sie: »Sind wir zu früh dran?«

»Vielleicht ein bisschen.«

Quincy gefiel es, wie ihr Gesicht aufleuchtete, als sie die edle Lobby mit dem tiefroten Teppich, der dunklen Holzvertäfelung und den ausgefallenen Kronleuchtern betraten. Dann ging eine Tür auf und Raya Singh, die Leiterin des Theaters, kam in einem taillierten blauen Kleid auf sie zu. Sie hatte olivfarbene Haut, glattes schwarzes Haar, hohe Wangenknochen und erinnerte Quincy an eine jüngere Version von Elisa. Er hatte sich mehrere Male mit Raya getroffen, um die Überraschung für Roni zu planen.

»Quincy, Roni, wie schön, euch zu sehen.« Sie umarmte Quincy und lachte über Ronis neugierigen Blick. »Du hast einen sehr aufmerksamen Freund.«

Während Raya auch sie umarmte, schaute Roni zu Quincy.

»Hast du mit Raya geheimnisvolle Pläne geschmiedet?«

»Du wirst schon sehen«, erwiderte er.

Raya senkte verschwörerisch die Stimme. »Geheimnisvolle Pläne schmieden kann er sehr gut. Ich nehme euch die Jacken ab und ihr könnt schon mal in den Saal gehen und es euch bequem machen.«

»Danke, Raya.« Quincy half Roni aus dem Mantel und reichte ihn an Raya weiter.

»Dein Anstecksträußchen ist wunderschön«, bemerkte Raya.

»Danke.« Roni nahm Quincys Hand. »So etwas hat noch nie jemand für mich gemacht.«

»Das macht den heutigen Abend noch spezieller. Ich hoffe, euch gefällt die Vorstellung.«

Sie betraten den leeren Saal, und als sie sich auf den Weg nach vorne machten, gestand Roni: »Ich bin so nervös. Was hast du getan?«

»Ich habe mich verliebt«, lautete seine ehrliche Antwort.

Die Lichter wurden gedimmt, die Vorhänge öffneten sich und gaben den Blick auf eine perlmuttfarbene Leinwand frei. »Sehen wir uns einen Film an?«, flüsterte Roni.

Quincy legte den Arm um sie. »Weißt du noch, als ich gesagt habe, ich wünschte, ich könnte die Zeit zurückdrehen und deine ganzen Auftritte sehen? Das hier ist sogar noch besser, weil ich sie mir jetzt mit dir zusammen anschauen kann.«

Roni hatte keine Ahnung, wovon er sprach, aber bevor sie fragen konnte, leuchtete die Leinwand auf und eine sechsjährige Roni erschien im lavendelfarbenen Tanzkostüm auf einer

Bühne. Dann setzte die Musik ein und das kleine Mädchen hob den Kopf und wirkte ernst und konzentriert. Ronis Puls raste, als sie ihr jüngeres Ich tanzen sah. Sie konnte sich noch ganz genau an diese Aufführung erinnern. Damals war sie genauso nervös gewesen wie jetzt, aber Granny hatte gesagt: *Du kannst alles schaffen, wenn du es wirklich willst.* Nun wurde aus dem Film eine Montage von Tänzen aus ihrer Kindheit, gemischt mit Fotos von ihr und Granny. Tränen liefen Roni über die Wangen, und Quincy küsste ihre Schläfe und legte den Kopf an ihren, während sich Roni auf der Leinwand zu einem Teenager entwickelte und ein Solo tanzte.

Gott, ich war so gut.

Eine Stunde oder mehr verging, während Jahre von Gruppentänzen und Solos vor ihnen abliefen. Roni wollte ihren Augen kaum trauen. Quincy hatte sogar Filmmaterial von gemeinsamen Auftritten mit Angela und Fotos von ihnen beiden vor und nach den Shows eingefügt. Woher hatte er nur all diese Aufnahmen und Bilder? Dann wurde die Leinwand dunkel, und gerade als sie sich umdrehen wollte, um ihn das zu fragen, leuchtete sie wieder auf und zeigte eine Aufführung während ihres Studiums an der Juilliard. Erneut kamen Roni die Tränen, als sie sich an den Konkurrenzdruck erinnerte, an die ständige Nervosität, die sie ertragen musste, weil sie versuchte, die Erwartungen aller zu erfüllen und zu übertreffen – vor allem ihre eigenen. Und weil sie sich an das glorreiche, unübertreffliche Gefühl, etwas erreicht zu haben, zu den Elitetänzern zu zählen, erinnerte, was jede Mühe wert gewesen war. Als ein Bild ihres Abschlusszeugnisses der Juilliard erschien, entwich ihr ein Schluchzen, woraufhin sie sich den Mund zuhielt. Die Urkunde bewahrte sie in einer Schachtel im Kleiderschrank auf. Er konnte sie unmöglich gefunden haben.

Quincy drückte sie fest an sich. »Ich liebe dich«, flüsterte er.

Als schließlich das Vortanzen für die Tanzkompanie in New York zu sehen war, fühlte es sich an, als würde ihr der Brustkorb zerspringen. Der Kloß, der sich in ihrem Hals festgesetzt hatte, wuchs schmerzhaft an, als Roni sah, wie sie anmutig mit perfekten Bewegungen über die Bühne glitt.

Woher hast du all diese Aufnahmen?

Sie wischte sich die Tränen fort, aber sie ließen sich nicht aufhalten. Jetzt folgten Fotos von Roni im Krankenhaus von den Tagen nach dem Unfall. Ihr geschundener Körper war mit blauen Flecken und Schrammen übersät. Dazu erklang der Song »Perfect Skin« von Olivia Lane. Quincy zog Roni an sich, als ein Bild von ihr erschien, wie sie in einem Krankenhausbett schlief, und ein anderes von ihrer tränenüberströmten Wange, während sie den Kopf von der Kamera wegdrehte. Es gab Bilder mit Granny und Elisa, die an ihrem Bett saßen und Ronis Hand hielten, und ein Selfie, das Angela von ihnen gemacht hatte, während sie nebeneinanderlagen. Ronis Brust schmerzte, als Fotos von ihr während der Physiotherapie auftauchten, auf denen zu sehen war, wie sie wieder laufen lernte und dabei schmerzhafte Grimassen zog oder grinsend die Zunge herausstreckte. *Die muss Angela dir gegeben haben.* Sie erinnerte sich noch daran, wie Angela das Foto gemacht, sie angefeuert und alberne Dinge gesagt hatte, um sie zum Lachen zu bringen. Angela war während der zermürbenden Zeit nach dem Unfall stets Ronis Fels in der Brandung gewesen.

Bilder von Ronis ersten zaghaften Tanzversuchen füllten die Leinwand, dann kamen weitere Videos, diesmal aus dem Studio. Man sah, wie sich Roni durch ihre Schmerzen kämpfte. Das viele Filmmaterial von den Monaten ihrer Genesung konnte eigentlich nur von Elisa stammen. Aber Roni wusste nicht, wie Elisa es aufgenommen hatte. Alles war perfekt dokumentiert, die Zeit, als Roni noch nicht laufen konnte, bis zu dem Moment, in dem sie wieder anmutig über den Boden schwebte und sich in jede Bewegung stürzte, mit allen schmerzhaften Phasen dazwischen. Roni wischte sich über die Augen und war begeistert von sich, als sie sah, wie sie nach Feierabend im Studio tanzte, scheinbar unbeobachtet und nur für sich. Quincys Werk rief eine weitere Welle von Emotionen hervor, dann folgte eine Montage von ihr beim Unterricht, während des Hip-Hop-Kurses für Teenager, dem Ballettkurs und dem Kinderkurs, in dem auch Kennedy war. Quincy hatte sogar den Moment eingefügt, als Dottie sich endlich zu den anderen gesellte.

Als es wieder dunkel wurde, stieß sie einen Atemzug aus und merkte erst jetzt, dass sie die Luft angehalten hatte. Im selben Augenblick ertönte das Lied »Lose You to Love Me«, und die Leinwand erwachte wieder zum Leben, als eine Aufzeichnung davon, wie Roni vor Kurzem erst im Studio getanzt hatte, abgespielt wurde. Quincy war hinter ihr in der Tür zu sehen und wirkte völlig beeindruckt. Roni war so in ihren Tanz vertieft, dass sie seine Anwesenheit gar nicht bemerkt hatte. Ihr ging wieder durch den Kopf, was er an jenem Abend gesagt hatte: *Du bist stark und wunderschön und für mich als Laie die Verkörperung der Perfektion.*

Er hielt sie fest an sich gedrückt. »Ich glaube, genau in diesem Moment habe ich mich noch mehr in dich verliebt.«

Tränen liefen ihr über die Wangen, obwohl sie geglaubt hatte, keine mehr übrig zu haben.

Als die Musik endgültig verklang und das Licht wieder anging, bemerkte sie, dass auch Quincy feuchte Augen hatte. Er räusperte sich, blinzelte und blickte sie ein wenig nervös an. »Ich hoffe, das war okay für dich?«

Sie wischte sich über die Augen, und es schnürte ihr vor Rührung die Kehle zu. »Wie hast du das nur gemacht?«

»Elisa hatte Filmmaterial von den Auftritten und die Aufzeichnungen der Sicherheitskameras im Studio. Ich hatte schon von Anfang an die Idee, und seitdem haben wir daran gearbeitet. Erinnerst du dich, als sie mich das erste Mal zu dir in den Tanzsaal begleitet hat? Da habe ich sie gefragt, ob sie mir dabei helfen könnte. Angela hat uns ebenfalls unterstützt. Ihre Eltern hatten noch Videos von den meisten Aufführungen.«

»Und woher stammt mein Abschlusszeugnis von der Juilliard?«

»Elisa hat da ihre Beziehungen spielen lassen und mir eine Kopie besorgt. Ich habe sie rahmen lassen. Sie hängt jetzt in unserer Wohnung an der Wand.«

Wieder kamen ihr die Tränen.

»Sie hat mir auch geholfen, das Band von der Aufnahmeprüfung zu beschaffen«, fuhr er fort. »Ich wollte dich nicht traurig stimmen, sondern miterleben, was du in all den Jahren erlebt hast und gemeinsam mit dir durch deine dunkle Vergangenheit gehen. Ich wollte, dass du siehst, wie bemerkenswert du bist.«

Als sie aufstand, musterte er sie unsicher. Doch dann ließ sie sich auf seinen Schoß sinken und legte die Arme um ihn. Sie umarmte ihn fest und fühlte sich zum ersten Mal seit Jahren wirklich wahrgenommen. Quincy erkannte ihre Unsicherheiten, ihre Stärken und ihre Schwächen, und sie war so verliebt in ihn und wollte ihm sagen, dass sie ebenso alles von ihm sah – allem voran seine liebevolle Seele.

Sie hob das tränenüberströmte Gesicht und sah ihm in die lächelnden Augen. »Du bist hier derjenige, der bemerkenswert ist. Du hast mich verzaubert und bist die Luft, die ich atme. Ich werde bei dieser Show tanzen, Quincy, und zwar nur für dich. Wenn ich also nicht zu Ende tanzen kann, erwarte ich, dass du als Erster applaudierst.«

Dreiundzwanzig

»Hey, Quin?«, rief Roni am späten Sonntagmorgen aus dem Badezimmer. »Hast du die Stiefel gefunden?«

Er liebte es, wenn sie ihn so nannte. Seit Donnerstagabend hatten sie in Ronis Wohnung alles gepackt und Kisten hergebracht. Der Großteil war schon ausgepackt, und nach seinem Besuch bei Simone wollte er sich heute mit Truman und den anderen in Ronis Wohnung treffen, um den Rest ihrer Möbel herzuholen, während Roni auf Josies Party war. Er betrachtete die Kisten, die er bereits geöffnet hatte, und den Stapel mit den verschlossenen Kartons und wünschte sich, sie hätten alles beschriftet. Aber das war in der ganzen Aufregung untergegangen.

»Noch nicht, Babe«, rief er und ließ den Blick zum Weihnachtsbaum schweifen, unter dem sich in den letzten Wochen mehrere kleine Geschenke angesammelt hatten. Er hatte große Freude daran, Geschenke für Roni auszusuchen und zu beobachten, wie aufgeregt sie war, wenn sie selbst heimlich eines für ihn dort hinlegte.

Er öffnete einen weiteren Karton und fand darin ihre Tanzutensilien. Zwei Kartons später hatte er endlich die richtige Box gefunden und suchte nach Ronis hellbraunen Stiefeln, die sie zur Party tragen wollte. Er fand sie, aber ihm fielen auch schwarze Stilettos in die Hände. Wie Roni wohl darin aussah?

Er nahm die Schuhe mit ins Bad, wo sich Roni gerade bückte, um den Föhn unter dem Waschbecken hervorzuholen, was ihm einen Blick auf ihren herrlichen Hintern bescherte, der unter einem Handtuch hervorlugte. Das war nur einer der Gründe, warum sie nun auch Kondome im Medizinschränkchen aufbewahrten. Er ließ eine Hand über ihren Oberschenkel wandern.

»Quincy«, sagte sie leise, als sie sich aufrichtete und ihn im Spiegel ansah.

»Ich habe die Stiefel gefunden.« Er ließ die Stöckelschuhe an seinen Fingern baumeln. »Was muss ich tun, damit du die hier für mich anziehst?«

»Die waren für ein Halloween-Kostüm.«

»Wie wär's, wenn du deine hübschen kleinen Füße mal kurz in diese Schuhe steckst?« Er küsste ihren Nacken und schob dabei die Hand zwischen ihre Beine, woraufhin sich ihre Wangen rot verfärbten, was er so liebte.

»Musst du dich nicht fertig machen, um zu Simone zu fahren?«

Er drückte seine Härte gegen ihren Po und drang mit dem Finger in ihre feuchte Mitte ein. »Ich habe noch mehr als genug Zeit.«

Sie drückte die Hände flach auf den Tresen und atmete schneller, während er sich auf die Stelle konzentrierte, die sie zum Stöhnen brachte. Er presste den Mund auf ihren Hals, knabberte und leckte daran.

»Quincy«, keuchte sie und spreizte die Beine weiter.

Er stellte die Schuhe auf dem Boden ab, zog seine Jogginghose aus und flüsterte: »Mach die Augen auf, meine Hübsche.«

Sie öffnete die Augen, die feurig aufblitzten, als sie ihr Handtuch auf den Boden fallen ließ. Er rieb sich an ihrem Hintern. »Wie wär's, wenn du jetzt die Stilettos anziehst, Baby?«

Sie schlüpfte mit den Füßen hinein, und verdammt, sie war immer sexy, aber bei diesem Anblick war es fast um ihn geschehen. Er umfasste ihre Brust, behielt die andere Hand zwischen ihren Beinen und drückte seine Erektion gegen sie. Während sie sich dem Rhythmus anpasste, gab sie diese leisen, begierigen Laute von sich, die er so liebte.

»Du bist so verdammt sexy, Baby.«

Er ging auf die Knie, küsste die Wölbung ihres Hinterns, knabberte an ihren zarten Pobacken und entlockte ihr dabei ein sinnliches Stöhnen. Dann spreizte er ihre Beine weiter und leckte sie, gleichzeitig führte er die Hände nach vorne, um sie zwischen den Beinen zu streicheln, während er sie liebkoste, küsste und erforschte.

»Quincy, ich brauche dich«, keuchte sie.

»Ich wünschte, du würdest anders verhüten, dann könnte ich ohne diese Extraschicht zwischen uns in dir versinken«, sagte er mit vor Verlangen rauer Stimme und stand auf.

Sie drehte sich um und umfasste seine Erektion. »Das habe ich auch gerade gedacht.«

Er presste den Mund auf ihren, während sie sich gegenseitig um den Verstand brachten, streichelten und neckten. Als sie seine Härte zwischen ihre Beine führte, zog er seine Finger zurück und rieb seine Länge an ihrer Mitte, um sie vom Ansatz bis zur Spitze zu befeuchten. Er stieß mit den Hüften zu, tauchte in die feuchte Hitze ein und löste die Lippen von ihren. »Ich muss dich jetzt haben.« Er hob sie hoch, setzte sie auf die Kante und griff nach einem Kondom.

»Du hast gesagt, du hast noch Zeit.« Sie hob verführerisch

die Augenbrauen. »Dann mach doch das Beste daraus.« Sie presste die Lippen auf seine, um seinen Kopf dann weiter nach unten zu drücken.

»Ich liebe dich so sehr. Stütz dich hinter dir ab, Baby, und halt dich fest.«

Er legte sich ihre Beine über die Schultern und drang mit der Zunge in sie ein, neckte sie mit den Fingern und den Zähnen und brachte sie um den Verstand.

»Ich brauche mehr … Sofort. Quincy, bitte!«

Jetzt verschlang er sie so, wie sie es wollte. Sie rief seinen Namen, als sie kam, und ihr Körper bebte und zuckte, während sie auf der Welle ihres Höhepunkts ritt. Er ließ die ganze Zeit über nicht von ihr ab und brachte sie fast ein zweites Mal zum Orgasmus, dann streifte er sich schnell das Kondom über.

»Beeil dich«, flehte sie ihn an.

Jetzt nahm er sie in die Arme, während sich ihre Beine um ihn schlossen und er tief in sie eindrang.

»Ich brauche noch mehr von dir«, keuchte sie und stieß sich von der Theke ab.

Er stieß in sie und drehte sich mit ihr in den Armen, um sich an der Wand abzustützen, dann küsste er Roni leidenschaftlich. Sie saugte an seiner Zunge, was ihn schier in den Wahnsinn trieb, sodass er fester und schneller zustieß, während ihm heiße Schauer über den Rücken jagten. Ihr Kopf fiel zurück, als sie aufschrie, und er folgte ihr zum Höhepunkt und ergab sich seiner Ekstase.

Sie erschlaffte in seinen Armen und schmiegte sich in seine Halsbeuge, während sie beide schwer atmend verharrten. Er war so von seinen Gefühlen überwältigt. Seine Liebe war so intensiv, dass sie alles um ihn herum zum Leuchten brachte.

Er drückte die Lippen auf ihre Wange. »Willst du dich

hinlegen, und ich massiere deine Hüfte, bevor wir duschen?«

Sie schüttelte den Kopf. »Nein, ich möchte mich keinen Zentimeter bewegen.«

Er spürte ihre Liebe in jedem ihrer Worte, in jedem Atemzug, den sie nahm. In Momenten wie diesem, in denen er für sie sorgen wollte und sie seine Nähe brauchte, wusste er, dass er ebenso ein Teil von ihr geworden war wie sie ein Teil von ihm.

Im Lebkuchenladen »Ginger all the Days« duftete es so süß, wie Roni sich die Backstube des Weihnachtsmanns vorstellte, und es war der bezauberndste Laden, den sie je gesehen hatte. An den rosafarbenen Wänden und in den weißen Einbauregalen waren alle Arten von Lebkuchenhäuschen, Gebäck, Eistüten und verschiedene andere Dinge ausgestellt. Die Vorhänge waren rosa, weiß und braun gestreift, passend zur Markise vor den Schaufenstern. Die Vitrinen waren weitgehend leer, denn Josie hatte an diesem Morgen fast alles verkauft. Sarah und Dixie hatten bei der Dekoration ganze Arbeit geleistet. Rosafarbene und weiße Luftballons mit der Aufschrift BRAUT UND ZUKÜNFTIGE MRS. MOON waren an Stühlen oder mit langen Bändern an der Decke befestigt. Ein silbernes Banner mit HERZLICHEN GLÜCKWUNSCH hing vor der Glaswand, die den Laden von der Küche abtrennte.

Geschnatter und Gelächter erfüllte die Luft, während die Frauen ihr Backwerk dekorierten. Roni arbeitete mit Tracey und Penny zusammen an einem Tisch und verzierte Lebkuchenhäuser, während Finlay mit hochgelagerten Beinen auf einem Stuhl saß und einen Becher voll Zuckerguss auf ihrem

Bauch balancierte, in den sie immer wieder den Finger eintauchte, um davon zu naschen. Auf der anderen Seite des Raums bauten Sarah und Josie eine Lebkuchenburg, Izzy und Crystal machten Lebkuchenplätzchen in erotischen Formen und gackerten dabei laut, während Gemma und Dixie andere Kekse verzierten, die Dixie fast alle sofort verspeiste.

Als Roni angekommen war, hatten alle gejubelt, ihr zum Einzug bei Quincy gratuliert und sich mit ihr gefreut. Sie hatte schon bei den gemeinsamen Abendessen mit Quincy und den anderen Paaren, bei Lagerfeuern und Sonntagsessen mit allen eine enge Freundschaft geschlossen. Roni mochte ihre frechen Kommentare und ehrlichen Gespräche und liebte es, mit ihnen herumzualbern. Und während sie sich den Zuckerguss von den Fingern leckte, freute sie sich darauf, sich in Zukunft öfter mit ihnen zu treffen.

»Na, Roni, wie geht's voran?«, rief Josie.

Die Wände ihres Lebkuchenhauses waren bereits dreimal eingestürzt und sie war gerade dabei, die Ränder mit noch mehr Zuckerguss zu bestreichen. »Ich glaube, dieses Mal klappt's.«

»Bei mir auch!« Izzy legte den Kopf in den Nacken und hielt sich einen Peniskeks mit Spitze nach unten über den offenen Mund, wobei der noch flüssige Zuckerguss hinabtropfte, den sie mit der Zunge auffing.

Alle brachen in lautes Gelächter aus.

»Ich wette, Jared weiß dieses Talent zu schätzen«, sagte Dixie schmunzelnd.

»Oh, bitte. Diesen Stone habe ich schon vor Wochen in den Wind geschossen.« Izzy machte eine große Show daraus, den vorderen Teil des Peniskekses abzubeißen.

»Echt?«, fragte Tracey erstaunt. »Mit wem warst du dann bis nachts um zwei unterwegs?«

Izzy biss erneut von ihrem Keks ab. »Jedenfalls nicht mit Jared.«

»Dann wird Santa Stone wohl nicht durch deinen Schornstein kommen«, scherzte Crystal und brachte alle zum Kichern.

»Du kannst Heiligabend mit mir verbringen«, meinte Tracey. »Ich habe nichts vor.«

Izzy ging zu Tracey und legte den Arm um sie. »Na klar, Mitbewohnerin, wir machen zusammen Party. Lass uns ins Whispers gehen.« Das Whispers war einer der angesagtesten Nachtclubs in Peaceful Harbor.

»Na ja … Das ist nicht so mein Ding«, entgegnete Tracey.

Da tätschelte Izzy ihr den Kopf. »Ich weiß, aber ich versuche, das zu ändern.« Damit ging sie zu Josies und Sarahs Tisch, um sich die zweistöckige Burg anzusehen.

»Roni, bleibt es dabei, dass du mit Quincy am Weihnachtsmorgen vorbeikommst, um mit den Kindern die Geschenke auszupacken?«, wollte Gemma wissen.

»Um nichts in der Welt würde ich das verpassen wollen«, gab Roni zurück.

»Schön«, sagte Gemma. »Lincoln hat schon ein besonderes Geschenk für seine *Hübse* gebastelt.«

»Er sagt echt die süßesten Sachen.« Finlay tauchte wieder den Finger in die Zuckermasse.

»Genau wie sein Onkel, wenn er von Roni spricht.« Penny blickte Roni an. »Jedes Mal, wenn Quincy dir ein Geschenk kauft, ruft er mich an, um mir davon zu erzählen, weil er so verdammt aufgeregt ist, dass er Angst hat, es dir gegenüber aus Versehen auszuplaudern.«

»Ich weiß. Er hat mir schon erzählt, dass er dich angerufen hat«, gab Roni zu. »Aber ich mache dasselbe bei Angela. Es macht mir so viel Spaß, für ihn einzukaufen. Wir sind wie

Kinder, was Weihnachten betrifft.«

»Jed hat auch schon gemeint, dass er Quincy noch nie so glücklich gesehen hat«, berichtete Josie.

»Das glaube ich, denn Angela sagt dasselbe über mich, und es stimmt. Ich hätte nie gedacht, dass ich mich so fühlen könnte. Als ich damals auf die Juilliard gekommen bin, war ich vor Freude ganz außer mir und dachte, es wäre alles, was ich mir jemals wünschen könnte. Aber das war etwas ganz anderes. Es ist nicht damit zu vergleichen, jeden Tag zu Quincy heimzukommen. Ich wache auf und bin glücklich. Wenn ich ins Bett gehe, fühle ich mich so geborgen und rundum wohl. Ich hätte mir nie vorstellen können, einen Freund zu haben, geschweige denn, mich so zu verlieben und ein Leben zu führen, das sich wie ein Traum anfühlt. Vielleicht klingt es kitschig, aber es ist, als wären Quincy und ich füreinander geschaffen. Seinetwegen habe ich schließlich doch zugestimmt, bei der Wintershow aufzutreten.«

»Wirklich?«, rief Penny aus. »Das ist ja super! Da wird er begeistert sein. Wir haben alle Kennedy zuliebe Karten gekauft. Ich kann es kaum erwarten, dich auf der Bühne zu sehen.«

»Und Lincoln wird ausflippen, wenn er dich tanzen sieht«, sagte Gemma. Alle stimmten ihr aufgeregt zu.

»Klingt, als hätten wir ein volles Haus.« Roni freute sich, dass alle kommen wollten. Nur ein Gedanke belastete sie, und sie wusste, dass hier ein sicherer Ort war, um ihn auszusprechen. »Ich bin ein bisschen nervös deswegen. Quincy ist so aufgeregt, und ich hoffe, dass ich ihn nicht enttäusche.«

»Ach, ich bitte dich!« Penny schüttelte den Kopf. »Quincy ist so verliebt in dich, da würde es auch reichen, wenn du nur auf die Bühne gehst, dich einmal drehst und einen Knicks machst. Selbst da würde er applaudieren, als hättest du ihm den

Nussknacker vorgetanzt.«

Die anderen pflichteten ihr bei. Roni wusste, dass dies der Wahrheit entsprach, und schon war sie wieder etwas beruhigt. »Du hast recht. Er liebt mich bedingungslos.«

»Hey, vielleicht kriege ich bald eine Schwägerin«, meinte Gemma fröhlich.

Roni lachte. »Wir sind doch gerade erst zusammengezogen.«

»Vielleicht treten aber auch *Potty* als Nächste vor den Altar«, neckte Finlay.

Penny warf ihr einen bösen Blick zu. »Ich habe dir gesagt, dass du uns nicht so nennen sollst. Du wirst wohl Zeit genug haben, um *Penny und Scotty* vollständig auszusprechen.«

Finlay kicherte und naschte noch mehr Zuckerguss.

»Ihr habt Freitagabend die ganze Zeit miteinander geturtelt«, sagte Sarah. »Bones und Bear haben bereits eine Wette abgeschlossen, wer zuerst heiratet, du und Scott oder Roni und Quincy.«

»Sag ihnen, sie sollen sich ihr Geld sparen und lieber auf Roni und Quincy setzen«, lautete Pennys Kommentar.

»Oh-oh«, mischte sich Crystal ein. »Hat Scotty etwa Probleme im Bett?«

»Crystal!«, empörte sich Josie. »Wir reden hier über meinen Bruder. So was will ich nicht wissen.«

»Aber wenn Penny unglücklich ist, muss sie darüber reden«, entgegnete Sarah. »Wir hatten keine guten Vorbilder. Vielleicht könnten die anderen ihm ein paar Tipps geben.«

»Bullet könnte das sicher«, sagte Finlay kichernd.

»Truman auch«, schaltete sich Gemma ein.

»Bear kennt alle schmutzigen Tricks«, meinte Crystal. »Ihr solltet mal sehen, wie er …«

»Stopp!«, rief Dixie. »Sexgespräche über Brüder sind tabu.«

»Josie und Sarah, haltet euch die Ohren zu«, riet Penny ihnen, und Josie tat es brav. Sarah zog Josie die Hände von den Ohren, während Penny sagte: »Scotty ist im Bett wie auch in allen anderen Bereichen der absolute Hammer. Ich hätte nie gedacht, dass ich mich so sehr in einen Mann verlieben könnte.«

»Warum willst du dann nicht beim Hochzeitsrennen mitmachen?«, wollte Izzy wissen.

Penny starrte erst sie und dann Finlay, die sich den Babybauch rieb, mit finsterer Miene an. Roni und Penny hatten sich in der letzten Woche darüber unterhalten, dass Scott keine Familie wollte. Roni wusste, wie sehr Penny das belastete. So wie sich Penny nun plötzlich auf ihr Lebkuchenhaus konzentrierte, war klar, dass sie nicht darüber reden wollte.

Roni versuchte schnell, die Aufmerksamkeit von ihrer Freundin abzulenken. »Es gibt aber nicht wirklich ein Hochzeitsrennen, oder?«

»Natürlich nicht«, antwortete Crystal. »Aber wenn einer der Jungs eine Frau für sich beansprucht, scheint es nie lange zu dauern, bis sie einen Ring am Finger und einen Braten in der Röhre hat.«

Alle anderen lachten.

»Ihr habt sicher schon bemerkt, dass Jace nur darauf brennt, auf den Babyzug aufzuspringen«, erklärte Dixie.

»Also, Quincy und ich haben auch schon über Kinder geredet. Er will fünf Jahre drogenfrei sein, bevor wir eine Familie gründen, und ich bin damit einverstanden. Wir sind beide noch so jung. Ich liebe Kinder, aber ich will auch erst mal ein bisschen Zeit mit ihm allein verbringen, bevor wir ein Baby kriegen. Ich habe mich mein ganzes Leben lang nicht so gefühlt wie jetzt mit ihm. Vielleicht bin ich egoistisch, aber ich bin einfach noch nicht bereit, das zu teilen.«

»Oh, ich fange gleich an zu heulen«, sagte Finlay.

Penny warf ihr eine Serviette zu. »Hier, du Hormongesteuerte.«

»Ich würde euch auch raten, noch zu warten«, stimmte Gemma ihr zu. »Ihr habt beide so viel durchgemacht, und ihr habt es verdient, erst noch was voneinander zu haben.«

»Sie hat recht. Später ist noch genug Zeit für Babys«, sagte Penny. »Kennedy und Lincoln springen bestimmt gern ein, um euer Babybedürfnis vorerst zu stillen.«

»Und Axel auch«, mischte sich Crystal ein. »Du kannst gerne zwischen drei und vier Uhr morgens vorbeikommen, da ist neuerdings bei uns Party angesagt.«

Sie lachten und plauderten weiter, während sie ihre Lebkuchenkreationen fertigstellten und aufräumten.

»Jetzt lasst uns mal die Geschenke auspacken!«, verkündete Dixie.

»Ich habe doch gesagt, dass ich keine Geschenke will«, beharrte Josie, als Sarah sie zu einem Stuhl führte.

Sarah drückte ihr liebevoll die Schulter. »Setz dich und genieß es einfach, Schwesterherz.«

Dixie reichte ihr eine schwarz-weiße Geschenktüte mit einer rosa Schleife. »Das ist nicht für dich, sondern für Jed.«

Josie lugte in die Tasche. »Oh là là! Ich sehe das Label von *Leder und Spitze*.« Sie zog ein verführerisches schwarzes Spitzennegligé heraus.

Die anderen Frauen waren begeistert, und Roni dachte sofort, dass sie auch so ein sexy Kleidungsstück brauchte, um es für Quincy anzuziehen. So wie er auf das Satinband und ihre hohen Absätze gestanden hatte, wusste sie, dass es ihm gefallen würde. Sie vermisste ihn schon wieder. Trotz der vielen Freundinnen konnte sie es kaum erwarten, wieder heimzukommen, ihn zu sehen und dabei zu sein, während ihre Möbel einen neuen Platz in der Wohnung fanden.

»Dieses Label muss ich auch mal googeln«, flüsterte Roni Tracey zu.

»Ich besorge dir was!«, sagte Dixie laut.

»Habe ich nicht gesagt, dass man in dieser Gruppe keine Geheimnisse haben kann?«, meinte Penny.

Roni zuckte mit den Schultern. »Ist schon okay. Da wir jetzt zusammenwohnen, wisst ihr sicher auch, dass wir uns ein Bett teilen.«

»Hey, Roni?«, fragte jetzt Gemma, die auf ihr Handy schaute. »Tru hat mir gerade eine Nachricht geschickt und fragt, ob er sich die falsche Zeit für das Treffen mit Quincy gemerkt hat. Hast du was von ihm gehört?«

»Er ist zu Simones Unterkunft gefahren. Vielleicht hat er sich verspätet.« Roni griff in ihre Gesäßtasche nach ihrem Telefon, aber da war es nicht. »Ich habe wohl mein Handy im Auto gelassen. Ich hole es schnell und schaue nach, ob er mir was geschrieben hat.«

Auf dem Weg zum Auto prickelte die kalte Luft auf ihrem Gesicht. Sie holte das Telefon, und während sie die Tür schloss, sah sie aus dem Augenwinkel etwas in der Einfahrt neben der Straße liegen. Sie kniff die Augen zusammen, und als sie darauf zuging, erkannte sie, dass es sich um einen Menschen handelte. Sofort sträubten sich ihre Nackenhärchen, und im nächsten Augenblick wusste sie anhand der Kleidung, wen sie vor sich hatte. »Quincy!«, schrie sie und rannte zu ihm. »Hilfe! Ich brauche Hilfe!« Er lag ohne Jacke und mit zerrissenem Hemd da und bewegte sich nicht. Roni ging neben ihm zu Boden. Da entdeckte sie einen Gummischlauch, der knapp über dem Ellbogen um seinen Oberarm gebunden war. »Oh nein! Nein,

nein, nein!«

Jetzt stürmten auch die anderen Frauen aus dem Gebäude. »Ruft einen Notarzt!« Sie drehte Quincy um, aber er war bewusstlos, und seine Lippen sahen dunkler als sonst aus. »Oh Gott, nein! Quincy, wach auf! Bitte wach auf!«

Die anderen sprachen verzweifelt in ihre Telefone, während Penny auf die Knie ging, Quincys Arm nahm und seinen Herzschlag überprüfte. »Ich spüre seinen Puls!«, schrie sie mit tränenüberströmtem Gesicht.

»Atmet er?«, fragte Dixie mit dem Handy am Ohr.

»Ich weiß es nicht!«, rief Roni. Tränen trübten ihre Sicht, während sie ihr Ohr über seinen Mund hielt. »Ein bisschen, aber ganz flach. Beeilt euch. Bitte beeilt euch!«

»Weißt du, welche Drogen er genommen hat?«, fragte Dixie.

»Nein!«, schrie Roni wütend. »Er hat nichts genommen! Bitte holt schnell den Notarzt!«

Während Dixie am Telefon Quincys Drogenvergangenheit herunterrasselte, kamen Diesel und Tracey die Auffahrt vom Clubhaus hinabgerannt. Die anderen Frauen versuchten, Quincy aufzuwecken.

Roni drückte ihn an ihre Brust und schaukelte mit ihm in den Armen vor und zurück. »Nicht sterben! Du darfst nicht sterben!« Alles um sie herum verschwamm, während sie ihn anflehte, wieder aufzuwachen. Tracey versuchte, sie von ihm herunterzuziehen, als Diesel sich neben ihm niederkniete, aber Roni klammerte sich an Quincy. »Nein. Er braucht mich!«

»Lass ihn los oder er wird sterben«, bellte Diesel sie an.

Da ließ Roni mit tränenüberströmten Wangen von ihm ab. Gemma und Penny kauerten zwischen ihr und Quincy, während in der Ferne Polizeisirenen zu hören waren.

»Diesel kümmert sich um ihn«, sagte Gemma. »Er wird wieder gesund, aber du musst Diesel etwas Freiraum geben.«

»Was hat er genommen?«, fragte Diesel barsch.

»Ich weiß es nicht. Lass ihn nicht sterben! Bitte hilf ihm!«, flehte Roni ihn an und stand auf, als Motorräder und Lastwagen in der Einfahrt auftauchten.

Reifen quietschten und dann stürmten Truman, Bullet, Bones, Bear, Scott und Jed herbei.

»Die Kinder sind im Wagen!«, rief Bones Sarah zu, während er zu Quincy rannte.

Es wurde geschrien und geflucht. Die Frauen versuchten erfolglos, Roni zu trösten, denn ein einziger Gedanke beherrschte sie: Quincy durfte nicht sterben!

»Er atmet nicht mehr! Wir müssen ihn wiederbeleben!«, brüllte jetzt Bones, der sofort mit der Herzdruckmassage begann.

»Nein!« Ronis Knie gaben nach, und sie sackte schluchzend zu Boden.

»Verdammte Scheiße!« Truman stand die Panik ins Gesicht geschrieben. »Seit wann nimmt er wieder Drogen?«, schrie er.

»Er nimmt keine Drogen! Das würde er niemals tun!«, rief Roni. »Ich weiß, dass er das nicht tun würde.«

»Jetzt atmet er wieder!«, brüllte jemand, als endlich der Krankenwagen eintraf. In großer Eile wurde Quincy auf eine Trage gehievt und in den Krankenwagen verladen.

»Kann ich mitfahren? Ich will ihn nicht allein lassen!«, flehte Roni verzweifelt, wurde jedoch ignoriert.

Als die Türen des Krankenwagens geschlossen wurden, hörte sie einen Sanitäter sagen: »Atemstillstand.«

Roni klammerte sich an Penny und bekam selbst kaum Luft. Penny nahm sie in den Arm, und dann kamen auch die anderen und hielten sie fest. Alle redeten gleichzeitig. »Er wird durchkommen.« »Lass uns ins Krankenhaus fahren.« »Alles wird wieder gut.«

Als Truman und Gemma ihr in den Wagen halfen, konnte Roni nur noch an die letzten Worte des Sanitäters denken. Wenn Quincy es nicht schaffte, würde nie wieder etwas gut werden.

Vierundzwanzig

Quincy lag mit zwei gebrochenen Rippen und einem gebrochenen Herzen, das schlimmer schmerzte als jede Verletzung, in der Notaufnahme und fragte sich, wie zum Teufel sein Leben so aus den Fugen geraten war. Da tauchte Truman hinter dem Vorhang auf, den Kiefer angespannt, das Gesicht gezeichnet vor Wut und Enttäuschung, was Quincy bis ins Mark traf.

Truman verengte die Augen, als er sich übers Bett beugte und Quincy mit verbitterter Miene ansprach. »Wie oft noch, Quincy? Wie oft willst du noch versuchen, dich umzubringen, und uns das zumuten? Zum Glück gibt es dieses Narcan.« Narcan war das Medikament, das die Sanitäter Quincy gegeben hatten, um den lebensbedrohlichen Auswirkungen der Überdosis entgegenzuwirken. »Hast du auch nur irgendeine Vorstellung davon, was Roni gerade durchmacht?« Truman deutete in die Richtung, aus der er gekommen war. »Sie heult sich da draußen die Augen aus und versucht, alle davon zu überzeugen, dass du das nicht getan hast. Ich liebe dich, Bruder, aber, Scheiße, Mann, du wärst fast hopsgegangen.«

Narcan hatte ihm nicht nur das Leben gerettet, sondern auch den Kopf wieder freigemacht, weshalb ihm klar war, dass Roni sich zwar jetzt noch für ihn einsetzte, sich das allerdings bald ändern würde. »Ich war das verdammt noch mal nicht selbst«, zischte Quincy.

Truman legte den Kopf schief.

»Hast du nicht gemerkt, dass mein Wagen gar nicht da stand? Glaubst du wirklich, ich würde Ronis Leben ruinieren? Ich liebe sie, Mann. Und denkst du, ich würde dir das noch mal antun? Gemma und den Kindern? Oder sonst irgendwem?« Unter großen Schmerzen richtete er sich auf und fasste sich dabei an die Rippen.

»Ich will es nicht glauben, aber wir waren schon mal an diesem Punkt. Du hattest damals auch noch den verdammten Gummischlauch am Arm.« Truman kamen die Tränen.

»Ich war das nicht, Tru. Puck und fünf seiner Schläger haben mich an einer Ampel aus dem Wagen gezerrt, als ich zu Simone wollte. Puck war das. Er wollte es aussehen lassen, als wäre ich ein Junkie, der an einer Überdosis stirbt, um nicht erwischt zu werden. Er hat den Dark Knights eine Nachricht geschickt, in der steht, dass Simone die Nächste ist. Ich schwöre es bei Gott. Ich liebe dich, Mann, und ich würde dir das auf keinen Fall noch einmal antun.« Auch Quincy kamen jetzt die Tränen, aber es war ihm egal, denn er war so verdammt traurig und wütend, dass er kurz davor stand, den Verstand zu verlieren. »Sie haben mich an einen verlassenen Ort gefahren und mich rumgeschubst. Dann haben sie mich ins Auto gedrängt, mir Heroin gespritzt und mich vor die Tür des Whiskey Bro's geworfen. Laut der Polizei habe ich es noch bis zu Jeds Einfahrt geschafft. Keine Ahnung, wie ich dorthin gekommen bin. Ich hatte nur im Kopf, dass ich zu Roni muss, um mich zu vergewissern, dass sie in Sicherheit ist.« Er wischte sich über die Augen. »Zwei Jahre und neunundvierzig Tage sind jetzt wegen dieses verdammten Arschlochs den Bach runter.«

Truman blähte die Nasenflügel und biss die Zähne so fest aufeinander, dass sich die Muskeln am Hals und an den Armen anspannten, während er die Fäuste ballte. »Ich bringe ihn um.«

»Nein, das wirst du nicht tun. Du gehst nicht wieder ins Gefängnis, Tru – weder für mich noch für sonst irgendwen. Derjenige, der in den Knast wandert, ist Puck! Ich wollte gerade eine Videobotschaft für Roni aufnehmen, als ich ihn und seine Männer hinter mir aus dem Auto steigen und auf meinen Wagen zukommen sah. Ich habe die Aufnahme weiterlaufen lassen und das Telefon in meine Hosentasche gesteckt. Deshalb habe ich vorhin den Arzt gebeten, die Polizei zu rufen. Nun gibt es Beweise.«

»Er wird nicht lockerlassen, Quincy. Das wird ihn nicht lange genug aufhalten.«

»Mag sein, aber eine Mordanklage schon.« Quincy biss die Zähne zusammen und schloss die Augen, um gegen die aufsteigenden Tränen anzukämpfen. »Als er mich verprügelt hat, gestand er mir, dass er den Fahrer des Wagens getötet hat, mit dem Roni überfahren worden ist. Weißt du noch, wie ich damals zu dir gekommen bin, um dich um Geld anzupumpen, und du hast mich weggeschickt? Am nächsten Tag haben mich seine Leute gefunden. Ich bin ihnen entkommen, aber sie haben mich verfolgt. Ich habe Schüsse gehört, aber mich nicht umgesehen, sondern bin einfach weitergerannt.« Er schluckte die bittere Galle hinunter, die ihm in der Kehle brannte, und dachte an die Fotos von Roni im Krankenhaus und ihren langen, harten Weg während der Genesung. »Er hat gesagt, dass die Kugel für mich bestimmt war, Tru. Roni hat ihre Karriere aufgeben müssen, weil ich ein gottverdammter Junkie war. Wie zum Henker soll ich ihr das nur beichten?« Er schaute weg, war zutiefst beschämt und am Boden zerstört.

Truman setzte sich zu ihm aufs Bett und nahm ihn in die Arme.

»Du warst nicht derjenige, der abgedrückt hat«, sagte Truman ernst. »Verdammt, Quincy, du warst das nicht. Du weißt ja nicht einmal, ob er die Wahrheit sagt. Er hat dich beobachtet, und als Roni bei den NA-Sitzungen auftauchte, hat er sie wahrscheinlich dort gesehen und zieht sie jetzt in die Sache mit rein.«

»Ich glaube, er beschattet mich, seit ich Simone helfe. Er hat definitiv von mir und Roni gewusst und von ihrem Unfall. Darum hat er es mir wohl auch erzählt. Erst habe ich ebenfalls gedacht, dass er lügt, aber die Polizei hat den Beamten angerufen, der damals für den Fall zuständig war, und der hat bestätigt, dass Ronis Unfall am neunzehnten September vor zwei Jahren passiert ist. Du hast die Kinder am fünfzehnten September vor zwei Jahren gefunden und …«

»Du bist drei Tage später, also am achtzehnten September, zu mir gekommen und hast mich um Geld angepumpt.«

»Sie haben mich am nächsten Tag gefunden. Zeitlich stimmt das genau, so sehr ich mir auch wünschte, dass es anders wäre. Es ist meine Schuld, Tru. Egal wie man es dreht und wendet, wenn ich nicht da gewesen wäre, würde sie jetzt ihren Traum leben und Profitänzerin sein und nicht da draußen stehen und um mich jämmerlichen Idioten weinen.«

Truman packte ihn an den Schultern und starrte ihn mit finsterem Blick an. »Hör mir jetzt gut zu. Du bist kein jämmerlicher Idiot. Du warst in der Hölle und hast nicht nur wieder herausgefunden, sondern bist auch zu einem der besten, loyalsten und ehrlichsten Männer geworden, die ich kenne, und Roni weiß das. Ich bleibe bei dir, wenn du es ihr sagst, und wir werden es gemeinsam durchstehen. Sie liebt dich, Mann. Du hattest diesen beschissenen Schlauch um deinen Arm und sie hat sich trotzdem geweigert zu glauben, dass du aus freien Stücken wieder Drogen genommen hast. So sehr liebt sie dich. Lass bloß nicht zu, dass dich das wieder an die dunklen Orte deiner Vergangenheit zurücktreibt. Das hast du nicht verdient.«

Quincys Kehle schnürte sich zusammen. »Ich werde nicht rückfällig. Ich gehe für dreißig Tage in die Entzugsklinik zurück. Ich habe schon dort angerufen und auch bereits mit meiner Chefin in der Buchhandlung gesprochen. Sie weiß von meiner Drogengeschichte und hat versprochen, mir den Job freizuhalten. Ich wäre dir dankbar, wenn du mir erlaubst, mich heute Abend von den Kindern zu verabschieden, und wenn du mich zur Entzugsklinik fahren könntest. Ein Monat sollte genug Zeit sein, um mich wieder in den Griff zu bekommen. Und auch lange genug, damit du Roni helfen kannst, ihre Sachen wieder in ihre Wohnung zurückzubringen.« Er spannte den Unterkiefer an, als weitere Tränen kamen, die er wütend wegwischte. »Sie braucht mich und meinen Scheiß nicht in ihrem Leben. Sie wird mich nie wieder ansehen, nachdem ich ihr alles gesagt habe.«

»Das weißt du doch gar nicht«, widersprach Truman und sah genauso betroffen aus, wie Quincy sich fühlte.

»Doch, und ich weiß dein Angebot zu schätzen, dass du bei mir bleibst, wenn ich es ihr sage, aber ich muss es allein tun. Es tut mir leid, Tru. Das Letzte, was ich wollte, ist, dass du das noch einmal durchstehen musst.«

Truman schüttelte den Kopf und umarmte Quincy erneut. »Ich hab dich lieb, Bruderherz. Ich kann mir vorstellen, dass sich die Entzugsklinik wie ein Rückschritt anfühlt, aber ich bin verdammt stolz auf dich.«

Der Kloß in Quincys Hals wurde durch Trumans Ermutigung noch größer. Quincy drückte seinen Bruder fest an sich. »Danke.« Er ließ ihn los und wischte sich über die Augen. »Kannst du mir einen Gefallen tun? Der Detective, den sie hergeschickt haben, will Roni über ihren Unfall befragen. Ich habe darum gebeten, vorher mit ihr allein reden zu dürfen. Könntest du sie reinschicken? Ich bin auch dabei, wenn sie befragt wird, aber danach brauchen wir eine Mitfahrgelegenheit nach Hause, wenn das okay ist. Sie behalten mich noch ein, zwei Stunden zur Beobachtung hier, und dann darf ich gehen.«

»Na klar.«

»Und Tru?« Sein Bruder reckte das Kinn in die Luft. »Eine Sache noch. Kannst du für mich auf Roni und Simone aufpassen, wenn ich in der Entzugsklinik bin? Die Polizei sagt, sie wird auf Simone aufpassen und auch auf Roni, aber du weißt, dass das nicht reicht.«

»Auf jeden Fall. Sie gehört doch jetzt zur Familie. Wir kümmern uns um sie.«

Roni ging nervös im Wartezimmer auf und ab und versuchte, sich zusammenzureißen. Wenn noch mal irgendwer sagte, dass alles wieder in Ordnung käme, würde sie laut losschreien. Alle Freunde waren da, sogar Biggs und Red waren hergekommen. Die Unterstützung, die Quincy bekam, war unermesslich groß. Aber wie sollte jemals wieder etwas in Ordnung sein? Sie hatte den Schlauch mit eigenen Augen gesehen.

Sie konnte nicht einmal daran denken.

Er wäre fast gestorben.

Truman hatte ihr auf dem Weg ins Krankenhaus erklärt,

dass die Sanitäter Quincy ein Gegenmittel gegeben hatten. Doch obwohl sie die Einstichstelle an seinem Arm gesehen hatte, konnte sie immer noch nicht glauben, dass Quincy rückfällig geworden war. Am schlimmsten aber war, dass sie sich etwas vormachte, und das wusste sie genau. In der Fachliteratur stand, man dürfe einen Rückfall nicht persönlich nehmen, doch hier ging es gar nicht um sie. Dass Quincy Drogen nahm, richtete sich gegen ihn selbst – und das war es, was so wehtat. Allein aus diesem Grund wollte sie es einfach nicht wahrhaben. Er war dem drogenfreien Leben so verpflichtet gewesen. Warum war er rückfällig geworden?

Red kam zu ihr und legte ihr eine Hand auf den Rücken. »Kann ich dir was bringen, meine Liebe?«

Roni schüttelte den Kopf. »Ich kann es einfach nicht glauben, Red. Der Kampf in seinem Kopf muss brutal gewesen sein. Die eine Seite kämpft, um clean zu bleiben, die andere gibt der Versuchung der Drogen nach.« Die Worte kamen so schnell aus ihr heraus, dass sich ihre Stimme überschlug. »Und wo ist überhaupt sein Wagen? Ich habe vorhin gehört, wie zwei Polizisten an der Anmeldung danach gefragt haben. Hat er ein Verbrechen begangen? Oder ist ihm der Wagen gestohlen worden? War er überhaupt bei Simone? Nimmt sie etwa auch wieder Drogen? Niemand sagt mir irgendwas!«

»Ach, meine Kleine.« Red umarmte sie und streichelte ihr den Rücken, während Roni ihren Tränen an Reds Schulter freien Lauf ließ. »Im Moment weiß ich nur, dass er nicht bei der Unterkunft war und dass man seinen Wagen in Parkvale gefunden hat, wo er mit laufendem Motor mitten auf der Straße stand.«

»Ich verstehe das alles nicht. Ich hätte es doch gemerkt, wenn es Quincy schlecht geht, selbst wenn er mir nichts sagt.

Das hätte ich doch gespürt! Ich weiß genau, dass ich so was spüren würde.« Roni wischte sich die Tränen fort. Da kam Truman durch die Doppeltür, ließ unter seinem Flanellhemd die Schultern hängen, und sein Gesicht erinnerte an eine schmerzverzerrte Maske. »Truman!« Sie rannte zu ihm. »Wie geht es ihm? Was ist passiert? Kann ich zu ihm?«

»Es geht ihm gut. Er will dich sehen. Ich bringe dich hin.« Er schaute über ihre Schulter zu Bullet und Diesel. Eine Art stumme Botschaft wurde ausgetauscht, es folgte ein Nicken und die Männer strafften den Rücken und ballten die Fäuste.

Als Truman Roni durch die Notaufnahme begleitete, fragte sie: »Was sollte das? Was wolltest du ihnen mitteilen?«

»Es ist besser, wenn Quincy es dir sagt.«

Er schob den Vorhang zur Seite. Endlich sah sie Quincy, der auf der Bettkante saß und die Hände rang. Er hatte blaue Flecken und blutige Schrammen im Gesicht. Als er den Kopf hob und sie mit traurigen Augen ansah, rannte sie los und schlang schluchzend die Arme um ihn.

»Es tut mir so leid«, murmelte Quincy und drückte sie fest an sich. »Es tut mir so verdammt leid.«

Während sie sich an ihn klammerte, bekam sie vor Tränen, Wut, Traurigkeit und Verwirrung kein Wort heraus. Das Einzige, was zählte, war, in seinen Armen zu liegen und zu spüren, dass er lebte. Seine Bartstoppeln kitzelten an ihrer Wange, als er sie küsste, und das vertraute Gefühl verstärkte ihren Herzschmerz. Sie hielt ihn fest, bis sie ihr Schluchzen halbwegs unter Kontrolle hatte. Dann befreite sie sich aus seinem Griff und hielt seine Arme fest, während die Tränen ihr immer noch die Sicht verschleierten.

»Du wärst fast umgekommen.«

Sein Kiefer krampfte sich zusammen. »Es tut mir leid, meine Hübsche. Aber ich schwöre dir, dass ich die Drogen nicht freiwillig genommen habe.«

»Ich möchte das so gerne glauben. Und eigentlich tu ich das auch, aber ich habe alles über dieses Leugnen gelesen. Also spiel mir nichts vor.« Sie konnte gar nicht mehr aufhören zu weinen. »Das ertrage ich nicht.«

»Das tue ich nicht. Puck, Simones Ex, hat mir das Zeug gegen meinen Willen gespritzt.«

Jegliche Luft wich aus ihrer Lunge.

»Das ist die Wahrheit, Baby. Er wollte mich umbringen, als Botschaft an den Club.«

»Oh Gott.« Sie umarmte ihn erneut und weinte noch heftiger. »Ich wusste, dass du nichts nehmen würdest! Ist deshalb die Polizei hier? Wird er verhaftet?« Jetzt erst merkte sie, dass er sie nicht ebenfalls umarmte, sondern mit starrem Körper dasaß. Sie ließ von ihm ab und sah seine traurigen Augen. »Was ist los? Oh Gott, haben sie Simone was angetan? Wo ist sie? Haben sie sie umgebracht?«

»Nein, Baby, sie ist in Sicherheit.«

Roni wischte sich über die Augen. »Warum umarmst du mich dann nicht?«

Er senkte den Blick, seine Gesichtsmuskeln waren aufs Äußerste angespannt. »Ich gehe zurück in die Entzugsklinik, Roni. Ich fange wieder bei null an. Wenn ich rauskomme, muss ich das Programm von vorn durchziehen, und du brauchst meinen Scheiß nicht in deinem Leben.«

Ein Schluchzen brach aus ihr hervor.

»Du kannst wieder in deine Wohnung zurückziehen, dir jemanden suchen, der nicht …«

»Hör sofort auf!«, unterbrach sie ihn wütend. »Du hältst jetzt sofort die Klappe, Quincy Gritt. Ich lasse dich nicht allein, und du stößt mich nicht weg, bloß weil da ein verqueres Bild in deinem Kopf sitzt. Du bist meine bessere Hälfte und du liebst mich. Ich weiß, dass du mich liebst, und wenn wir sieben Tage die Woche oder selbst zweimal am Tag zu den NA-Treffen gehen müssen, dann tun wir das eben. Aber du bist nicht allein, und so leicht wirst du mich nicht los.«

Er weinte nun ebenfalls. »Aber, Roni …«

»Nix da!« Sie zwängte sich zwischen seine Beine und legte ihm die Hände auf die Wangen. »Nein, Quincy, kein *Aber*. Dein Gesicht ist es, das ich in meiner Zukunft sehe, und ich weiß, dass du das mit uns auch willst. Zwei Kinder und ein kleiner Hund. Mir ist ganz egal, ob wir wieder am Anfang stehen. Du hast dir das nicht selbst angetan, und du wirst wegen dieser Geschichte nicht unsere Zukunft wegwerfen. Unser Fünfjahresplan beginnt jetzt, ob es dir gefällt oder nicht.«

Seine starken Arme umschlangen sie, und er drückte sie an sich. »Ich liebe dich.«

»Und ich liebe dich«, sagte sie mit wild hämmerndem Herzen. »Bitte sag nicht, dass du uns nicht mehr willst. Bitte!«

»Ich werde dich immer wollen, Roni.« Er nahm ihre Hände und entfernte sich ein Stück von ihr. »Aber da ist noch mehr«, gestand er voller Qual.

»Was auch immer es ist, wir können damit umgehen.«

»Da bin ich mir nicht so sicher. Stimmt es, dass dein Unfall am neunzehnten September passiert ist?«

»Ja. Warum?«

Abermals spannte er den Kiefer an. »Puck hat zugegeben, dass er die Waffe abgefeuert und den Fahrer des Wagens erschossen hat, von dem du angefahren wurdest.«

»Oh Gott.« Roni schlug sich eine Hand vor den Mund, während alle möglichen Emotionen sie überschwemmten.

Endlich hatten sie die Person gefunden, die für den Unfall verantwortlich war. »Wollte dich die Polizei deshalb sprechen?«

Er nickte, schluckte schwer und ließ ihre Arme los. »Weißt du noch, wie ich dir mal erzählt habe, dass ich Puck Geld geschuldet habe und gerade noch entkommen konnte, als seine Leute mich gefunden und zu ihm geschleppt haben?«

»Ja ...?«

Tränen strömten aus seinen Augen. »Die Kugel, die den Fahrer getroffen hat, war eigentlich für mich bestimmt gewesen. Das wusste ich nicht. Ich schwöre dir, dass ich das nicht gewusst habe. Puck hat es mir erzählt, als er mich zusammengeschlagen hat. Die zeitliche Abfolge stimmt, das hat auch die Polizei bestätigt. Wenn ich an dem Tag nicht da gewesen wäre, wenn ich nicht weggelaufen wäre, könntest du immer noch deine Tanzkarriere verfolgen.«

Seine Worte raubten ihr den Atem. Sie wich zurück und fasste sich an die Brust. Der Raum schien zu wanken. Sie starrte auf einen Fleck auf dem Boden und versuchte, sich zu beruhigen, aber in ihrem Kopf drehte sich alles. Ihr Herz fühlte sich an, als würde es gleich zerbersten. *Sie haben auf Quincy geschossen.*

»Meinetwegen hast du alles verloren, Baby«, sagte er voller Schmerz. »Keine Entschuldigung kann das je wieder gutmachen.«

Die Kugel war für dich bestimmt. Sie hörte kaum etwas, weil ihr das Blut in den Ohren rauschte. »Aber sonst wärst du tot«, sagte sie dann, mehr zu sich selbst als zu ihm. Sie hob den Blick und die Welt um sie herum wurde wieder klarer. »Diese Kugel war für dich bestimmt. Wärst du nicht weggelaufen, wärst du jetzt tot.«

»Und du hättest das Leben, das du immer wolltest.«

Jetzt brannten keine Tränen mehr in ihren Augen, sie spürte nur noch eine starke Entschlossenheit in ihrer Brust. »Das Leben, das ich damals wollte, ist nicht das Leben, das ich jetzt will. Nicht, seit ich dich kenne.«

»Baby, ich habe gesehen, durch welche Hölle du meinetwegen gehen musstest. Wie kannst du mich überhaupt noch ansehen, ohne mich zu hassen?«

»Ich liebe dich zu sehr, als dass ich dich jemals hassen könnte.« Sie trat zwischen seine Beine, nahm seine Arme und legte sie um sich. »Du warst nicht derjenige, der abgedrückt hat, und du hast auch das Auto nicht gefahren. Wir sind dazu bestimmt, zusammen zu sein, Quincy Gritt, und wenn du das nicht willst, weil du mich nicht liebst, dann sag es mir jetzt ins Gesicht. Versteck dich nicht hinter all den Dingen, die uns in die Quere gekommen sind und uns umgelenkt haben. Denn diese Wege haben uns zusammengeführt und sie können auch nicht mehr geändert werden. Wir können nicht zurückblicken. Wir können nur nach vorn schauen. Ich hätte nie gewusst, dass ich zwei Babys und einen Hund will und einen Ex-Junkie mit einem so verdammt großen Herzen, dass er sogar bereit ist, die Frau, die er liebt, zu verlassen, bloß um sie vor noch mehr Schmerz zu bewahren. Aber ich habe da eine Neuigkeit für dich, Mr. Goldherz: Du hast mir in den letzten sieben Monaten mehr Glück gebracht und mehr Liebe geschenkt, als ich mir je erhofft hätte. Ich bin nicht nur bereit, an deiner Seite zu stehen, sondern auch mit dir durchs Feuer zu gehen, heute, nächste Woche und in all den kommenden Jahren. Liebst du mich genug, um deine Schuldgefühle gemeinsam mit mir zu verarbeiten, oder willst du immer noch, dass ich jetzt ge…«

Er unterbrach sie, indem er seine Lippen auf ihre drückte. »Ich liebe dich«, sagte er zwischen verzweifelten Küssen und salzigen Tränen. »Ich will dich, Baby.«

Sie schob ihm die Hände ins Haar und küsste ihn noch fester, dann riss sie den Mund weg und stieß hervor: »Wenn du mich jemals wieder bittest, dich zu verlassen, dann schlage ich dir die Zähne aus, darauf kannst du Gift nehmen.«

Er lachte, was sie ebenfalls zum Lachen brachte. Da begegneten sich ihre Münder in einem sanfteren, liebevollen Kuss. Sie schmeckte ihre Tränen, die ihr über die Lippen liefen und sich in einen Kuss voller Entschuldigungen für die Vergangenheit und voller Dankbarkeit und Hoffnung für die Zukunft mischten. Es war der Kuss einer Liebe, die so groß und echt war, dass nichts sie jemals zum Erlöschen bringen würde.

Fünfundzwanzig

Fünf Tage clean. *Machen wir sechs daraus*, war Quincys erster Gedanke, als er aufwachte.

Seit er in der Entzugsklinik war, hatte er jeden Morgen denselben Gedanken, nur die Anzahl der Tage änderte sich. *Einen Tag nach dem anderen.* Wie an jedem anderen Morgen blieb er mit geschlossenen Augen liegen und dachte an all die vielen Gründe, clean zu bleiben. Er stand ganz oben auf der Liste, denn wenn er nicht in erster Linie für sich selbst clean blieb, würde er es auch nicht für andere schaffen. Das war der einzige Grund, warum er noch vor seiner so unglaublich tollen Freundin kam. Bilder von ihrer ersten Verabredung schossen ihm durch den Kopf. Niemals würde er ihren erstaunten Gesichtsausdruck hinter der Glastür vergessen, als er sie überrascht hatte. Ihre Nervosität hatte sie nur umso sympathischer gemacht. Wie sie am Feuer Marshmallows geröstet und gelacht hatten, ihr erster heißer Kuss, das alles lief wie ein Film ab. Er dachte an ihre Ausgelassenheit bei der Rallye, an ihren hypnotisierenden Tanz. Aber nichts übertraf den Tag, an dem sie bei der NA-Sitzung aufgetaucht war und ihm dadurch gezeigt hatte, dass sie ihm vertraute, und die Unterstützung, die sie ihm seitdem jeden Tag aufs Neue schenkte. Und die unendliche Liebe in ihren Augen, wenn sie miteinander schliefen. Er hörte immer noch ihr Lachen beim Schlittenfahren auf der Helms Tree Farm, und er dachte an den Spaß, den sie beim Aussuchen ihres Baumes gehabt hatten. Bei diesen Erinnerungen zog sich seine Brust zusammen. Er rief sich ins Gedächtnis, wie sie den Baum geschmückt hatten, und wie sie ihn in ihrem sexy Schleifen-Outfit verführt hatte. Doch jetzt durfte er diese Schleife lieber nicht vor seinem inneren Auge lösen, weil es noch vierundzwanzig lange Tage dauerte, bis er Roni wiedersehen durfte.

Er lenkte seine Gedanken auf die anderen Gründe, die er hatte, um clean zu bleiben. Er dachte an Truman, Gemma, die Kinder und an alle Freunde. Das machte es etwas leichter, der Versuchung der Drogen zu widerstehen, obwohl leicht ein relativer Begriff war.

Nachdem er im Geiste alle seine Freunde und Familienmitglieder durchgegangen war, fiel ihm wieder ein, dass Weihnachten war. Eine Welle der Traurigkeit überflutete ihn. Er konnte regelrecht spüren, wie seine sensible Freundin gerade an ihn dachte. Wahrscheinlich hatte sie ein T-Shirt von ihm an und schlief auf seiner Bettseite.

Er verweilte bei diesem Gedanken.

Seine Bettseite. Ihre Bettseite.

Noch vierundzwanzig Tage.

Die Sehnsucht nach ihr war zu einem dumpfen Schmerz in seiner Brust geworden und sein ständiger Begleiter. Wenigstens wusste er, dass Roni heute nicht allein sein würde. Bevor Truman ihn in die Klinik gebracht hatte, war sie mit ihm zu den Kindern gefahren, damit er sich von ihnen verabschieden konnte. Es hatte ihm das Herz gebrochen, aber er hatte sie nicht angelogen. Er wollte sie niemals anlügen. Er hatte ihnen gesagt, dass Onkel Quincy ein wenig Hilfe brauchte und eine Weile weg sein würde, dass er sie liebte und jeden Tag an sie denken würde, dass er wieder zurück wäre, um mit ihnen zu spielen und weitere tolle Dinge mit ihnen zu unternehmen, bevor sie sichs versahen. Roni hatte gesagt, dass sie an Weihnachten trotzdem zu Truman und Gemma gehen würde, stellvertretend für sie beide, wofür er sie nur noch mehr liebte. Wobei *noch mehr* eigentlich kaum möglich war. Andererseits lernte er jeden Tag, dass seine Liebe zu ihr keine Grenzen kannte, so wie ihre endlose Liebe zu ihm.

Er öffnete die Augen, war endlich bereit, den sechsten Tag zu beginnen, und wappnete sich mit einem tiefen Atemzug, während er die Beine über die Bettkante schwang. Dabei fiel sein Blick auf seine nackten Füße, und schon wieder schoss ihm eine Erinnerung durch den Kopf, wie er mit Roni auf der Couch gekuschelt hatte. Sie hatten Kopf an Fuß gelegen und die Füße des anderen massiert, während Roni las und er lernte. Roni hatte dieses strahlende Lächeln aufblitzen lassen, das ihre grünbraunen Augen hinter der sexy Brille zum Leuchten brachte. *»Das ist das erste Mal für mich. Ich habe noch nie jemandem die Füße massiert. Unser Leben wird durch eine Premiere nach der nächsten bereichert.«*

Er atmete tief ein und wünschte sich, er könnte das auch jetzt wieder mit ihr machen. Er blickte auf die Uhr auf dem Nachttisch. Daneben lag ein eingepacktes Geschenk, das gestern Abend noch nicht da gewesen war. Er nahm es in die Hand, öffnete die Karte und erkannte Ronis Handschrift. Sein Puls beschleunigte sich, als er zu lesen begann.

Fröhliche Weihnachten! Du kannst dir vorstellen, wie aufgeregt ich war, als Biggs sagte, er kann dafür sorgen, dass dir dies zugestellt wird. Dieser Mann hat echt überall Beziehungen. Ich hoffe, das Geschenk gefällt dir. Seit du mir davon erzählt hast, ist es mir nicht mehr aus dem Kopf gegangen. Du wirst schon sehen, was ich meine, wenn du es auspackst. Ich glaube, du hast allen Leuten hier den Auftrag gegeben, sich um mich zu kümmern (und dafür liebe ich dich so sehr!), denn in den letzten fünf Tagen habe ich mehr Einladungen zum Essen bekommen, als ich überhaupt annehmen kann. Eigentlich habe ich keine große Lust, mit anderen Leuten zusammen zu sein, aber ich bin jeden Abend zu irgendwem gegangen, weil ich wusste, dass dich das beruhigt. Bei Biggs und Red waren wirklich alle da. Es war wie ein zweites Thanksgiving, nur düsterer, weil wir dich alle so vermissen. Aber die anderen haben ihr Bestes getan, um mich aufzumuntern. Angela hat mir Videobotschaften geschickt und so getan, als wäre sie du. Die sind wirklich lustig. Ich zeige sie dir, wenn du wieder nach Hause kommst.

Ich vermisse dich in jeder Minute, aber ich bin so stolz auf dich, Quincy. Du bist der stärkste und mutigste Mensch, den ich kenne, und ich bin sehr glücklich, dass ich mein Leben mit dir teilen darf.

Tränen brannten in seinen Augen. Sie war die Stärkste und Mutigste, und er der Glückliche.

Ich schlafe in deinen Shirts und ich träume jede Nacht von dir. Wenn ich aufwache, spüre ich, wie du an mich denkst, so wie ich an dich denke. Ich liebe dich, Quincy, heute, morgen und für den Rest meines Lebens.
Für immer deine Hübsche,
Roni

Quincy wischte sich über die Augen und räusperte sich, um die Enge in seinem Hals zu lösen. Womit hatte er nur das Glück verdient, mit ihr zusammen sein zu dürfen? Diese Antwort würde er nie erhalten, aber er würde Roni ein Leben lang zeigen, wie sehr er sie anbetete. Er roch an der Karte und nahm Ronis Duft wahr. Vielleicht bildete er es sich nur ein, aber das war egal. Er spürte sie überall um sich herum.

Er stellte die Karte auf den Nachttisch, damit er sie gleich sah, wenn er abends ins Bett ging. Dann nahm er das Päckchen in die Hand. Im Stillen schickte er Biggs ein großes Dankeschön für seine Hilfe.

Unter dem Papier kam eine Hemdenschachtel zum Vorschein, und als er den Deckel abnahm, hatte er ein weißes Buch mit Spiralbindung vor sich. In roter Schrift stand darauf QUINCYS WEIHNACHTSERINNERUNGEN, darunter war eine Girlande mit Stechpalmenblättern gezeichnet. Er nahm es aus der Schachtel und schlug es auf. Sein Herz zog sich zusammen beim Anblick der allerersten Zeichnung, die Truman damals neben seinem Bett hinterlassen hatte. Ihm kamen die Tränen, als er das Bild von Trumans Gesicht auf dem Körper eines Vogels betrachtete, der mit dem kleinen Quincy auf dem Rücken durch die Lüfte schwebte. Unter dem Bild stand die Geschichte, die Truman ihm damals erzählt hatte. Sie handelte davon, wie Truman sich wünschte, er könne mit ihm an einen Ort fliegen, an dem es keine Drogen gab. Quincy atmete schwer ein, als er umblätterte und ein weiteres Bild entdeckte, das er verloren geglaubt hatte. Es war das vom Rosengarten, begleitet von einer weiteren Geschichte, die er nie vergessen hatte. In der nächsten halben Stunde bestaunte er die Bilder und Geschichten aus einer Vergangenheit, die er am liebsten vergessen hätte, gleichzeitig wollte er die Momente, die hinter jedem der Bilder im Buch steckten, niemals loslassen.

Als er auf der letzten Seite ankam, ging ihm das Herz auf und er musste laut lachen. Truman hatte ein Bild von Roni gezeichnet, die auf Quincys Schultern saß. Quincy hielt mit einer Hand die obere Spitze des Christbaums fest, während Roni den Stern daraufsetzte. In der anderen Hand hielt Quincy sein Handy, um ein Selfie zu machen. Unter dem Bild stand *Unser erster perfekter Weihnachtsbaum.* Daneben befanden sich zwei miteinander verbundene rote Herzen, und in Ronis Handschrift stand im linken Herz »Roni«, dazwischen »liebt« und im rechten »Quincy«.

Er wischte sich die Tränen weg und legte sich dann wieder aufs Bett, um sich das schönste Weihnachtsgeschenk, das er je bekommen hatte, gleich noch einmal anzusehen.

Roni saß auf der Couch und trank heiße Schokolade, während sie abwesend auf die Lichter am Weihnachtsbaum und die Geschenke darunter starrte und sich wünschte, Quincy wäre da. Sogleich stellte sich das schlechte Gewissen für diesen egoistischen Gedanken ein, denn er tat gerade etwas viel Wichtigeres für sie beide. Sie versuchte, die Schuldgefühle zu verdrängen, und hoffte, dass das Geschenk, das sie gestern vorbeigebracht hatte, ihm den Morgen versüßte. Truman hatte in den letzten Wochen unerlässlich an den Bildern gearbeitet, und sie hätte nur allzu gern Quincys Gesicht beim Öffnen des Geschenks gesehen. Sie wusste, dass die Bilder für ihn jetzt noch wichtiger waren als je zuvor.

Dies hatte ein besonderes Weihnachtsfest für ihn werden

sollen, ein Fest voller schöner Momente und Erlebnisse. Aber sie war froh, dass er sich um sich kümmerte und den Entzug über alles andere stellte. Das änderte allerdings nichts daran, dass sie ihn trotzdem mehr vermisste, als sie sonst jemals irgendwen oder irgendetwas in ihrem Leben vermisst hatte. Sie vermisste ihn sogar mehr, als sie nach dem Unfall das Tanzen vermisst hatte. Dummerweise brachte dieses Vermissen von Quincy auch einen Ansturm anderer Gefühle mit sich. Hässliche Gefühle, die sie vor allen Leuten zu verbergen versuchte, sogar vor Penny, mit der sie täglich sprach, weil sie sich genauso um Quincy sorgte wie Roni. Die Gespräche über das, was sie an ihm vermissten, und ihre Hoffnungen und Befürchtungen bezüglich der Drogen hatten ein schwesterliches Band entstehen lassen, für das Roni sehr dankbar war. Aber die düsteren Gefühle behielt sie für sich, weil Penny und alle anderen genug damit zu tun hatten, sich um Quincy zu sorgen und sich um Roni zu kümmern. Sie trafen Vorkehrungen für Simone, damit sie zur Redemption Ranch nach Colorado reisen konnte, womit sie zum Glück endlich einverstanden war. Roni hätte Elisa und Angela von den Gefühlen, die sie in ihrem Inneren verbarg, erzählen können, aber sie wollte die beiden nicht noch mehr beunruhigen. Sie waren ihr eine wunderbare Stütze gewesen. Elisa hatte ihr sogar geraten, sich eine Auszeit zu nehmen, was Roni aber nicht wollte. Das Letzte, was sie brauchte, war noch mehr Zeit allein.

Wenn sie allein war, kamen Trauer, Wut und Hass in ihr hoch – und die hässlichsten dieser Emotionen richteten sich gegen Patrick »Puck« Fulton. Als die Polizei sie befragt hatte, waren die alte Angst und die schrecklichen Erinnerungen an ihren Unfall, die sie immer noch verfolgten, auf einmal wieder hochgekommen. Mitten in der Nacht hörte sie wieder die quietschenden Reifen, fühlte den heftigen Aufprall und die Verzweiflung, alles zu verlieren, wofür sie gearbeitet hatte. Das steigerte ihren Hass auf Puck nur noch mehr. Sie hasste ihn aus so vielen Gründen. Dass er Quincy fast umgebracht hätte und dass er ihm zwei Jahre seines neuen Lebens gestohlen hatte, stand ganz oben auf der Liste, aber das war noch nicht alles. Er hatte einen unschuldigen Mann getötet, ihre Karriere zerstört, für die sie so hart gearbeitet hatte, und das Leben, das sie und Quincy sich aufgebaut hatten. Und sie war wütend auf ihn, weil er bei Quincy Schuldgefühle für eine Sache aufkommen ließ, für die Quincy gar nichts konnte. Glücklicherweise hatte sie erfahren, dass die Polizei bei der Durchsuchung von Pucks Haus und Auto unter seinen vielen Waffen auch die sichergestellt hatte, mit der der Fahrer des Unfallwagens getötet worden war. Sie hatten auch Quincys DNA gefunden. Zusammen mit den Tonaufnahmen von Quincy, auf denen zu hören war, wie Puck Quincy entführte, ihm Heroin spritzte, um ihn damit umzubringen, und damit prahlte, Ronis Unfall verursacht zu haben, indem er den Fahrer erschossen hatte, verfügte die Polizei nun über genug Beweise, um Puck anzuklagen und hoffentlich für sehr lange Zeit wegzusperren. Das verschaffte ihr ein gewisses Maß an Erleichterung, aber nicht genug, um die hasserfüllte Wut, die sie bei lebendigem Leib auffraß, zu mildern.

Sie war noch nie gut darin gewesen, negative Gefühle zu verbergen, und sie musste irgendeinen Weg finden, damit umzugehen und sie wieder loszuwerden. Doch sie wusste nicht, wie sie das tun sollte, denn diesem Monster würde sie niemals verzeihen können.

Sie wusste nur, dass es richtig war, an Quincy zu glauben, und dass sie Glück hatte, so viele Menschen in ihrem Leben zu wissen, die sich um sie beide sorgten. Angela und Joey hatten sie gestern noch abgeholt, um den Heiligabend bei Angelas Eltern zu verbringen. Roni war alles andere als zum Feiern zumute gewesen, und sie hatte sich erst gesträubt, aber am Ende war sie doch froh, dass sie mitgefahren war. Angelas ungestüme Familie kannte sie schon so lange und brachte sie immer zum Lachen, was sie sehr gebraucht hatte. Doch in der leeren Wohnung waren sofort wieder Trübsal und Einsamkeit zurückgekehrt.

Jetzt trank sie die heiße Schokolade aus und stellte gerade den Becher in die Spüle, als es an der Balkontür klopfte. Sie warf einen Blick auf die Uhr am Herd und fragte sich, wer sie wohl um sieben Uhr am Weihnachtsmorgen besuchte. Sie durchquerte das Zimmer und spähte durch die Vorhänge. Draußen stand Angela und winkte ihr durch die Fensterscheibe zu. Sie hatte eine rote Weihnachtsmütze auf und hielt einen Plastikbehälter in der Hand. Sie hob ihn hoch und vollführte einen Freudentanz, als Roni die Tür öffnete.

»Fröhliche Weihnachten, mein Zuckerpfläumchen! Es ist schweinekalt hier draußen«, sagte Angela und drängte sich an ihr vorbei. Während sie den Behälter auf den Tisch stellte, schenkte sie Roni einen besorgten Blick. »Was hast du denn da an?« Sie wedelte mit dem Finger. »Eine Mischung aus Britney Spears und Billie Eilish mit der Frisur von Helena Bonham Carter?«

Roni blickte an ihrem Outfit hinab. »Das ist die Jogginghose, die Quincy mir am ersten Abend, als ich hier übernachtet habe, geliehen hat, und das ist sein weichstes T-Shirt und …« Sie griff nach oben und berührte das, was gestern Abend noch ein Dutt gewesen war, ihr jetzt aber als wirres Durcheinander seitlich vom Kopf herabhing. Sie musste mit Angela mitlachen.

»Ach, Roni. Es tut mir so leid, dass er nicht hier ist.« Angela umarmte sie. »Es tut mir wirklich leid, und ich weiß, dass

Quincy nicht ersetzbar ist, aber wenigstens hast du die beste Freundin der Welt, die extra für dich Zimtschnecken gebacken hat.« Sie nahm den Deckel der Dose ab, und ein köstlicher Duft verbreitete sich.

»Du bist ein Schatz. Vielen Dank!« Roni nahm sich eine und biss hinein. Das war genau das, was sie jetzt brauchte. »Mmh. Das sind die besten.«

»Mit extra viel Liebe gebacken. Also mit extra viel Zimt und Zuckerguss.« Angela zog ihren Mantel aus. »Gehst du nicht bald zu Gemma und den Kindern, um die Geschenke auszupacken? Ich weiß nicht, ob sie deinen neuen Look zu schätzen wissen.«

»Ich habe noch ein paar Stunden Zeit, bevor ich erwartet werde.« Roni holte Teller und Servietten, und als sie sich setzten, fragte sie: »Solltest du am Weihnachtsmorgen nicht eher bei Joey sein?«

»Wir hatten Sex und dann ist er noch mal eingeschlafen. Daher kann ich jetzt bei meiner besten Freundin sein.« Sie holte ein kleines Geschenk aus der Tasche und legte es auf den Tisch. »Fröhliche Weihnachten!«

Roni sprang auf und fühlte sich schon viel beseelter. Sie ging zum Baum, um Angelas Geschenk zu holen. »Dir auch frohe Weihnachten. Das hier ist für dich und Joey.«

»Zählen wir bis fünf?«, fragte Angela, als Roni sich wieder hingesetzt hatte.

Roni nickte. Seit sie klein waren, zählten sie bis fünf statt bis drei, obwohl sich keine von ihnen erinnern konnte, warum. Also zählten sie auch jetzt zusammen »Eins, zwei, drei, vier, fünf!«, und dann rissen sie gleichzeitig das Papier auf. Roni sah Angela zu, wie sie ihr Geschenk öffnete, statt selbst den Deckel von der Schachtel zu nehmen, die sie von Angela erhalten hatte.

»Wow!« Angela zog ein rot-schwarzes Mieder mit passendem Slip von *Leder und Spitze* aus der Schachtel. »Roni, das kann ich nicht annehmen. Ich habe die Sachen im Internet gesehen. Die sind wirklich teuer.«

»Dixie und Jace haben mir einen Riesenrabatt gegeben. Ich habe sogar etwas für mich gekauft, um Quincy zu überraschen, wenn er nach Hause kommt.«

»Wenn das so ist, finde ich es toll. Vielen Dank!« Angela beugte sich vor und umarmte sie. »Und jetzt mach deins auf.«

Roni nahm den Deckel ab und holte einen Schlüsselanhänger heraus, an dem ein halbes Freundschaftsherz hing. »Der ist wunderschön. Vielen Dank.«

Angela griff in die Tasche ihres Sweatshirts und stellte eine identische Schachtel auf den Tisch. »Hier ist die andere Hälfte. Die ist für Quincy. Wir beide werden natürlich immer beste Freundinnen sein, aber mit deinem Liebsten hast du jetzt eine andere Art beste Freundschaft, und du sollst wissen, dass ich euch beide zusammen liebe und mir meinen Status gerne mit deinem Mann teile.«

»Ach, Angie.« Roni umarmte Angela, während ihr die Tränen kamen. »Ich hab dich so lieb. Vielen Dank, das bedeutet mir sehr viel.«

»Freut mich, dass es dir gefällt. Hör zu, Roni. Wir wissen beide, dass du mir nicht alles darüber erzählst, wie du dich fühlst, seit Quincy in der Klinik ist und du erfahren hast, dass die Kugel damals für ihn bestimmt war. Und das ist okay, Granny hat dich so erzogen, und ich weiß, dass du dich gerne verkriechst und deine Trauer auf deine eigene Art verarbeitest. So war das schon nach deinem Unfall und auch nach Grannys Tod. Ich verstehe das vollkommen.«

»Tut mir leid«, sagte Roni leise.

»Es muss dir nicht leidtun. In jeder Freundschaft gibt es so was, einer zieht sich zurück, der andere kommt und zieht ihn wieder heraus. Ich werde immer für dich da sein, auch wenn du mich am liebsten wegschicken willst. Auch wenn du jetzt viele neue Freunde hast und einen Mann, der dich anbetet, so kann doch niemand den Platz derjenigen einnehmen, die dir deinen ersten Tampon gegeben hat, als du in der Tanzstunde deine Tage bekommen hast.«

Sie lachten beide.

»Ich kann nicht glauben, dass du das noch weißt«, sagte Roni gerade, als es erneut an der Balkontür klopfte. Sie stand auf. »Holt Joey dich hier ab?«

»Eigentlich nicht.«

Roni schob die Vorhänge beiseite und erblickte Truman, der mit hochgeschlagenem Mantelkragen und tief in die Stirn gezogener schwarzer Wollmütze vor der Tür stand. »Hallo«, grüßte sie, als sie die Tür aufzog und einen kalten Luftzug in die Wohnung ließ. »Komm rein.«

»Hi, Roni.« Er nickte Angela zu. »Hey, Angela. Frohe Weihnachten.«

»Hi, Tru. Dir auch.«

Dann sah Truman Roni mit ernstem Blick an. »Ich störe euch wirklich ungern, aber du musst dich anziehen und mitkommen.«

Sein Tonfall ließ Panik in ihr aufsteigen. »Was ist los? Geht es um Quincy?«

»Ja, es geht um Quincy.«

Sechsundzwanzig

Routine war für Quincys Genesungsprozess unabdingbar. Bei seinem ersten Aufenthalt in der Entzugsklinik hatte er erst einmal herausfinden müssen, was Routine überhaupt bedeutete. Jetzt wusste er alles darüber, aber eine Routine zu schaffen, die keine Zeit mit Roni oder wenigstens eine Videobotschaft von ihr beinhaltete, war eine Qual. Er nahm so ziemlich jede Therapie in Anspruch, die das Zentrum anbot, darunter Zwölf-Schritte-Yoga, Übungen zur Emotionsregulation, Musiktherapie und Sporttraining. An manchen Tagen ging er sogar zweimal ins Fitnessstudio. Jetzt war er gerade wieder dabei, Gewichte zu stemmen, als er in den Besprechungsraum Nummer drei gerufen wurde.

Er klopfte, von drinnen ertönte ein »Herein«.

Quincy öffnete die Tür und schwankte, als er nur ein paar Meter entfernt seine wunderschöne Roni sah, mit tränenfeuchten Augen hinter den Brillengläsern und in einem roten Pullover und schwarzen Jeans. »Baby ...«

Sie rannten aufeinander zu, und sofort stürzte sie sich in seine Arme und ihre salzigen Tränen vermischten sich mit ihrem Kuss. Sein Herz fühlte sich an, als müsste es gleich zerspringen.

»Wie bist du denn hier reingekommen?« Er blickte sich im Raum um und entdeckte Truman, dessen Augen vor Freude glänzten.

»Biggs hat ein paar Fäden gezogen«, murmelte Truman.

Einen Arm um Roni gelegt, ging Quincy zu ihm und hielt beide fest, denn Roni wollte er auf keinen Fall wieder loslassen. »Ich danke dir, Mann. Für alles. Diese Bilder sind …« Er versuchte, das richtige Wort zu finden, und merkte, dass er es nicht brauchte. Truman war bei jedem Schritt dabei gewesen, genau wie er es jetzt auch war. Der Junge, der sich in einen Mann verwandelt hatte, der ihm beigebracht hatte, sich selbst und andere zu lieben, zu beschützen und zu leiten, war in der Kindheit seine Festung gewesen, der Leitstern, dem er gefolgt war. Vielleicht musste er Truman nun gar nicht mehr folgen, aber er war so verdammt dankbar, dass er an seiner Seite geblieben war und dass nun eine Zukunft vor ihnen lag, die sie beide verdient hatten.

»Frohe Weihnachten, Bruderherz«, wünschte Truman. »Sie geben dir eine halbe Stunde, also werde ich euch beiden etwas Privatsphäre gönnen.«

Als er den Raum verließ, schlang Quincy wieder die Arme um Roni und drückte sie fest an sich. »Gott, ich habe dich so vermisst.«

»Ich dich auch«, gab sie unter Tränen zurück. Als er sich von ihr lösen wollte, um ihr Gesicht zu sehen, klammerte sie sich an ihn und flüsterte: »Ich lasse dich nicht los.«

»Ich dich auch nicht, Babe.« Er setzte sich auf den Stuhl und zog sie auf seinen Schoß. Lange Zeit hielten sie sich wortlos aneinander fest. Aber Quincy merkte, wie die Minuten verstrichen, und er musste Ronis Augen sehen, um zu wissen, ob es ihr wirklich gut ging.

Er zog sich zurück und wischte ihr die Tränen mit den Daumen aus dem wunderschönen Gesicht. Beim Anblick der Traurigkeit, die nun wieder ihre Augen umwölkte, zog sich sein Magen zusammen. »Mein Geschenk ist so wundervoll. Danke, dass Tru die Bilder gemalt und die Geschichten aufgeschrieben hat und dass du sie zu einem Buch gebunden hast. Das letzte ist mein Lieblingsbild.«

Ihre Unterlippe bebte, aber sie zog die Schultern zurück und bemühte sich, ein Lächeln zustande zu bringen, was ihn zu Tränen rührte.

»Meins auch«, sagte sie leise.

»Du musst die Geschenke öffnen, die ich für dich unter den Baum gelegt habe.« Als sie den Blick senkte, hob er ihr Kinn an. »Sprich mit mir, Baby. Wie geht's dir? Gehst du zur Arbeit? Verbringst du Zeit mit Angela oder den Mädels? Brauchst du irgendwas?«

»Mir geht's gut. Ich arbeite und ich treffe Leute zum Abendessen.«

»Wir sagen einander die Wahrheit, Baby, erinnerst du dich? Wir haben uns versprochen, ehrlich zueinander zu sein.«

Tränen rannen ihr über die Wangen, und schließlich brach ein Schluchzen aus ihr heraus. Sie schlang die Arme um ihn und vergrub das Gesicht in seiner Halsbeuge. »Nein, mir geht es nicht gut. Ich vermisse dich, und ich empfinde so viel Wut und Hass auf Puck und auf alles, was er dir, mir und dem armen Mann, den er umgebracht hat, angetan hat. Ich weiß nicht, wie ich damit umgehen soll. Ich habe Angst, dass ich diese Gefühle nie mehr loslassen kann.« Sie atmete schwer. Dann sagte sie: »Und jetzt habe ich es herausgeplappert, obwohl ich eigentlich dich fragen sollte, wie es dir geht. Es tut mir leid.«

Ihr Geständnis brach ihm das Herz, und er war entschlossen, ihr zu helfen. »Sieh mich an, meine Hübsche.« Sie lehnte sich zurück und ließ zu, dass er ihre Tränen trocknete. »Mir geht es gut«, versicherte er ihr. »Ich habe alles im Griff, Roni, und ich würde mir so oder so Sorgen um dich machen, ob du mir nun sagst, was los ist, oder nicht, denn ich sehe es dir an und ich fühle es. Du bist ein Teil von mir, Babe, und das hört nicht auf, nur weil wir meilenweit voneinander entfernt sind.« Er küsste sie und dachte an die Art und Weise, wie sie sonst immer Stress abgebaut hatte. Damals nach dem Tod ihrer Großmutter hatte sie ihm geschrieben, dass sie oft bis spät in die Nacht tanzte, um ihre Trauer zu verarbeiten. »Tanzt du nach der Arbeit?«

Sie schüttelte den Kopf. »Ich habe keine Zeit. Alle sind so nett und hilfsbereit, und ich dachte, du willst sicher, dass ich bei ihnen bin, also gehe ich normalerweise direkt zu unseren Freunden, wenn ich Feierabend habe.«

»Hör zu, Baby. Ich freue mich, dass du dich mit Leuten triffst, weil du weißt, dass ich mich besser fühle, wenn du nicht allein bist. Aber das ist mein egoistischer Wunsch, eine Lücke für dich zu füllen, während ich hier drin bin. Allerdings ist das vielleicht gar nicht die richtige Lösung. Du musst dich in erster Linie um dich selbst kümmern, solange ich weg bin. Wenn du lieber tanzt, als dich mit Freunden zu treffen, dann tu das. Lass nicht zu, dass die dunklen Machenschaften dieses Dreckskerls dich auffressen und deine Schönheit zerstören. Du musst deine Seele von dieser Wut und diesem Hass befreien, und Tanzen war schon immer dein Ventil. Versprichst du mir, dass du dir Zeit dafür nimmst?«

Sie nickte und atmete tief ein, dann stieß sie einen langen Seufzer aus, während sie seine Hand nahm und auf ihre Brust drückte. »Spürst du, wie schnell mein Herz schlägt?« Sie behielt sie dort, während sich ihr Herzschlag beruhigte, und dann erschien ein echtes Lächeln auf ihrem Gesicht. »Du hast genau gewusst, was ich brauchte. Wie konnte ich das Einzige vergessen, auf das ich mich immer verlassen habe?«

»Weil wir in den letzten Wochen nicht gestresst waren und du nur aus Freude getanzt hast. Aber jetzt geht es um den Wiedereinstieg ins Leben, Babe. Du musstest den Unfall ein zweites Mal durchleben, als die Polizei dich befragt hat, und ich habe es dir angesehen, dass die Schmerzen und die ganze Wut wieder hochgekocht sind. Dann ist dein Freund auch noch seit sechs Tagen in der Entzugsklinik. Das ist eine ganze Menge, die du gerade zu verkraften hast. Du musst tanzen und dieses Ventil so oft wie möglich nutzen.« Er streichelte ihre Hüfte. »Und danach verwöhnst du dich und nimmst ein heißes Bad oder gehst zur Massage, okay? Ich bezahle dir das.«

»Na gut. Ich werde tanzen, aber an meinen Körper lasse ich nur deine Hände.« Sie umarmte ihn wieder und fuhr mit den Fingern durch sein Haar.

Er schloss für einen kurzen Moment die Augen und genoss ihre Berührung. »Babe, vielleicht wäre es auch eine gute Idee, wenn du mit jemandem redest, einen Therapeuten aufsuchst. Hast du nach deinem Unfall mit einem gesprochen?«

»Nur im Krankenhaus, aber sonst nicht wirklich.«

»Ich weiß aus der Zeit, nachdem deine Granny gestorben ist, dass du lieber alles mit dir selbst ausmachst. Aber manche Knoten lassen sich allein nur schwer lösen. Wärst du offen dafür, mit jemandem zu reden?«

Sie begegnete seinem Blick und nickte. »Ja. Dank dir lerne ich gerade, wie wichtig es ist, sich zu öffnen.«

»Bevor du fährst, können wir uns hier nach einem Therapeuten für dich erkundigen, der sich mit Trauerverarbeitung und Unfalltraumata auskennt.« Als er einen Blick auf die Uhr warf, sank sein Herz, aber er versuchte, fröhlich zu bleiben. »Unsere Zeit ist fast vorbei. Mach viele Fotos für mich, wenn du später mit den Kindern feierst. Und auch heute Abend auf Jeds und Josies Hochzeit. Wer springt eigentlich als Trauzeuge ein?«

»Ach ja, sie haben die Hochzeit verschoben. Jed sagt, er kann ohne seinen besten Freund nicht heiraten.«

Quincy fühlte sich zwar schlecht, weil er ihnen die Hochzeit vermasselt hatte, aber gleichzeitig freute er sich über Jeds Loyalität. »Dieser gottverdammte Jed.«

»Jetzt soll sie an dem Datum stattfinden, an dem er ihr den Antrag gemacht hat.«

»Welchen der Anträge?« Er erzählte von Jeds erstem spontanen Antrag und dem zweiten geplanten.

»Den ersten. Sie wollen im Februar heiraten.«

»Es ist wirklich blöd, dass ich ihre Hochzeit ruiniert habe, aber gleichzeitig freue ich mich natürlich sehr, wenn ich dabei sein kann. Hast du was von Simone oder Penny gehört? Geht es ihnen gut?«

»Ja. Diesel fliegt morgen mit Simone zur Redemption Ranch, und Penny und ich reden jeden Tag miteinander. Sie macht sich Sorgen um dich, aber sie hat wie alle anderen auch großes Vertrauen in dich.«

»Darüber freue ich mich sehr. Ich fühle mich so schlecht, dass ich alle in diese Lage gebracht habe. Wenigstens komme ich rechtzeitig raus, um deinen Auftritt bei der Wintershow zu sehen.«

»Du hast uns doch gar nicht in diese Lage gebracht, Quincy. Du hast die Drogen ja nicht freiwillig genommen. Puck ist der Verantwortliche, und der ist jetzt verhaftet worden.« Sie berichtete, was sie von Truman und Biggs erfahren hatte. »Und weißt du noch was?«

»Ja, ich weiß noch, dass ich dich liebe, meine Hübsche.«

Sie drückte ihre herrlichen Lippen auf seine. »Ich bin froh, dass der Entzug deinem Charme nichts anhaben kann. Jetzt sind es nur noch vierundzwanzig Tage. Wichtige Tage, und ja, sie werden echt hart sein, aber ich werde mir einen Therapeuten suchen und ich werde wieder tanzen, und du wirst an deinem Heilungsprozess arbeiten, und nach vierundzwanzig super-schwierigen Tagen werden wir noch stärker sein. Es ist nur ein kleiner Preis dafür, dass wir uns auf ein gemeinsames Leben freuen können.«

Siebenundzwanzig

Am Neujahrstag waren acht Zentimeter Neuschnee gefallen, der den ganzen Januar über liegenblieb. Doch an dem Tag, als Quincy nach dem dreißigtägigen Programm aus der Klinik entlassen wurde, strahlten die Sonne und sein Mädchen um die Wette, und noch nie hatte sich die frische Winterluft so gut angefühlt. Sie gingen gemeinsam zu Ronis Auto, wo er seine Tasche auf den Rücksitz warf, und dann zog er Roni zu sich, hob sie hoch und küsste sie so leidenschaftlich, wie er es sich all die lange Zeit erträumt hatte. Roni gab diese sündigen Laute von sich, die er so liebte, und strich über seine Arme und seinen Rücken.

Dann löste sie die Lippen von seinen, und ihre Augen waren dunkel vor Verlangen. »Du hast gewaltige Muskeln gekriegt!«

»Dann hat sich das zweimalige Training pro Tag wohl gelohnt.«

»Aber hallo. Ich kann es kaum erwarten, dir die Klamotten vom Leib zu reißen.«

Oh Mann, er betete sie an.

»Lass uns fahren, meine Hübsche, und die nächsten vierundzwanzig Stunden nackt im Bett verbringen.«

Sie stiegen ein und während der Fahrt sprudelte es aus Roni

nur so heraus. Sie erzählte ihm, wie glücklich sie war, dass er nach Hause komme, und wie gut ihr die Therapiesitzungen taten und wie sehr sie sich darauf freue, für ihn bei der Show zu tanzen.

»Angela und ich haben zweimal was mit Kennedy und Lincoln unternommen. Außerdem habe ich mit den Kids eine Pyjamaparty veranstaltet, um Tru und Gemma mal eine Pause zu gönnen. Wir hatten riesigen Spaß.«

Sie blickte ihn an, und als sie fragend die Stirn in Falten zog, merkte er, dass er sie anstarrte, aber er konnte sich einfach nicht an ihr sattsehen. Er drückte ihre Hand und grinste wie ein Honigkuchenpferd.

»Rede ich zu viel? Ich bin einfach so froh, dass du raus bist, und will dich über alles informieren.«

»Du kannst nie zu viel reden.« Er hob ihre Hand und küsste ihren Handrücken. »Ich habe deine Stimme so vermisst wie alles andere an dir. Du bist sogar noch schöner geworden, Babe. Ich kann einfach nicht aufhören, dich anzuschauen.«

Sie errötete, während sie den Blinker setzte und in eine Seitenstraße einbog.

»Wohin fahren wir?«

»Ich muss einen kurzen Zwischenstopp einlegen, bevor es nach Hause geht«, erklärte sie. »Es dauert nicht lange.«

Als sie durch Dixies alte Straße fuhren, die von den Autos und Wagen seiner Freunde und Familie gesäumt war, dämmerte es ihm allmählich, dass hier etwas nicht stimmte. »Haben Tru und Gemma etwa doch Dixies Haus gekauft? Dann hat Jace sie wohl zum Verkauf überredet, um seine Babyplanung etwas zu beschleunigen.«

»Apropos Babyplanung«, sagte sie, während sie hinter Bullets Pick-up-Truck parkte. »Ich habe ganz vergessen, dir zu erzählen, dass Bullet und Finlay eine kleine Tochter bekommen haben. Das süßeste Ding, das ich je gesehen habe.« Sie stiegen aus und liefen die Einfahrt hinauf. »Sie heißt Tallulah Wren und wird Lulu genannt. Sie hat einen schwarzen Haarschopf wie Bullet und Finlays große blaue Augen. Bullet trägt sie andauernd mit sich herum. Ich glaube, er ist ein noch größerer Babynarr als Jace.«

»Ich kann es kaum erwarten, sie kennenzulernen«, sagte er und nahm Roni in die Arme. »Babe, bevor wir reingehen und gleich großer Trubel herrscht, möchte ich mich bei dir dafür bedanken, dass du an mich geglaubt hast und zu mir hältst. Ich wünschte, ich hätte im letzten Monat für dich da sein können, als du mit den schrecklichen Gefühlen zu kämpfen hattest. Ich werde alles tun, was in meiner Macht steht, um ab jetzt immer für dich da zu sein. Du bist meine zweite Hälfte, meine Liebe, das Gesicht, das ich sehe, wenn ich die Augen schließe, und die Einzige, die ich nachts in den Armen halten will. Ich bete dich an, meine Hübsche, und ich hoffe, dass du, wenn wir alt und grau sind, auf unser gemeinsames Leben zurückblickst und nichts bereust. Jedenfalls werde ich ganz sicher nichts bereuen.«

Ihr kamen die Tränen, und während sie sie wegwischte, sagte sie: »Das Einzige, was ich bereue, ist, dass ich mit verschmiertem Eyeliner da reingehen muss.«

Sie stellte sich auf Zehenspitzen und drückte ihre Lippen auf seine. Sobald sie durch die Tür traten, riefen alle: »Willkommen zu Hause!«

Quincy wurde von einem zum nächsten gereicht, und alle gratulierten ihm und sagten, wie stolz sie auf ihn seien, was einen Tumult von Gefühlen in ihm auslöste. Als er das letzte Mal aus der Klinik gekommen war, hatte er diese Menschen, die nun zu seiner Familie geworden waren, kaum gekannt, und jetzt konnte er sich ein Leben ohne sie nicht mehr vorstellen. Alle redeten gleichzeitig auf ihn ein. Die Kinder versammelten sich zu einer Traube um ihn herum. Die Frauen sagten, dass sie ihn vermisst hatten, und die Männer machten Witze und alberten herum. Es war so schön, wieder mit allen zusammen zu sein, auch wenn sie ihn immer noch im Foyer festhielten.

Bullet hatte die kleine Lulu auf dem Arm, die in einem rosa Schlafanzug steckte. Sie hatte so viele schwarze Haare, dass es aussah, als hätte sie eine Perücke auf. Bullet hielt das Baby so fest, als wäre es mit ihm verwachsen, und schenkte Quincy eine halbseitige Umarmung. »Hab dich vermisst, Kumpel.«

»Ich dich auch. Herzlichen Glückwunsch zu eurem süßen Winzling.« Quincy kitzelte das Baby an den Füßen. »Tallulah, hm? Toller Name.«

»Ja, Kennedy hat ihn sich ausgedacht. Ich hätte ja jedem Namen zugestimmt, den sie aussucht. Wir reden später noch«, sagte Bullet, weil Penny angekommen war und sich jetzt an Quincy schmiegte.

»Ich bin so froh, dass du zurück bist«, sagte Penny mit Tränen in den Augen.

»Ich auch, Penny. Ist bei dir und Scott alles gut?« Er sah zu Scott hinüber, der mit Truman, Bear und Bones vor dem Eingang stand. Alle Männer grinsten bis über beide Ohren.

»Mm-hm«, schniefte Penny und drückte ihn fester an sich.

»Lasst mich mitkuscheln.« Dixie umschlang die beiden. »Jetzt hast du deine Süße nach so vielen Monaten endlich erobert, und dann muss sie noch eine Härteprobe durchstehen?«

Er gluckste. »Ich habe dich auch vermisst, Dix.«

»Okay, ihr Heulsusen, jetzt lasst mal Mama Red ran.« Red zog Quincy zu sich und umarmte ihn sogar noch fester als die anderen zuvor. »Ich freue mich, dass du wieder daheim bist, mein Lieber. Wir sind alle für dich da.«

Und schon wieder schnürte sich sein Hals zu. »Danke, Red.«

Nun schlich auch noch Jed herbei, und Quincy fand sich damit ab, dass er wohl die nächsten Stunden mit Tränen in den Augen verbringen würde. »Tut mir leid wegen deiner Hochzeit, Kumpel.«

Jed klopfte ihm auf die Schulter. »Kein Problem. Ich bin nur froh, dass es dir gut geht. Ich mag dich nämlich ganz gern. Aber das weißt du, oder?«

»Ich dich auch«, sagte Quincy, als er noch einmal umarmt wurde. Einige Zeit und einige Umarmungen später stand er vor Truman, der Lincoln auf dem Arm hatte. Quincys Herz fühlte sich an, als würde es ihm gleich aus der Brust springen.

»Du hast es geschafft, Bruderherz.« Truman zog ihn in eine einseitige Umarmung. »Ich bin verdammt stolz auf dich.«

»Vadammttolz«, wiederholte Lincoln, was alle zum Lachen brachte.

»Komm mal her, kleiner Mann.« Quincy nahm Lincoln auf den Arm und drückte seine Wange an die des Kindes. »Ich habe dich vermisst, Kleiner.«

»Ich dich auch!«, rief Kennedy und kam mit wedelnden Armen herbeigerannt.

»Komm her, Mäuschen.« Quincy nahm sie auf den anderen Arm und gab ihr ein Küsschen auf die Wange. »Ich habe euch vermisst.«

»Linconinhübsebettslafen!«, sprudelte es aus Lincoln hervor, der damit erneut für Heiterkeit sorgte.

Quincy zwinkerte Roni zu, die mit Penny bei Angela stand. Es freute ihn, dass auch Angela und Joey zu dieser kleinen Feier gekommen waren. »Kaum bin ich einen Monat lang weg, da ziehst du schon bei meiner Freundin ein? Das ist aber frech, kleiner Mann. Du hast nur Glück, dass ich dich wahnsinnig liebhabe.«

Lincoln befreite sich aus seinen Armen. »Linconincyauchlieb!«

»Jetzt komm endlich ins Haus! Ich will spielen!«, rief Kennedy, die gleich wegrannte, kaum dass Quincy sie abgesetzt hatte.

Als alle anderen ins Wohnzimmer gingen, hielt Quincy Roni zurück, weil er einen Moment lang mit ihr allein sein wollte.

»Zieh die Jacke aus. Wir bleiben noch ein bisschen«, forderte Roni ihn auf. »Oder wird es dir zu viel? Alle wollten dich sehen.«

Er hängte seine Jacke auf. »Es könnte nicht perfekter sein. Danke! Und ich freue mich sehr, dass auch Angela und Joey da sind.«

Als er sie küsste, rief Biggs vom Wohnzimmer aus: »Quincy Gritt, komm endlich rein, mein Sohn.«

Quincy grinste an ihren Lippen. »Davon will ich später noch mehr.«

Er legte den Arm um ihre Schulter, gab ihr noch einen Kuss auf die Schläfe, dann betraten sie das Wohnzimmer. Dort hing ein Banner mit der Aufschrift WILLKOMMEN ZU HAUSE. Auf dem Kaminsims stand das Bild von ihm und Roni, das vorher ihren Nachttisch geziert hatte, neben weiteren Fotos aus der Wohnung und neuen Bildern von ihm und Roni, die sie seit der Rallye aufgenommen hatten. Im Raum war es still, während sein Blick über Ronis Couch und den orangefarbenen Sessel glitt. Alle beobachteten ihn, als er versuchte, sich einen Reim darauf zu machen, warum sich seine und Ronis Möbel hier befanden. In den Regalen waren seine Bücher, das Zertifikat seines nachgeholten Schulabschlusses hing gerahmt an der Wand neben Ronis Zeugnis von der Juilliard. Und dann entdeckte er in der Zimmerecke auch noch ihren schiefen Weihnachtsbaum mit denselben Geschenken darunter, die schon in seiner Wohnung und vor seinem Klinikaufenthalt dort gelegen hatten.

»Willkommen zu Hause, Quincy«, sagte Roni leise und blickte zu ihm auf. »Ich fand, ein Neuanfang würde uns guttun, darum habe ich Dixies Haus gemietet. Es kostet nur zweihundert Dollar mehr als deine Wohnung, und ich komme für die Differenz auf. Die Tatsache, dass du an mich glaubst und mir den Rücken stärkst, zusammen mit dem, was ich in der Therapie über mich gelernt habe, hat mich außerdem zu einem weiteren Entschluss geführt. Ich habe mit Raya und Elisa besprochen, ein paar Mal im Jahr eine Soloaufführung mit zeitgenössischem Tanz im Schauspielhaus zu organisieren. Das läuft allein über mich und nicht über das Tanzstudio. Elisa unterstützt mich und Raya findet die Idee super.«

Sie hatten beide Tränen in den Augen. »Baby, erst das Haus und jetzt auch noch das?«

Sie zuckte mit den Schultern. »Zu viel auf einmal?«

Er zog sie in die Arme. »Nein, Baby. Es ist perfekt, genau wie du. Aber dass du die Differenz bezahlst, kommt mir nicht in die Tüte!« Die Männer glucksten, die Frauen seufzten laut auf, und als er Roni küsste, pfiffen und jubelten alle. »Dieses Jahr mieten wir das Haus«, sagte er leise zu ihr, »nächstes Jahr holen wir uns einen Hund.« Er streifte ihre Lippen mit seinen und der Raum wurde still. »Und dann stecke ich dir einen Ring an den Finger und im folgenden Jahr feiern wir unsere Hochzeit.« Er umarmte sie. »Wir haben genug Zeit, um das Kindermachen zu

üben, während wir unsere gemeinsame Zukunft planen.«
Weitere Jubelrufe ertönten. »Danke, dass du mich mit all
meinem Gepäck angenommen hast.«

Sie blickte ihn mit so viel Liebe an, dass sein Herz beinahe
überquoll. »Ich liebe dich und all deine düsteren Wahrheiten,
Quincy. Für immer und ewig.«

Als er sie gerade abermals küssen wollte, rief Lincoln:
»Auchhübsebussigeben!«, und da fühlte sich Quincy von
ganzem Herzen *zu Hause*.

Bonusmaterial für The Gritty Truth – Kein Blick zurück

Die Bilder, die Truman und Roni für Quincy gezeichnet haben, liegen mir so sehr am Herzen, dass ich zwei davon bei einem Künstler in Auftrag gegeben habe, um sie zum Leben zu erwecken. Folgen Sie dem Link, um sie zu sehen:

www.MelissaFoster.com/bonus-content

Lust auf mehr von den Whiskeys?

Falls dieses Buch Ihr erster Whiskeys-Roman ist: Begonnen hat die Serie mit *Tru Blue – Im Hezren stark*, der Liebesgeschichte von Truman und Gemma. Mehr Informationen zu diesem Roman finden Sie auf den folgenden Seiten, genauso wie zum nächsten Band der Serie, *Running on Diesel – Harte Zeiten für die Liebe*, und zum Kurzroman *In for a Penny – Süßes Glück*, in dem die Geschichte von Penny und Scott erzählt wird. Wenn Sie die Colorado-Whiskeys von der Redemption Ranch kennenlernen möchten, greifen Sie zu *Der Liebe auf der Spur*, einem Band aus der Serie *Die Bradens & Montgomerys*. Viel Vergnügen beim Lesen!

Verlieben Sie sich mit Tracey und Diesel in

Running on Diesel – Harte Zeiten für die Liebe

Eins

Das Murmeln der Menge im Whiskey Bro's wetteiferte mit dem Klackern der Billardtische und dem Donnergrollen von Desmond »Diesel« Blacks anwachsendem Zorn, während er für einen Gast Shots einschenkte und dabei die Augen nicht von Tracey Kline ließ. Die sexy Kellnerin wurde von einem stachelhaarigen Fatzke in Jeansjacke abgecheckt, der gerade mit zwei anderen Kerlen die Bar betreten hatte. Tracey, so liebreizend wie immer, klimperte mit den Wimpern und deutete mit ihrem schmalen Kinn auf einen Tisch. Ihre schulterlangen, seidigen dunklen Haare fielen ihr bei der Bewegung aus dem Gesicht und dann zurück über ein Auge, was sie nur noch aufreizender wirken ließ. Das Jeansjacke tragende Arschloch schien das als Einladung zu verstehen, denn während seine Kumpane in Richtung Tisch stolzierten, kam der Typ auf Tracey zu. Diesel mahlte mit dem Kiefer.

»Vorsicht, Kumpel«, mahnte Jed Moon, der andere Barkeeper.

Diesel fuhr herum und starrte ihn böse an.

Amüsiert deutete Moon auf den Tequila, den Diesel weiterhin einschenkte und der mittlerweile als Rinnsal vom Bartresen floss und zu seinen schwarzen Lederstiefeln eine Pfütze bildete.

»Hast du mich gerade *angeknurrt*? Langsam drehst du echt durch, Mann.« Er warf Diesel ein Handtuch zu.

»Verflucht.« Während er den Tresen abwischte, behielt Diesel das Arschloch, das mit Tracey sprach, genau im Blick.

Tracey sah herüber und bemerkte, dass Diesel sie beide beobachtete. Ihre Augen wurden schmal, und der Blick dieses blöden Kerls folgte ihrem, bis er bei Diesel angelangt war.

Diesel straffte die Schultern und warf ihm einen drohenden Blick zu.

Das Arschloch wurde bleich, schien die Fassung jedoch schnell zurückzugewinnen. Er setzte ein arrogantes Grinsen auf, sagte noch irgendetwas zu Tracey und schlenderte dann zu seinen Freunden. Tracey funkelte Diesel grimmig an, machte auf dem Absatz kehrt und stürmte zu einem anderen Gast.

Moon trat neben ihn. »Langsam glaube ich, du bist entweder schon zu lange hier oder du musst dir dieses Mädel schnappen.«

Diesel ließ die Augen nicht von Tracey. Er würde sich kein Mädel schnappen. Er war ein einsamer Wolf, und das schon, seit er mit neunzehn seine Mutter nach einem langen, harten Kampf gegen den Krebs verloren und sein Zuhause in Hope

Ridge, Colorado, verlassen hatte. Jetzt, im Alter von zweiunddreißig, bestand seine einzige Bindung zur Bruderschaft des Motorradclubs Dark Knights, in dem er Nomad-Mitglied war – dem Club treu ergeben, aber ohne eigene Ortsgruppe. Moon hatte allerdings nicht ganz unrecht damit, dass er bereits zu lange hier war. Diesel war Kopfgeldjäger und blieb normalerweise nicht länger als ein paar Wochen irgendwo, bevor er unruhig wurde, auf sein Bike stieg und in eine andere Stadt, vielleicht sogar einen anderen Bundesstaat aufbrach. Hier war er länger geblieben, als Gefallen für Red Whiskey, die Old Lady des Vorsitzenden des Motorradclubs. Ihr ältester Sohn Bullet hatte die Bar jahrelang gemanagt, aber da er und seine Frau mittlerweile eine kleine Tochter hatten, wollte er mehr Zeit mit seiner Familie verbringen. Diesel war eingesprungen und hatte die Abendschichten übernommen.

Dann gab es da auch noch den zweiten Gefallen, um den Red ihn gebeten hatte. Der Gefallen bezog sich auf Tracey, die aus einer missbräuchlichen Beziehung geflohen und ein schreckhaftes Vögelchen ohne Nest gewesen war – *Sie ist ein ganz besonderes Mädchen, und ich möchte, dass du auf sie aufpasst. Beschütze sie.* Der Gefallen, und das Mädchen, hatten dafür gesorgt, dass er nun bereits fast zwei Jahre hier war.

»Ich würde ja sagen, nimm sie mit ins Bett, dann hast du sie aus dem Kopf«, kommentierte Moon und riss Diesel damit aus seinen Gedanken. »Aber so ist Tracey nicht. Sie ist die Art Frau, mit der man eine Familie gründet.«

Wem sagst du das? Diesel ließ das Handtuch auf den Boden fallen und trat darauf, um den Alkohol vom Boden zu wischen. »Ich würde die Kleine zerbrechen.«

Tracey mochte in den letzten zwei Jahren zu sich selbst gefunden und sich von einem zerbrechlichen Vögelchen in eine weise Eule verwandelt haben, aber Diesel, mit seinen eins achtundneunzig bei hundertvierzehn Kilo Muskelmasse und mit einer Libido, die unzählige Frauen hätte glücklich machen können, übertrieb nicht. Tracey war gerade mal knapp über eins fünfzig groß und konnte nicht mehr als fünfzig Kilo wiegen. Davon abgesehen war sie viel zu liebreizend für einen wie ihn. Doch nicht einmal das konnte verhindern, dass er sich vorstellte, wie sich ihr fester schlanker Körper an seinen schmiegte. Er hatte keine Ahnung, wie es so weit gekommen war, immerhin hatte er sie anfangs einfach nur beschützen wollen, aber zum Teufel, bei ihrem Anblick überkam ihn einfach die pure Lust.

Und das war auch der Hauptgrund, aus dem er schon bald aus Peaceful Harbor verschwinden wollte. Normalerweise stieg er, sobald ihn der Drang überkam, einfach auf sein Bike und fuhr los, ohne jemandem Bescheid zu geben. Aber das konnte er den Whiskeys nicht antun. Sie verließen sich auf ihn, und er war es ihnen schuldig, ihnen die Zeit zu geben, einen Ersatz zu finden. Morgen würde er Red informieren, dass er nach Weihnachten aufbrechen wollte, was ihnen ausreichend Zeit verschaffen dürfte, jemanden zu finden.

Tracey stakste auf die Bar zu, wobei sie Diesel mit ihrem Blick erdolchte.

Und das von der jungen Frau, die ihm in den ersten Monaten, in denen sie hier gearbeitet hatte, nicht einmal in die Augen hatte blicken können. Sie hatte es weit gebracht von dem verängstigten Mädchen in übergroßen Flanellhemden und Baggy Jeans. Sein Blick wanderte zu dem Bereich nackter Haut zwischen dem Saum des »Whiskey Bro's«-T-Shirts, das ihre kecken Brüste betonte, und ihrer figurbetonten Jeans. Er stellte sie sich auf dem Bartresen vor, die Beine gespreizt, während er von dieser bleichen Haut kostete und sich danach zu dem

Festmahl zwischen ihren Beinen vorarbeitete.

Tracey schlug ihre Hand auf den Tresen und riss ihn damit aus seiner ungehörigen Fantasie. »*Hör auf*, mein Trinkgeld zu verjagen.«

»Zieh dein Shirt runter, bevor du noch Schwierigkeiten bekommst.« In der Bar war viel los. Sie würde genug Trinkgeld verdienen. Es gab für sie keinen Grund, mit Reizen zu locken, die andere falsch auffassen konnten.

Sie grinste boshaft und starrte ihn herausfordernd an, während sie sich über den Tresen beugte und ihm damit Blick auf ihr Dekolleté und einen Ansatz schwarzer Spitze gewährte. »Ich glaube, du verwechselst mich mit deinen Bikerhuren. Nur weil die dich *Daddy* nennen, bedeutet das nicht, dass du dich wie *mein* Vater aufführen darfst.«

Daddy, na klar. Auf so einen Scheiß stand er nicht. Er stützte sich mit den Unterarmen auf dem Tresen ab, bis sich ihre Nasenspitzen beinahe berührten. Ihr verlockender femininer Duft entfachte die Flammen, die er zu ignorieren versuchte. Er hielt ihrem Blick stand und genoss es, wie sich ihr Atem beschleunigte und ihre langen Wimpern flatterten, während sie sichtlich darum bemüht war, ihren Mut beisammenzuhalten. Ihr neu gewonnenes Draufgängertum machte ihn an, aber wenn sie sich weiter so verhielt, würde sie tatsächlich noch in Schwierigkeiten geraten.

»Du wirst langsam ziemlich aufmüpfig, kleine Kratzbürste«, warnte er. »Halt dich lieber zurück.«

Sie presste die Lippen fest zusammen und drückte sich vom Tresen weg, wobei sie nervös die Gäste beäugte, die sich auf die Barhocker neben ihr setzten. »Ich brauche einen Bierpitcher und drei Gläser.«

Während er das Bier zapfte, blickte er sich in der Bar um. Er spürte Traceys Nervosität. Diesel sah, wie das Arschloch in der Jeansjacke Tracey abcheckte, und starrte ihn erneut drohend nieder, während Tracey über den Tresen nach den Gläsern griff. Diesel legte seine Hand über ihr schmales Handgelenk. Seine Finger reichten über ihren gesamten Unterarm. Sie war so schmächtig, dass es ihm körperliche Übelkeit bereitete, nur daran zu denken, dass ein Mann jemals die Hand gegen sie erhoben hatte.

»Was ist denn?«, fauchte sie und in ihren Augen loderte ein Feuer auf.

»Pass auf dich auf.«

Was der sich anmaßt, mir zu sagen, was ich anziehen und wie ich mich verhalten soll. Es hatte mal eine Zeit gegeben, in der Tracey unter der kontrollsüchtigen Berührung oder dem warnenden Blick eines Mannes zusammengezuckt wäre – besonders eines Mannes von der Größe eines Bergs, der mehr brummte als sprach. Aber sie war nicht mehr das schwache Mädchen ohne Freunde, das sie gewesen war, als sie ihrem miesen Partner Dennis Smoot entkommen war. Und sie war bereits viel zu weit gekommen, um sich noch von irgendjemandem sagen zu lassen, was sie tun oder lassen durfte.

Ende des Auszugs

Wenn Ihnen die Vorschau gefallen hat, können Sie *Running on Diesel – Harte Zeiten für die Liebe* bei Ihrem Online-Buchhändler bestellen!

In for a Penny – Süßes Glück

Wenn alles, was du willst, zum Greifen nahe, aber trotzdem unerreichbar ist …

Penny Wilson hat ein erfolgreiches Geschäft, den wunderbarsten Freundeskreis, den man sich wünschen kann, und einen Freund, in den sie leidenschaftlich verliebt ist. Scott Beckley ist ehrlich, loyal, der beste Liebhaber der Welt und ganz vernarrt in seine Nichten und Neffen. Ein absoluter Traummann … solange Penny nicht die magischen drei Worte hören will, die ihre Beziehung aufs nächste Level katapultieren würden. Schon mit siebzehn musste Scott vor seinen gewalttätigen Eltern aus seinem Zuhause fliehen und sich alleine durchschlagen. Obwohl inzwischen mehr als ein Jahrzehnt vergangen ist und er und seine verschollenen Schwestern wieder zueinandergefunden haben, obwohl er sich in Peaceful Harbor, Maryland, ein gutes Leben aufgebaut hat, quält ihn seine Vergangenheit. Penny weiß, dass er sie über alles liebt, aber für eine Frau, die sich eine Familie wünscht, und einen Mann, dem jeder Gedanke daran riesige Angst macht, könnte es sein, dass Liebe nicht genug ist.

Bestellen Sie In for a *Penny – Süßes Glück* bei Ihrem Online-Buchhändler.

Lernen Sie die Colorado-Whiskeys von der Redemption Ranch kennen und verlieben Sie sich mit den Bradens in

Der Liebe auf der Spur

Eine sinnliche, humorvolle und hochemotionale Liebesgeschichte über eine zweite Chance

Zev Braden und Carly Dylan waren in ihrer Kindheit beste Freunde, sind gemeinsam auf Entdeckungstouren gegangen, wurden zu ihrer ersten großen Liebe. Ihre eng befreundeten Familien waren davon überzeugt, dass die beiden heiraten würden – bis eine große Tragödie über sie hereinbrach und die Liebenden voneinander trennte. Im Laufe des nächsten Jahrzehnts kehrte Zev, inzwischen ein in der ganzen Welt herumreisender Schatzsucher, nur selten in seine Heimatstadt zurück, während Carly sich als Chocolatiere am anderen Ende des Landes ein ganz neues Leben aufbaute. Eine zufällige Begegnung führt ihre Wege wieder zusammen. Finden sie die tiefe Liebe von damals wieder oder sind geplatzte Träume und gebrochene Herzen zu große Hindernisse?

Bestellen Sie *Der Liebe auf der Spur* bei Ihrem Online-Buchhändler.

Kommen Sie mit nach Seaside!

Die Serie *Seaside Summers* erzählt die humorvollen, prickelnden Geschichten einer Gruppe von Freunden, die jedes Jahr den Sommer gemeinsam in ihren Ferienhäusern am Cape Cod verbringen. Sie sind witzig, sexy und so sympathisch unvollkommen, dass man am liebsten gleich dazugehören würde.

Verlieben Sie sich mit Bella und Caden in *Träume in Seaside*

Bella Abbascia ist wie jeden Sommer in die Ferienhaussiedlung Seaside in Wellfleet, Cape Cod zurückgekehrt. Doch in diesem Jahr hat Bella mehr vor, als mit ihren Freundinnen in der Sonne zu liegen und sich beim Nacktbaden zu vergnügen. Sie hat ihren Job gekündigt, ihr Haus in Connecticut verkauft und jeglichen Männergeschichten abgeschworen, um sich an ihrem Lieblingsort auf Erden ein neues Leben aufzubauen. Der Plan steht — zumindest bis ein Streich der stets zu Scherzen aufgelegten Bella eine böse Wendung nimmt und ein sündhaft attraktiver Police Officer vor ihr steht.

Der alleinerziehende Vater und Polizist Caden Grant hat

Boston den Rücken gekehrt, nachdem sein Partner im Dienst getötet wurde. In dem kleinen Ferienort Wellfleet hofft er auf ein sichereres Leben mit seinem vierzehnjährigen Sohn Evan. Als er während einer nächtlichen Streife Bella kennenlernt, wird ihm bewusst, dass er plötzlich gefunden hat, was er sich nie zu erträumen erlaubte – und von dem er nie wusste, dass es ihm fehlt.

Nachdem er sich vierzehn Jahre lang nur auf seinen Sohn konzentriert hat, kann Caden der starken Anziehungskraft der schönen Bella nicht widerstehen, und Bella ist der Intensität ihrer aufkeimenden Liebe ebenso machtlos ausgeliefert. Aber der Neuanfang gestaltet sich schwieriger, als sie beide es sich ausgemalt haben, und dann gerät Evan an die falschen Freunde. Cadens Loyalität wird auf eine harte Probe gestellt. Wird er alles aufgeben, um seinen Sohn zu beschützen – sogar Bella?

Bestellen Sie *Träume in Seaside* bei Ihrem Online-Buchhändler.

Neu bei »Love in Bloom – Herzen im Aufbruch«?

Ich hoffe, Ihnen hat es genauso viel Vergnügen bereitet, die Whiskeys kennenzulernen, wie mir, über sie zu schreiben. Falls dieser Band Ihr erstes Buch aus der Reihe »Love in Bloom – Herzen im Aufbruch« ist, warten noch jede Menge Geschichten über unsere sexy, selbstbewussten und loyalen Heldinnen und Helden auf Sie.

Die Whiskeys: Dark Knights aus Peaceful Harbor ist nur eine der Serien aus meiner großen Sammlung von Liebesromanen mit Tiefgang, Humor und Happy-End-Garantie. In allen Büchern finden Sie eine abgeschlossene Geschichte, die auch für sich allein gelesen werden kann. Figuren aus den einzelnen Serien und Büchern der weitverzweigten »Love in Bloom – Herzen im Aufbruch«-Familien tauchen immer wieder auch in den anderen Bänden auf. So verpassen Sie nie eine Verlobung, eine Hochzeit oder eine Geburt. Wenn Sie mögen, lernen Sie doch auch die anderen Serien der Reihe kennen! Eine vollständige Liste aller auf Deutsch erschienenen und geplanten Bücher gibt es am Ende des Buches und unter dem folgenden Link finden Sie weitere Informationen:

www.MelissaFoster.com/Herzen-im-Aufbruch

Danksagung

Ich hoffe, Sie haben Quincys und Ronis Geschichte genauso gerne gelesen, wie ich sie geschrieben habe. Ich freue mich schon darauf, Ihnen bald viele weitere Whiskeys-Geschichten präsentieren zu können, unter anderem die Whiskeys von der Redemption Ranch in Colorado, die Sie vielleicht in *Der Liebe auf der Spur* (Die Bradens & Montgomerys 6) schon kennengelernt haben.

In meinem Fanclub auf Facebook unterhalte ich mich oft mit meinen Leserinnen. Ich würde mich freuen, wenn Sie auch dazukommen.
www.Facebook.com/groups/MelissaFosterFans

Folgen Sie meiner Autorenseite auf Facebook und auf Instagram, um immer die neuesten Informationen darüber zu erhalten, was in der Welt unserer fiktionalen Buch-Boyfriends los ist:
www.Facebook.com/MelissaFosterAuthor
www.Instagram.com/MelissaFoster_Author

Die Zeichnungen, die Sie online als Bonusmaterial finden können, hat Oliver Harbour angefertigt, ein außergewöhnlicher Künstler, wunderbarer Freund und überhaupt einfach großartiger Kerl. Danke, Ollie, dafür, dass du uns an deinem Talent teilhaben lässt.

Danke an mein großartiges Redaktionsteam: Kristen Weber und Penina Lopez, Elaini Caruso, Juliette Hill, Marlene Engel, Lynn Mullan, Justinn Harrison sowie Katharina Burghardt, Stephanie Schottenhamel und Judith Zimmer. Und wie immer: Unendlich viel Dank an meine Familie für eure endlose Unterstützung und dafür, dass ihr mich ertragt mit meinen irrwitzigen Zeitplänen und den Gesprächen über fiktionale Figuren.

Die Bradens (Peaceful Harbor)

Geheilte Herzen
Voller Einsatz für die Liebe
Liebe gegen den Strom
Vereinte Herzen
Melodie der Liebe
Sieg für die Liebe
Endlich Liebe – ein Braden-Flirt

Die Remingtons

Spiel der Herzen
Im Dschungel der Liebe
Herzen in Flammen
Herzen im Schnee
Liebe zwischen den Zeilen
Von der Liebe berührt

Die Bradens & Montgomerys (Pleasant Hill – Oak Falls)

Von der Liebe umarmt
Alles für die Liebe
Pfade der Liebe
Wilde Herzen
Schenk mir dein Herz
Der Liebe auf der Spur
Verrückt nach Liebe
Liebe süß und sündig
Und dann kam die Liebe

…

Die Whiskeys: Dark Knights aus Peaceful Harbor

Tru Blue – Im Herzen stark
Truly, Madly, Whiskey – Für immer und ganz
Driving Whiskey Wild – Herz über Kopf
Wicked Whiskey Love – Ganz und gar Liebe
Mad About Moon – Verrückt nach dir
Taming My Whiskey – Im Herzen wild
The Gritty Truth – Kein Blick zurück
In For A Penny – Süßes Glück
Running on Diesel – Harte Zeiten für die Liebe

Seaside Summers

Träume in Seaside
Herzen in Seaside
Hoffnung in Seaside
Geheimnisse in Seaside
Nächte in Seaside
Herzklopfen in Seaside
Sehnsucht in Seaside
Geflüster in Seaside
Sternenhimmel über Seaside

Die Ryders

Von der Liebe bestimmt
Von der Liebe erobert
Von der Liebe verführt
Von der Liebe gerettet
Von der Liebe gefunden

Entdecken Sie Melissa Fosters Bücher auch auf:
www.MelissaFoster.com/Herzen-im-Aufbruch

www.ingramcontent.com/pod-product-compliance
Lightning Source LLC
Chambersburg PA
CBHW030957190726
48285CB00004BB/1351